¿Harías esto por mí?

¿Harías esto por mí?

Lisa Verge Higgins

Planeta

Los personajes, eventos y sucesos presentados en esta obra son ficticios. Cualquier semejanza con personas vivas o desaparecidas es pura coincidencia.

Título original: *The proper care and maintenance of friendship*

Avda. Diagonal, 662-664, 08034 Barcelona (España)

Primera edición: junio de 2011

ISBN: 978-84-08-10137-6

Fotocomposición: Víctor Igual, S. L.
Depósito legal: B. 18.525-2011
Impresión y encuadernación: Cayfosa

Impreso en España – Printed in Spain

El papel utilizado para la impresión de este libro es cien por cien libre de cloro y está calificado como papel ecológico.

Para las Chicas de los Domingos por la Noche:
Nancy, Judy y Cathy. Escritoras fabulosas
y maravillosas amigas

1

Cuando la ruidosa avioneta Cessna se elevó en el aire, Kate Jansen perdió los nervios y tiró desesperadamente de su cinturón de seguridad mientras el aparato se estremecía. A través del sucio cristal de la ventanilla atisbó a Jo y a Sarah, sus dos mejores amigas, de pie en la pista, achicándose velozmente en la distancia.

—¡No se asuste por el ruido, señora Jansen! —gritó Bubba, dando unas cariñosas palmaditas a los costados de metal de la avioneta—. ¡He subido con esta chica cien veces o más y nunca me ha pasado nada!

Kate miró con cara de pocos amigos a su instructor de paracaidismo. Sentado frente a ella con su mono azul y negro, parecía una gigantesca mosca mutante. Bubba había pasado dos horas con ella en el único hangar del aeropuerto y la había hecho saltar desde una plataforma situada cada vez más alto sobre una gruesa colchoneta para enseñarle las distintas técnicas de caída. Le había asegurado que tirarse en paracaídas la ayudaría a superar su miedo a las alturas, su miedo a volar, su miedo a todo en general. También le había asegurado que la experiencia cambiaría su vida por completo.

«¿Qué demonios estoy haciendo? Respira. Vamos, respira.»

No iba a pasarle nada malo. Su amiga Rachel Braun se había tirado en paracaídas mil treinta y seis veces. Sola. Mientras que ella, Kate, saltaría con un instructor, con sus cuerpos unidos mediante mosquetones por seis puntos distintos. Bubba le había asegurado que cada mosquetón soportaba noventa kilos, de modo que, aun en el caso de que cuatro de los seis se soltaran en pleno vuelo, una mujer menuda como ella no tenía nada que temer.

El avión se ladeó y Kate dejó de retorcer el cinturón de seguridad para agarrarse al áspero borde de la lámina de contrachapado sobre la que estaba sentada. Pequeñas astillas se le clavaron en las palmas de las manos.

Iba a matar a Rachel Braun. Bueno, lo haría si no fuera porque Rachel ya estaba muerta.

El avión se agitó al ascender súbitamente y Kate miró frenética a su alrededor en busca de una salida que no fuera lanzarse al vacío. Su mirada recayó en la cruz de plata que colgaba del rosario que sujetaba el otro paracaidista que iba a saltar. Según le había dicho Bubba, se llamaba Frank, y era un monje franciscano que practicaba paracaidismo varias veces al año.

En mitad de su ataque de pánico, Kate se preguntó si aquel monje aceptaría oírla en confesión.

Pero ¿de qué se iba a confesar? Adoraba su vida. Tenía treinta y nueve años, tres hijos y un hogar confortable con una calefacción un poco caprichosa y algún que otro desconchón en las paredes. Su vida estaba llena de reuniones de la asociación de padres del colegio y proyectos de trabajos manuales para recaudar fondos en Navidad. Los domingos hacía el pan con sus propias manos, y una vez al año más o menos participaba en la marcha benéfica de treinta kilómetros que organizaba su amiga Sarah.

Lo que más quería en el mundo era a sus tres hijos, cuyos rostros se sabía de memoria. Tess, que quería hacerse la interesante con su sudadera ceñida al cuerpecillo mientras se chupaba un mechón de pelo; Michael, temperamental, taciturno y sombrío como Heathcliff; y Anna, la pequeña Anna, que le demostraba su inmenso cariño con montones de húmedos besos.

Hacía apenas unas horas, Kate había firmado un contrato de

quince páginas que eximía al universo entero de cualquier responsabilidad en caso de pérdida de objetos personales, miembros corporales y hasta la propia vida. Ese documento impedía que nadie pudiera pedir cuentas de su muerte, una muerte que afectaría a sus tres pequeños beneficiarios, y también a su marido, quienes en ese momento no tenían la menor idea de que se estaba aproximando a un grupo de nubes bajas llamadas cúmulos, a mil quinientos metros del suelo.

De repente, el instructor se levantó, agarró el tirador de la puerta situada en el extremo opuesto al asiento del piloto y la abrió. La potente luz del sol y una oleada de aire gélido llenaron el interior del avión.

«Ay, Dios. Aydiosaydiosaydiosaydios...»

—¡No se vaya a echar atrás ahora, señora Jansen! —gritó Bubba por encima del rugido del motor—. ¡Repasemos una vez más el procedimiento!

«No puedo hacerlo.»

—¡Recuerde: respire por la nariz!

«Tengo que ir a recoger a mis hijos al colegio esta tarde.»

—¡Nos sujetamos bien el uno al otro, vamos hasta la puerta y saltamos! —Bubba se inclinó sobre ella, para que pudiera oírlo—. ¡Así que levántese!

El monje franciscano se puso en pie y colocó las manos a ambos lados de la puerta abierta. Entonces gritó algo por encima del hombro y se persignó. La carpeta sujetapapeles del piloto se agitó un poco y el viento arrancó un par de hojas.

Frank desapareció.

«Mierda.»

—¡Vamos, señora Jansen! —Bubba le sonrió de oreja a oreja al tiempo que alargaba las manos hacia ella para desabrocharle el cinturón de seguridad—. ¡Nos toca!

—¡No...! —El viento absorbió el resto de sus palabras—. ¡No...!

Pero él no la oyó. La cogió con sus manos como jamones y le hizo darse la vuelta como si fuera a hacérselo por detrás. Kate aguardaba de pie, al fondo del avión, con las rodillas temblorosas y buscando desesperada algo que decir mientras Bubba pegaba a ella su cuerpo grande y recio, y procedía a asegurar los mosquetones, los seis pequeños mosquetones que los mantendrían unidos.

Kate tragó a duras penas y entonces dijo:

—¡He cambiado... de idea!

—¡Diez minutos! —contestó él, acercándose más—. ¡Estaremos de nuevo en tierra en diez minutos!

Ella resbaló en el contrachapado y el pie se le hundió en el hueco donde deberían haber estado los asientos. Algo estalló en su interior, pequeños chispazos de pánico le recorrieron las extremidades, haciéndola doblarse, unida a su instructor por seis pequeños mosquetones. Aferrándose con fuerza a una barra de metal situada justo encima de la ventana, gritó:

—¡Dijo... dijo que podía cambiar de idea!

—¡No irá a echarse atrás ahora, ¿verdad, señora Jansen?!

—¡No soy más que una ama de casa!

—¡Lo que yo veo es una atrevida mujer de treinta y nueve años con un chicarrón de pueblo pegado a su espalda!

—¡Tengo tres hijos pequeños...!

—¡Enhorabuena. Debe de hacer mucho deporte para tener estos abdominales!

—¡Tengo responsabilidades! —No podía respirar y le dolía la garganta de tanto gritar—. ¡Tengo obligaciones. Y Rachel murió. Está muerta!

«Rachel, Rachel, ¿por qué me pediste que hiciera esto por ti?»

—¡Eh, vosotros! —gritó el piloto con malos modos—. ¡Ya hemos sobrepasado la zona! ¡Saltad de una vez!

—¡Señora Jansen, tiene que decidirse. No queda más tiempo!

—¡Rachel... Rachel está muerta! —balbuceó Kate con el cuerpo tembloroso—. ¡Esa maldita carta debería haber contenido instrucciones para el funeral. Las canciones obscenas que quería que cantáramos sobre su tumba. No... no esto!

—¡Entonces ¿se raja?! —gritó Bubba.

—¡Sí!

—¡¿Está segura?!

—¡¡Sí!!

El hombre suspiró. Kate se incorporó, pero el peso de él la dobló de nuevo.

—De acuerdo —dijo Bubba—. Se acabó.

Ella se quedó inmóvil, pero no se soltó de la barra, resbaladiza del sudor de sus manos. Oía su respiración y notaba el vaivén del aparato.

—¿En serio?

—Ya lo creo. Totalmente en serio. —Bubba comenzó a manipular los mosquetones mientras le hablaba al oído para que lo oyera sin tener que gritar—. Cariño, ¿crees que eres la primera? Claro que no. Ocurre cada dos por tres. —Soltó el primer mosquetón—. Sobre todo con mujeres como tú. Las que se acercan a los cuarenta. Creen que un salto en paracaídas resucitará a la chica salvaje de su juventud, pero las cosas no son así.

—Yo... yo tengo tres hijos.

—Ya me lo has dicho. Una pena que no te hayas atrevido a saltar. Te mirarían de otra manera.

—Mejor estar viva para verlos crecer —respondió ella, envarándose al notar el tono cortante del hombre—. Mejor estar viva...

—Ya lo creo —la atajó él—. Así podrás retomar tus tareas: acordar con las otras madres los turnos para llevar a los niños al fútbol y sentarte a verlos en tu silla plegable. Y, mientras os tomáis un café, podrás contarles a las demás mamás que estuviste a punto de saltar en paracaídas.

«Demonios, sí.»

—Y cuando hayáis acabado, podrás regresar a casa a limpiar el polvo; puede que hasta te dé tiempo a repasar el cuarto de baño. Pensarás en cómo preparar el pollo para la cena, fijarás cita para la revisión de vuestro segundo coche y hasta es posible que pongas una lavadora antes de irte a dormir. En la cama, pensarás que tienes que sacar la mancha de los pantalones de fútbol de Junior. He oído que Wipp Express va muy bien para esas cosas.

«Basta.»

No le hacía falta que le dijera todo eso. Lo veía tan claro como los jirones de nubes a través de la ventanilla. El paso implacable de los largos años: unas vacaciones más en una casa en la playa, otro proyecto de manualidades a base de mondadientes y rollos de papel higiénico y otro concierto de la banda del colegio berreando con voz desafinada. Y todo ello sin perder la sonrisa. Muy divertido. Pero así era la vida, y había que dar cien mil veces gracias por ella. Los años pasaban con la previsibilidad de un reloj y lo único que cambiaba era la altura de sus hijos, la calvicie de su marido y el tamaño de su trasero.

—¡Mira, capullo, te puedes guardar tu cháchara pseudopsicológica! —le gritó por encima del hombro—. ¡Vale que sólo soy una ama de casa, pero me parece que eso es mucho mejor que estar enfriándome en un depósito de cadáveres!

—¿Como Rachel?

El instructor soltó otro de los mosquetones y Kate sintió como si se lo hubiera arrancado de la carne. Su pregunta la hizo enmudecer. Buscó desesperadamente algo que decir, pero no lo encontró.

Entonces, al notarla tan vulnerable, Bubba le apretó la mejilla rasposa contra el pelo y le dijo:

—¿Qué crees que daría tu amiga por tener la oportunidad de volver a saltar, Kate?

Ella sabía la respuesta. Rachel había vivido para experimentar momentos como aquél, había hecho enormes sacrificios sólo para sentir el subidón de la adrenalina. Sacrificios con los que Kate nunca había estado de acuerdo.

Pero todo eso se había terminado ya. Todas las posibilidades, para mejor o para peor, se habían esfumado.

El piloto volvió a gritar:

—¡Última oportunidad, Bubba!

«Última oportunidad.»

El avión comenzó a descender. A Kate, el mono se le ahuecó con el viento y le azotó las piernas, miró aquel cielo tan azul y el suelo, muy lejos, a sus pies. Levantó la vista hacia las alturas. No sabía si mandar al infierno a Bubba, a Rachel o a sí misma por la estupidez que estaba a punto de cometer.

El instructor preguntó:

—Entonces, ¿qué, «mami»?

2

—¡Dios mío, lo ha hecho!

De pie en la pista, apoyada en un coche de alquiler, Bobbie Jo Marcum observaba cómo una de sus mejores amigas planeaba en el cielo de octubre. A pesar de la distancia, a Jo le pareció que Kate sonreía mientras el hombre pegado a su cuerpo que la acompañaba en el descenso manipulaba las cuerdas para guiar el paracaídas hacia la marca color amarillo de la pista. Descendieron aterradoramente de prisa y entraron en contacto con el suelo al trote. A su espalda, la tela se desinfló formando fluidos pliegues de color rojo.

Jo le dio un empujón a Sarah con el hombro.

—Kate Jansen, madre ejemplar, acaba de tirarse de un avión. ¿Qué crees que puede significar para nosotras, tesoro?

—No importa lo que vaya a significar para nosotras —contestó Sarah, haciéndose sombra con la mano—, piensa en lo que va a significar para Paul.

—Y para esos pobres hijos suyos.

—Lo necesitaba. —Sarah se pasó los dedos por el pelo, una enmarañada mata que no había visto las tijeras de un peluquero profesional desde hacía diez años—. No creo que Kate haya tenido ninguna válvula de escape desde antes de que naciera Tess.

—La tensión se le ha ido acumulando dentro como si fuera un volcán.

—El último desahogo que le recuerdo fue hace años, durante

aquella salida de escalada que hicimos a los Shawangunks, unos meses antes de que se quedara embarazada. Tres botellas de vino y un montón de cánticos tiroleses.

—Sí, y no olvides el *striptease* en el valle del Hudson al amanecer —añadió Jo sonriendo de oreja a oreja al recordar la ducha helada que se dieron después en una pequeña cascada natural—. Dios mío, cuánto me gusta esa chica cuando se suelta el pelo.

—Igual que a Rachel —comentó Sarah con cariño, volviendo su cristalina mirada gris hacia su amiga—. Me parece que no va a haber manera de librarse.

—Seguro que no, cariño. Seguro que no.

Jo apartó la vista. Kate, la siempre servicial Kate, acababa de arrojar el guante al ser la primera en hacer lo que Rachel le había pedido que hiciera. Si la sacrificada ama de casa había sido capaz de tirarse de un avión, sería mejor que ella, Jo, fuera capaz de cumplir lo que Rachel le había dejado escrito en el arrugado sobre que llevaba en el bolsillo.

No era así como se suponía que tenía que ser.

Junto con sus amigas, Jo había pasado por casa de Rachel unos días atrás. La familia de ésta se encontraba en mitad de la *shivá*, una de las etapas de duelo en el judaísmo. Jo, Kate y Sarah se descalzaron, presentaron sus respetos y se adentraron en una casa con los espejos cubiertos con trapos negros, mesas rebosantes de huevos cocidos y un montón de amigos y familiares a los que no conocían de nada. Jo se había pasado el rato esperando que Rachel saliera de repente de detrás de una puerta y les dijera: «Os lo habéis creído».

Una vez, hacía mucho tiempo, Jo se apostó veinte dólares a que Rachel se mataría con el *snowboard*, creencia más que justificada por el accidente de esquí que sufrió en Colorado y que la mantuvo escayolada de cuerpo entero durante dos meses. Kate en cambio apostó por el esquí acuático, lo que explicaría por qué Rachel le había pedido que se tirase desde mil quinientos metros. Sarah, desde hacía mucho la moral y conciencia social del grupo, observaba perpleja las apuestas, hasta que Kate le explicó que apostar en contra de la supervivencia era una manera de ahuyentar la mala suerte. A Sarah le preocupaba especialmente lo del puenting. Como enfermera del programa de salud pública dependiente del Departamento de Salud y Servicios Humanos de Estados Unidos en su vertiente internacional, conocía mejor que ninguna de las cuatro la falta de una buena atención sanitaria en los países que hacían la vista gorda con un deporte que consistía en tirarse desde un rascacielos o un puente elevado. De modo que Kate, Jo y ella llevaban casi veinte años, los transcurridos desde que habían terminado la universidad, esperando la muerte de Rachel con el aliento contenido. Pero no se puede vivir siempre preocupado, de modo que, al cabo de un tiempo, acabó convirtiéndose en una broma, transmitida a gritos en conexiones intermitentes vía satélite.

«Hola, Rachel, ¿sigues viva?»

Sin embargo, Rachel no había muerto como era lógico esperar. Su última y más terrible batalla había sido la única aventura que había mantenido en secreto hasta el final. Tal vez por eso su muerte se les había antojado irreal. Tanto como ver saltar a Kate Jansen desde un avión con el cachas del instructor anclado a su espalda.

Sarah corrió por la pista a su encuentro, jadeante, con la falda marrón teñida a mano pegándosele a las piernas. Jo en cambio metió el brazo por la ventanilla del coche, apartó su móvil, que se convulsionaba al ritmo metálico de *It's Raining Men*, y sacó una botella de licor de menta. La abrió y le dio un trago, torciendo seguidamente el gesto al comprobar lo dulce que estaba. Le recordaba las pistas de hielo, los años de instituto y al chico que le había dado su primer beso, Lonnie Clyde Barkley.

Deseó que Rachel le hubiera pedido que se buscara a alguien para echar un polvo. Habría sido fácil. Alguien habría en su BlackBerry, y si no encontraba a nadie entre sus contactos, siempre podía recurrir a aquel divorciado del departamento de contabilidad que estaba tan bueno, y que, a juzgar por cómo la miraba, estaba deseando hacérselo con ella. Suave pelo castaño y un culito con el que se podrían partir nueces. Llevaba un tiempo dándole vueltas al tema de si merecerían la pena las inevitables complicaciones que le supondría tener un romance con él. Por desgracia, Rachel no iba a dejar que se fuera de rositas Lo que le había pedido que hiciera era, sencillamente, increíble.

Jo corrió detrás de Sarah con la botella de licor en la mano. Kate se soltó los anclajes que la sujetaban a su instructor, un tipo enorme de aspecto tosco, y Sarah le echó a su amiga los brazos al cuello. Ésta parecía haber regresado de otra galaxia. Estaba sonrojada, tenía los ojos desmesuradamente abiertos y no acertaba a hablar con coherencia.

—No puedo creerlo... ohdiosmío... acabo... no puedo creerlo...

Cuando Jo la abrazó, pudo notar el golpeteo de su corazón contra las costillas. Le ofreció un poco de licor, que Kate aceptó, y dio el sorbo más largo que Jo le había visto dar nunca. Exceptuando aquella memorable noche de primavera, durante su último año de universidad, en la que se agarró tal cogorza después del estrés de los exámenes finales, que se subió a la terraza de la residencia de estudiantes en la que vivían y se puso a cantar *The Hills Are Alive* a pleno pulmón.

Kate se estremeció como un perro mojado y le devolvió a Jo la botella. Acto seguido, soltó un grito tirolés del club de escalada de la Universidad Estatal de Kenilworth que debieron de oír hasta en Manhattan. El cachas de mandíbula cuadrada vestido con mono sonreía como si acabara de proporcionarle a Kate un doble orgasmo.

Sarah la rodeó, bailoteando alegremente, intentando que Kate les describiera cómo había sido la experiencia.

—Ha sido como... como si estuviera suspendida en el aire. —Le caía licor de menta por la barbilla, pero no se lo limpió—. El viento me empujaba hacia arriba.

—Venga —dijo el instructor, cogiéndola del codo para indicarle que fueran hacia el hangar—. Vamos a quitarte esta ropa.

—Cariño, no le hables así —murmuró Jo, siguiéndolos junto a Sarah—. Kate es una mujer casada.

«Pero yo no.»

Él la miró. Le brillaban los ojos y Jo paladeó el temblor nervioso que la recorría cuando le tiraba los tejos a un hombre con altos niveles de testosterona. Igual hasta valía la pena tirarse de un avión, sólo por llevar pegado a un espécimen como aquél, pensó.

—Ha sido... como si el tiempo se detuviera —siguió balbuceando Kate—. Como si se estirara. Sólo aire y ruido. Ohdiosmío...

—Parece que el licor está surtiendo efecto.

—Ah, no —intervino el cachas—. Esto es pura adrenalina. La mejor droga del mundo.

—¡ACABO DE TIRARME EN PARACAÍDAS! —Kate se apartó un poco y empezó a dar vueltas alocadamente por la pista—. ¡ME HABÉIS OÍDO! ¡ACABO DE TIRARME EN PARACAÍDAS!

—Quizá te interese hacer nuestro curso acelerado de caída libre —sugirió el cachas—. Así, la próxima vez podrás saltar sin necesidad de llevarme anclado a la espalda...

—¿Y dónde estaría la gracia entonces, guapo? —lo interrumpió Jo.

—¿Yo sola? —Kate daba saltos alrededor del grupo como si fuera un canguro—. ¿De verdad? ¿Cuánto tiempo necesito para eso?

—Es un entrenamiento más exhaustivo, pero si te lo tomas en serio, podrías estar lista en, digamos...

Jo entornó los ojos mientras el cachas les largaba el rollo publicitario sobre su negocio y observó a Kate. Estaba claro que decirle en ese momento que no les hacía falta tener a otra adicta a la adrenalina, como su difunta amiga Rachel, o simplemente sugerirle que tal vez fuera buena idea contarle a su marido a qué se dedicaba mientras sus hijos estaban en el cole le aguaría la fiesta. Pero verla tan entusiasmada, totalmente desinhibida, era algo cada vez más inusual; algo así como ver a la Reina del Tomate atrapar a la cerda resbaladiza de barro en un concurso. Sólo ocurría de Pascuas a Ramos. Y le recordaba mucho a la Kate de antes, la que aún no era una mujer casada y con tres hijos, aquella antigua amiga cuya impetuosa personalidad se iba desvaneciendo para convertirse en una leyenda.

—¡ACABO DE TIRARME EN PARACAÍDAS! ¿NO OS PARECE INCREÍBLE?

En ese momento aterrizó la avioneta y avanzó entre el rugido del motor por la pista en dirección al mismo hangar al que se dirigían ellos. Kate iba delante, dando saltos de contento acompañada por Sarah, que también saltaba y reía. De vez en cuando, aún soltaba alguna variación de: «¡Acabo de tirarme en paracaídas!».

Eso le proporcionó a Jo un rato a solas con Míster Cachas, que se había quedado atrás con ella. Jo lo miró de reojo. Los sureños escaseaban tanto en Nueva Jersey que reconocería a uno a quince metros.

—¿Y de dónde has dicho que eras? ¿Tennessee?

—West Virginia —contestó él con una sonrisa de medio lado—. ¿Y tú?

—Kentucky de pura cepa.

—Estás muy lejos de casa. ¿Te apetece probar?

—Oh, qué cosas dices.

—Te haré descuento.

—Dime que no hablas de aviones. —Él tuvo el detalle de mostrarse abochornado—. Hablabas de aviones. —Jo intentó disimular su decepción. Supuso que tratar de convencer a personas racionales de que se lanzaran al vacío no debía de ser una manera fácil de ganarse la vida—. Si no te importa, prefiero las emociones sobre tierra firme.

«Y a poder ser tumbada boca arriba.»

—Tal vez pudiésemos quedar luego —sugirió él—. Cuando salga de trabajar.

—Me apetecería mucho —contestó ella, aunque era consciente de lo que significaba aquel «tal vez». Un «tal vez» esperanzado, más o menos interesado en «podemos hacerlo si no implica ningún esfuerzo para mí». Estaba muy bueno, pero lo cierto era que Jo no se veía capaz de hacer todo el trabajo en ese momento. Tenía planes para la tarde y, lamentablemente para ella, no incluía un fogoso revolcón con aquel adicto a la adrenalina de cuerpo fibroso.

En la oficina, un tipo todavía con el mono puesto editaba un DVD. Kate se quitó el mono amarillo, se apropió del licor y salió pitando al cuarto de baño; luego, volvió corriendo para ver el vídeo que habían grabado de su experiencia.

Era increíble. Por más gafas protectoras que llevara, saltaba a la vista que estaba aterrorizada. Y aun así, cuando se asomó a la puerta abierta del avión y el aire le dio en las mejillas, su expresión cambió de golpe. Su rostro se iluminó. La etapa de caída libre no duró más de sesenta segundos. Después, el cachas le dio un golpecito en el hombro y Kate accionó el paracaídas, que se elevó momentáneamente desapareciendo del objetivo de la cámara. Aplauso general. El de West Virginia le entregó un certificado y el DVD con su delgada funda, y Kate Jansen salió del hangar como si flotara, después de haber completado con éxito la tarea encomendada.

Con un sobresaliente, como siempre.

Pero se iba a llevar un buen cabreo cuando se enterara de que habían confundido las cartas de Rachel, pensó Jo. Porque ésa era la única explicación que le encontraba a lo que decía la suya.

—¿Y ahora qué? —preguntó Sarah con ojos resplandecientes—. ¿Vamos a almorzar?

—¿A almorzar? —repitió Kate, que todavía sentía el estómago flojo a causa del subidón de adrenalina—. No creo que pueda comer nada.

—Lo que necesitas es sexo —sentenció Jo, tirando la botella de licor en una papelera. *It's Raining Men* seguía sonando en el asiento trasero—. Dale a Paul una sorpresa.

—Sí —respondió Kate con el rostro resplandeciente—. Eso es justo lo que voy a hacer. Está en el trabajo. Voy a ir a hacerle una visita.

Abrazó y besó a sus amigas y salió zumbando del aparcamiento, mucho más rápido de lo que aconsejaba la prudencia.

Jo le pasó un brazo a Sarah por los hombros.

—Yo comeré contigo, tesoro. No va a ser tan divertido como lo que le espera a Paul, pero es lo que hay. —Y salir a almorzar era una manera tan buena como cualquier otra de posponer lo ineludible un poco más—. Además, tenemos que hablar de las cartas de Rachel.

—Yo no he recibido la mía —contestó Sarah—. Si la envió a

Burundi, se habrá perdido. Es imposible transportar una vaca desde Gatumba hasta Bujumbura sin pagar sobornos por el triple de su precio.

—No, Rachel no se arriesgaría a que se perdiera. Debió de enviarla a casa de tus padres, en Vermont. Adonde solíamos escribirte antiguamente, antes de que se inventara esa maravilla del e-mail. ¿No has preguntado a tus padres?

—No. Supongo que tarde o temprano la carta terminará por encontrarme. Igual que la tuya te encontrará a ti. —Sarah la contempló con su cristalina mirada. Tenía unos ojos impresionantes. Era lo que más llamaba la atención de su rostro: aquellos imperturbables ojos grises en una luminosa tez cubierta de pecas, y la manera en que te escrutaban cuando te miraba, como si tratara de averiguar si eras de los buenos o de los malos.

Jo suponía que le resultaría muy útil en su trabajo de enfermera en campos de refugiados. Se encogió de hombros como si no llevara en el bolsillo su propio sobre. «Tu carta también te encontrará, Sarah. Kate y yo nos aseguraremos de que así sea», pensó Jo entonces.

Comieron algo rápido en una cafetería cercana. Sarah engulló una hamburguesa con queso y dos cervezas sin alcohol, además de la mitad de las patatas fritas de Jo, diciendo, como siempre, que era imposible comerse una hamburguesa en condiciones fuera de Estados Unidos. A Jo no le importaba que se comiera sus patatas porque, por primera vez en mucho tiempo, estaba demasiado nerviosa para comer. Dejó a Sarah en la estación de tren y prometieron que quedarían en el centro de la ciudad la siguiente semana, antes de que tuviera que regresar a Burundi. Sarah subió al tren y Jo deseó poseer la serenidad que rodeaba a su amiga como un halo en todo momento.

Jo había apagado el móvil durante la comida. Nada más encenderlo, comenzó a vibrarle en la mano. Conectó el *bluetooth* y metió la marcha antes de responder.

—Por Dios bendito, Jo, ¿dónde estabas? Llevo horas dejándote mensajes en el móvil.

Hector. Histérico como siempre. Jo tomó una profunda bocanada de aire y adoptó su mejor tono de directora ejecutiva.

—¿Qué tal la reunión?

—Una locura, te lo juro. No te vas a creer lo que se les ha ocurrido para la cuenta de Artemis. Una porquería.

—Seguro que tú has propuesto algo bueno, Hector.

—Por supuesto que sí, montones de ideas. Como darles a los invitados gabardinas y sombreros fedora, y hacer bolsas de regalo con polvo para identificar huellas dactilares y lupas...

—Entiendo. En plan detective. Justo el aroma que me gustaría llevar: una mezcla entre Hell's Kitchen y colillas malolientes. —Ahuecó la mano en torno a la fálica palanca de cambios y puso la tercera—. Mystery es un perfume, no una novela negra barata. ¿Qué más?

—Randy propone que fotografiemos a unas cuantas chicas contorsionándose como signos vivientes de interrogación, con las faldas bien levantadas. Vamos, que lo enseñen todo menos... el misterio. Eso sí, en blanco y negro.

—Típico de Randy. ¿Y qué se le ha ocurrido para el lanzamiento? ¿Vestirlas de *cheerleaders* con un signo de interrogación pintado en la camiseta? No, gracias. —Cerraría los ojos si no fuera porque iba a ciento veinte por una zona de noventa—. Dime que habéis pensado algo más.

—Jo, faltabas tú. Te he sustituido lo mejor posible.

—Ya lo sé, Hector, y te agradezco mucho el esfuerzo, pero venga ya, conozco a esa panda. Alguien tiene que haber planteado algo con lo que podamos empezar a trabajar.

—Sí, Sophie.

Jo sintió un escalofrío en la espalda. Sophie era una publicista trepa que le tenía echado el ojo a su puesto. Su jefe se había fijado en la ambiciosa belleza nórdica, y con razón: era joven y enérgica, con la cabeza llena de ideas a medio perfilar, aunque algunas no estaban mal del todo.

—Quiere que contratemos a una modelo —continuó Hector—. Esa a la que han arrestado por tenencia de cocaína, ¿sabes quién es? Karin, Kate, Kathy no sé qué. Nos saldría barata, y para cuando la campaña despegue...

—Estás de broma, ¿no?

—Ha sido idea de Sophie, no mía —canturreó él.

—Ya.

—Dice que podemos sacar un primer plano de la cara de la modelo y mezclar las piezas como si fuera un rompecabezas desordenado. De ahí el misterio. ¿Quién será el rostro de Mystery?

Jo guardó silencio un momento. La idea no estaba mal. Nada mal. Visualizó mentalmente los anuncios en prensa —*Vogue, Maxim, Glamour*— tal vez incluso en alguna publicación más popular. Aparecerían durante uno o dos meses para despertar la curiosidad, aunque mantener en secreto la identidad de la modelo sería una pesadilla a nivel de logística, pues sería necesario llevar a cabo todo tipo de artimañas para evitar que se enterara la manicura de la relaciones públicas de la modelo o alguien por el estilo. Y entonces, el día del lanzamiento, Artemis revelaría la identidad de la mujer, preferiblemente alguien que no fuera Miss Drogadicta del Mes, claro, sino una modelo seductora, exótica. Misteriosa.

—Te gusta.

—Tiene posibilidades.

—¿Quieres que le dé el visto bueno?

—Por supuesto que no.

Hector no paraba de emitir ruiditos al otro lado del teléfono, sonidos que seguramente debían de ir acompañados de muecas, como poner los ojos en blanco, tapar el auricular del teléfono, gritos mudos de histeria y creciente tensión. Jo estaba segura de que su ayudante estaría sudando su camiseta de Brooklyn Industries.

—Jo, la reunión con los jefazos de Artemis está al caer.

—Ya lo sé.

—Llevas fuera tres días y no tenemos ni siquiera una idea pequeñita, y mucho menos una propuesta que hacerles.

—Mejor no tener ninguna que llegar con una mala. Y no sería la primera vez que se nos ocurre algo la noche antes de presentárselo al cliente.

—Ya, esperas que me dé una angina de pecho.

—Hector, tienes veintiocho años y haces ejercicio seis días a la semana. Aún te faltan como mínimo sesenta para saber siquiera lo que es una angina de pecho.

—¿Qué dices? Angina de pecho es lo que le da a uno cuando está aquí solo entre tanta alimaña y con una fecha de entrega pendiente.

—De acuerdo, Hector. Mira a ver si se os ocurre algo mejor, o al menos una modelo más adecuada que esa señorita a la que han pillado con la cara llena de polvo blanco.

Jo escuchó todos los mensajes que le habían dejado en el móvil —¡dieciséis!—, la mitad de ellos de Hector, cada vez más histérico, con el caos de la reunión de creativos como ruido de fondo. Borró los mensajes antiguos que le dejaron Sarah y Kate para quedar en el pequeño aeropuerto de Fairfield. Sin embargo, al llegar a la voz áspera de un abogado, se metió en el aparcamiento de una cafetería y anotó un número de teléfono, que marcó en seguida. Aguardó durante un rato insoportablemente largo a que la pasaran con quien quería hablar.

—¿Señorita Marcum? Soy Barry Leibowitz. Quería usted hablar conmigo sobre la última voluntad y el testamento de la señorita Braun, ¿no es cierto?

—Sí, señor. —Una chica nunca debe olvidar los modales inculcados en su Kentucky natal y la voz de aquel hombre irradiaba autoridad—. Me preguntaba si se encargó usted personalmente de las cartas que la señorita Braun ordenó que se enviaran por correo tras su muerte.

—Así es.

—Ah. —Jo imaginaba que lo habría hecho alguna secretaria, no un abogado que cobraba quinientos dólares la hora—. Bueno, entonces tal vez pueda ayudarme. Creo que, tras la muerte de la señorita Braun, debió de producirse algún tipo de confusión.

—¿Confusión?

Jo tomó carrerilla mentalmente.

—Su muerte fue muy repentina.

El hombre se quedó un momento en silencio.

—Le aseguro que todos los papeles estaban en orden. Algo sorprendente para tratarse de una mujer tan joven.

—Yo recibí una de esas cartas —continuó Jo, sacándose el sobre del bolsillo—, y estoy segura de que... —Tragó el súbito nudo que se le había formado en la garganta—. Quiero decir, creo que no iba dirigida a mí, sino a una de las otras dos destinatarias.

—¿Dos destinatarias?

—Kate Jansen, tal vez. O Sarah Pollard.

—La señorita Braun no escribió sólo tres cartas —explicó el abogado—. Había docenas de sobres.

«Docenas.»

Jo se quedó mirando el enorme reloj situado encima de la puerta de la cafetería. Las manecillas estaban paradas en las nueve. Si un establecimiento en mitad de Jersey tenía un reloj gigante en la fachada, lo lógico era pensar que funcionaría. Que estuviera parado era como si gritara: «¡No tenemos dinero para repararlo!».

De igual manera, era lógico pensar que una mujer a la que conocía desde hacía veinte años habría hecho otras amistades a lo largo de su vida. Docenas, de hecho. Y más aún alguien como Rachel, que arriesgaba el pellejo en cada aventura, donde seguro que habría forjado vínculos muy fuertes con otros adictos a la adrenalina como ella. ¿Acaso no coleccionaba amistades como si fueran canicas? «Cuando estaba entrenando para aquella carrera, conocí a un hombre impresionante. Tenía sesenta y un años, era triatleta y practicaba el budismo [...] Qué remero he conocido, Jo. No te lo vas a creer. Parece esculpido en piedra. Da clases de surf y vive en un bungalow en Maui [...] Es la primera mujer que intenta los siete grandes, pero no es de esas que se dedican a dar discursos de motivación personal. Quiere montar una agencia de viajes de aventura, y estoy pensando en asociarme con ella [...].»

Pero el hecho de que hubiera enviado docenas de cartas sugería algo todavía más alarmante. Rachel había dedicado mucho tiempo a planear todo aquello, lo que hacía aún más peregrina si cabía su petición.

—Tuvimos mucho cuidado a la hora de clasificar los sobres, señorita Marcum —prosiguió el abogado rompiendo el silencio—. Como habrá visto, la señorita Braun fue quien escribió la dirección en cada sobre personalmente.

Tenía razón. Allí estaba la caligrafía de Rachel, sorprendentemente infantil y un poco inclinada hacia la izquierda: «Bobbie Jo Marcum, magnate de los negocios, 196 East 82nd St., #5D, Nueva York, 10028». Tan íntima y personal como la carta en sí misma. Jo no podía seguir negándoselo.

Aunque no tenía ningún sentido.

—¿Señorita Marcum?

—Sí, sigo aquí.

—¿Podemos hacer algo más por usted?

«¿Podrían ayudarme a estrangular a una muerta?»

—No, ha sido usted muy amable. Le agradezco mucho su tiempo, señor Leibowitz.

Jo cortó la llamada y se dijo que daba igual. De todas formas no iba a suceder. Los padres de Rachel no permitirían que se entrometiera de ese modo en sus vidas. A Kate Jansen le había pedido que se tirase de un avión, vale, pero la tarea en sí se reducía a dos horas de preparación previa y diez minutos de pánico. En cambio, lo que Rachel le había encargado a ella era para toda la vida.

Metió la marcha y se dirigió hacia Teaneck. Todo aquello quedaría resuelto en cuestión de una hora. Les enseñaría la carta a los padres de Rachel, éstos mostrarían su sorpresa y horror, y después se reirían todos juntos. Se reirían de cómo Rachel intentaba entrometerse en las vidas ajenas, para hacer que cambiaran para mejor, claro estaba, incluso desde la tumba. Y después Jo quedaría relevada de su obligación.

Cuando llegó, las cortinas estaban corridas en todas las ventanas de la bonita casa de estilo colonial, como si la familia siguiera observando la *shivá*. Se tiró de la ceñida camiseta color turquesa mientras avanzaba por el camino de entrada, preguntándose si tal vez debería haberse puesto algo un poco más respetuoso que unos vaqueros caídos y unos zapatos altos sin talón.

La puerta se abrió antes de que le diera tiempo a llamar. La prima de Rachel, Jessie, apareció en el umbral.

—Gracias a Dios. Eres tú. —Y se apartó a un lado para dejarla pasar—. Te estábamos esperando.

Jo entró en la casa. El desorden reinaba por doquier. Los espejos seguían cubiertos por trozos de crepé negro y sobre la mesa del comedor se apilaban envases plásticos de comida.

—Creía que llegarías antes —prosiguió Jessie—. Mi tía te ha estado esperando. Al final la he mandado a hacer unos recados. No dejaba de llorar, y creo que en esta casa ya ha habido bastantes lágrimas por el momento.

—Jessie, cariño —dijo Jo sacando el sobre, que agitó delante de la chica—. ¿Estás segura de que esto es así de verdad?

—Sí. Yo estaba presente cuando Rachel lo decidió.

—¿En serio? —preguntó ella, sinceramente sorprendida.

—Sí. Yo llamé al abogado y ayudé a mi prima a redactarlo. Todo es legal. Sólo falta que aceptes. —La chica la miró con exasperación mientras se retiraba un flequillo que pedía a gritos unas tijeras—. Rachel también me dijo que tratarías de escurrir el bulto.

Jo se envaró. Jessie tendría unos veintidós años y era insolente como sólo alguien recién salido de la universidad puede serlo.

—No estoy «escurriendo el bulto». Es sólo que me ha sorprendido mucho y que es una responsabilidad muy grande.

—Lo sé. Ha sido la mía durante estas últimas semanas. Es lo que Rachel te encomendó a ti específicamente.

—La verdad, no creía que tus tíos estuvieran dispuestos a permitirlo.

—¿No estás al tanto de nuestra situación? —preguntó Jessie, poniéndose en jarras. La cola de caballo se balanceó con el movimiento—. Mi tío se rompió la cadera hace cuatro meses...

—Lo sé.

—Y no puede moverse de la cama. No ha bajado la escalera

en todo ese tiempo. Mi tía calcula que tiene para tres o cuatro meses más, tiempo durante el cual se desvivirá por él. Y ella tiene diabetes. ¿Por qué creías que no estarían de acuerdo? Han acogido la idea de buena gana. Y si mi tía entra por la puerta ahora mismo, será mejor que te comportes como si fuera el mejor regalo que Rachel podía hacerte. Porque lo es.

Jo se envaró de nuevo. No había ido allí a que una veinteañera la aleccionara. Bastante aguantaba ya en el trabajo, de cada jovencito brillante que quería robarle el puesto.

—¿Y por qué no lo haces tú entonces? Sé que no tienes trabajo.

Jessie se sonrojó y bajó la vista.

—Lo haría. De hecho, me ofrecí a hacerlo. Pero por alguna razón Rachel te prefirió a ti.

Justo en ese momento, la puerta trasera chirrió al abrirse y, a continuación, se oyó el golpeteo de la mosquitera al cerrarse. Una niñita flacucha, con pantalones pirata y un pelo alborotado que le tapaba la cara, apareció desde la cocina.

—Grace, tesoro —Jessie la agarró antes de que pasara de largo—, espera un segundo.

La niña se chupó un dedo. Tenía una marca reseca de suciedad alrededor de la boca, y los ojos castaños y cristalinos de Rachel.

Jessie se agachó a su lado.

—¿Te acuerdas de que estuvimos hablando de la tía Jo?

Ésta pudo notar cuatro ojos angustiados fijos en ella.

—Pues bien, la tía Jo va a ser tu nueva mamá.

3

Sarah vaciló un segundo delante del ordenador. El monitor ocupaba todo el maltrecho escritorio, cubierto por una fina capa de polvo. Un viejo amigo, destinado en esos momentos en Bangkok, le había dejado su apartamento de Nueva York, y hacer uso de las pocas comodidades de que disponía. Le había llevado una buena media hora comprender que el anticuado ordenador tenía incorporado un módem telefónico, aunque conectarse era muy lento. Completar las borrosas instrucciones que encontró en un papel pegado al monitor le llevó otra media hora. Finalmente, consiguió una conexión lenta, pero estable.

«Maldita sea.»

Sarah se apartó un poco del resplandor azulado de la pantalla y se golpeó las piernas con el borde del sofá. Se recogió la falda y se dejó caer en el hueco que formaba un muelle roto en las tripas del mismo.

Si tuvieran una corriente eléctrica como aquélla en el campamento de las afueras de Gatumba, el doctor Mwami y ella correrían como locos. Cargarían los desfibriladores, conectarían los ecógrafos portátiles y harían aquella operación urgente de vesícula biliar con el electrocardiograma en funcionamiento, todo ello antes de que saltara un fusible, la lluvia produjera un cortocircuito o un rebaño de elefantes aplastara el generador.

Y, sin embargo, allí, en Nueva York, lo que más deseaba era que estallara una tormenta y se fuera la luz. Pero la pantalla destellaba. Implacable. Y, a pesar de las montañas de papeles que abarrotaban el escritorio, el sobre blanco de Rachel brillaba entre todos ellos como la luna en Burundi.

«¿De qué tienes miedo, Sarah?

»De la verdad, Rachel. De la dura verdad.»

Cogió la infusión de azahar que se había preparado y se calentó las manos con la taza. Llevaba catorce años evitando aquello. Catorce años de bendita —y voluntaria— ignorancia. No podía salir nada bueno de los últimos deseos de Rachel: que Sarah buscara al doctor Colin O'Rourke, voluntario del Cuerpo de Paz de Estados Unidos, mago del bisturí, activista apasionado y el único hombre al que había amado en su vida.

Cerró los ojos y se sumió en sus recuerdos.

Estaban tumbados bajo la mosquitera, con la respiración aún agitada. Fuera de la cabaña, los insectos saturaban el aire nocturno paraguayo con sus estridentes sonidos, golpeándose contra el techo de paja, tan abundantes que les faltaba espacio para volar sin chocar unos con otros. Las aves nocturnas chillaban a lo lejos, en la espesura de la selva. Sarah estaba segura de haber oído el rugido de un jaguar.

Todo era tan distinto de lo que ella conocía, tan distinto de las silenciosas noches nevadas de Vermont de su infancia. Allí, en Paraguay, incluso el aire rebosaba vida.

Y así era como Sarah se sentía allí tumbada, en la cama, con la cabeza apoyada en el hombro de Colin, admirando cómo subía y bajaba su torso a la luz de la luna. Siguió el contorno de sus músculos bien perfilados. Pectoral mayor. Intercostales externos. Oblicuos. Se preguntaba, y no era la primera vez, cómo un hombre como el doctor Colin O'Rourke había elegido amarla a ella, una chica de pueblo en su primera misión fuera de casa.

Dejó la taza en la mesa con un tintineo y el líquido rebasó el borde salpicándole la mano. Tenía un olor asquerosamente dulzón. Tim, el dueño del apartamento, tenía una cafetera que funcionaba, pero no había ni un grano de café en toda la casa, así que no le había quedado más remedio que prepararse aquella infusión repugnante. Se levantó del sofá de un salto, apartó la cortina de cuentas que separaba el salón de la cocina y echó el contenido de la taza en el fregadero manchado de óxido, mascullando una disculpa para su ausente anfitrión por ser tan desagradecida.

En la otra habitación, el ordenador seguía esperando como un fantasma azulado, listo para mostrarle al doctor Colin O'Rourke de la actualidad: calvo, proctólogo en Kansas. O dermatólogo en Tupelo, y corredor de maratones en su tiempo libre. O bien socio de un club de golf, con cuatro hijos y un Shih Tzu con pedigrí de nombre *Porgy*.

Y tal vez una bonita esposa.

Apoyó las manos en el fregadero. ¿Por qué no podía Rachel dejarla tranquila con sus rarezas? ¿A quién le hacía daño? ¿Acaso no se reservaba todo el mundo una pequeña parcela de recuerdo para alguien o algo especial, algo así como un brillante pedacito de cristal de color rosa? Sarah sólo tenía ganas de hacerse un ovillo y estrechar contra su pecho aquel recuerdo suyo particular, aquel último adorno del árbol de Navidad, deslumbrante y exquisitamente hermoso, que podía hacerse pedazos en cualquier momento.

Tenía una salida. Podía fingir que no había recibido aún la carta. No le resultaría difícil. Tanto Jo como Kate sabían que el correo postal en Burundi era como el Volkswagen de cuarenta años que alguien había donado al campamento: de vez en cuando, para asombro de todos, funcionaba, pero lo habitual era que no lo hiciera. Podía demorar la cuestión durante meses. Años incluso.

Sin embargo, y a pesar del mucho tiempo que llevaba trabajando en agujeros de mala muerte a lo largo y ancho del planeta, en su interior seguía siendo hija de un ministro del Señor. No podía mentir y no le gustaba admitir que era cobarde.

Pero no tenía por qué hacer aquello sola. Apartó la cortina de la cocina y se abalanzó sobre el teléfono. Marcó un número que conocía bien y se puso de espaldas a la pantalla del ordenador.

—Jo Marcum —contestaron.

Sarah se quedó callada un segundo. Jo tenía su voz de trabajo —aquel tono escueto, urbano, ni rastro de su acento de chica de Kentucky—; sin embargo, estaba segura de que la había llamado a casa.

—Soy Sarah. ¿Estás trabajando?

—Poniéndome al día desde casa, sí. Demasiado tiempo sin aparecer por la oficina. ¿Qué pasa?

—Necesito un testigo.

Jo intentó reprimir su excitación.

—Has recibido la carta.

—Me la ha mandado mi madre.

—Vamos, confiesa. ¿En qué lío te ha metido Rachel a ti?

—Quiere que busque a Colin.

Se acercó al escritorio mientras al otro lado del hilo telefónico se hacía el silencio. Acarició el papel con la caligrafía de Rachel.

—Sarah..., ¿qué has dicho?

—Sé que suena increíble. —Tamborileó con los dedos en el sobre—. El año pasado, Rachel estuvo una semana en África, conmigo, y tuvimos varias conversaciones de esas de desnudar el alma. Y ahora me viene con una de ellas.

—Estarás de broma.

—¡No entiendo por qué me pide que haga precisamente esto! Después de su visita, creía que le había quedado claro por qué no quería...

—A ver si lo he entendido —la interrumpió Jo—. ¡¿Lo único que te ha pedido Rachel ha sido que busques a un tío en Google?!

Sarah se quedó callada. La voz de Jo destilaba acidez, y sus palabras habían sido más mordaces de lo que habría esperado. Tanto Jo como Kate habían alcanzado su límite de tolerancia respecto al tema de Colin O'Rourke. Ninguna de las dos entendía por qué éste seguía interponiéndose entre Sarah y las deplorables relaciones que había tenido desde entonces.

Al parecer, Rachel tampoco.

—Vale —prosiguió Jo cada vez más alterada—. Kate ha tenido que tirarse de un avión. ¿Y ahora vienes tú y me dices que lo único que tienes que hacer es teclear unas palabras delante de un ordenador?

¿Teclear? Cavar una tumba. Desenterrar lo que debería seguir siendo sólo un recuerdo. Contemplar los restos.

—¿Para qué me llamas exactamente? ¿Por qué no estás ahora mismo delante de una pantalla, por el amor de Dios? La tarea no te llevará más de diez segundos.

—¡Oye! ¿No puedes ser un poquito más desagradable?

—Sarah... —Jo se detuvo. Sarah notó cómo trataba de contenerse—. Mira, cariño, llevas soñando con ese tío desde Paraguay. —Se oyó un fuerte golpe de fondo. Parecía como si Jo estuviera tirando cosas contra la pared—. Todas te hemos dicho un montón de veces que fueras a por él. Ya te lo busco yo...

—¡No! —exclamó Sarah, apartándose el teléfono del oído—. Es cosa mía. Pero esperaba poder hacerlo... con una amiga.

—¿Y tiene que ser ahora? —De nuevo ruidos de fondo en casa de Jo, como si algo muy pesado bajara la escalera—. ¿A estas horas de la noche?

Sarah se quedó callada un segundo. ¿A qué venía esa pregunta por parte de una mujer que no aparecía por casa antes de medianoche? Miró el reloj en forma de gato con la cola como péndulo situado encima del fregadero.

—Jo, son las ocho y media.

—Espera un momento.

Tapó el auricular, pero Sarah oyó que hablaba con alguien, y entonces lo comprendió. Claro, su amiga tenía compañía. Jo siempre tenía compañía. Acumulaba hombres igual que, con toda seguridad, se acumularía el arroz en la cola de un vestido de novia. Los coleccionaba para pasar el rato, y de vez en cuando se los quitaba a todos de encima. Sin embargo, cuando le apetecía estar con uno, siempre tenía a alguien a mano.

A ella, a Sarah, sólo le había apetecido un hombre en toda su vida.

—Mira, Jo, olvídalo —dijo, intentando mostrarse tan serena como siempre—. Llamaré a Kate...

—Sí, hazlo —la interrumpió la otra, caminando apresuradamente; Sarah oyó su frenético taconeo—. Ah, ahí estás. ¿Grace? ¡Gracie!

Sarah oyó un batacazo a través del hilo telefónico.

—¡Oh, mierda! —Jo soltó el teléfono y salió corriendo—. ¡Mierda! ¡Mierda, mierda, mierda!

—¿Va todo bien, Jo? ¡Jo!

Sarah oyó un agudo gemido y, a continuación, a su amiga soltando imprecaciones y diciendo:

—No pasa nada, tesoro, no pasa nada. Iré por una toalla. No pasa nada, tesoro, ya está...

Sarah escuchaba sin dar crédito. ¿Grace? La única Grace que conocía era... Gracie Braun.

Contuvo la respiración.

No podía ser.

No tenía sentido.

Sin embargo, eso lo explicaba todo.

—Cuelga —dijo Jo cuando regresó al teléfono. De fondo se oía a Grace sollozar—. Tengo que llamar a urgencias.

—¿Qué ha pasado?

—Hay sangre por todas partes. Se ha caído. Y ahora cuelga para que pueda...

—Soy enfermera. ¿Qué tipo de caída?

—Se ha tropezado. En mi salón. Al bajar el último escalón. Se ha caído y se ha golpeado con el canto de una mesa.

—¿Está inconsciente?

—No, creo que no.

—¿Tiene algún hueso roto?

—¿Cómo demonios lo voy a saber? Está cubierta de sangre hasta las rodillas. Se ha hecho un corte en la frente que mana como un pozo de petróleo en pleno Texas...

—¿Cerca del ojo?

—No. Más arriba, hacia la línea del pelo.

Sarah le fue arrancando poco a poco los detalles. Al parecer, Grace se había hecho un corte recto, de unos cinco centímetros, y probablemente tendrían que darle puntos.

—Las heridas en el cuero cabelludo sangran mucho —le explicó—. No te pongas nerviosa. Coge una toalla limpia y presiona la herida. Después, llévala a Urgencias con calma. Cualquiera de los cirujanos plásticos del centro le dará unos puntos que no le dejarán marca.

—Mierda. Mierda. —Jo dejó de soltar imprecaciones y le dijo algo a Grace—. Está bien. Tengo que irme. Y, ¿Sarah?

—¿Sí?

—No se lo cuentes a Kate. Lo de que Grace está aquí.

Sarah se calló. Se acordó de una noche en que Jo se puso excesivamente sarcástica debido a que Kate no había ido a cenar con ellas porque su hija tenía entrenamiento de fútbol.

—Jo, no puedes negar que, en esto, Kate es la experta.

—¡No! ¿Me oyes? ¡No! ¿No tengo ya bastante? Júrame que no se lo dirás.

Sarah se lo prometió, aunque con reticencia, y colgó perpleja. No sólo por la vehemencia de Jo al pedirle que no se lo contara a Kate, sino por la decisión de Rachel de que se encargara de su hija. Tiempo atrás, Rachel había dejado a la niña con sus padres, que vivían en Teaneck. Rachel viajaba mucho, por lo que decidió que lo mejor para Grace era que creciera en un hogar estable, con sus abuelos de Jersey. Por lo visto, había cambiado de idea. Pero ¿precisamente Jo? La más adecuada para criar a la pequeña habría sido Kate.

Sarah regresó al cómodo agujero del sofá sin soltar el auricular. Se quitó las sandalias y metió los pies bajo la falda. Fuera, los taxis pitaban cuando atravesaban la estrecha calle. Se oía hablar a la gente al pasar por debajo de su ventana, de camino a la zona comercial, con sus tiendas y sus restaurantes de moda. En el silencio de aquel apartamento polvoriento, la pantalla del ordenador seguía lanzándole guiños azules, y el sobre continuaba junto al teclado, cegador.

Una amiga eliminada. Todavía le quedaba otra.

Marcó el siguiente número. El teléfono sonó cuatro veces. Justo cuando ya iba a saltar el contestador automático, Kate descolgó.

—Grand Central.

—Soy Sarah.

—Hola. —Bajó la voz y añadió—: ¿No te ha parecido increíble lo de esta mañana?

—Totalmente. Aplaudo tu coraje.

—Anna, ese número tres está al revés. ¿Puedes ponerlo bien, por favor? No sé si ha sido coraje o estupidez.

—¿Se lo has dicho a Paul?

—No. —Calló un momento—. Michael, termina la redacción. Vamos, sólo dos frases más. No, aún no se lo he dicho.

—¡Kate!

—Se lo diré, en serio —contestó ésta, llamando a una puerta con los nudillos dos veces—. Pero lo haré cuando esté más receptivo. Tess, ya es hora de ir terminando. Ahora le toca bañarse a Anna. Es noche de baño —le explicó a Sarah, silenciando las quejas de Tess—. Una locura, como siempre.

—He recibido mi carta.

—Tienes que buscar a Colin.

—¿Tan patética soy? —preguntó ella, sobresaltada.

—¿Qué otra cosa iba a pedirte que hicieras? Ya era hora.

Sarah cerró los ojos.

—¿Sabes?, en Burundi, mis colegas me respetan. Los pacientes me regalan leche de oveja y licor de plátano...

—Colin te impide seguir con tu vida, Sara-belle. Michael, puedes decir que el libro «mola», pero ahora tienes que dar ejemplos. ¿Qué quieres decir con que el libro «mola»? Es mejor decir que da miedo, que es divertido, emocionante o aburrido. Es más fácil poner ejemplos de eso. ¿Cuánto ha pasado? ¿Quince años?

—Catorce. «Más tres meses y seis días.»

—Anna, piensa otra cosa que empiece por «f» y terminamos, te lo prometo. Paul, ¿puedes ayudarla? —Kate resopló como si estuviera levantando algo—. Es increíble. Aún va a la guardería y lleva hora y media haciendo deberes. ¿Lo has buscado en Google ya?

—¿Mentalmente? Unas sesenta veces.

—Espera un momento. Paul, hay más revistas en el revistero

del salón. Coge las de niños, *Cricket* o *Spider.* No, Tess, no sé dónde está tu secador. Me he llevado a los niños a cenar por ahí esta noche. A Crazy Jay's. Creían que celebrábamos un cumpleaños, imagina el tiempo que hacía que no salíamos. Pero ahora lo estoy pagando, porque van retrasados con los deberes.

Sarah vaciló un momento. No tenía derecho a pedirle a Kate un favor tan grande. Ella siempre estaba muy ocupada. En una ocasión, no mucho después de que naciera su segundo hijo y decidiera abandonar su trabajo como analista financiera, Jo le preguntó con malicia a qué dedicaba todo el día. Cuando Kate terminó de enumerar todo lo que hacía, Sarah llevaba un rato soñando con las tardes que había pasado en Paraguay, moliendo maíz y haciendo tortillas.

—Lo siento, Sarah. Estoy un poco distraída. ¿Necesitas que te ayude en algo?

—Sí, ven. Necesito un testigo.

No era su intención pedírselo. Sabía que no debería haberlo hecho. No estaba tan ciega. Cada vez que iba a Estados Unidos, notaba que ya no encajaba en aquel mundo, y sabía que Jo, Kate y Rachel siempre hacían lo posible por evitarle situaciones embarazosas o que la arrestaran, como le ocurrió en una ocasión. Pedirle ahora a Kate algo así era aprovecharse de su buen corazón.

Pero necesitaba tener a una amiga a su lado.

Sarah cerró los ojos un momento y deseó estar en la enorme casa de sus padres, en Vermont, rodeada por sus diez hermanos y sus doce sobrinos, con su padre al lado, que rezaría con ella mientras encendía el ordenador de la parroquia.

—¿Yo? —dijo Kate—. ¿Quieres que yo vaya a verte?

—Si quiero hacer esto, me vendría bien que una buena amiga estuviera aquí conmigo y me cantara las cuarenta por seguir obsesionada con una vieja fantasía.

—Sarah, es que... no puedo. Es noche de baños. Y Michael debe ponerse ya con la cabaña de madera que tiene que construir para manualidades o no terminará nunca. Aún tengo que revisar los deberes y prepararles la comida de mañana, y ahora mismo estoy poniendo la primera de las tres lavadoras que debo dejar listas esta noche. Paul está con Anna, pero...

—No debería habértelo pedido. —Genial. Sus amigas podían añadir «llorona patética» a lo que ya pensaran de ella, junto con «boba» e «incapaz»—. He llamado a Jo, pero tenía compañía.

«No se lo digas a Kate.»

—Y a la ciudad, encima. A esta hora es imposible aparcar.

—Lo siento de verdad, Kate —se excusó Sarah, bajando las piernas del sofá para apoyarlas con firmeza en el suelo—. No pasa nada. Esto no es como tirarse de un avión en paracaídas. Tengo que dejar de ser una cobarde y hacerlo yo sola.

—¡Malditos papeles! Mañana tengo reunión con la asociación de padres y aún no he redactado la agenda de actividades. Michael, en seguida estoy contigo, espera un segundo. Sí. Espera. Tess, ya te lo he dicho. ¡Mira en el armario de las sábanas!

—Kate, sigue con tus cosas.

—No.

Seguramente había luna llena o algo parecido, porque todo el mundo se comportaba de un modo extraño.

—No cuelgues. Espera un minuto.

Sarah la oyó caminar. La oyó pensar. En mitad de un terrible caos.

—Sí. —Kate tomó aire profundamente, como si acabara de salir de una chimenea—. Sí, Sarah. Voy para allá. Llegaré dentro de una hora.

Dicho y hecho. Una hora más tarde, Kate irrumpía en el apartamento con una botella de vino. Todavía llevaba la misma camiseta y los mismos pantalones de yoga que se había puesto debajo del mono con el que había saltado en paracaídas por la mañana. Sarah rebuscó entre los cajones de la cocina y sacó uno de los seis sacacorchos. Kate abrió la botella y sirvió el vino en dos copas sin perder detalle de los muebles de segunda mano, la máscara zulú colgada en la pared y el techo agrietado.

—Menudo sitio te has buscado.

—Aquí tengo cama gratis. Tim no está mucho en casa y siempre anda ofreciéndosela a los amigos.

—Estoy dejando huellas en el polvo. Así que éste es el aspecto que tiene una casa sucia. —Kate echó un vistazo al ordenador, que seguía encendido, aunque se había cortado la conexión—. Dios mío, pero ¿qué es eso, un desecho de los años sesenta?

—Lamentablemente para mí, funciona. Tenía conexión cuando te he llamado, pero es telefónica, y no quiero que a Tim le llegue una enorme factura de teléfono. Me ha parecido mejor cortarla y volverme a conectar cuando llegaras. Así me podrás hacer un masaje cardíaco si me desmayo.

Sarah marcó el número y esperó a que diera señal. Esta vez, la conexión fue inmediata.

—Siéntate. Hasta que se cargue la página de inicio nos da tiempo a tomarnos una copa.

Kate encontró rápidamente el cómodo hueco del sofá y Sarah se sentó en el otro extremo. Dio un sorbo de vino. Probablemente fuera una buena añada, aunque no podía decirse que ella fuera una gran aficionada. Por aquello de que era hija de un pastor.

—Bueno, señorita Sarah, esto te va a doler. ¿Estás lista?

—He oído a muchos médicos decir lo mismo justo antes de sacar la sierra de cortar hueso.

—¿Qué es lo que te gustaría encontrarte? Quiero decir, ¿qué es lo mejor que podrías descubrir?

Sarah hizo girar el vino en la copa. Se acordó de Colin jugando al fútbol con los niños de la aldea. Una línea de sudor le oscurecía la camiseta justo por la parte central de la espalda. Llevaba una semana sin afeitarse. La miró por encima del hombro con una sonrisa de oreja a oreja.

Tenía los dientes muy blancos y el pelo revuelto.

—Espero que siga teniendo los mismos abdominales.

—Menos sarcasmo.

—Vale, vale. —La verdad entonces—. Me gustaría saber que es feliz.

—Internet no te va a decir eso.

—Puede que sí. Conozco a ese hombre. —Cada milímetro de su cuerpo. Desde la cicatriz en forma de «V» que tenía en el cuello, justo debajo de la oreja, hasta los grandes pies, con aquellos peculiares dedos. Conocía su agudo intelecto y su gran corazón—. Si supiera que sigue llevando a cabo algún trabajo humanitario, sabría que es feliz.

—¿Y si se ha casado?

Oírlo fue como recibir el impacto de una granada. Sarah se inclinó hacia adelante como un resorte y, sin querer, golpeó con la copa de vino la mesita de centro. Aquél era el meollo de la cuestión, ¿o no? Colin tenía treinta y nueve años. No le cabía en la cabeza que un hombre como el que conoció en Paraguay, después de catorce años siguiera soltero y sin hijos. El tiempo que estuvieron juntos ocupaba un lugar sagrado en la memoria de Sarah, y había ensombrecido todas y cada una de las relaciones que había iniciado después. Claro que quizá, sólo quizá, Colin no la hubiera amado con la misma intensidad que ella a él.

Después de todo, nunca regresó.

—Si está casado —respondió, pronunciando a duras penas la

palabra que se le atragantaba—, su mujer es la bruja más afortunada del mundo.

—Con lo que pondrías punto final a la tarea de Rachel, aquí y ahora, sin salir de esta habitación.

«Sería a mucho más que a eso a lo que pondría punto final.» Se restregó la frente para que Kate no pudiera ver su expresión. Su amiga llevaba un tipo de vida muy distinto al suyo y no lo entendería. No quería abrumarla con las historias que ella vivía a diario, como la última en Burundi, hacía un par de semanas. No era la primera vez que presenciaba las atrocidades de las que era capaz el hombre (desviación de la ayuda humanitaria que llegaba a los puertos hacia los señores de la guerra, niños de ocho años que robaban el material médico para satisfacer sus adicciones, restricciones de presupuestos en plena epidemia de sarampión), pero nada comparable a la pobre niñita que encontraron en uno de los enlodados callejones del campamento.

Era tan pequeña. Tenía dos trenzas torcidas, anudadas con unas cuentas de madera, y un desgarro a consecuencia de una violación que el doctor Mwami no sabía si podría recomponer.

Perdida en sus sombríos pensamientos, Sarah frunció el cejo, y se obligó a soltar el aire contenido. Acto seguido, cogió el horrible recuerdo y lo encerró en un rincón de su mente con muchos otros, para que se pudriera.

Por eso necesitaba no olvidar a Colin, se dijo. Ser consciente de que en el mundo también había lugar para la bondad, la honradez y la entrega. Le daba miedo lo que pudiera ocurrirle a su equilibrio si descubría que él había abandonado la acción humanitaria en favor de la cómoda vida de un médico de familia con una cabaña a orillas del lago Michigan.

—Bueno, Sarah, y ahora viene la parte difícil.

—¿Algo así como un parto? —preguntó ella, ahuyentando la

melancolía—. ¿Como sacarle a alguien un gusano de Guinea de la pierna infectada?

—¿Qué pasa si está soltero?

La idea penetró en su interior disolviendo los últimos restos de oscuridad como un río de luz. No se había permitido considerar siquiera que Colin no se hubiera casado, porque hacerlo significaba que habría posibilidades de algo más, y ninguna chica sensata pediría más de lo que el cielo pudiera darle.

Kate acercó la copa a la mesa del ordenador.

—Mira, ya ha arrancado. Levántate y escribe su nombre.

—Pero...

—Ha sido el mejor amante que has tenido en tu vida. Por favor, no te sonrojes. Lo admitiste delante de nosotras aquella noche que te engañamos para que te tomaras un segundo chupito de vodka. Llegaste a contarnos lo que te hacía con el dedo del pie...

—¿Es que para vosotras no hay nada sagrado?

—¡Eh! ¿Y cuando nos pillaste a Paul y a mí haciéndolo encima de la lavadora aquella noche que...?

—¡Vale!

—Entonces, ¿qué, has pensado cómo sería estar otra vez con él? —continuó Kate con una sonrisa traviesa.

Sarah se llenó la boca de vino. Fuerte y seco. Se acordó del cuerpo de Colin, fibroso y fuerte, de huesos largos.

—Aunque fuera sólo una vez —insistió Kate—. Sólo una. Aunque luego no ocurriera nada más. —Se inclinó hacia adelante—. Porque, ¿no era eso lo que deseaba Rachel para ti, Sarah? Que siguieras con tu vida o que te olvidaras de él.

Sarah dejó la copa vacía. La pantalla destellaba. La página de inicio se había cargado. Miró el sobre de Rachel. Haciendo acopio de valor, se sentó en la silla y entró en la página de Google.

Kate se quedó detrás de ella.

—¿Sabes?, cuando recibí mi carta, no podía creer lo que Rachel me pedía que hiciera.

—Cuando te reúnas con ella en la otra vida, échala de una nube de un buen empujón —mascullló Sarah.

—Lo que quiero decir es que tengo tres hijos. Muchas responsabilidades. Ya no tengo derecho a hacer cosas que puedan poner en peligro mi vida. Mi vida ya no es sólo mía.

Por el amor de Dios, qué lento era aquel ordenador. Todavía estaba cargando la pantalla de búsqueda.

—Soy una esclava de las pelusas. Y de una panda de profesoras de guardería demasiado entusiastas que se creen que pueden boicotearme los fines de semana con interminables «trabajos manuales en familia».

Por fin apareció el recuadro para escribir el nombre. Sarah tuvo un escalofrío que no tenía nada que ver con el aire otoñal que entraba por la ventana abierta.

—Pero Rachel tenía razón. —Kate deslizó la copa por el escritorio, apartando la capa de polvo con el movimiento—. En realidad no he corrido ningún riesgo. O sólo un riesgo controlado. Y las horas que han pasado desde que esta mañana me he lanzado desde ese avión a mil quinientos metros de altura, me he sentido más viva, lúcida y llena de energía que nunca. No estoy viviendo la vida que debería, Sarah, y las cosas van a cambiar.

«Escribe. Doctor Colin O'Rourke. No. Colin Quinn O'Rourke.»

—Y también van a cambiar para ti. —Kate le posó una mano en el hombro. Una mano cálida, firme, segura de sí misma. Entonces se inclinó sobre ella y le susurró al oído—: Adelante, Sarah. Lánzate al vacío.

El nombre le hacía señales desde el pequeño recuadro de texto. Doctor Colin Quinn O'Rourke.

«El amor de mi vida.»

Pulsó intro.

Kate la rodeó con los brazos. Sarah se aferró al antebrazo de su amiga y se recostó en ella. Parecía que el corazón se le fuera a salir del pecho. Era una estupidez, se estaba comportando como una niña. Ni siquiera podía mirar la pantalla. Sabía que tardaría un rato en cargar, y estaba tentada de pedirle a Kate que la mirase en su lugar y le diera la mala noticia.

Ésta se inclinó un poco más hacia adelante.

—Dios, qué lenta es esta máquina.

—*Tranquilo*[1] —le dijo Sarah a su corazón desbocado—. Lo que tenga que ser, será.

Y allí estaba, el nombre de Colin. Llenando la página. Doce resultados.

Ver su nombre allí, tan real, tan palpable, lo cambiaba todo. Convirtió su miedo en incontrolable curiosidad. Se inclinó hacia adelante ávidamente, cogió el ratón y comenzó a bajar por la página, absorbiendo pequeñas píldoras de información, procesándolas, contemplando cómo encajaban las piezas.

Hasta que llegó al último resultado.

Kate ahogó una exclamación y Sarah se tapó la boca con la mano.

—Dios mío.

1. En castellano en el original *(N. de la t.)*.

4

—Dios mío.

Jo se agarró a la estructura de la cama de hospital justo cuando la doctora Mulcahey clavaba en la frente de Grace un chisme que parecía un anzuelo.

La niña —que había estado escuchando atentamente a la cirujana hablarle de las virtudes de Bob Esponja— se volvió y la miró. Jo se quedó de piedra. «No pongas cara de susto», se dijo, y soltó la estructura de la cama a la que se aferraba como si le fuera la vida en ello. «Sonríe. Todo va bien, no pasa nada.» Seguro que la doctora le habría puesto una buena anestesia para que no sintiera dolor. ¿Era... era el cráneo lo que se veía debajo de la piel levantada?

«No te desmayes.»

La doctora no apartaba la mirada de la herida.

—Ahora no te muevas, Grace. Sólo nos queda un minuto. —Hundir el anzuelo, tirar, cortar—. Enfermera, ¿podría llevar a la señorita Marcum al mostrador de recepción? Tendrá que rellenar los formularios correspondientes.

Jo siguió a la enfermera cuando ésta tiró de ella, y hasta que no corrieron la cortina y dejó de ver a Grace no se percató de que le dolía la mandíbula de forzar la sonrisa como una idiota.

Siguió a la mujer a lo largo del cegador pasillo blanco, considerando la posibilidad de desmayarse en una de las sillas de plástico. Al fin y al cabo era una chica del sur, y desmayarse era prerrogativa de éstas. Hacerlo te libraba de forma automática de un montón de responsabilidades.

Pero Bobbie Jo Marcum no se desmayaba. No podía hacerlo. Al menos de momento, porque desde el mostrador de recepción del final del pasillo, un troll la miraba fijamente.

Aquella administrativa rechoncha e implacable era la misma que le había dado el alta al llegar a Urgencias con Grace. Las dos iban cubiertas de sangre y la cancerbera, ajena a los gritos de la pequeña, le había exigido respuestas a toda clase de molestas preguntas, tales como la fecha de nacimiento de Grace. «En febrero, ¿verdad, cariño? ¿O fue en junio?» El lugar. «Esto... ¿En Teaneck, tal vez?» Si tenía las vacunas al día. El tipo de cosas que una madre sabría, pero no una tutora legal recién nombrada, o, para el caso, una posible secuestradora pedófila.

El troll agitó en el aire la tarjeta que Jo le había dado para que se distrajera, justo antes de echar a correr y lanzar a la pobre Grace en brazos de una sorprendida enfermera.

—No aceptamos tarjetas de puntos de compañías aéreas, señorita Marcum.

Era evidente que no le iba a bastar con una gran sonrisa y una dulce disculpa. Como tampoco le serviría hacerle la pelota, pensó Jo, mirando el uniforme verde y el pelo gris. De modo que optó por rendirse y dejarse caer en una silla.

El troll dirigió la mirada hacia la pantalla del ordenador.

—Su nombre completo.

—Bobbie Jo Marcum —contestó ella, sacando el permiso de conducir—. Bobbie es terminado en i-e.

—¿Relación con la paciente?

—Supongo que soy su tutora legal.

—Supone.

—Es complicado.

—Intente explicármelo.

—Mi amiga, Rachel Braun, la madre de Grace, ha muerto. —Jo recordó la carta. «Sé que pensarás que esto es un error...»—. Y en su testamento dice que yo soy la tutora legal de Grace.

—¿Tiene copia de ese documento?

Jo señaló su pequeño bolso de mano de cuero.

—¿Cree que me cabría en este bolso?

—¿Papeles de adopción?

—Oh, por favor. —Jo sintió una repentina necesidad de nicotina—. Rachel ha muerto hace muy poco.

—¿Y el padre?

—Una cucharada de semen anónima dentro de un tubo de ensayo.

La Mujer de Hierro ni siquiera pestañeó.

—¿Algún otro familiar directo que pueda verificar la potestad que afirma tener?

«¿Potestad?»

—Tiene abuelos. Viven en Jersey, pero bastantes problemas médicos tienen ya encima. —Por no mencionar que les daría un ataque al corazón si alguien los llamara y les dijera que otro miembro del clan Braun estaba en el hospital—. Puedo hacerme cargo de las facturas, si es eso lo que les preocupa.

Justo en ese momento, Jo se percató de que tres personas de aspecto diligente asomaban por el extremo del pasillo que llevaba a la habitación donde estaba Grace. No eran médicos, eso estaba claro. Dos de ellos iban hablando en voz baja, en tono apremiante, consultando al mismo tiempo sus carpetas sujetapapeles. El tercero de ellos iba vestido de azul y llevaba una placa. Jo los vio entrar en la habitación de la niña.

«Ay, Dios santo.»

No era la primera vez que se encontraba con ese tipo de profesionales. Cada vez que su madre se veía obligada a solicitar el subsidio de desempleo, hombres como aquéllos aparcaban el coche delante de su casa prefabricada y la contemplaban con una horrorizada curiosidad antropológica. Después se quedaban mirándolas a ella y su ropa prestada, y le preguntaban a su madre —oliéndole el aliento sin molestarse en disimular— si, dadas las circunstancias, estaba segura de que podía cuidar de su hija.

—Mire, voy a llamar al abogado —dijo Jo sacando el móvil—. Barry Leibowitz, de Leibowitz & Rabin, en Hoboken. Él confirmará la legalidad del testamento...

—No se puede utilizar el móvil aquí dentro.

—Pues utilizaré su teléfono, entonces.

—Este teléfono es sólo para la sala de urgencias, señorita Marcum. Salga fuera a hacer la llamada. Que el abogado llame a este número.

Jo atravesó las puertas automáticas y levantó la tapa del móvil sintiendo una autoritaria mirada clavada en su espalda. Miró por encima del hombro y vio que uno de los guardas de seguridad había salido detrás de ella, como si hubiera sentido una repentina necesidad de respirar aire puro.

Marcó el número del abogado y le saltó el contestador. Era evidente que Barry Leibowitz no era abogado criminalista. Eran casi las diez y media de la noche, y el escueto mensaje de bienvenida no dejaba ningún número para el caso de que se tuviera que pagar alguna fianza en mitad de la noche. Cerró el teléfono e inspiró aire profundamente antes de hacer la última llamada que habría querido hacer.

—¡¿Que está dónde?!

—Ha sido un accidente, Jessie —explicó con voz neutra—. He oído un ruido y cuando he ido a mirar, la he visto entrar en el vestíbulo. No me ha oído llamarla, y ha seguido andando... hasta el borde de la escalera. —Jo se estremeció al recordar el golpe que se había dado la pequeña contra la mesa de cristal—. La he traído al hospital y ahora le están dando unos puntos.

—¿Y desde dónde me llamas mientras a Grace le cosen la cabeza?

—Estoy haciendo lo humanamente posible por evitar interferir con todas las máquinas de rayos X del hospital, maldita sea.

—Deberías estar con ella. Tiene siete años. ¡Debe de estar aterrorizada! Ahora mismo voy para allá. —Jessie tenía la respiración entrecortada, como si estuviera subiendo escaleras—. ¿Qué demonios estabas haciendo, Jo? Lleva contigo menos de un día...

—Jessie, si no me contestas ahora mismo a lo que te pregunto, Gracie pasará la noche en un hogar de acogida municipal, y yo acabaré golpeando una taza de aluminio contra los barrotes de una celda.

—¡¿Qué?!

—Imagínatelo. Vengo al hospital con una niña cubierta de sangre de pies a cabeza. No nos apellidamos igual. Nos parecemos como un huevo a una castaña. Ni siquiera sé cuándo es su cumpleaños...

—El quince de junio.

—No sé en qué curso está...

—¡En segundo!

—Ni si tiene alergias, historial médico anterior o seguro médico. Creen que soy una pirada que la ha secuestrado y han pedido a los de servicios sociales que monten guardia delante de la puerta de su habitación.

Jessie guardó silencio. A espaldas de Jo, el guardia de seguridad se dirigió a la acera arrastrando los pies.

—Así que —continuó— tal vez deberías haberme proporcionado estos importantes datos antes de meter a toda prisa su maleta en mi coche esta mañana. —Jo dio la vuelta al trozo de papel que le había entregado la recepcionista y anotó la fecha de nacimiento y el curso de Grace—. Y ahora dame el número de la seguridad social para que el troll de la puerta se entretenga con algo hasta que la llames para proporcionarle el resto de la información.

—Esto... espera un momento.

—¡Jessie!

Demasiado tarde. Jessie salió corriendo. Jo oyó los pasos que se alejaban. Seguro que había ido a decírselo a la abuela de Grace, Leah, que se había pasado los últimos tres meses cuidando a enfermos.

Jo se derrumbó contra la pared de ladrillo. Menudo monstruo de madre estaba hecha. ¿Y acaso no era de esperar? Había crecido sin padre, a la sombra de una planta procesadora de pollos, vestida siempre con ropa de segunda mano. Una vez le dijo a Rachel que ella nunca tendría instinto maternal.

—Ya he vuelto —dijo Jessie retomando el auricular—. ¿Sigues ahí?

«No, he abandonado a Grace y me he comprado un billete para las Caimán.»

—Vale. He encontrado una carpeta en el despacho de mi tío que pone «Grace».

—Entonces, ¿no se lo has dicho a Leah y a Abe?

—¿Estás loca? Como si mis tíos no tuvieran ya bastante. Vamos a ver. Aquí tengo un certificado de nacimiento. También hay un par de tarjetas con información variada...

—¿Cómo se llama el colegio?

Jessie se lo dijo mientras revisaba el contenido de la carpeta.

—Veamos, creo que esto es una cartilla de vacunaciones. Está entre las cosas que Rachel envió para matricularla en el colegio. También hay la tarjeta de un médico. Conozco a este tío. Doctor Migliore. Debe de ser el pediatra de Grace. ¿Quieres su número de teléfono?

—¿Tú qué crees?

—Sí, claro. Aquí tengo la tarjeta del seguro médico.

—Más valiosa que el oro.

Jessie guardó silencio un momento.

—Supongo que debería haberte dado todo esto.

—Oye, pues parece que sí te han enseñado algo en ese colegio tan pijo de la ciudad.

—No pensé que fueras a necesitarlo tan pronto.

—Cariño, ahora mismo tengo a un guarda de seguridad echándome el aliento en el cogote, y aunque con ese uniforme y esas botas que lleva está bueno, tengo demasiadas cosas en la cabeza como para ponerme a ligar con él. —Jo giró sobre sus talones y le echó un vistazo al hombre—. Voy a entrar ahora mismo en el hospital para ver qué tal está Grace, y tú vas a llamar a este número y a darle toda la información al tro... a la mujer del mostrador. A ver si así consigo evitar pasar la noche respondiendo a un interrogatorio en comisaría y que los servicios sociales pongan sus mugrientas manos sobre Grace.

Le dio a Jessie el número del hospital y bajó la tapa del teléfono. Irguió los hombros y pasó a toda prisa junto al guarda de seguridad. Las puertas automáticas se abrieron cuando se acercó y lo primero que oyó fue el teléfono de la sala de Urgencias. El troll descolgó y le dirigió una elocuente mirada. Estaba claro que Jessie no había perdido el tiempo.

Jo se acercó al mostrador, imaginando que era un local exclusivo con cordón de terciopelo en la entrada y un vigilante dispuesto a darle el alto. Sabía arreglárselas con las barreras invisibles; se había pasado la mayor parte de su vida derribándolas. De modo que siguió andando con incuestionable autoridad. Pasó de largo al troll y se alejó taconeando pasillo adelante. Tenía los hombros tensos, pero nadie la seguía, nadie la había detenido. Estaba ya muy cerca de la habitación de Grace cuando los dos trabajadores sociales y el policía salieron de ella, charlando.

La única mujer del grupo la buscó con la mirada y fue a su encuentro.

—Usted debe de ser la señora Marcum.

—Señorita.

—Me llamo Bonnie Spencer. De servicios sociales. —Aspecto serio y formal a pesar de los pendientes largos que llevaba—. Mi colega y yo hemos estado hablando con Grace.

—¿Es política de servicios sociales entrevistar a una menor sin que esté presente alguno de sus progenitores o su tutor legal? —preguntó Jo, sacando la luchadora que llevaba dentro.

—Como parece que no tiene ni una cosa ni otra, hemos decidido correr el riesgo —respondió la mujer con una sonrisa forzada.

«Touché.»

—Chicos —dijo a continuación, haciéndoles un gesto con la cabeza a los dos hombres—, ¿nos dejáis solas un momento?

Ellos se alejaron y Bonnie Spencer, de servicios sociales, miró a Jo de arriba abajo, discreta pero exhaustivamente, lo que denotaba que había una categoría de trabajadores sociales que provenía de la misma escuela, donde les enseñaban a juzgar a la gente por su forma de vestir, su lenguaje corporal o los gestos que hacían cuando estaban bajo presión, y a destruir familias enteras como resultado de sus conclusiones.

—Grace es una niña muy callada —dijo la mujer—, pero cuando he dejado que hablara de sus seres queridos, ha confirmado su historia.

—¡Aleluya! He sido tocada por la desgracia de un conejo de peluche. Y ahora, ¿podemos irnos a casa?

—Cuando el doctor haya terminado. Dígame una cosa, ¿alguna vez ha pillado a Grace sonámbula?

—Ésta era la primera noche que pasaba en mi casa.

—Entiendo.

Jo intentó sostenerle la mirada, pero no resultaba fácil. Sabía, tan bien como lo sabía la trabajadora social, que con sus Manolo Blahnik y su top de seda no tenía precisamente pinta de mamá ideal.

—Debería estar atenta al comportamiento de Grace. —La mujer se buscó algo en los bolsillos de la chaqueta—. Puede que esta pequeña caída haya sido sólo un accidente, o tal vez una manera de llamar la atención. O que, simplemente, se haya tratado de un episodio de sonambulismo. Creo que aún no ha digerido la pérdida de su madre. Los niños lloran la muerte de un ser querido de forma distinta a como podríamos hacerlo usted o yo.

Jo cogió la tarjeta.

—Dígame que éste es el número de Mary Poppins.

—No. Es el de la doctora Rodríguez. Una psiquiatra infantil muy buena, una de las mejores de la ciudad. Le sugiero que concierte una cita con ella lo antes posible. Le será muy útil conocer una opinión profesional.

Y dicho eso, dio media vuelta y se alejó sin hacer ruido, con aquellos zapatos de suela de goma que llevaba. Jo se quedó allí de pie, consciente de que no sólo iba a tener que cuidar de una niña de siete años, sino que se había convertido en tutora legal de una niña de siete años muy sensible, sumida en el duelo por la pérdida de su madre, lo que significaba que a la mierda lo que dijera la psiquiatra, estaba segura de que iba a joderlo todo.

«¿Por qué me has hecho esto, Rachel?»

Jo había pasado su infancia con tres mudas de ropa. Ahora, los de la tintorería le recogían la ropa los lunes y se la devolvían los jueves. De pequeña, tenía que compartir el retrete de fuera de la casa con otros vecinos. Ahora, una agradable mujer portuguesa iba a su casa a limpiarle los baños todas las semanas, hiciera falta o no. Había cambiado su trabajo infantil de repartidora de periódicos los domingos, por tardes escuchando *bluegrass* y leyendo el *New York Times*, sobre todo para comprobar si alguien de su nivel social había logrado salir en la sección de Estilo. Jo hacía tiempo que había alcanzado un lugar con el que antes sólo se atrevía a soñar.

Tenía una vida perfecta tal como estaba.

Y Rachel lo sabía.

—Señorita Marcum, ¿se encuentra bien?

La cirujana plástica estaba de pie delante de ella, con el historial de Grace en la mano.

«No.»

—Sí. Sólo estoy un poco distraída. ¿Ya ha terminado con los puntos?

—Cinco en total —contestó la doctora Mulcahey, sacando un bolígrafo del bolsillo de la bata para escribir algo en el historial—. Es una niña muy fuerte. Muy seria. No ha llorado, ni gritado. Una paciente perfecta. Dele paracetamol cuando llegue a casa. ¿Cuánto pesa, veintidós, veinticuatro kilos?

«Y yo qué sé.»

La doctora hizo un cálculo rápido y anotó la dosis en mililitros. Jo se preguntó desde cuándo el paracetamol estaba disponible en líquido.

—Y pida cita para mi consulta la próxima semana, para quitarle los puntos —añadió la mujer, separando los formularios del alta médica.

Jo confiaba en que los médicos trabajaran los sábados, pero no tenía tiempo para pensarlo en esos momentos. Recuperó la compostura y entró en la habitación de Grace. La herida estaba cerrada. Los extremos tiesos del hilo salían disparados en todas direcciones. La enfermera, de pie junto a la camilla, levantó la vista cuando ella entró en la habitación y la miró como diciendo: «¿Dónde demonios estaba? ¿Cómo se le ocurre dejar a esta pobre niña sola?».

—Aquí la tienes, Grace —dijo la enfermera—. Seguro que ya tienes ganas de irte a casa y meterte en tu camita, ¿eh?

—¿Me voy a casa? —preguntó la niña con una chispa de esperanza en la mirada.

—Sí, pequeña —contestó Jo, cogiendo su abrigo—. Nos subiremos a uno de esos divertidos coches amarillos, como el que nos ha traído aquí, ese que corría tanto, ¿te acuerdas? El conductor del coche amarillo nos llevará a casa.

—¿A casa de Nana?

Jo sacudió el abrigo y luego metió uno de los brazos de Grace por la manga, aprovechando el movimiento para que no le viera la cara.

—¿A la aburrida casa de Nana? No, no. Vas a quedarte una temporada con la tía Jo. Tú y yo vamos a vivir una pequeña aventura. —Desde luego, lo había sido hasta el momento—. Oye, ¿qué es eso que tienes ahí? —Jo miró los puntos con los ojos entrecerrados e hizo ademán de arrancárselos—. ¡Tienes una oruga en la cabeza!

Grace se llevó la mano a los puntos, pegajosos por la pomada antibiótica que le habían puesto encima, como si acabara de darse cuenta de que estaban allí. Abrió desmesuradamente los ojos y levantó las rodillas, cruzando los pies con sus zapatillas de ositos.

«Mierda.»

—Era una broma, pequeña, el pelo te los tapa. Mañana a estas horas te parecerá que no tienes nada. — Jo le bajó el camisón—. Vamos, ayúdame a ponerte la otra manga.

A continuación, la sacó de la habitación antes de que Grace se echara a llorar, y no paró de decir tonterías hasta que llegaron al ascensor. Tras hacer una parada técnica en la farmacia del hospital —donde tardó un rato en salir de su asombro al ver la ingente cantidad de analgésicos para niños que había en el mercado—, para comprar paracetamol, con sabor a naranja (Grace le dijo que el sabor a frambuesa le daba ganas de vomitar), paró un taxi y se fueron a casa.

Manuel, el portero, se agachó para ponerse a la altura de la niña y le preguntó:

—¿Cómo estás, Gracie? ¿Te lo han arreglado todo?

Como ella no abrió la boca, Jo respondió en su lugar.

—Le han dado puntos.

—¿Qué? ¿Le han dado puntos? —Manuel la miró entrecerrando los ojos, ladeó la cabeza e hizo un exagerado ademán de ir a arrancarle los puntos con los dedos—. Esto... Gracie, lo que te voy a decir no te va a gustar, pero te has traído un regalito del hospital.

«Ay, no, no, no...»

—¡Tienes una oruga en la cabeza!

Jo se armó de valor.

La niña se rió.

«¿Se está riendo?»

Se dirigían hacia el ascensor cuando Manuel le gritó:

—No le des al botón, Gracie, eres demasiado pequeña para darle al botón. ¡Te digo que no le des al botón!

La pequeña lo hizo con una sonrisa de oreja a oreja. Jo se despidió de Manuel con la mano antes de que las puertas se cerraran. Entonces, se volvió hacia Grace y le dijo animadamente que no le diera al botón del ocho.

—¡No le des al ocho!

La niña se encogió asustada en un rincón.

Desalentada, Jo apretó el botón. «Mañana —se dijo—. Mañana saldrá mejor.»

Una vez en el piso, Grace se dirigió hacia la escena del crimen. La mesa estaba volcada, con el tablero de cristal en sentido vertical, apoyado contra la barandilla. Había varias revistas esparcidas por toda la alfombra. Grace se quedó mirando las manchas de sangre.

—No te preocupes, tesoro. Yo lo limpiaré todo. Tú ve a la habitación.

—No quiero ir a la habitación.

—¿No estás cansada? Has tenido un día muy movido.

La niña mordisqueó la punta de la oreja del conejo.

—No me gustan las muñecas.

—¿Las muñecas?

—Las del mueble de cristal.

Jo frunció el cejo. Se había olvidado por completo de la colección de muñecas de porcelana con ropa de estilo victoriano que tenía en una vitrina de la habitación de invitados. Un pasatiempo que había adquirido poco después de conseguir su primer trabajo.

—Puedes jugar con ellas mañana —dijo Jo—. Si quieres.

—Me miran.

—Tienen unos ojos preciosos, ¿verdad? Parpadean y todo.

Grace se abrazó con más fuerza a su conejito.

—Quiero decir que parpadean si las mueves, no ellas solas.

«Lo que faltaba. Las muñecas diabólicas.»

Grace acarició el brazo del sofá.

—Nana me deja que duerma en el sofá cuando estoy enferma.

—¿Qué?

—Me deja ver los dibujos.

Una docena de pensamientos pasaron a toda velocidad por la mente de Jo, la mayoría de ellos relacionados con la manipulación, dar mal ejemplo y empezar con mal pie, pero el hecho de que Gracie no quisiera mirarla le hizo pensar que no podía hacerlo peor de lo que lo había hecho hasta el momento, de modo que fue a buscar un edredón y dijo:

—Puedes dormir aquí, en mi sofá blanco si de verdad te apetece.

Tras instalarla cómodamente delante de un canal en el que daban dibujos toda la noche, se puso a limpiar la alfombra. Cuando Grace se durmió por fin, repanchingada en el sofá, Jo bajó la intensidad de las luces y se sirvió un whisky, que se bebió de un trago.

Se dijo que necesitaba el alcohol porque tenía un efecto calmante. No iba a ser muy cómodo dormir en el moderno sillón del salón, un mueble que había comprado más por una cuestión de elegancia que de comodidad. Pero ¿qué otra opción le quedaba? No podía dejar que Grace durmiera allí abajo sola. ¿Y si se despertaba a media noche con ganas de ir al baño? Podría volcar un jarrón o tropezarse con la alfombra o darse contra una pared. ¿Y si tenía sed? Podría subirse a una silla para alcanzar un vaso y éste podría caérsele, hacerse trizas contra el suelo y luego pisar descalza los cristales, lo que significaría tener que volver a urgencias y...

«¿Cómo voy a hacer esto?»

Su madre lo había hecho sola. Al principio, en el turno de día y después en el de noche. Cuando trabajaba de noche, la dejaba con alguna de sus amigas de la ciudad o con alguien que se sacaba un dinero extra cuidando niños, a pesar de que no podía permitirse el gasto, hasta que Jo tuvo edad suficiente para quedarse sola mientras su madre trabajaba. ¿Cuántos años tendría por entonces, nueve? Recordaba que su madre llegaba a casa pasadas las diez de la noche, oliendo a gallinero y a sangre y sacudiéndose plumas de encima. Ganaba el salario mínimo —cuando en Kentucky aún se podía vivir ganando el salario mínimo— deshuesando pechugas de pollo. Santo Dios. Cuando llegó a la adolescencia, Jo se juró que lo último que haría sería ser pobre en Kentucky.

Pero ella no vivía con el salario mínimo.

De hecho, ganaba un buen sueldo.

Entonces se acordó de Kate. La supereficiente Kate, que llevaba a sus hijos, siempre limpios, de un entrenamiento a otro, con la casa siempre impoluta, que les daba de merendar galletas hechas por ella misma con un vaso de leche baja en grasas, y preparaba cenas de varios platos para toda la familia todos los malditos días de la semana. Kate, que vivía en una casa unifamiliar con el marido que los mantenía. Kate, que se comportaba como si su vida entera se hubiera detenido con el nacimiento de su primer hijo.

Jo dejó el vaso sobre la encimera y se apoyó en el granito biselado, desde donde se quedó mirando largo rato su reflejo en el microondas de acero inoxidable encastrado en un mueble hecho a medida.

Se recordó que era Bobbie Jo Marcum, Señora de Su Universo. Veintidós personas se ganaban la vida gracias a ella. Compañías de la lista Fortune 500 le pagaban cantidades obscenas de dinero para que se ocupara de lanzar al mercado sus últimos productos en fiestas exclusivas. No podía tomarse la maternidad como hacía Kate, es decir, como algo agotador e incompatible con todo lo demás, algo tan absorbente que relegaba las propias ambiciones a un rincón. Tenía que asumir la súbita incorporación de Gracie a su vida como si fuera un proyecto más. No iba a ser fácil; necesitaría sus dotes de organización y su capacidad para encontrar a los mejores profesionales. Pero para eso le pagaban. Y era muy buena en su trabajo.

Tal vez, sólo tal vez, ése fuera el motivo por el que Rachel la había elegido a ella en vez de a Kate.

Además, Jo sabía que no había un solo problema en el mundo que no pudiera arreglarse con dinero.

Hecha un ovillo en la cama
de mi antigua habitación,
Teaneck, Nueva Jersey

Querida Kate:

Cariño, si estás leyendo esta carta es que el último y desesperado tratamiento ha fracasado, y ya no estoy ahí.

Lamento mucho que hayas tenido que enterarte de esta forma. Ojalá os hubiera contado a todos que tenía cáncer, pero estaba convencida de que lo vencería y me lo tomé como un reto de escalada más. No quería que estuvierais preocupados por mí cuando pensaba que pronto me recuperaría y volvería a ser la de siempre.

Es extraño las cosas que te pasan por la cabeza cuando te dan la mala noticia. Cuando me enteré de que tenía cáncer, lo único que me apetecía hacer, más que cualquier otra cosa, era lanzarme en paracaídas. El paracaidismo siempre me ha ayudado a aclararme las ideas, a concentrar energías, y ha demostrado ser una actividad realmente importante en mi vida. Dios mío, cuánto lo necesitaba.

Por eso te llamé, Kate. Fuiste la primera de mis amigas en la que pensé. He intentado que te lanzaras conmigo en paracaídas durante años. Había un motivo para ello. Desde hace tiempo, tengo la sensación de que tu propia vida te agobia. Tienes que levantar un poco la cabeza para poder divisar el horizonte con claridad. Pero siempre tenías un compromiso. Seguramente lo recuerdas: tenías que acompañar a Tess a un campeonato de fútbol. Algún día, me prometiste. Algún día.

Pues ese día ha llegado, cariño. A donde voy no hay móviles, así que esta carta es mi última voluntad. Quiero que te lances en paracaídas, Kate. Cuando lo hagas, estaré contigo en espíritu. Lo estaré cuando te lances al vacío y cuando abras el paracaídas. No me verás, Kate, pero estaré allí, viéndote renacer.

¿Harías esto por mí?

Con todo mi amor,

Rachel

5

Kate se tiró en paracaídas de nuevo, esta vez casi sin ayuda.

El impacto del viento la dejó sin aliento. El mono le golpeaba el cuerpo. Bubba saltó con ella sujetándola del brazo y del muslo izquierdo, mientras que un jovencito delgado y esbelto que respondía al nombre de Keifer hacía lo propio a su derecha, agarrándola con idéntica fuerza.

«Estoy viva.»

Un único pero electrizante pensamiento. Comprendía que se precipitaba en caída libre hacia el suelo, con todos aquellos árboles de rígidas ramas, con cables eléctricos y superficies de hormigón. Y sin embargo estaba atenta a las señales que Keifer le hacía con la mano y recordaba los detalles prácticos que le habían enseñado en un entrenamiento específico de cuatro horas. Todo aquello le resultaba tan instintivo como el latido de su corazón, tan involuntario como respirar. Pero, por encima de todo, lo que sentía era la aplastante certeza de estar viva.

Levantó la cabeza y sonrió a la cámara que habían colocado en el casco de Keifer. El viento se le coló en el interior de la boca, arrebatándole la risa. Un poco más abajo, en dirección sur, dos monitores soltaron a otro alumno. Segundos más tarde, éste tiró del cordón y la tela roja del paracaídas invadió el cielo.

Kate respiró por la nariz y se recreó en la experiencia, la sensación de dejarse caer a través de la atmósfera por encima del mundo. Se sintió capaz de cualquier cosa, y, al mismo tiempo, carecía de control sobre lo que la rodeaba, algo que no experimentaba desde hacía mucho, pero que mucho tiempo. Antes de casarse, de tener hijos y de hipotecarse. Sin embargo, allí, en el cielo, fue como si se quitara de encima el peso de los años y éstos cayeran en el olvido.

Keifer le hizo una señal. Kate contestó con otra. De repente, los dos hombres la soltaron. El aire los succionó, apartándolos de ella.

Kate continuó el descenso sola.

«Lo estoy haciendo.» Dobló los brazos. Osciló, pero rápidamente se estabilizó. El aire la acunaba. Tenía sólo tres segundos.

«Uno.»

¿Por qué no lo había probado antes? Rachel había intentado convencerla en numerosas ocasiones. Cada vez que comenzaba un entrenamiento específico, ya fuera para una carrera en bicicleta, una expedición de escalada, conseguir su certificado de buceo o hacer un curso de primeros auxilios de la Cruz Roja, le pedía que la acompañara.

«Dos.»

Al principio fueron las exigencias del trabajo las que la detuvieron; más tarde su marido, y poco después tuvo a su primer hijo y luego al segundo y al tercero. Después llegaron la hipoteca y los ahorros para la universidad de los niños, y las comuniones, las actividades de la asociación de padres...

«Tres.»

La invadió una inmensa tristeza. Ahora había dejado que ocurriera. Quería sentir. Por eso Rachel le había pedido que lo hiciera. Era asombroso comprobar lo mucho que le despejaba la mente el hecho de tirarse en paracaídas. Quería sentir la vida tan intensamente siempre.

«¡Tira!»

Al soltar las cuerdas se desplegó el velamen azul del paracaídas, que se hinchó al contacto con el viento. La fuerza de éste tiró del arnés que lo unía a su cuerpo obligándola a adoptar una posición vertical. En un segundo, el viento dejó de rugir, la succión de sus pulmones cedió y se volvió a sentir el cuerpo.

Estaba flotando en el cielo, contemplando con fascinación la bruma blanquecina del horizonte, los tonos rojos y dorados del follaje que brotaba de aquella alfombra verde que era el mundo. Dio la bienvenida a la pena, se la dio incluso a la culpa. Por lo mucho que Rachel y ella se habían distanciado. Por las innumerables veces que había dicho no. Por sus feroces opiniones sobre la decisión de su amiga de tener un hijo sin padre, que Rachel les había contado en una cena como si se tratara de otro viaje a la selva brasileña.

En ese momento, en ese preciso momento en que los límites de su mundo coincidían en la lejanía con el horizonte, Kate casi llegó a comprender.

A sus pies ya se veía la zona de aterrizaje, pintada de amarillo en la pista. Siguiendo las señas que le hacían sus instructores con las manos, accionó los tiradores como le habían enseñado en el curso de preparación con el fin de dirigir el descenso hacia la zona con la máxima exactitud posible.

Pero ella no miraba las marcas amarillas, sino el iridiscente Volkswagen Escarabajo aparcado a un lado de la pista, detrás de una alta alambrada con púas en la parte superior. Justo al otro lado de aquella alambrada crecía un roble de grueso tronco, y a través de sus frondosas ramas, vislumbró el coche donde aguardaba su confiado marido.

Había ido.

Tal como ella se lo había pedido, tentándolo con la promesa de un revolcón a la hora de la comida en el asiento de atrás del coche, en el aparcamiento de un aeródromo desierto. Había omitido un pequeño detalle: que ella llegaría a la cita en paracaídas.

Tiró del mando derecho en dirección a su costado izquierdo. Los otros dos alumnos, que ya habían aterrizado, le hacían señas con las manos envueltos en el velamen de los coloridos paracaídas. Ella no despegaba la vista del objeto de metal resplandeciente oculto entre las ramas. Descendió un poco más y el árbol desapareció de su línea de visión. Entonces vio la desgarbada figura de Paul tendida sobre el capó.

Sintió cómo se le henchía el corazón. Llevaba esperando ese momento desde la primera vez que se tiró de un avión. Le preocupaba cómo iba a reaccionar él al verla caer del cielo, por descontado, pero no dejaba de recordarse a sí misma que hubo un momento en que los dos fueron jóvenes despreocupados. Al acabar la universidad, recorrieron Europa con mochilas, durmiendo en pensiones de mala muerte o apuntándose a vendimiar para poder alargar un poco más la estancia. En una ocasión, mientras hacían senderismo por las Adirondack, estuvieron perdidos tres días enteros. Pasaron la luna de miel surcando las olas asesinas de la playa de Makapu'u, en la isla hawaiana de Oahu. En cuanto se le pasara la sorpresa, lo emocionaría verla descender del cielo.

Pero no podía pensar en aquello ahora; tenía que concentrarse en el aterrizaje. El paisaje pasó a toda velocidad mientras descendía rápidamente. Uno de los instructores le hacía gestos para indicarle que tirara del izquierdo, y que tirara sin demora. La pista de aterrizaje estaba cada vez más cerca. Debía comportarse como una buena chica y aterrizar donde le habían mandado. Era la primera vez que volaba sola, era demasiado pronto para empezar a fanfarronear. La evaluarían en función de lo bien que aterrizara.

Sin embargo, ganó el diablo que llevaba posado en el hombro

y en el último momento, viró hacia la izquierda y alargó el brazo. Uno de los instructores le gritó, pero ella lo ignoró. Y continuó haciéndolo incluso cuando pasó de largo las marcas amarillas pintadas en la pista de aterrizaje.

A sus pies, el liso asfalto terminaba en una parte de pavimento más viejo, con grietas de las que brotaban malas hierbas, pero Kate siguió deslizándose por encima, suspendida en una corriente baja de aire. La deteriorada superficie no era más que asfalto descompuesto en pedazos y piedras. Tocó el suelo, dibujando dos surcos en el mismo, hasta que el pie se le enganchó en una fisura y perdió el equilibrio. Lo recuperó, pero volvió a perderlo cuando el paracaídas le pasó por encima, desplegándose sobre el terreno cubierto de malas hierbas, a escasos veinte metros de distancia de su marido.

Al otro lado de la valla metálica, Paul esbozó una perezosa sonrisa y aplaudió. Ella observó su rostro esperando que se diera cuenta de quién era el saltador que tenía delante. Sus facciones se suavizaron un momento, pero no fue porque la hubiera reconocido. Su expresión era la que tenía cuando se le ocurría de repente una idea, durante la cena, por ejemplo, con el tenedor a medio camino de la boca. Kate sospechaba que más tarde se encerraría en su despacho de casa y trabajaría en una simulación lo más realista posible del efecto que se formaba cuando el velamen de un paracaídas se hinchaba con el viento, para incluirla en su próximo videojuego.

Bubba y Keifer llegaron corriendo desde la zona de aterrizaje.

—¡Estoy bien, estoy bien! —exclamó, sacudiéndose el polvo del mono. Acto seguido, se desabrochó el arnés. Libre ya del paracaídas, se llevó la mano al casco y se lo quitó. El aire le agitó el pelo suelto. Se parecía mucho a Lola Lipstick, la heroína diestra con la espada, de busto generoso y cintura de avispa que protagonizaba uno de los videojuegos «para adultos» de Paul.

Éste dejó de aplaudir bruscamente.

Kate se dirigió hacia él a paso ligero, con determinación, como si pudiera atravesar la alambrada y abrazarlo. Al llegar a la valla, abrió los brazos y metió los dedos entre los huecos sonriendo de oreja a oreja.

—Hola, cariño.

Paul respondió con un gemido ahogado y retrocediendo hasta chocar con el capó del Volkswagen. Se apoyó en él y luego se enderezó. Sus ojos azules evidenciaban la incomprensión y la estupefacción que sentía.

—¿Qué demonios es esto?

Kate se apretó contra la valla, sintiendo cómo se le clavaba en el pecho.

—¿Tienes hambre, cielo? Yo sí. Estoy famélica.

Paul parpadeó sorprendido al ver el mono amarillo, y seguidamente miró más allá de su mujer, a los instructores que los miraban sonriendo desde una distancia prudencial. Le pareció haber estado probando versiones beta de un juego nuevo que, inexplicablemente, se había saltado seis niveles.

—Kate... ¿qué es lo que acabas de hacer?

Ella se separó de la alambrada lo justo para bajarse la cremallera del mono hasta la ingle. La camiseta se le subió, dejando a la vista su ombligo.

—Me he tirado de un avión a mil quinientos metros de altura, con un poco de ayuda.

Paul negó con la cabeza de un lado a otro, en silencio. Kate se fijó en su pelo corto. Se lo había cortado hacía poco. Cuando eran jóvenes, no lo hacía hasta que le llegaba al cuello de la camiseta.

La mano que tenía apoyada en el coche se le resbaló y Paul perdió el equilibrio y cayó hacia atrás, golpeándose con el capó en la cadera.

—¿Por qué? —preguntó con voz ronca—. ¿Por qué demonios has hecho algo así?

—Por Rachel.

—Por Rachel —repitió él, con el cejo fruncido en señal de concentración—. Rachel está muerta.

—Era su última voluntad. Me pidió que me tirara en paracaídas. —Levantó el rostro hacia el sol—. Y eso he hecho.

—Yo no soy capaz de conseguir que hagas una copia de seguridad de tu maldito disco duro, pero una sola palabra de Rachel... —dijo, con una extraña voz estrangulada. Se apartó del coche, enlazó las manos sobre la cabeza y giró sobre sus talones. Dio unos cuantos pasos y luego se agachó como un receptor de béisbol, tratando de encontrar las respuestas en el suelo de tierra. Kate casi podía oírlo pensar, retrocediendo por los diferentes niveles en busca de la raíz algorítmica del problema.

De repente gritó:

—¡¿ES QUE TE HAS VUELTO LOCA?!

Ella sintió que su euforia se desinflaba, como si penetrara de repente en una corriente de aire descendente. Era evidente que Paul estaba atónito. Y también confuso. En los últimos días Kate se había cuidado mucho en de no hacer ni decir nada que pudiera desvelar su secreto. Pero había imaginado en sus fantasías una reacción muy distinta. Se había figurado algo parecido al final del último juego de aventuras de Paul, uno en el que la guerrera se arrojaba a los brazos del más admirable de sus heroicos camaradas bajo una lluvia de estrellas.

Aquello no estaba funcionando. Tenía que llegar a él antes de que se enfadara sin remedio y arruinara aquella oportunidad de oro. Se separó de la alambrada y la recorrió con la mirada en busca de la puerta.

—Paul, no te enfades.

—¿Que no me enfade? —dijo él, y levantó la cabeza lo justo para mirar hacia el cielo, donde otro Cessna trazaba círculos alrededor de la zona de aterrizaje—. ¡No estamos hablando de que hayas utilizado mi destornillador del ordenador para abrir el tarro del caramelo! Hablamos de que acabo de ver a mi mujer y madre de mis tres hijos tirarse de un avión, nada más y nada menos.

—Hoy he practicado el salto durante cuatro horas antes de subir al avión —respondió ella, inspeccionando la larga alambrada con los ojos entornados. Le pareció ver una portezuela a lo lejos—. Me he tirado con un instructor a cada lado que me han ido guiando en el descenso. Tenía dos paracaídas. El principal y el de reserva. En el caso de que uno de ellos hubiera fallado, habría tenido el otro...

—¿Se supone que me cuentas esto para tranquilizarme?

—Sé planear. Sé comprobar la altitud. Sé cuándo tirar del cordón. Sé abrir el paracaídas y también el de reserva en caso de que ocurra algún fallo. Me he pasado una hora aprendiendo a tirarme del avión. Pero no importa. Podría haber tenido un accidente de coche viniendo hasta aquí y haberme matado. Mañana podría caer fulminada a causa de un aneurisma cerebral. Podemos morir en cualquier momento, igual que Rachel...

—Ésta no es la primera vez que lo haces —la interrumpió él, irguiéndose en toda su estatura—. Lo hiciste también el martes, antes de ir a verme al trabajo.

Kate acarició la alambrada con los dedos, sonriendo al recordar cómo lo habían hecho encima de la mesa del despacho de Paul.

Éste maldijo entre dientes. Estaba realmente furioso.

«Tengo que acercarme a él», pensó Kate. Dio media vuelta y se dirigió a paso ligero hacia la portezuela. Al salir de la sombra del roble notó el calor del sol en los hombros y miró hacia el cielo azul. Había estado allí tan sólo unos minutos antes. Flotando en el aire con el viento azotándole el rostro. Aún podía sentirlo, aunque la sensación se iba disolviendo poco a poco en el recuerdo. Qué bien había mantenido el equilibrio en la corriente ascendente. ¿Qué habría sucedido si hubiera cambiado de posición o se hubiera puesto en pie? Quizá podría controlar la caída si quisiera. Podría haber volado por el cielo. Con unas pocas horas más de entrenamiento, podría hacerlo ella sola, contar los segundos antes de abrir el paracaídas y maniobrar con los mandos para ir a caer en el centro de la zona de aterrizaje.

¿Cómo sería vivir siempre así? Ser consciente del momento. Sentirse completa y plenamente viva.

Paul la alcanzó y caminó junto a ella con paso airado, al otro lado de la alambrada.

—¿No se lo has dicho a los niños?

—Pues claro que no.

—Me alegra comprobar que no has perdido la cabeza por completo.

El olor de la colonia de Paul flotaba entre los dos, templado por el contacto con su cuerpo. Kate comenzó a sentir un hormigueo en determinados puntos. Deseaba hacer el amor con él en aquel preciso momento, en el asiento trasero de aquel diminuto coche, aunque estuviera furioso. Quería hacerlo enloquecer y también quería hacerlo entrar en razón. Estaba muy guapo con su almidonada camisa blanca y la formal corbata azul, su uniforme corporativo. Kate ansiaba desnudarlo y quitarle aquel aspecto. Debajo del uniforme latía el corazón de un surfero despreocupado, hábil con las matemáticas, con un indolente sentido del tiempo y un travieso sentido del humor. De forma ciertamente encantadora, no se había apartado del buen camino desde que nació Tess, pero cuando estaban en la universidad acostumbraban encontrarse en la lavandería a las tres de la mañana, Kate sin ropa interior y Paul armado con una botella de aceite de oliva y un montón de monedas.

Cómo deseaba recuperar a aquel chico.

Se aflojó la corbata sin dejar de dar furiosas zancadas para no perder el paso de Kate.

—Escucha, si esto es una especie de crisis de la mediana edad, estoy dispuesto a deshacerme del Escarabajo y comprarte un deportivo descapotable rojo...

—¡No se trata de una crisis de la mediana edad! Sencillamente, decidí hacer algo divertido, algo diferente, como solíamos hacer antes.

—Pues ve a patinar entonces. O a la ópera. Apúntate a clases de *kickboxing*. Pero esto deberías habérmelo consultado.

—¿Para que me dibujaras un organigrama y me convencieras de no hacerlo?

—Matrimonio. Equipo. Frente común.

—Sabía lo que dirías. Que no puedo hacerlo —comenzó a decir Kate, contando con los dedos—. Que tengo tres hijos. Que me mataré. Que no encaja en mi planificación diaria. Que es demasiado peligroso.

—Kate, una cosa es que compres un horroroso sofá rosa de cachemir sin consultarme...

—Pues bien que te gusta ahora...

—Porque comprar un sofá no implica que puedas terminar con los intestinos desparramados por el asfalto.

—¿Cuándo se suponía que podía sacar el tema? ¿Mientras tú corres para no perder el tren y yo lidio con los niños para que se pongan el abrigo antes de ir al colegio? No me pareció una conversación para tener mientras ayudas a Mike con su caseta de madera y yo me peleo con Tess y sus deberes de álgebra.

—Una excusa muy torpe, Kate. Mucho.

Tenía razón, claro. Ella se lo había ocultado a propósito, porque temía que pudiera reaccionar justo como lo estaba haciendo. Pero sí que se había esforzado por encontrar una manera de explicarle a alguien que nunca se había tirado de un avión en paracaídas cómo se sentía ella después de hacerlo y que lo comprendiera.

Apretó el paso, dejando marcas en la tierra y el asfalto partido, y trató de abordar la discusión desde otro punto de vista.

—¿Te acuerdas de cuando el mes pasado te fuiste con tus amigos a pasar vuestro fin de semana de golf como todos los años?

—Sí.

—Tenías que comprar el billete de avión, reservar el hotel y el campo, hacer la maleta...

—¿Adónde quieres ir a parar?

Kate reprimió las ganas de contestarle de mala manera y apartó un trozo de asfalto partido de una patada.

—Cuando yo tuve que ausentarme de casa una sola noche tras el funeral de Rachel, tuve que hacer lo mismo. Lo organicé para quedarme con Jo, reservé para cenar, hice la maleta. Pero eso no era lo único que tenía que hacer. —La dimensión de todo ello la apabulló—. También tuve que ocuparme de ver con quién podían quedarse a dormir los niños. Tuve que llamar a seis madres hasta que conseguí dar con tres dispuestas a acercar a nuestros hijos a sus clases de fútbol, piano y taekwondo, y llevarlos luego de vuelta a casa al terminarlas para que ninguno de vosotros tuviera problemas aquella primera tarde que estuve fuera de casa. Después, me ocupé de buscar una canguro que viniera a darles la cena a los niños. Una cena que yo había dejado ya preparada y con las instrucciones precisas para recalentarla, para que ninguno de vosotros se muriera de hambre. Llené el frigorífico de comida y deje listas tres lavadoras para que ninguno tuviera que ponerse ropa interior sucia...

—Estoy esperando a que llegues a la parte de tirarte en paracaídas —la interrumpió él.

—Lo que quiero decir es que, para venir y tirarme de un avión, no he tenido que hacer cien mil preparativos previos —explicó Kate, deseando que la puerta de la alambrada estuviera más cerca—. Sólo tenía que venir y hacerlo. Piensa en ello, Paul. Cuando tú quieres hacer algo, lo haces. Cuando yo quiero hacer algo, aunque sea algo muy simple, es un esfuerzo que implica molestar a una docena de personas y elaborar una delicada planificación al milímetro. A veces siento como si estuviera atrapada.

Se detuvo en seco y miró a su marido largo y tendido. Paul solía perderse en profundas divagaciones, de las que emergía repentinamente, con gesto perplejo. Al contemplar ahora su conocido rostro, con sus pómulos prominentes y su recia mandíbula, vio que no estaba concentrado en el momento presente, con ella. Kate supo que no comprendía lo que trataba de decirle.

Pero siempre había tenido unos ojos azules asombrosos. De jovencita, totalmente loca por él, se había pasado horas perdida en la inmensidad de aquellos ojos.

—Dime que lo dices en broma —acertó a decir él con absoluta incredulidad.

Kate se tropezó como si le hubieran dado un puñetazo en el

plexo solar. El suelo pareció ceder bajo sus pies y se agarró al alambre de la valla para no perder el equilibrio, pero la visión se le había vuelto borrosa. Sus últimos restos de euforia se disiparon como el humo.

Paul flexionó sus fuertes dedos y los utilizó para enumerar, uno a uno, sus motivos.

—Tenemos la vida perfecta. Tenemos una casa de cuatro dormitorios. Tenemos tres niños fabulosos. Tenemos una saneada cuenta bancaria. Ninguno de nosotros dos se está muriendo de cáncer...

—Ya lo sé, lo sé —lo interrumpió ella, apartándose de la alambrada para retomar el camino hacia la portezuela—. Sé que tenemos una vida cómoda. Sé que tenemos una póliza de seguros, un plan de pensiones y sexo los martes y los sábados...

—Puedes quedarte en casa con nuestros hijos —continuó él, volviéndose y caminando de cara a ella, fulminándola con la mirada—. Nos vamos de vacaciones dos veces al año...

—Sí, sí —cedió Kate, suspirando—. Y me encantan, de verdad que sí, aunque las pasemos siempre en la misma ciudad, en el mismo hotel y en la misma habitación, donde preparamos la comida todos los santos días y pedimos comida para llevar en los mismos restaurantes todas las noches.

—¡A los niños les encanta!

—Chicken of the Sea, los lunes; The Clam Shell, los martes. The Hammerhead, los miércoles, aunque de vez en cuando Tess cambia su bacalao frito de siempre por gambas rebozadas...

—Tienes que hablar con Sarah para que te ayude a ver las cosas con perspectiva —la interrumpió él, profundamente enfadado, y se apartó de la alambrada.

Kate apretó los ojos con fuerza y pensó en Sarah y en sus historias sobre parásitos y circuncisión femenina.

—Paul, no me estoy quejando. Sé que tenemos una buena vida, de verdad que lo sé. Una vida casi perfecta. —Se pasó la mano por el pelo enmarañado cada vez más frustrada, porque sabía que no tenía sentido sentirse como se sentía teniendo tanto como tenía. ¿No decían que las cosas materiales no siempre dan la felicidad? ¿Y no era cierto que Paul y ella se habían sentido mucho más cerca el uno del otro y habían estado más enamorados el uno del otro cuando vivían a base de sopa de fideos y pernoctaban en albergues juveniles?—. Mira —lo intentó Kate de nuevo—, si hoy he venido a tirarme en paracaídas no ha sido sólo por Rachel. El martes sí lo hice por ella, pero hoy lo he hecho por nosotros.

Por los Paul y Kate de su juventud, antes de que el matrimonio, los hijos y la hipoteca se encargaran de fijar sus roles en la vida. Antes de que las responsabilidades llenaran sus días y mataran la espontaneidad. Por lo que solía sentir cuando él la miraba desde la otra punta de una sala abarrotada o cuando le cogía la mano por debajo de la mesa en una cena con amigos.

—Por el amor de Dios —exclamó Paul desabrochándose bruscamente el primer botón de la camisa—. ¡Pues deja el aceite de masaje en la mesita de noche!

—Paul, no es tan sencillo.

—¿Que no?

—¡No!

—Mira, Kate. —Se detuvo y tomó una profunda bocanada de aire, alcanzándola luego de nuevo. Pasó los dedos por encima de los alambres, rozándole los dedos—. Sé que la muerte de Rachel fue un tremendo golpe para ti.

—Claro que sí...

—La semana pasada me encontré la mantequilla de cacahuete

en la nevera. Y ayer guardaste los calzoncillos de Michael en mi cajón.

«¿Te has fijado también en que me estoy quedando sin uñas de lo mucho que me las muerdo y que me paso dando vueltas en la cama hasta las dos de la madrugada?»

—Pero a partir de este momento quiero que nos comportemos como adultos racionales —continuó—. Se acabó lo de tirarse en paracaídas. Prométemelo.

—Pero es que me encanta —contestó ella y se preparó mentalmente para la reacción de él, sabiendo que no le iba a gustar lo que iba a decir—. El curso de caída libre se compone de dos fases. Acabo de empezar la primera.

—¿La primera?

—Si quiero conseguir mi título de paracaidismo, tengo que completar las dos fases, compuestas de veinte niveles cada una.

—¿Tu título?

La incredulidad y el desdén que notó en su voz la enfureció.

—¿Sabes?, hace quince años habrías aplaudido mi coraje por tirarme en paracaídas.

—Hace quince años no teníamos tres hijos y una hipoteca.

—Hace quince años —repitió ella, cuando por fin llegó a la puerta de la valla, de casi dos metros de alta— te habrías tirado conmigo.

—Hace quince años pensábamos que no teníamos nada que perder. Éramos unos niños. Nos creíamos inmortales. .

Kate agarró la puerta y observó con frustración la cadena enrollada alrededor de los postes, y el grueso candado.

—Pero ya no somos niños, Kate, y me vienes con que tienes intención de practicar una actividad en la que estarás poniendo tu vida en peligro constantemente, lo que implica poner en peligro también la felicidad de tus hijos. ¿Y todo por qué? —Metió los dedos entre los huecos de la alambrada y apretó los de ella para evitar que la sacudiera más—. ¿Por qué, Kate? ¿Por un buen polvo?

Ella sacó los dedos de entre los de él.

—¿Qué te parece por un buen matrimonio?

Paul se quedó paralizado.

«Joder.»

Kate se alejó bruscamente de la alambrada, de él, del eco de sus propias palabras. Aquello no estaba saliendo como lo había planeado. Ella había previsto hacer el amor con Paul nada más aterrizar, un polvo rápido y apasionado, y darle la segunda parte de la noticia antes de que se recuperase por completo del agotamiento poscoital. Así, por lo menos, se habría mostrado moderadamente receptivo. «¡No, no, no!» No quería adentrarse en la espesura de esos temas, en aquel momento, no; tal vez nunca. Aun en las mejores circunstancias, resultaría tremendamente difícil explicarle lo que le había sucedido desde aquel primer salto del martes anterior.

En su carta, Rachel le había dicho que tirarse en paracaídas le despejaría la mente, la ayudaría a concentrar sus energías y haría que entrara en contacto con las cosas verdaderamente importantes de su vida, y la verdad era que Kate apenas acertaba a comprender lo que sentía. Sólo sabía que se encontraba bajo el influjo de unas emociones tan potentes que habían arrasado con todo su sentido común y no podía hacer más que obedecer. Tenía que seguir sus instintos, a dondequiera que la llevaran. Una vuelta atrás ya era imposible. ¿Cómo podía explicarle a Paul algo tan complejo, una emoción tan profundamente visceral e intensa? De lo único que estaba segura era de que en la demencial sucesión de actividades que era su vida diaria, estaba perdiendo a alguien.

Y ese alguien no era Rachel.

Era Paul.

Empezó a caminar despacio en círculos irregulares.

—Paul, ¿cuándo fue la última vez que me invitaste a salir por ahí?

—Estás cambiando de tema —respondió él con tono estentóreo, rebosante de furia.

—Es que ése es el tema. Se trata de nuestro matrimonio. Piénsalo.

—No tengo que hacerlo. Hace sólo dos semanas fuimos a ese sitio portugués que hay en el centro...

—Con tus clientes.

Paul la fulminó con la mirada, el cejo fruncido.

—También fuimos a comer sushi el día de nuestro aniversario.

—Hace siete meses. Y fui yo quien lo organizó. Llamé para reservar con dos meses de antelación. Contraté a una canguro. Cogí el autobús para ir al centro...

—¿Qué sentido tiene todo esto?

Kate se restregó la frente; le empezaba a doler la cabeza.

—Sé que llevamos una vida confortable, maravillosamente confortable. —Por eso le había hecho falta tirarse en paracaídas para darse cuenta de que algo no iba bien—. Nuestra rutina es tal, Paul, que soy capaz de ver el final de su recta trayectoria. Tú y yo ancianos, cenando los sábados en el Applebee del barrio en absoluto silencio...

—¿Quién demonios es ése? —preguntó él, interrumpiéndola.

Kate se dio la vuelta. Bubba se les acercaba corriendo a trote suave. Se había quitado el mono y la camiseta y los vaqueros que llevaba lo hacían muy esbelto.

—¡Eh, Kate! —le gritó—. El vídeo está terminado. Te estamos esperando en el hangar.

—Ya voy.

—Tráete a tu amigo. Hemos grabado unas imágenes alucinantes.

—Un minuto.

Bubba se quedó mirándolos un momento y finalmente dio media vuelta y se fue con el mismo trote suave con que había llegado.

—Entonces ¿se trata de Sven?

—¿Qué?

—Ese Míster Universo. ¿Te hace tilín?

—No seas idiota, Paul.

—Entonces es por Lola Lipstick, ¿verdad? Tal como miras los prototipos que hago de ella, sé que no te hace gracia...

—Olvídalo.

Dio media vuelta y se fue detrás de Bubba. Estaba claro que aquello había sido muy mala idea. Paul no iba a comprenderlo; ni en ese momento, ni más tarde, cuando le contara los planes que tenía.

Quince años. Suficientes para erosionar un matrimonio, como el agua desgasta las rocas.

—Kate. ¡Kate!

—Me tengo que ir —contestó ella, aunque se detuvo, atraída por la intensidad que percibió en su tono—. Bubba me está esperando.

—Kate, escúchame —pidió Paul, aferrándose a la alambrada y sacudiéndola—. Está bien. Está bien, tú ganas. —Se removió, incómodo—. Este fin de semana no puedo, pero el otro sábado saldremos por ahí los dos solos. Reservaré en un restaurante. The Highwood Manor...

—Ese sábado tengo cosas que hacer —contestó ella, negándose ya a tratar de hacerle comprender—. Está todo arreglado. He tomado una decisión.

—¿Una decisión? ¿Cómo que has tomado una decisión?

—Ya he llamado a tu madre. Va venir para ocuparse de los niños. Lo he arreglado todo para que no entorpezcan tus horarios. Sólo me queda llenar la despensa, lavar la ropa y terminar los trabajos manuales y los disfraces para Halloween, por si acaso me retraso...

—¿Retraso?

—Paul, en el funeral de Rachel me di cuenta de una cosa. Era la primera vez en años que salía de casa yo sola con mis amigas. ¿No te parece triste? Sólo las veo cuando una de ellas muere.

—Nos abandonas.

—No exageres las cosas, Paul. Yo no soy tu padre. No os estoy abandonando, sólo he decidido cogerme unas vacaciones. Sarah me necesita, así que he decidido recuperar el tiempo perdido. Ni siquiera tienes que preocuparte por el dinero. Entra dentro del presupuesto, y además he buscado un trabajo por horas envolviendo regalos de Navidad en el centro comercial.

—Esto también tiene que ver con Rachel, ¿verdad? Si ella os pide que escaléis una montaña o que os tiréis al vacío...

—Esto no tiene nada que ver con Rachel. Lo estoy haciendo por nosotros. —Se paró y, dando media vuelta, regresó a la alambrada. Se detuvo a unos centímetros de la malla metálica, a unos centímetros de su rostro desconcertado, a unos centímetros de aquellos poderosos músculos; lo bastante cerca como para percibir el calor que emanaba de él—. Escúchame. Sarah no me necesitará todo el tiempo que estemos fuera. Seguro que tendrá que coger un avión de vuelta a Burundi en cualquier momento. Pero yo sí tengo intención de quedarme. Y quiero que te reúnas allí conmigo —añadió, sosteniendo la furiosa mirada de sus ojos azules—. Pero esta vez no voy a hacer yo los planes, Paul. Esta vez tendrás que ser tú quien se ocupe de que las cosas ocurran.

Él cerró los dedos en torno a los alambres y se quedó mirándola como si no la conociera.

—El martes, Sarah y yo nos vamos a la India —concluyó Kate.

6

Tras mentirle descaradamente al agente de aduanas, Sarah confirmó las sospechas que la habían asaltado durante su viaje de veinte horas hasta Bangalore: llevar a Kate allí había sido un error.

—Kate, enderézate un poco —le dijo avanzando a trompicones al tener que cargar con su amiga y con la maleta de ésta, llena hasta los topes. Empujó a Kate, que era mucho más alta que ella, para que se pusiera recta—. Sigue fingiendo unos minutos más. Ya casi hemos salido de la aduana.

—Hace mucho calor.

—Ya, bueno, demos gracias por ello. —Sarah reprimió las ganas de mirar atrás, a los agentes de aduanas, pero sentía las miradas de aquellos hombres clavadas en sus sudorosas espaldas—. Si el aire acondicionado de este aeropuerto funcionara, tú serías la única empapada en sudor, con lo que aún seguiríamos ahí dentro, discutiendo con esos déspotas.

—Ya. ¿Y no se te ha ocurrido otra excusa que decirles que estaba borracha?

—Mejor que crean que eres una turista borracha que enferma —contestó Sarah, tirando con todas sus fuerzas de la gigantesca maleta—. Acabo de salvarte el trasero de la cuarentena india. Ahora no te pares.

—No estoy enferma.

Sarah cerró los ojos irritados y se armó de paciencia. Le dolía la espalda después de tantas horas en el incómodo asiento de un avión estrecho y apestoso.

—¿Cuántas inyecciones te pusieron la semana pasada, Kate? ¿Difteria y tétanos? ¿Polio? ¿Hepatitis A? ¿Meningitis?

—Tengo que tomarme las cápsulas del tifus...

—De eso nada. Lo único que vas a tomar es aspirina. Y deja de apoyarte en mi mochila. Vas a hacer que me caiga.

—¿Por cuál de las puertas? —preguntó Kate.

Sarah miró la única puerta que llevaba de la aduana a la zona principal del aeropuerto. Acto seguido, miró a Kate, brillante de sudor, con el rostro enrojecido hasta la línea del pelo. Tenía la mirada extraviada y caminaba como si de verdad estuviera borracha. Su ojo de enfermera le decía que tendría treinta y ocho y medio o treinta y nueve de fiebre y estaba empezando a delirar. El médico que le había puesto tantas inyecciones en tan poco tiempo debería ser flagelado. Kate podía seguir así días.

Días en los que Sarah tendría que cuidar de ella, acompañarla en el cómodo hotel occidental donde Paul se había empeñado en que reservaran habitación, el mismo hotel donde se iba a celebrar la conferencia en la que participaba Colin. Qué fácil le resultaría a Sarah esconderse en una habitación con aire acondicionado y dejar pasar la oportunidad de verlo.

«Cobarde», dijo una voz, la de Rachel, potente y clara como un disparo.

Su amiga se le representó mentalmente con el equipo de escalada, observándola desde lo alto de una escarpada pared de roca, y mirando con una sonrisa de oreja a oreja cómo ella, Sarah, exhausta y sudorosa, trataba de salvar un paso difícil.

«Asusta como el infierno, ¿eh, Pollard? Pero atraviésalo, nena, porque lo que te espera aquí arriba es el cielo.»

Sarah se colocó al otro lado de Kate y siguió avanzando como pudo, siguiendo las indicaciones hacia la parada de taxis del aeropuerto. Sabía que encontrarse con Colin iba a dolerle, y mucho. Se había pasado el vuelo mirando por la ventanilla y pensando en él, que estaba allí en aquel preciso momento, en algún lugar de Bangalore. Dentro de los mismos veinticinco kilómetros cuadrados que ella. En carne y hueso, no como un resplandeciente recuerdo.

Tirando de Kate y su ridícula maleta, se sumergió en la caótica terminal preguntándose si él estaría entre aquella multitud en aquellos momentos. Paseando entre todas aquellas mujeres ataviadas con saris de vistosos colores. Esquivando a los mismos niños risueños que correteaban por todas partes. Recogiendo a un colega del aeropuerto; tal vez otro médico que también participaba en el ciclo de conferencias: «Dirección de equipos en intervenciones de paladar hendido y otras anomalías craneofaciales». O quizá estuviera echando un vistazo a los productos que se vendían en quioscos como el que acababan de pasar de largo, del que emanaba un dulce aroma a incienso. O en aquel otro, lleno a rebosar de esculturas talladas en madera de sándalo. O puede que estuviera comprando comino, cilantro o azafrán en el puesto de especias de enfrente.

«Debo de haber perdido la cabeza.»

—¿Hemos llegado ya? —preguntó Kate con voz lastimera.

Sarah se había quedado inmóvil en mitad de la terminal. Hombres con maletines pasaban a su lado sin preocuparse de si las golpeaban con ellos, y sin disculparse tampoco. Una mujer vestida con un sari azul masculló algo al rebasarlas conduciendo a su «rebaño» de hijos.

No podía detenerse a pensar en Colin en ese momento. Tenía que establecer un orden de prioridades. Lo más importante era atravesar la marabunta de mozos de equipaje, conductores de *rickshaws* y hombres que pregonaban sus servicios delante del mostrador de taxis de prepago, donde estaba segura de que no las engañarían, ir al hotel y tratar a Kate, hidratarla y medicarla convenientemente y meterla luego en la cama.

Sarah notó que tiraban de la maleta de Kate y supo que ya las estaban asediando.

—Deje que me ocupe de su equipaje, madame. Tengo un taxi muy bueno...

—Gracias, pero no —contestó ella, tirando a su vez de la maleta para recuperar las pertenencias de su amiga—. Hemos contratado un coche con taxímetro y nos está esperando...

—Esos coches con taxímetro seguro que las engañarán —contestó el hombre, y su perfecto acento inglés la puso sobre aviso—. Yo las llevaré a Bangalore gratis.

Incrédula, Sarah contempló los risueños ojos castaños en aquel rostro color caoba y el corazón le dio un extraño vuelco al reconocer su creciente sonrisa. Llevaba una de sus habituales camisas de algodón deslucidas por el uso y unos pantalones de loneta también muy usados. En África reconocería su figura y su cabeza perfectamente modelada a cinco kilómetros de distancia, brincando por el terreno irregular a bordo de su jeep. Pero no podía creer lo que veían sus ojos porque no había ningún motivo para que el coordinador de abastecimiento de su campamento de Burundi, Samuel Roger Tremayne, de origen británico-nigeriano, estuviera en Bangalore.

—Yo también me alegro de verte —dijo Sam, quitándole de la mano la maleta con un suave gesto—. Pero ahora será mejor que nos dejemos de charlas y entremos en el coche. He aparcado en doble fila, y eso a la policía de aquí no le gusta mucho.

Y dicho esto, desapareció entre la multitud.

—¿Ese cachas acaba de robarme la maleta? —preguntó Kate.

—¿Qué? No —contestó Sarah, reajustando su peso al cuerpo. Por más vueltas que le daba a la cuestión, no llegaba a comprenderlo—. Es amigo, un colega mío.

—Eres increíble. Los tentáculos de tu Red de Supervivencia llegan hasta la India.

Sarah rodeó a un grupo de viajeros que estudiaban un mapa, estirando el cuello para no perder de vista a Sam y la maleta gigante de Kate.

—¿Mi qué?

—Tu RSS, Red de Supervivencia de Sarah —dijo Kate, señalando con la mano sin demasiado tino. A punto estuvo de darle a su amiga en la mejilla—. Es la forma en que vas de un lado a otro de la tierra con los bolsillos vacíos y estirando al límite el crédito de las tarjetas.

—Sam debería estar aquí —comentó Sarah, empujando con el hombro las puertas de la terminal. Una bofetada de densa humedad les dio la bienvenida. Tiró de Kate hacia la hilera de taxistas que esperaban junto a sus coches, donde su compañero abría el maletero de un coche blanco, un modelo mucho más limpio que el que normalmente conducía—. Se suponía que iba a estar en Burundi —añadió con toda la intención, cuando consideró que Sam podía oírla—, vigilando el campamento en mi ausencia.

—El doctor Mwami está bien abastecido para una buena temporada —contestó el joven, levantando sin esfuerzo la maleta para meterla en el maletero—. Y a mí me hacían falta unas vacaciones.

—Sarah, ¿vas a presentarme a...?

—¿Unas vacaciones, Sam? ¿En Bangalore?

—Deja que te hable de las playas de Goa, Sarah-belle —respondió él, abriendo la puerta trasera y haciendole a Kate un gesto para que entrara—. Se puede ir en coche desde aquí. Están cuajadas de chiringuitos donde sirven cerveza bien fría y comida picante, incluso a mí. He encontrado un lugar donde pasar la noche por tres dólares el día. Y las playas son de arena blanca, suave como la piel de una mujer.

Sarah se ruborizó por completo y agachó la cabeza para evitar mirarlo a los ojos, al tiempo que ayudaba a Kate a entrar en el coche.

—La última vez que hablé contigo, no hacías más que repetir que ibas a dejar este trabajo, que te morías por comer salchichas con puré de patatas y ver críquet por televisión.

—El equipo de críquet indio entrena hoy en las afueras de la ciudad. A lo largo de la semana jugarán algún partido...

—El doctor Mwami te dijo que yo estaba aquí, ¿verdad?

Sarah levantó la mirada demasiado rápido. Sam tenía un brazo encima de la portezuela y había apoyado el otro en el techo del coche, atrapándola entre el vehículo y su cuerpo cálido. A esa distancia, podía ver la tenue cicatriz que tenía en la mejilla, recuerdo de una herida que se había hecho cuando era niño. Cicatriz que había llevado a Rachel a decir que Sam poseía el mismo aspecto exótico y elegante de Seal, el cantante, pero con el doble de sensualidad.

Pero Rachel y ella juzgaban a la gente de forma muy distinta.

—Puede que el buen doctor mencionara tus planes —contestó él, contrayendo el músculo de la mejilla, lo que hizo que se le moviera la cicatriz.

—¿Y por ese motivo estás aquí, en Bangalore?

—India no es Burundi, Sarah-belle. ¿Quién te defenderá de los estafadores que pueblan esta ciudad grande y cruel? ¿Quién pagará la fianza para sacarte de la cárcel por aparcar en doble fila en zona prohibida? —añadió, mirando algo situado detrás de ella.

Sarah captó la indirecta. Un policía se acercaba haciéndoles gestos para que se fueran de allí. Cerró la puerta de atrás y se sentó en el asiento del copiloto mientras Sam levantaba las manos fingiendo ignorancia. A continuación, se sentó al volante y pisó el acelerador.

Se incorporaron al mar de coches de la ciudad. Sarah se aferró al salpicadero y sintió una punzada de algo que conocía bien: estaba enfadada. Aquel hombre tenía esa habilidad. La de hacerla enfadar y ponerla nerviosa. Cuando estaba con él se sentía confusa.

—No deberías haber venido, Sam —dijo—. No necesito que nadie me proteja.

—¿Quién ha dicho nada de protegerte? —Viró para evitar a un *rickshaw* que se incorporó con demasiada brusquedad al tráfico—. A mí me hacían falta unas vacaciones y a ti un chófer, así que aquí estoy.

—Podría haber alquilado uno.

—Te habrían engañado.

—Un conductor nativo conocería mejor estas carreteras que tú. —Vislumbraron el semáforo que colgaba sobre la calle en el siguiente cruce—. Está verde.

—Las conozco lo suficiente —respondió él, cortándole el paso a un taxi que pretendía saltarse su semáforo en rojo—, y no tenderé la mano para que me des propina, ni te llevaré a la tienda de incienso de un familiar cuando es un templo lo que quieres visitar...

—¿El doctor Mwami te dijo a qué venía a Bangalore?

Sam apartó la vista de la carretera sólo un segundo, pero por la forma en que la miró, Sarah vio que lo sabía todo.

Sintió como si las entrañas se le licuaran. No era posible. Sam no podía saberlo. Ella le había dicho al doctor adónde iba, pero no el motivo, no estaba dispuesta a admitir ante su jefe que había ido hasta la India detrás de un antiguo amor. Y aun así, estaba claro que Sam lo sabía. Se sentía mortificada por ello. Aquel hombre tenía en la cabeza un mapa de información crucial y siempre cambiante acerca de tres gobiernos y seis movimientos rebeldes, lo que hacía de él alguien indispensable a la hora de suministrar comida, combustible y medicinas a la zona aislada y a menudo asediada donde trabajaban. No había nada que Sam no supiera o no pudiera, por lo visto, descubrir.

Sarah rehuyó aquellos ojos que todo lo veían, apoyó la cabeza en la ventanilla y observó los carteles de Bollywood pegados en el *rickshaw* motorizado que los adelantaba en ese momento.

Tenía la garganta seca, el cuerpo le dolía por la falta de sueño y los ojos le escocían cada vez que parpadeaba. En el asiento de atrás, Kate empezó a cantar una extraña melodía desacompasada que sólo ella conocía. Y además tenía que vérselas con Sam. Sam, una engorrosa complicación en su vida, un hombre que, casualmente, también estaba en Paraguay durante la época en que Colin y ella eran amantes.

Kate se aferró al asiento delantero y se echó hacia adelante para poder apoyar la barbilla en el borde.

—Sarah, ¿vas a presentarme o tengo que vomitar por todo el asiento trasero para que me hagas caso?

—Sam, ésta es Kate, una vieja amiga. —Miró el siguiente semáforo—. Ámbar, pero te da tiempo.

—Es un placer, Kate —contestó Sam, obsequiándola con aquella sonrisa suya de «soy capaz de hacer que un hutu me regale una cabra» a través del retrovisor, al tiempo que adelantaba a una camioneta que avanzaba muy despacio—. ¿Tú eres la que tiene tantos hijos?

—Sólo tres. ¿Cuántos tienes tú?

—Ah, no, ninguno. Que yo sepa. —Tocó la bocina cuando un

rickshaw hizo un peligroso viraje hacia lo que la mayoría de occidentales consideraría el carril de Sam—. ¿Te ha sentado fatal el viaje o estás así por el vino que os han ofrecido los de Air France?

—Lo que padece Kate es idiotez —terció Sarah, viendo cómo su exhausta amiga se derretía ante el encanto de Sam. La cabeza se le había ido escurriendo hasta apoyar la mejilla en el respaldo del asiento delantero—. Demasiadas vacunas en poco tiempo.

—Ah, bueno —contestó él—. Si sólo es eso, con los cuidados de la enfermera Sarah, en uno o dos días estarás como nueva para poder visitar el palacio del maharajá. He visto cómo trabaja. No hay nadie mejor.

—Rojo, Sam. Está rojo.

Pisó el freno bruscamente, el coche patinó y se paró con el morro asomando ya por el cruce.

—Tienes que avisarme antes, Sarah. A este paso, terminaremos en un hospital indio...

—Que contará con algunos de los mejores médicos del mundo. Y ése será mi castigo por haberme subido a un coche con un chófer daltónico.

Kate se desplomó sobre el asiento trasero reprimiendo un grito.

—Veo casi todo lo azul verdoso —se apresuró a explicar Sam—. Es la gama de los naranja y los rojos la que me trae de cabeza. Pero sólo son ocho kilómetros hasta el hotel, y a partir de aquí casi todo es autopista, así que no hay de qué preocuparse.

Kate dijo con voz aguda:

—¿Sarah?

—Sam es nuestro hombre de logística en Burundi —explicó ésta—. Quien se ocupa de que nuestro campamento esté abastecido como Dios manda. De vez en cuando, también pasa armas a través de los controles, ocultas entre el instrumental médico.

—Sarah —dijo Sam en tono de advertencia—. No está bien que digas eso. Kate se llevará una impresión equivocada.

—No me digas.

La aludida alzó la cabeza.

—¿Eres traficante de armas?

—Sarah siempre se comporta como una princesa en su torre de marfil. Inmersa en su fantasía de cómo deberían hacerse las cosas, sin querer ver lo duras que son las circunstancias que la rodean. Por cierto, Sarah, ¿qué tal funciona el aparato para diálisis?

—Bien.

—¿Y el ecógrafo móvil?

—Fenomenal. —Sarah hizo un gesto cuando vio que el semáforo cambiaba de color, y Sam se desvió hacia la izquierda para adelantar a otra camioneta, haciendo que se golpeara contra la puerta con el viraje—. ¿Qué tal funciona la última remesa de Kalashnikov, Sam? Justo antes de abandonar Burundi me pareció oír unos cuantos en la frontera con Ruanda.

—Voy en un coche con un traficante de armas africano —murmuró una Kate al borde del desvanecimiento.

—No trafico con armas. Y soy inglés, Kate, inglés. Mi madre es nigeriana, mi padre, inglés. Criado en Sussex...

—Y educado en Oxford —añadió Sarah—. Por eso deberías saber mejor lo que haces.

—Estoy en mitad de Bangalore con un renegado nigeriano. —Kate se desplomó nuevamente sobre el asiento trasero—. Ahora ya puedo morir en paz.

Sam dejó escapar un silbido largo y lento cuando aparcó delante de la puerta del Chancery, el mejor hotel de Bangalore.

—Tendré que hablar con el coordinador del área regional —comentó—. Está claro que te pagan mucho más que a mí.

—Ha sido idea de Paul, el marido de Kate—contestó Sarah, que casi se cayó de espaldas cuando un portero de guantes blancos le abrió la puerta—. No dejó que me ocupara yo del alojamiento. Lo paga él.

—Dijo que ella sería capaz de meternos en un hotelucho con camas de hierro y retretes compartidos... —masculló Kate, irguiéndose en el asiento.

«Lo que probablemente hubiera hecho», pensó Sarah, cogiendo su mochila de manos del portero.

—Y que el ruido de una rata comiéndose mi pasta de dientes me despertaría por la noche.

Sam buscó la mirada de Sarah por encima del capó del coche y le temblaron ligeramente las comisuras de los labios.

—Aquí no tendrás esa clase de problemas, Kate, te lo aseguro.

—Supongo —intervino Sarah con un tono muy significativo— que tú también te alojas aquí, ¿no, Sam?

Éste señaló con la cabeza en dirección a la calle, de bote en bote a aquellas horas.

—Estoy un poco más abajo. En una zona más pintoresca.

—Gracias por habernos traído. —Con alivio Sarah le pasó a Kate el brazo por la cintura y se la acercó de modo que pudiera apoyarse en ella—. Ya nos veremos...

—¿Qué clase de caballero sería si no me quedara para asegurarme de que estáis cómodamente instaladas? —dijo entonces Sam, lanzándole las llaves al aparcacoches.

Sarah apretó la mandíbula, dio media vuelta y atravesó las

puertas del hotel tirando de Kate. No quería que Sam estuviera allí precisamente en aquellos momentos. Pero necesitaría mucha más energía de la que le quedaba, convencerlo de que la dejara en paz. Cuando se ponía así, discutir con él era inútil. Igual de testarudo se había puesto cuando insistió en hacer con ella aquel viaje a las montañas para llevar a la gente de allí la vacuna contra la meningitis. Sam arguyó que el viaje era demasiado peligroso para que lo hiciera sola, que había habido enfrentamientos entre los hutu y los tutsi. Agotada ante su insistencia, al final había accedido a que fueran juntos, y el viaje había transcurrido sin incidentes.

Excepto por el beso junto al lago.

Para esconder su súbito rubor, Sarah depositó a Kate, sudorosa y mustia, en uno de los sillones del vestíbulo del hotel.

—Espera aquí —le dijo—. Voy a registrarnos.

Atravesó el luminoso vestíbulo, con su perfecta temperatura gracias al aire acondicionado. La suela de goma de sus zapatillas rechinaba en el suelo pulido y los altavoces ocultos emitían música de gusto occidental. Rodeada de espejos ahumados, madera resplandeciente y exquisitos tapices tejidos a mano colgados de las paredes de detrás de recepción, pensó que lo mismo podría estar en un Sheraton en Topeka o en un Hilton en Berlín. El colorido local estaba al otro lado de las puertas, en el exterior.

De repente, se paró en seco. Cerca del mostrador había un cartel de bienvenida a los asistentes a la conferencia internacional de cirugía craneofacial. Entre los conferenciantes estaba el doctor Colin O'Rourke.

Ver su nombre escrito en grandes letras renovó el intenso orgullo que Sarah sintió la noche en que buscó su nombre en Internet. Qué lejos había llegado desde Paraguay. Cinco duros años de formación en cirugía general, seguidos por una residencia de dos años más en cirugía plástica, y después otro en cirugía craneofacial. Una doble especialización. Diez años de viajes por todo el mundo con una organización especializada en corregir defectos graves de labio leporino o hendidura palatal, cirugía craneofacial y deformaciones craneales en niños que, sin su ayuda, no podrían llevar una vida normal.

Para Sarah, todo aquello significaba que Colin no había cambiado. Que seguía siendo el mismo hombre entregado y resuelto que había entrado majestuosamente en una choza de Paraguay y, desafiando todos los riesgos, había salvado la pierna de Werai, que el chico tenía destrozada. Sarah había imaginado —esperado, confiado, soñado— que él llevaría a cabo toda clase de logros fabulosos. Habían sido catorce años de grandes esperanzas. Sin embargo estaba segura de que no había ningún hombre —ningún ser humano— capaz de cumplir las expectativas absurdamente exageradas que ella se había creado. Y en cambio, allí, sobre el papel, Colin las superaba todas.

Y al día siguiente, pensó, sacando su documentación de la mochila para entregársela al recepcionista, al día siguiente, cuando se hubiera quitado de encima el agotamiento de veinte horas de vuelo, se hubiera aclarado la mente con un sueño reparador y hubiera cogido fuerzas con un desayuno rico en proteínas; al día siguiente, cuando no sintiera que se mareaba con sólo leer su nombre en un cartel, iría a buscarlo.

Cuando terminó con el trámite, se dio la vuelta con la llave electrónica de la habitación en la mano y miró hacia donde había dejado a Kate y a Sam, pero lo que vio fue a tres hombres inclinados sobre el cuerpo inerte de su amiga con semblante de preocupación, y a Sam de pie a una prudente distancia, totalmente envarado.

«Dios mío.» Cruzó el vestíbulo imaginando todo tipo de cosas. ¿Kate estaba inconsciente? No le había parecido que estuviera tan caliente como para eso. Aunque los efectos secundarios de tantas inyecciones podían ser graves. No sabía, por ejemplo, si le habrían dado la vacuna viva contra la polio en vez de la creada genéticamente. Repasó mentalmente lo que sabía de vacunas, los efectos secundarios conocidos y también las complicaciones que podían surgir, aunque no fueran algo muy habitual. «No debí traerla. No es ella misma. Desde el salto en paracaídas se comporta de una forma extraña...»

—¿Qué ha ocurrido, Sam? —preguntó con voz entrecortada.

Éste tenía un rictus tenso, y en los ojos una extraña expresión ausente.

—¡Sam!

—Tu amiga está bien, Sarah —respondió él lacónicamente—. Esos hombres son médicos.

Ella se agachó junto al sillón y comprobó, aliviada, que Kate estaba consciente. De hecho, miraba con una enorme sonrisa al médico que le sostenía la muñeca para tomarle el pulso.

—Mira, Sarah-belle —dijo Kate con una risilla nerviosa—. Me está examinando Indiana Jones.

El médico dejó escapar una risa divertida por lo bajo.

—Es evidente que está delirando.

Tal vez fuera la risa. Tal vez el claro acento americano. O quizá ver aquellos dedos bronceados, largos y esbeltos tomándole el pulso a su amiga. Unos dedos hábiles y flexibles. Unas manos que sabían lo que hacían: manos de cirujano.

Colin.

Cosas como aquélla sólo ocurrían en los sueños. Sentía como si flotara en el aire, como si estuviera hecha de materia incorpórea. La mirada de Colin era lo único que la unía a la tierra. El mundo que los rodeaba desapareció.

Unas pocas canas y el pelo pulcramente recortado a la altura del cuello de la camisa en vez de la mata indomable de antes, constituían la única prueba del tiempo transcurrido. Sarah se fijó en la sombra que le formaba la clavícula, visible a través de la abertura de su impecable camisa blanca, el suave latir del pulso en la garganta y la cicatriz en forma de «V» que tenía justo debajo de la oreja. En un abrir y cerrar de ojos, aquel hombre había pasado de protagonizar sus fantasías a cobrar vida a escasos centímetros de ella.

«Colin.» A ambos lados de sus ojos, la piel se le encogió formando pliegues. Aquellas arruguitas no estaban cuando se conocieron en Paraguay. Era evidente que en aquellos catorce años tenía que haberse reído mucho para que se le formaran tantas arrugas de alegría. Casi podía oírlo durante su largo período de residencia en cirugía, gastar bromas a niños de carácter apacible en las horas previas a que pasaran por quirófano y él devolviera la normalidad a sus rostros.

Sarah percibió el instante en que la reconoció, se fijó en la aureola ambarina alrededor de sus pupilas, aquellos anillos de color whisky que otorgaban a sus ojos una cualidad única. Colin se echó hacia atrás sin dar crédito, y, de repente, su rostro se iluminó. Ella lo observó. Observó cómo pasaban los catorce años entre los dos como un torrente. Y se quedaron mirándose como si no hubiera transcurrido ni un segundo.

—¿Sarah? —Él negó con la cabeza de forma casi imperceptible—. ¿Sarah Pollard?

—Colin.

Pronunció su nombre con un susurro. Apenas audible y a la vez lleno de promesas.

Oyó una voz a lo lejos. Y otra. Una risa molesta llegó, amortiguada, a sus oídos. Intentó apartar las distracciones, pero entonces Colin se incorporó y rompió el hechizo.

El mundo real se precipitó sobre ella. Oyó el parloteo de un grupo de personas. Pequeños grupos de hombres y mujeres entraban y salían del hotel. Los ascensores avisaban de la apertura de las puertas con un leve pitido. Kate tarareaba en su sillón mientras los compañeros de Colin la observaban con ávida curiosidad. Justo detrás, Sam también contemplaba la escena con una expresión entre despectiva y furiosa.

—Me he quedado sin habla —les dijo Colin a sus colegas, sin apartar los ojos de ella—. Señores, les presento a Sarah Pollard, una vieja amiga. Estuvimos juntos en el Cuerpo de Paz, en Sudamérica. También coincidí allí con este hombre, Sam. Hace, ¿cuánto, quince años?

Sarah se enderezó. Volvió a ser un cuerpo con peso propio. Su dolor de espalda se intensificó y fue lamentablemente consciente de que llevaba el pelo revuelto y la ropa arrugada cuando Colin le presentó a sus colegas, cuyos nombres no registró y, por tanto, olvidó de inmediato.

Kate dejó de tararear y empezó a gimotear.

Colin se volvió hacia ella con preocupación profesional.

—Es por las vacunas —explicó Sarah, intentando ahuyentar la bruma que le nublaba los sentidos—. Le han puesto cinco prácticamente seguidas.

—¿Cuáles?

Como buena enfermera de Urgencias que era, ella procedió a enumerarlas.

—Todas en la última semana —añadió—. Ha comenzado a sentirse mal en el avión. Hemos llegado hace unas horas.

«He venido por ti.»

—Si ya tienes habitación, será mejor que la llevemos a la cama —terció Sam.

—Os ayudaré. —Colin cogió a Kate de la mano y la instó a ponerse en pie—. Podré examinarla más detenidamente en privado.

Los colegas de Colin se marcharon excusándose educadamente. Colin, por su parte, rodeó a Kate con un brazo y la condujo con paso titubeante hacia los ascensores. Sarah iba detrás, intentando no quedarse mirándolo fijamente. No estaba tan delgado y fibroso como en Paraguay, pero era evidente que el volumen que se había añadido era puro músculo. Tenía una constitución atlética, un físico que denotaba la práctica ocasional de bicicleta de montaña, baloncesto los fines de semana y hasta quizá escalada.

No era así como había imaginado que sería su primer encuentro. Colin charlaba relajadamente con una semiinconsciente Kate mientras subían a la habitación. A fuerza de encanto, consiguió que se mantuviera derecha. Expresó su sorpresa de ver a Sarah y a Sam allí, y les preguntó en qué programa de cooperación estaban trabajando, cuánto tiempo pensaban quedarse y si habían ido a la ciudad para asistir a la conferencia. Sarah respondió con vaguedades: que ahora trabajaba para Médicos sin Fronteras, que no estaba allí por la conferencia. Cuando se quedó sin palabras, Sam se ocupó de llenar el silencio. Le contó a Colin que lo habían asignado a Burundi un año antes, como encargado de abastecimiento del campamento de refugiados de Sarah y otros de la zona. Allí era donde había recuperado el contacto con ella.

No por primera vez, Sarah maldijo tener una tez tan blanca que la mortificaba cada vez que se sonrojaba.

En la habitación, después de meter a Kate en la cama, entró con la mochila en el cuarto de baño, se lavó la cara, se pasó un peine por el pelo y trató de que su corazón dejara de aporrearle el pecho.

«He venido por ti.»

—Se pondrá bien —dijo Colin cuando ella volvió a la habitación. Kate se había quedado dormida—. Vendré mañana por la mañana a ver cómo sigue, antes de que comiencen las sesiones de conferencias—. Entonces ladeó la cabeza en un gesto tan familiar para Sarah, que ésta tuvo que apoyarse en la pared para no dejarse vencer por un súbito ataque de vértigo—. He tenido que abrirle la maleta y hurgar para ver si llevaba aspirina —explicó con cierto azoramiento, señalando la maleta abierta—. Pero está tan abarrotada que...

—Seguro que no le importa.

—No puede decirse que viaje ligera de equipaje, ni seguramente muy a menudo.

Sarah negó con la cabeza, haciendo tintinear sus pendientes largos de ámbar.

—Es una larga historia.

—Entonces tómate una copa conmigo y me la explicas. —Demoró la mirada en ella una fracción de segundo, pero en seguida miró a Sam y añadió—: Los dos. Tenemos que contarnos muchas cosas.

El amable Colin. Siempre invitando a todo el mundo, siempre generoso, siempre haciendo lo correcto, aunque, por la forma en que la miraba, Sarah sabía que quería hablar sólo con ella. Darse cuenta de ello bastó para provocarle un torbellino de agitación sexual en el vientre. Pero no era el momento oportuno. Tenía que respirar y recobrar la compostura, aunque sólo fuera unos minutos.

—Tal vez mañana —dijo—. Acabamos de llegar y creo que debería quedarme con Kate...

—Ve con el doctor O'Rourke, Sarah —terció Sam de pronto—. Los dos tenéis mucho de que hablar.

Tenía el rostro impenetrable y los puños apretados dentro de los bolsillos.

—No te preocupes por Kate. —Sam encogió los tensos hombros y, cogiendo el mando de la tele, se despatarró en la cama que quedaba libre—. Yo la vigilaré. Estoy seguro de que, cuando se despierte, estará encantada de verse en una habitación desconocida de hotel en compañía de un traficante de armas nigeriano.

Colin soltó una carcajada.

Y Sarah supo que estaba perdida.

Poco después, en uno de los dos restaurantes del hotel, tomaban asiento en un taburete y Colin pedía un jerez. Ella pidió lo mismo, porque resultaba más sencillo que pensar en algo. Sentía como si hubieran cortado la conexión entre su cerebro y su lengua.

—Por los viejos amigos —dijo él, levantando la copa—. Y los buenos tiempos.

Sarah dio un sorbo. Potente, dulce, le quemaba la garganta. Notó los ojos de Colin en ella como si fueran unas inquietas y cálidas manos.

—No has cambiado nada —dijo él entonces, alargando la mano para acariciarle la nariz con el pulgar—. Tal vez tengas alguna peca más.

La copa de Sarah tintineó contra la barra del bar y la agarró con más fuerza. Colin debía de acordarse. Una vez, intentó contarle las pecas. Las de las piernas. Había jugado a unir los puntos con la lengua hasta que...

Él carraspeó y depositó la copa en la barra.

—Es extraño veros a Sam y a ti aquí.

—Sí.

—Uno de los dos, puede. El mundo es pequeño y tampoco hay tantas organizaciones de cooperación internacional, pero los dos. Juntos.

—Mmm.

«De modo que así va a ser —pensó ella—. Los dos aquí sentados, hablando de nada en particular. Parloteando, llenando el silencio con detalles sin importancia sobre nuestras vidas, después de todo lo que hemos pasado juntos.»

—¿Sarah? —Colin la miró y esperó un momento—. ¿Y bien?

—¿Hummm?

—Sam y tú. ¿Sois pareja?

—¿Pareja?

—Por la forma en que te ha mirado antes, en la habitación, he pensado que quizá estábais juntos. Pero luego se queda y te dice que vayas a tomar algo conmigo.

—No, no, no somos... Sam y yo sólo somos... —Una imagen repentina de un lago bajo la lluvia—. Sólo somos colegas.

—Juntos de vacaciones —musitó él—. En Bangalore.

—Así es.

Sarah lo dejó en eso. Bastante complicada era ya la situación como para complicarla aún más con detalles de la desconcertante relación que tenía con Sam últimamente, un torbellino de emociones desatadas y, sí, suponía que también algo de atracción física de la de toda la vida. No tenía nada que ver con lo que estaba ocurriendo en aquel momento entre ellos dos, en la barra del bar del hotel.

Sarah contempló el líquido ambarino y por un momento deseó ser como Jo. Libre y desinhibida con los hombres, experta en los secretos de la charla de bar y el lenguaje corporal. Diestra en expresar sus deseos con un aleteo de pestañas, una sonrisa, la abertura justa de la blusa o el cruce certero de la pierna descubierta. Sarah hablaba inglés, español y guaraní, incluso sabía decir unas pocas palabras en bantu, pero en el coqueteo era tan ignorante como una virgen tutsi entregada a su esposo a cambio de unas cuantas cabezas de ganado y de unas azadas.

«Invítalo a que te hable de él, cielo. Nada le gusta más a un hombre», resonó la voz de Jo en sus oídos.

—Y dime —dijo—, ¿de qué trata la conferencia?

Colin empezó a hablar de su trabajo. Había ido allí a presentar y hacer una demostración práctica de algunas técnicas quirúrgicas avanzadas, con la esperanza de que los médicos jóvenes pudieran ponerlas en práctica con los casos más graves de deformaciones craneofaciales que se daban en las zonas más pobres de la India. Cuanto más hablaba, más notaba Sarah que también él había estado nervioso al llegar al bar. Ahora, sus hombros se fueron relajando. Gesticulaba mucho con las manos y bebía con calma. Habló de la semana que llevaba recorriendo las regiones rurales, del trabajo que le esperaba los próximos días. Le contó la historia de un niño al que había operado el año anterior con motivo de una visita similar a aquélla, un niño que iba creciendo y mejorando porque, por primera vez, podía comer sólido sin riesgo de atragantarse.

En un momento en que hizo una pausa, Sarah aprovechó para decir:

—Desde coser la pierna de Werai en el rincón más pobre de Paraguay hasta aquí has recorrido un largo camino.

Colin soltó una carcajada, incluso se sonrojó un poco, y a ella le dio un vuelco el corazón, porque él siempre se había mostrado modesto con el asunto de la pierna y la vida que le había salvado a aquel chico. Sin tocar el tema de por qué se marchó, Colin le habló de lo que había hecho después de aquello: la residencia de cirugía, las especialidades, las titulaciones, datos de un currículo que Sarah ya conocía gracias a Internet. Se inclinó hacia ella mientras con las manos, los hombros, la cabeza, todo el cuerpo, daba énfasis a sus palabras. Sarah lo contemplaba con el corazón a punto de salírsele del pecho, porque aquél era el Colin que recordaba. El hombre apasionado con su trabajo, el que convertía en realidad sus ideales.

Y cuánto lo deseaba.

No era por el jerez, aunque ya iba por el segundo y nunca había tenido mucho aguante con el alcohol. Era por él, en todo su esplendor y su gloria, resucitado de sus sueños.

—Bueno, no he dejado de hablar sobre mí, pero sigo sin saber nada sobre ti.

Sarah le buscó la mirada sintiendo un intenso aguijonazo de deseo. Un feroz aturdimiento los sacudió a los dos mezclado con la anhelante necesidad de recuperar placeres que recordaban muy bien.

De repente, Colin se reclinó en su asiento, se apartó de ella, de las chispas que seguían saltando entre ambos. En su rostro se reflejo la indecisión. Se acarició el mentón con una mano.

—Sarah —comenzó con un hilo de voz—, hay una cosa más...

—No.

Ella puso la mano encima de la de él, que tenía posada en la rodilla. Entrelazó los dedos con los suyos y notó que le temblaban vacilantes, pero decidió apartar la sensación de su mente. La obligó a desaparecer. Tendría que invocar la carnal fuerza de voluntad de Jo para hacer lo que iba a hacer. No había recorrido medio mundo para echarse atrás en el último momento. No había recorrido medio mundo para cumplir los últimos deseos de Rachel sólo de boquilla. No había recorrido medio mundo sólo para decirle adiós a Colin.

—¿No quieres saber qué estoy haciendo aquí? —preguntó

suavemente, sintiendo cómo se le inflamaban los labios bajo la atenta mirada de él, que se mostraba confuso, desconcertado.

—Me lo he preguntado, sí.

—He venido por ti.

Sarah se levantó del taburete y se acercó a su boca, a la firme y marcada curva de su labio inferior. Poniéndose de puntillas, lo cogió por sorpresa al posar su boca sobre la de él, sin pararse a pensar en que el camarero estaba allí al lado o que algunos colegas de Colin podían estar tomando algo en aquel mismo bar. Era incapaz de pensar en otra cosa que no fuera el calor de su aliento y la humedad de su boca respondiendo a su beso.

—Sarah —dijo él con la voz ronca de deseo.

Ella posó la frente contra la suya y le rodeó el cuello con las manos, notando en los dedos las puntas rizadas de su pelo.

—¿Tienes habitación en el hotel?

—Sí —contestó con un hilo de voz.

—Llévame allí entonces.

Colin permaneció sentado un minuto más, un minuto de vacilación. Sarah notó lo sólidamente pegado que estaba al taburete, a pesar de que respiraba entrecortadamente contra su mejilla y de que la tenía agarrada por la cintura. La deseaba, pero se resistía al deseo. Sarah ignoró la duda, igual que ignoró aquella sensación en su espalda, el hormigueo de la culpa, saber que no estaba jugando limpio.

Él había sido su primer amante.

Se le acercó aún más y dejó que sus pechos le rozaran suavemente el torso. A Colin siempre le habían gustado sus pechos, pequeños y pegados al hueso, decía, llenos de terminaciones nerviosas. Exquisitamente sensibles.

Él se bajó del taburete y sus cuerpos se tocaron. Sarah sintió bajo los dedos que Colin se relajaba.

Y entonces lo supo. Supo que aquella noche lo tendría para ella. Y tal vez, con el tiempo, fuera ella, Sarah Elizabeth Pollard, la bienamada prometida de Colin. Ella en vez de la distante californiana con la que se suponía que iba a casarse dentro de tres meses.

7

—De acuerdo, de acuerdo, mira —dijo Hector—. Es un puzle, pero todas las piezas están mezcladas para que no sepamos de quién se trata. Lo que sí vemos es que es una persona joven y elegante, por la ropa de diseño que lleva. Aún no hemos decidido quién será...

—Ya te he entendido, Hector. —Jo se ajustó el auricular del teléfono justo cuando un pitido indicaba que tenía e-mails nuevos—. Pero...

—Espera, espera, aún no te he contado lo mejor. Es lo siguiente: el puzle tiene forma de pieza de puzle. Es un puzle dentro de un puzle. ¿No te parece brillante?

—Sí, está bien.

—En los anuncios que pongamos en las revistas, añadiremos en la parte de abajo: «¿Quién es el rostro de Mystery?» o «¿Sabes quién se oculta detrás de Mystery?». Necesitamos algo con gancho. Casey dice que organicemos un concurso a ver quién adivina la identidad entre varias alternativas. Ya sabes, la gente envía su voto en una postal y después se saca una al azar. El premio para el afortunado puede ser, no sé, una caja con productos...

—No —lo interrumpió ella, echándose hacia adelante en el sofá para estudiar el borrador de la propuesta que tenía en pantalla—. Demasiado *Family Circle*.[2] Nuestro público se acerca más a

2. *Family Circle* es una revista para mujeres centrada en temas como la salud, los hijos o la comida. (*N. de la t.*)

mamás con un anillo en el ombligo y adolescentes con un *piercing* en la lengua.

—Vale. Ese memo de Diseño está preparando el vídeo de presentación. Dice que se le han ocurrido algunas ideas para mezclar las piezas. ¿Cuándo nos vas a honrar con tu presencia?

—Mañana.

Desde su improvisado despacho en el salón de su casa, Jo miró hacia el piso de arriba, hacia la habitación de invitados en la que Grace hacía ruiditos como si fuera una ardilla. En dos ocasiones había querido subir y asomarse para ver qué demonios estaba haciendo la cría, pero en ambas la había interrumpido el teléfono. El intenso olor a queso que salía de la cocina indicaba que Benito, el cocinero de día que había contratado, estaba dando los toques finales a la comida. Iría a ver a Grace cuando el almuerzo estuviera listo.

Tamborileó con el bolígrafo sobre el plan de trabajo del día, lleno de tachaduras. Había empezado aquella mañana a las seis y no había dejado de añadir cosas desde entonces, avanzando obsesivamente en su faceta Señora del Universo para recuperar el orden en su vida.

—Terminaré la propuesta hoy mismo, Hector, pero te digo una cosa: no servirá de nada sin un rostro. ¿Quién se os ha ocurrido?

—Nadie. Llamé a todas los que me dijiste, pero no ha picado ninguna. Y, alucina, ¿sabes esa cantante de soul que tiene ese culo enorme? Está preparando su propio perfume.

—Mierda.

—Quizá es así como lo bautizan. Y también hablé con la cantante de esa banda de chicas que sugerías. Sigue pensando que la música lo es todo.

—¿Y qué hay de la actriz esa de la película de Sundance, la que hacía de vampiresa lesbiana?

—No ha respondido. Mira, Jo —dijo Hector—, probablemente pidas mis pelotas en una bandeja por decirte esto, pero puede que la modelo que propone Sophie no sea una opción tan descabellada.

Ella se envaró. La impronta de Sophie en aquel proyecto, el proyecto de Jo, se extendía como una nube tóxica.

—¿Te refieres a esa modelo de conductos nasales desgastados? El único misterio que rodea a esa mujer es dónde esconde la droga.

—Pero en estos momentos tiene una nómina baja. Y está desesperada. Para cuando lancemos el perfume ya habrá ido a rehabilitación, a llorar en directo al programa de Barbara Walters y habrá cumplido su pena de trabajos para la comunidad. Volverá a desfilar para Versace...

—Y seguirá metiéndose rayas de coca sobre el culo de su novio entre bambalinas. De ninguna manera. La modelo que elijamos lo es todo. Tenemos que encontrar a alguien que...

—¿En diez días?

—¿Quién está preparando una película? ¿Disco? ¿Temporada televisiva de algún programa? —En ese momento sonó el timbre de la puerta y Jo miró la hora—. Necesitamos a alguien interesado en promocionar nuestro perfume. Tú llama a todas las que se te ocurran y yo haré lo mismo. Hablamos dentro de una hora.

Un hombre bajito vestido con un polo rojo y unos pantalones azul marino era quien había llamado a la puerta. No llegaría al metro sesenta y era todo músculo. Tenía unos hombros tan grandes y abultados que casi ocultaban su calva cabeza.

Miró la carpeta que llevaba y preguntó:

—¿Bobbie Jo Marcum?

—Sí.

—George, de SafeKiddies.com —dijo él, flexionando los brazos. Los músculos que conectaban su cuello con sus hombros vibraron de una forma que no parecía humana—. He venido a hacer el estudio sobre las medidas necesarias para proteger a su hija de los peligros de un hogar.

—Entre. —Jo se dirigió hacia el sofá y retiró el portátil. Recogió también los papeles que tenía esparcidos por toda la mesa de centro, y fue entonces cuando se dio cuenta de que aquel enano no había atravesado siquiera el umbral.

—¿Ésta es la casa? —preguntó, escudriñando el dúplex. Dejó caer la mano que sujetaba la carpeta a lo largo del costado y se pasó la otra por la cabeza—. Dios santo. ¿Cuánto hace que tiene la casa en estas condiciones, señora?

Jo miró a su alrededor. Había montañas de papeles en el sofá, la mesa de la cocina estaba llena de platos, cubiertos y tazones. Una chaqueta se había caído del perchero y permanecía en el suelo. También se veían un par de jerseys colgando de la barandilla.

—Ha estado más limpia —admitió—. María viene mañana.

—Un niño podría salir disparado desde ahí y partirse la cabeza con esa mesa de cristal. Quedaría hecho picadillo —dijo, señalando hacia el piso superior.

En la cocina Benito cantaba el estribillo de una canción de Sinatra.

—La niña no está aquí, ¿verdad? —preguntó el hombre entonces.

—Sí lo está —contestó Jo—. Jugando en su habitación.

—¿Sola?

—Sí —respondió ella, parpadeando sorprendida—. Grace tiene siete años...

—¿Hay persianas en esa habitación? ¿Con cintas?

—Por supuesto.

—¿Los enchufes están desprotegidos, como éstos? ¿Librerías

a las que pueda trepar, como ésta? —continuó enumerando el enano musculoso, zarandeando una de las baldas y con ella los libros y fotos que contenía—. ¿Sabe lo fácil que resultaría que un niño se echara encima un mueble así? ¿Cómo sabe que no se ha electrocutado o que no se ha roto todos los huesos?

Jo esbozó una forzada sonrisa sureña. ¿Por qué no podían haberle enviado a otro loco del culturismo, joven y guapo? No tenía tiempo para aquello.

—Porque —dijo, deteniéndose para escuchar los ruiditos que Grace llevaba haciendo toda la mañana— puedo oír a la niña.

—Podría estar sufriendo los estertores de la muerte.

—Entonces tendré que ir a ver cómo está. —Su móvil vibró y sonaron las notas del estribillo de *It's Raining Men*—. George, me ha dicho que se llama George, ¿no?, tendrá que excusarme, pero tengo que contestar. ¿Por qué no empieza con su informe?

—Por todos los santos, señora, mire esa mesa. Va a necesitar toneladas de protectores para cubrirla. —Consultó la carpeta sujetapapeles que llevaba y se sacó un bolígrafo de detrás de la oreja—. Es un milagro que la cría no se haya cortado las venas con esos bordes. Y la escalera. Son casi dos metros y medio de caída desde arriba. Es bastante ancha. Seguro que tendrá que pedir que le hagan una puerta protectora a medida.

Jo dio media vuelta y se encontró con la mirada inquisitiva de Benito por encima de una fuente de ensalada. Ella respondió poniendo los ojos en blanco y miró la pantalla del móvil antes de contestar.

—Jessie. ¿Has encontrado los papeles?

—He intentado reunir todo lo que necesitabas —comenzó la chica—, pero me va a llevar un poco más de tiempo.

—Lo que no tenemos precisamente es tiempo, Jessie. —Entró en la cocina y se asomó al horno. Algo burbujeaba y empezaba a dorarse en su interior. Estaba muerta de hambre. Llevaba sin comer desde las siete de la mañana—. No puedo tener a Grace sin escolarizar mucho más tiempo. Hasta en Kentucky existen leyes que regulan el asunto. Sospecho que Nueva York no será diferente.

—El médico te enviará la cartilla de vacunas, pero va a necesitar unos días. He llamado al colegio al que iba Grace para que me dieran los expedientes, pero dicen que tienen que enviarlos directamente al nuevo colegio, así que tendrás que decirme a cuál va a ir. Necesito la dirección completa...

—Que los envíen por fax. Es más rápido.

El enano gruñón irrumpió en la cocina silbando entre dientes mientras tocaba los cantos de las cosas, apartaba cortinas y negaba con la cabeza con desaprobación ante el radiador descubierto situado bajo la ventana. Emitió una exclamación de alarma cuando midió el espacio existente entre los balaustres de la escalera.

—Vale, está bien —respondió Jessie con un suspiro—. Pero todavía queda otro problema. No encuentro el registro de nacimiento.

—Jessie, tesoro, me temo que ése es un papel de vital importancia.

—Ya sabes lo despistada que era Rachel con los documentos. No aparece por ninguna parte. He mirado y remirado. Al final he tenido que llamar al registro para que me envíen una copia certificada.

—Estamos en octubre —contestó Jo, observando famélica la pila de zanahorias que había encima de la mesa—. Los niños tienen que ir ya al colegio.

—Puede tardar una semana. O dos.

Se quitó del medio cuando Benito abrió la puerta del horno y miró con ojos entornados el contenido.

—Eso es inaceptable —dijo Jo.

—Lo sé. Debe de llevar unas veinte páginas de retraso en los cuadernillos de matemáticas y ortografía. A eso es a lo que me dedicaré si alguna vez encuentro un maldito trabajo como profesora. Será mejor que te pongas a repasar esas cosas con ella en casa para que no se retrase.

—Cielo, yo no soy profesora —contestó Jo, negando con la cabeza—. Y menos de lo que tú quieres que aprenda.

—Entonces habla con el director del colegio o contrata a un profesor particular. Mira, me tengo que ir. Te daré todas esas cosas en cuanto las tenga.

Jo se quitó el auricular, lo tiró sobre la encimera de granito y se apoyó sobre ella. Y ahora un profesor particular. Otro profesional que tenía que contratar. Otro experto para un proyecto que ya se estaba pasando del presupuesto.

Estaba segura de que su madre no había hecho nada de eso, y la había criado sola en un pueblucho de mala muerte. Una niñera en Manhattan cobraba entre treinta y dos mil y sesenta y cuatro mil dólares al año. A eso había que añadir la lavandería y el servicio de entrega a domicilio de comida para llenar un frigorífico que normalmente estaba vacío. Adaptar su lujoso apartamento para que fuera un hogar seguro para Grace tampoco iba a salirle barato, a juzgar por las histéricas medidas que estaba tomando el enano gruñón con su cinta métrica. Menos mal que llevaba años ingresando dinero en su plan de pensiones y que también se había abierto otra cuenta aparte «por si me despiden» en la que ya llevaba metido casi el equivalente a su sueldo anual. Era directora ejecutiva de una importante compañía de publicidad, le pagaban bien y podía asumir todos aquellos gastos imprevistos. Desde luego, eso hacía mucho más comprensibles los motivos de Rachel para dejar a Gracie con ella.

—¿No tiene rejillas protectoras en las ventanas? —preguntó el inspector—. ¿No tiene rejillas? La niña podría saltar por una y quedar como una pizza de anchoas en plena calle Ochenta y dos. ¿En qué piso estamos, el décimo?

Jo se desplomó en uno de los tres taburetes alineados a lo largo de la mesa.

—¿Me preparas un barreño de margarita, Benito?

—No, nada de margarita —contestó el cocinero haciendo un puchero—. Nada de cócteles con lo que he preparado.

—Dime al menos que le has echado bourbon a la comida.

—Me has contratado para que cocine para una niña. He hecho macarrones con queso. —Abrió la puerta del horno y sacó la fuente con unas manoplas—. Dices que no come, así que le he preparado algo que le encantará. Mira —dijo, mostrándole la bandeja que seguidamente posó sobre un salvamanteles—. Los mejores macarrones caseros (receta de mi padre) cubiertos con una mezcla de los quesos más frescos: gouda ahumado, parmesano, un poco de cheddar curado y una pizca de salsa Worcestershire para darle el toque especial. Espolvoreados después con miga de pan y dorados en su punto justo. ¡Ya verás como se los come!

—Benito, eres un genio.

—Por eso me has contratado.

Teniendo en cuenta los ciento cincuenta dólares que le había pagado por cocinarlos, iban a ser los macarrones con queso más caros de la historia. Benito se llevó los dedos a la frente y se tamborileó en ella, para, seguidamente, empezar a pelar zanahorias y a darles forma de rosa.

Jo se sirvió una taza de café recién hecho y volvió al trabajo. Se puso a buscar profesores particulares en Internet. Había numerosas empresas que se dedicaban a contratar profesores particulares para cualquier edad. ¿Guardería? ¿Profesores particulares de guardería?¿Para qué necesitaba un profesor particular un niño de guardería? Jo hizo lo que llevaba haciendo toda la mañana: elegir la empresa que tenía el anuncio más grande.

El timbre de la puerta sonó nuevamente mientras hablaba con una alegre joven que no paraba de ensalzar las virtudes de los profesores particulares de su compañía, todos ellos con titulación universitaria. Jo le pidió que enviara a alguien aquella misma tarde y colgó para ir a ver quién era.

La valquiria Brunilda en versión motera.

O ése era el nombre que se le ocurrió para describir el armario de dos cuerpos que tenía delante de la puerta. La mujer vestía chaqueta de cuero negro ajustada y vaqueros asimismo negros, tan ceñidos que cortarían la circulación a cualquiera. Completaban su atuendo unas botas también negras. Llevaba el pelo rubio cardado y un bolso del tamaño de una tarjeta de crédito.

—¿Señora Marcum?

—Señorita —la corrigió Jo.

—No, no soy señorita. Puede llamarme Gretalda.

—¿Gretalda?

—Me envía la agencia. —Le entregó un trozo de papel—. ¿Dónde está la pequeña? Lléveme con la *kindlein.*

—Está en su habitación —contestó ella, haciéndose a un lado para que la valquiria entrara en el piso con paso marcial—. Primero usted y yo tenemos que hablar.

—Pero ¿dónde está la niña? Quiero conocerla. Tengo que ver cómo es la niña a la que voy a vigilar.

Jo esbozó otra de sus sonrisas forzadas mientras examinaba las referencias de la mujer y se sentaba con decisión en el sofá.

—Veo que estuvo ocho años en su último trabajo.

—*Ja.* Dos *kindlein*, una familia judía muy agradable, en el

Upper East Side. Ninguna disciplina en la casa. —Gretalda examinó el sillón en busca de migas y, finalmente, se sentó en el borde y se colocó el bolsito justo encima de los genitales, que se le marcaban mucho con aquellos pantalones tan ceñidos—. Los niños estaban totalmente asilvestrados.

—¿Por eso se marchó?

—¡Ah, no! Abandoné el hogar cuando Jason se fue a la Universidad de Columbia, mi pequeño *schüler*. ¿Tiene usted dos hijos?

—Sólo una.

—Oh. Un niño solo da muchos problemas. Como no tienen a nadie con quien jugar, creen que yo soy su compañero de juegos. ¿Quién es ése?

Benito dejó un vaso de leche en la mesa al lado de un plato con macarrones con queso.

—La comida está servida —anunció, poniéndose el paño de cocina por encima del hombro.

—¿Tiene cocinero? —preguntó Gretalda, frunciendo el cejo como un acordeón—. ¿Una única hija y cocinero?

—Gracias, Benito. Iré a buscar a Grace...

—No tardes —dijo el hombre—. Ahora mismo está a la temperatura perfecta.

Benito era segundo chef en Poulet, un restaurante de moda del Soho, puesto que le reportaba mucho prestigio pero no demasiado dinero. Lo que explicaba su disposición a preparar macarrones con queso para una cliente particular, y también su actitud insolente. Jo sentía que le empezaba a doler la cara de tanta falsa sonrisa.

—¿Y quién es ese otro hombre que no deja de dar vueltas por la casa? —preguntó Gretalda, mirando con desprecio al enano y su cinta métrica—. ¿Va hacer obras? No pienso trabajar aquí entre polvo y martillazos. —Se dio unas palmaditas en el generoso busto—. No es bueno para mi asma.

—Tiene que deshacerse de esto ahora mismo —dijo entonces el hombre, pasando los dedos por encima de unos cantos rodados decorativos que había en una fuente sobre la mesa auxiliar, al lado del sofá—. La niña puede meterse uno en la boca, inspirar y se acabó: azul al no respirar y muerta como si le hubiera metido la cabeza en una bolsa de basura.

Jo se levantó.

—¿Qué tal si voy a buscar a Grace para la comida?

Se agarró a la barandilla (la misma que, al parecer, tenía los balaustres demasiado separados) y subió corriendo. «Soy la Señora de Mi Universo. Tengo veintidós empleados a mi cargo. Entre ellos, un tipo con un frasquito de sangre colgado al cuello y otro adepto a la wicca. Al menos dos pertenecen a las Juventudes Republicanas y el resto son simples liberales de Manhattan de esos de "salvemos a los manatíes". Todos nos llevamos bien. Directores ejecutivos de grandes compañías dependen de mí para organizar sus fiestas de empresa en Navidad, el lanzamiento de sus nuevos productos, sus campañas de promoción y hasta sus refugios fuera del país. También puedo hacer esto. Puedo dirigir mi vida y la de Grace, al mismo tiempo.»

Abrió la puerta del cuarto de invitados.

—Hola, pequeña, la comida está lista.

Una tenue luz grisácea se colaba entre las ranuras de las persianas bajadas. Cuando sus ojos se acostumbraron a la oscuridad, se fijó en el fuerte que había en uno de los rincones de la habitación, una maraña de prendas de ropa, sillas y cuerdas. Sólo cuando Grace asomó la cabeza por debajo de una manga, Jo se percató de que la niña había construido el fuerte con la ropa recién traída de la tintorería.

Se quedó sin aire en los pulmones al ver una falda de Versace hecha un nudo y la manga retorcida de una chaqueta de Ralph Lauren.

—Grace, ¿qué... qué haces? —tartamudeó.

—He construido un fuerte —contestó ella, tapándose un ojo con una manga de seda tornasolada—. Quería utilizar las bolsas, pero el señor se las ha llevado.

El enano gruñón había estado allí. Un montón de perchas y fundas de plástico sobresalían del cubo de la basura y las cuerdas para bajar las persianas venecianas estaban anudadas en lo alto con grandes lazos.

¿No podía haber rescatado su Vera Wang?

—Dice que si uso las bolsas de plástico, moriré asfixiada como un cachorrito —masculló la niña.

Jo inspiró hondo y se dijo que no pasaba nada. Todo tenía arreglo. Llevaría la ropa a la tintorería y ellos la limpiarían, la plancharían y la meterían de nuevo en fundas de plástico que Jo guardaría bien guardadas en su armario. Grace no tenía la culpa, sino ella. Comprar juguetes estaba en su lista de cosas pendientes para ese día, pero había previsto hacerlo más tarde.

—No te preocupes por él —dijo, tratando de serenarse—. Sólo quiere que el piso sea un lugar más seguro para ti.

—¿Es verdad que se te puede saltar un ojo? Porque ese hombre ha dicho que la punta de las perchas...

—No le hagas caso. Mi abuela diría que son monsergas. Y ahora, fuera del fuerte, pequeña. La comida está lista...

—No tengo hambre.

Nunca tenía hambre. Desde que llegó, no había comido más que un caramelo. Aunque ahora tenía algo alrededor de la boca, algo grisáceo y pastoso, como gachas de avena. ¿De dónde habría sacado la avena?

—Es tu comida favorita —según le había dicho Jessie—, macarrones con queso.

Grace se retiró al interior del fuerte de diseño. A las profundidades. Tan hondo detrás de sus pantalones negros favoritos que Jo tuvo que agacharse para verla. La niña estaba arrodillada sobre una montaña multicolor de prendas de seda, fingiendo una conversación entre dos peluches de aspecto descuidado. Los hacía brincar arriba y abajo. El conejo llevaba un lazo roñoso alrededor de la cabeza, mientras que el oso tenía un desgarrón en el cuello por el que salían unas bolitas blancas.

—Vamos, Grace —dijo Jo—. Yo sola no podré con toda esa comida. El cocinero ha hecho macarrones con queso para alimentar a un regimiento.

—Teddy dice que no debería bajar, porque será igual que la última vez.

—¿Qué es eso de la última vez?

—Igual que cuando había mucha gente. El día que tía Jessie me dijo que Rachel se había ido.

Jo se dio cuenta de varios detalles. Uno, que Grace se estaba refiriendo al funeral de su madre; dos, que llamaba a ésta Rachel; y, tres, que hablaba con muñecos de peluche.

Jo había pasado suficiente tiempo viendo series de policías, con un barreño de helado delante, como para saber que aquél era un método como otro cualquiera de hacer frente al dolor. Tal vez pudiera sacar algo útil de los actores que interpretaban a los fiscales del distrito de la tele acerca de cómo afrontaban los niños la pérdida.

Se sentó con cautela, evitando aplastar la otra parte del traje de Ralph Lauren y sin mirar a Grace a los ojos.

—Menudo día ese, ¿eh? Había mucha gente. Mucho ruido. Todo el mundo te hacía mimos, como si fueras un pequeño poni.

La niña tiró de las orejas al desgarbado conejo de peluche.

—Cuando era pequeña —continuo Jo—, tenía una tía. Se llamaba Lauralee. Siempre quería darme besos y tenía una verruga grande en el labio. Cada vez que se me acercaba, corría a esconderme en el sótano.

Grace tiró, tiró y tiró. El pobre conejo se iba a quedar sin orejas, y Jo tendría que recurrir a un sastre o a alguien que realizara arreglos de costura, pues ella era incapaz de hacer nada que requiriese aguja e hilo.

—Y el sótano estaba lleno de arañas —continuó—. Peludas y grandes como ratas. Me daban mucho miedo, pero tenía que esconderme allí para no ver a mi tía.

Y para no oírla quejarse de lo malo que había sido su padre por abandonarlas, a Jo y a su madre, y obligarlas a vivir en una oscura casa de una sola habitación. Y maldecía el día en que su madre se había fijado en él, y verla en aquel asqueroso apartamento sin jardín para Jo...

—Y mi tío Gabe —continuó—, tenía una nariz gorda y roja que no parecía formar parte de su cuerpo. Era como si se te acercara una enorme col roja.

Jo creyó verla sonreír. Sólo, un atisbo de sonrisa sólo. Pero ya era algo. O el principio de algo. Se reclinó un poco y señaló hacia el oso herido.

—¿Éste es Teddy?

—Teddy Michael Joseph Braun.

—Pues parece hambriento.

—Tiene mucha hambre. —Grace tiró del hilo que salía del desgarrón del cuello—. Pero quiere comer aquí.

¿Bajo un techo de Dolce & Gabbana? Ni hablar.

—Dile a Teddy que sólo hay tres personas en la casa y que, en cuanto se siente a la mesa, dos de ellas se marcharán. —Benito había terminado ya. Y seguro que el enano gruñón también habría acabado de aterrorizar a todo el mundo.

Grace la miró de reojo y se retrajo un poco tras la mata de

pelo enredado. ¿No se lo cepillaba? ¿No se cepillaban solas el pelo con siete años?

—Dile a Teddy —añadió Jo—, que cuando termine de comer, la tercera persona también se habrá marchado.

La motera no iba a trabajar allí. Jo tenía previsto entrevistar a otras dos posibles niñeras a lo largo de la tarde. Ella estaba hambrienta, de modo que Grace debía de estarlo también. A los pies de la niña, había una caja de zapatos medio rota que hacía de camita para los peluches. Grace la apartó con la punta del pie y, sin mediar palabra, salió del fuerte arrastrándose.

Una vez fuera suspiró aliviada. Alargó el brazo para darle la mano a la niña, pero era imposible, porque las tenía ocupadas con los peluches. De manera que optó por abrir ella la marcha hacie el luminoso salón, donde Gretalda y el enano gruñón estaban enfrascados en una conversación.

—... que resbala en este suelo encerado, alarga las manos mojadas para detener la caída, mete un dedo en un enchufe y ya está: carne para kebab.

—Es lo que pasa cuando no hay disciplina.

—La niña convertida en un montón de cenizas.

—Estos críos de ahora están asilvestrados.

—Lo único que hay que hacer es poner una pequeña protección de plástico. Tres por un dólar cincuenta. Con eso basta para evitar que el niño se te electrocute.

—Se está enfriando, Jo —dijo Benito cuando la vio bajar la escalera—. Y no hay nada peor que el queso derretido frío.

Gretalda y el enano callaron y se los quedaron mirando fijamente. El cocinero metió el último cacharro en el escurreplatos y, a continuación, escrutó a los demás mientras se secaba las manos. Jo posó la mano en la cabeza de la niña.

—Hola a todos. Ésta es Grace y tiene mucha hambre, así que

vamos a dejar que se coma sus macarrones mientras nosotros terminamos.

Gretalda miró a la niña de arriba abajo, desde los puntos de la frente hasta los calcetines tobilleros, visibles por encima de unos pantalones que le quedaban cortos. Jo se fijó de repente en que estaban deformados y la camiseta desteñida. Una camiseta que, al parecer, se había puesto mucho, porque apenas se adivinaba la silueta de un número.

Mentalmente, añadió ropa a la lista de cosas que tenía que comprar para la niña y luego la condujo hacia la mesa.

—A comer —dijo, levantándola en brazos para sentarla en el taburete, mientras ella dejaba sus peluches en la mesa.

El enano gruñó a su espalda.

—Lo primero que tiene que sacar de la casa son estos taburetes, señora. La niña podría caerse hacia atrás y romperse la cabeza como un melón...

—Lo consideraré —contestó Jo entregándole a Grace una cuchara—. Mira, Benito ha hecho rosas con las zanahorias.

—Yo ya he terminado aquí —dijo el cocinero, pasando el paño de cocina por la barra de la puerta del horno—, así que me voy. Tengo que poner en remojo unas judías pintas y marinar el pichón o Pierre me cortará en pedacitos la...

—Está bien, Benito, gracias. —El teléfono de Jo empezó a sonar. Ella respondió mientras, a tientas, buscaba dinero en el bolso para pagarle al hombre.

La alegre jovencita de la empresa de profesores particulares tenía tres candidatos para ella. Se los enviaría a lo largo de la tarde.

Gretalda se dirigió pesadamente hacia Grace con su chaqueta de cuero.

—Eres una niña muy guapa. ¿Cómo te hiciste ese corte en la frente? ¿No quieres comer?

Grace se puso rígida. Empuñaba la cuchara con fuerza, aún sin utilizar.

—Señora —dijo entonces el enano—, yo también he terminado. Bastante trabajo tengo con el presupuesto que he de preparar, pero sería criminal que me marchara sin...

—En seguida estoy con usted. —Jo cerró la tapa del móvil y se puso a contar el dinero para Benito. Con el rabillo del ojo, se fijó en que Grace no había tocado la comida—. Creía que tenías hambre, cielo.

La pequeña empuñó con más fuerza la cuchara y dijo con una extraña vocecilla:

—Me has dicho que había macarrones con queso.

—Sí. ¿A que están muy ricos? Benito los ha preparado especialmente...

—Esto no son macarrones con queso.

Jo buscó la mirada del cocinero mientras le entregaba varios billetes doblados.

—Claro que sí, cielo.

—Esto es una cosa marrón asquerosa.

Benito se envaró.

Jo le dirigió una contrita mirada.

—Es por el queso y el pan rallado, que se han dorado en el horno. Son unos macarrones con queso especiales.

—¿Por qué no te comes la comida, eh? —intervino Gretalda, cogiendo una buena cantidad de macarrones de la fuente con la cuchara de servir y metiéndoselos a continuación en la boca—. Muy ricos —masculló, asintiendo con la cabeza como una posesa—. Muy, muy ricos.

—Mira, Grace —dijo Jo, acercándose por detrás—, podemos quitarle la parte marrón.

Grace se había puesto pálida, lo que sólo acentuaba el cerco grisáceo que tenía alrededor de la boca, moteado de colorines. Colores que se parecían sospechosamente a los de la caja de zapatos que había en la habitación.

¿Cartón? ¿Grace estaba comiendo cartón?

—Mira, cariño —lo intentó Jo nuevamente, apartando la costra de la fuente—. Debajo son auténticos macarrones con queso...

—¡No!

Golpeó la mesa con la cuchara, que se le escapó de la mano y rebotó.

—Vamos a ver, Gracie...

—¡No! —La niña se levantó, apoyándose en el reposapiés del taburete, y golpeó la mesa con el puño—. ¡No son macarrones con queso!

Jo retrocedió un paso y Benito se detuvo en seco a medio camino de la puerta.

—Kindlein, a tu madre no se le habla así...

—¡Me has mentido! —Grace aferró el canto de la mesa con las manos como si quisiera volcarla—. ¡Esto no son macarrones con queso!

—Grace...

—¡No son macarrones con queso! ¡Me has dicho que había macarrones con queso! —Volvió a golpear la mesa con los puños y volcó el plato, salpicándose de macarrones la camiseta—. Yo quiero macarrones con queso. ¡Quiero macarrones con queso!

Jo se había quedado muda. Gretalda cogió su bolso y dio media vuelta mientras el enano y Benito se escabullían justo detrás.

—¡Quiero macarrones con queso! —Grace cerró los ojos con fuerza. La maraña de pelo le enmarcaba el rostro enrojecido. De pie en el taburete, con los puños apretados, siguió golpeando la mesa mientras gritaba histérica—: ¡QUIERO MACARRONES

CON QUESO! ¡QUIERO MACARRONES CON QUESO! ¡QUIERO MACARRONES CON QUESOOOOOOOO!

Jo estaba petrificada.

A su espalda, la puerta se cerró con un suave click.

8

«Estoy montando en elefante en la India.»

Kate saboreó mentalmente la idea, balanceándose sobre el lomo del animal. La exuberante vegetación formaba un dosel sobre su cabeza, y gotas de agua de la tormenta que había caído aquella misma mañana le mojaban los pantalones sueltos de algodón que llevaba. Todavía notaba en la boca el sabor del café que les habían servido en Bandipur, fuerte y tan dulce que parecía que se le fueran a caer los dientes uno a uno.

«Estoy montando en elefante en la India.»

El cuidador del elefante, en la India llamado *mahout*, un chico delgado como un palo de nombre Naseem, hizo que se detuvieran cuando un pavo salvaje apareció delante del paquidermo. Éste prosiguió con su pesado caminar, ajeno a todo, mientras el ave se escabullía rápidamente entre los matorrales, arrastrando las plumas de su cola color zafiro como si fuera el vestido de una estrella de Bollywood.

Kate cerró los ojos y ladeó la cabeza. Aspiró el aroma de la selva perfumado de palisandro, sándalo y teca. Uno de los guías les había dicho que aquél era el mejor momento del año para visitar la reserva natural, después de los monzones, cuando las flores moradas del jacarandá estaban en todo su esplendor, el bisonte indio y el jabalí estaban en época de celo y la selva entera rebosaba vida.

De no ser por los insectos, el parloteo de los turistas alemanes que iban en el otro elefante y el olor de las ventosidades que expelía el suyo de vez en cuando, dudaría de si se trataba de un sueño inducido por la fiebre.

Pero no lo era. Realmente estaba allí. Al otro lado del océano, en otro continente. En un país desconocido. No podía quitarse de la cabeza qué habría ocurrido con la cabaña de madera que su hijo tenía que hacer para manualidades, con el proyecto de las semillas de Anna y los complicados arreglos que había tenido que organizar para que Tess no faltara a su entrenamiento de fútbol. Se preguntaba también si su suegra se acordaría de darles a todos las vitaminas, de hacer con los niños ejercicios de ortografía y recordarle a Paul que tenía que asistir a una reunión de la asociación de padres mientras ella estaba fuera. Sin embargo, con una facilidad pasmosa que la habría asustado tan sólo una semana antes, las preocupaciones se desvanecieron entre los sonidos de la selva.

De momento, aquella noche dormiría rodeada de tigres. Ya habría tiempo después para la culpa.

Miró por encima del hombro en dirección a Sam, que se bamboleaba detrás de ella.

—Dime que te alegras de que te convenciera para acompañarme —le dijo Kate.

—En Burundi hace menos calor —masculló él, espantando una mosca—. Y las selvas son más bonitas.

—No lo sabía. ¡Hacía siglos que no había salido de Nueva Jersey! —Se pasó los dedos por el pelo, notando el calor del sol atrapado entre los mechones—. De todas formas, me alegro de que hayas venido.

—Era lo menos que podía hacer, viendo cómo te ha abandonado Sarah —contestó él, pronunciando el nombre con un poco más de énfasis del necesario.

Kate no hizo caso del comentario. Su amiga tenía otras cosas en la cabeza. No había vuelto a la habitación después de que se fuera a tomar algo con Colin la noche anterior. No había que ser un experto contable para sumar dos y dos. Y ésa era la razón por la que le parecía que Sam llevaba toda la mañana de tan mal humor. Se volvió y contempló la orgullosa cabeza del hombre.

—Es mejor que Sarah no esté aquí —comentó—. Ahora serás tú mi testigo.

Sam ladeó la cabeza.

—¿Testigo de qué?

—De mi rapto.

—No, si ya sabía yo que necesitabas un día más para recuperarte del todo.

—¿Y malgastar las primeras vacaciones que tengo en quince años dormitando en una habitación de hotel? De eso nada. —Allí, subida en un bicho tan grande y sentada sobre un lecho de hierba cubierto con una manta de seda, Kate se sentía como una maharaní conducida a través de la selva hacia un lugar remoto, donde le darían de comer uvas mientras jóvenes núbiles la abanicaban, y después sería colmada sexualmente—. Sam, seguro que habrás oído las historias sobre Veerappan y los treinta, un grupo de bandidos. Trafica con marfil ilegal, tala sin permiso madera de sándalo y secuestra a ídolos de la pantalla. Él y sus hombres cazan en esta selva. Se dice que tiene cincuenta esposas, porque busca incansablemente a la mujer perfecta.

—Kate, eres una romántica.

Ella se agachó para sortear una rama y la colección de insectos que la acompañaban. Nunca había pensado en sí misma de ese modo cuando servía tortiglioni al horno en platos de papel en la cafetería del colegio. Supuso que sí había sido una romántica. Antes. Por ejemplo, cuando se apuntó a un curso de representación exclusiva de ocho semanas sólo para sorprender a Paul con una danza especial para él en su quinto aniversario de boda.

Otro talento sacrificado en aras de la maternidad.

—¿Se te ha pasado por la cabeza que ese bandido tuyo podría matarnos al resto? —preguntó Sam.

—No me estropees la fantasía.

—¿Y qué podrías esperar siendo una esposa entre muchas otras, Kate?

—He oído que la vida en el harén puede ser muy agradable. Con todos esos velos y joyas y baños comunales...

—Estás mezclando culturas.

—Nunca oyes que esas mujeres cocinen, frieguen los platos, pongan lavadoras, salgan a hacer recados, etcétera.

—Comparten las atenciones de un solo hombre.

—Francamente, creo que una segunda esposa sería muy útil.

—¿Aún tienes fiebre?

—Siempre y cuando fuera ella quien hiciera todas las tareas. En serio. Podría llevar a uno de los niños al fútbol mientras yo llevaba a otro a gimnasia. Quedarse en casa con el bebé mientras yo salía a correr. Y cuando me doliera la cabeza...

—Menuda gilipollez.

—Además, si Veerappan tiene los mismos ojos castaños que Naseem...

—Pero ¿tú te estás oyendo? —dijo Sam con una carcajada—. Y Sarah decía que, de sus amigas, la loca era Rachel.

—Rachel era la loca, te lo aseguro.

De repente, Kate recordó cuando fueron a las montañas Rocosas a esquiar y Rachel tuvo un accidente.

—¿Me oyes, Rachel? ¿Puedes moverte? ¡Mierda! Te has roto una pierna.

—Disimula un poco, ¿quieres, Kate? —dijo ella. Respiraba con dificultad y estaba muy pálida, pero se estaba riendo—. Menudo salto, ¿eh?

—Y que lo digas. ¿En qué coño estabas pensando?

—No hables tan mal. Me parece que pasas demasiado tiempo con Jo.

—Ojalá te hubieras quedado esta tarde con ella, tapada con una manta y con una taza de chocolate caliente en las manos. —Kate hizo una señal a la moto de salvamento—. ¿Has pensado alguna vez en hacerlo por diversión?

—Esto me va a estropear los planes de ir a hacer snorkel la semana que viene.

—¿Snorkel? ¿Es que sólo puedes pensar en eso? Por el amor de Dios, ¿nunca se te ha ocurrido pensar qué haríamos si te mataras en una de esas cosas que haces?

—Pues la verdad es que sí —contestó Rachel con una amplia sonrisa a pesar de la sangre que le salía de un corte en el labio—. Lo he pensado.

Kate sintió que la pena le atenazaba el corazón. Dolía, pero, de una forma extraña, también le sentaba bien experimentar una emoción tan intensa.

—Te habría gustado, Sam. Vivía la vida sin miedo.

—La conocí cuando fue a visitar a Sarah el año pasado. Pero hay algo que no entiendo: si Rachel era la que estaba como una cabra, ¿qué hace Kate Jansen aquí, espantando moscas en medio de la selva con un perfecto desconocido?

—Vivir por primera vez desde hace mucho, mucho tiempo —contestó ella, levantando un poco más las piernas—. Apuesto que, hasta hoy, no habías oído hablar de mí.

Él vaciló sólo una fracción de segundo.

—Sarah mencionó...

—Mientes fatal, Sam. Sarah nunca ha podido contarte nada

de mí porque no hay nada que contar. —¿Y cuándo había ocurrido eso? ¿Cuándo había perdido la audacia ella, la escaladora, la chica de los muchos títulos universitarios?—. Soy una persona tan excitante como un estudio demográfico. Mujer blanca de clase media en torno a los cuarenta.

—No conozco a muchas mujeres que encajen en ese perfil demográfico que vengan a acampar en plena selva india —respondió Sam mirándola inquisitivo.

—Rachel está muerta. Alguien tenía que recoger el testigo.

—Pues te aviso desde ahora que no pienso hacer *puenting*. Bastante tengo con atravesar esta selva (que bien podría ser la ruta principal del contrabando de opio) con lo que parecen ser tamiles armados...

—*Tranquilo*,[3] Sam —murmuró Kate, riéndose—. No nos va a pasar nada.

Él esbozó una débil sonrisa teñida de melancolía.

—Eso es justo lo que diría Sarah.

Tres horas más tarde, cojeando por el esfuerzo, Kate y el resto del grupo, tras dejar a los elefantes al adentrarse en terreno más espeso, vislumbraron el campamento. Era pequeño y con vistas a un pequeño lago enlodado. Consistía en una tosca cabaña encharcada y mohosa, para proteger de la lluvia a sus ocupantes. Una amplia zanja rodeaba el terreno del campamento. El guía les dijo que era para impedir que los elefantes o los tigres se acercaran demasiado.

Kate esbozó una amplia sonrisa. Perfecto.

Dos hombres ataviados con pareos blancos se ocupaban del

3. En castellano en el original. (*N. de la t.*)

fuego, varias hogueras sobre las que había unas ollas en las que se cocinaba algo delicioso. Kate dejó su mochila encima del resto. Un tercer hombre vestido igual que los otros dos se acercó con una bandeja con bebidas. *Jal Jeera*, le explicó Sam, bebiendo un sorbo con cautela. Él la había probado el día anterior en el mercado. Sedienta, Kate se bebió el vaso de un sorbo, degustando la refrescante mezcla de menta, sal y comino.

Después se acomodaron junto al fuego y charlaron con los turistas alemanes, ávidos observadores de pájaros, que resultó que creían que Kate y Sam estaban casados. Ella se sentía traviesa y no se molestó en negarlo.

Les sirvieron la cena en una rígida hoja de plátano. Sam le dijo que lamiera primero la mezcla lechosa que había a un lado de la hoja. Después, con la ayuda del guía, se adentraron en el laberinto de sabores: las agridulces salsas chutney, los distintos tipos de curry, las patatas picantes, el pescado a la brasa con especias y un plato que abrasaba la boca llamado *sambhar*, todo ello regado con leche de coco que bebieron directamente de la cáscara del mismo. La comida fue una explosión de pimienta, canela, cardamomo y chiles verdes y rojos, y, como le ocurría siempre con cualquier comida preparada para ella pero no por ella, Kate la encontró absolutamente deliciosa.

La más negra oscuridad cayó sobre la selva. El resplandor de las hogueras era la única luz. Los insectos emitían estridentes sonidos desde el dosel de vegetación. Kate manoseó una hoja de betel (digestivo, según el guía, y de efecto no más narcótico que un Marlboro), pero finalmente la dejó. Además de que manchaba los dientes, no quería que ningún estimulante artificial la atontara impidiéndole experimentar la noche en la selva.

De repente, en flagrante desafío a las normas del parque (prohibido hacer ruido o tocar música) uno de los hombres sacó un sitar, otro, un tambor alto. El del sitar comenzó a tocar una melodía rítmica y seductora. Era una música ancestral, exótica e irresistible. El sonido la atravesó y Kate notó como si las caderas se le movieran solas.

—Vamos a infringir otra norma —le susurró Sam al oído.

Ella lo miró enarcando una ceja. Sostenía la esterilla y el saco de dormir y la luz del fuego trazaba extraños dibujos sobre los oscuros planos de su rostro. Esbozó una sonrisa cómplice que llevó a Kate a preguntarse si no estaría llevando demasiado lejos lo de hacerles creer a los demás que eran marido y mujer. Aunque sabía que a Sam le interesaba otra persona, se estremeció de excitación al pensar que un hombre tan atractivo como él pudiera considerarla algo más que una anodina ama de casa de vacaciones. No había nada malo en pensarlo. Era sólo una fantasía inofensiva.

—Vamos —insistió Sam, saliendo del círculo de luz de la lumbre—. Las estrellas se verán mejor si nos alejamos del fuego.

Kate cogió su esterilla y lo siguió. En la oscuridad del otro lado del refugio, él desenrolló la manta y le enseñó la botella que ocultaba entre sus pliegues.

—Se llama *fenny* —le explicó. Sacó una navaja suiza del bolsillo trasero de los pantalones y la abrió—. La conseguí en Goa. Es un licor hecho a base de zumo de coco.

Ella tendió la esterilla a su lado.

—Y la has llevado a cuestas durante treinta kilómetros de selva.

—Hacer camping es muy aburrido, Kate. Lo único que se puede hacer es beber y... bueno, ya sabes. —Sus dientes resplandecieron en la oscuridad—. Tú estás casada. Esas chicas alemanas creen que estamos casados. Está claro que esta noche no voy a ligar.

Le ofreció la botella. Ella la agarró por el cuello y dio un largo trago. Luego se sentó en la manta, atragantándose, y le devolvió la botella.

—Y yo que creía que eras gay.

Sam escupió el *fenny* que tenía en la boca.

—Supe que estaba equivocada nada más conocerte. Aunque estuviera casi consumida por la fiebre. —Se tumbó para poder contemplar mejor las estrellas—. Pero antes de eso, sólo sabía lo que Sarah nos había contado, y había supuesto que...

—Sarah sabe perfectamente lo que me gusta.

—Mira, te hemos oído nombrar varias veces a lo largo del último año, pero de esa forma en que Sarah dice las cosas. Cuando habla de un hombre, nosotras hurgamos un poco, porque hace tiempo que queremos que nuestra chica vuelva a la vida, pero en tu caso siempre eludía nuestras preguntas, y cuando supimos que no estabas casado ni tenías novia, creímos que... Bueno ¿qué otra cosa podíamos pensar? —Se estiró lánguidamente sobre la manta—. Era lógico creer que eras el amigo gay.

—Eso me pasa por tener la virtud de la paciencia. —Sam cogió la botella por el cuello y la levantó. Su nuez subió y bajó con el largo trago que dio—. En el mundo en que me muevo —continuó con voz un tanto ronca a causa del fuerte licor—, referirse al sexo opuesto de esa forma, como amigo, significa algo totalmente distinto.

Tres estrellas fugaces atravesaron el cielo. El calor del alcohol le recorrió a Kate las venas, extendiéndose por todo su cuerpo. Sam constituía una presencia abrumadora y cálida, un hombre alto y vigoroso, y se descubrió deseando a Paul. Al Paul más joven, el chico despreocupado. El de antes de tener niños, cuando se tomaba su tiempo con ella, en la oscuridad, bajo el cielo abierto.

—Hablo en serio, Kate. Allí es diferente. En el mundo en el que nos movemos Sarah y yo la gente viene y va. —Sam dejó la botella sobre la manta, entre los dos, y buscó en la mochila un paquete de cigarrillos—. La gente llega procedente de sus casas de ladrillo a un nuevo país en el que no hay agua corriente. El hambre y la enfermedad son algo habitual y, a veces, también los disparos. Es una vida peligrosa. Y durante dos semanas, dos meses o seis, viven de una manera muy distinta a como han vivido hasta entonces. Corren grandes riesgos. A veces se enamoran perdidamente.

Kate cerró los ojos.

—Ya sabía yo que debería haberme unido al Cuerpo de Paz con Sarah.

—Parece excitante, lo sé. —Encendió un cigarrillo y la llama incandescente del extremo resplandeció en la noche—. Pues escucha esto. Estuve un tiempo en el Congo. Allí amé a una chica.

—Una buena primera frase para una novela rosa.

—Te contaré cómo termina. Cuando esa chica cumplió los dos meses de estancia en el Congo, se volvió a Kansas. Durante un par de meses me llamaba todas las noches. Pero conforme se fue acostumbrando otra vez a su antigua vida, las llamadas se fueron espaciando. Comenzó a hablar del tiempo que habíamos estado juntos como si fuera un sueño. —Sam plantó el cigarrillo en la tierra compacta, junto a una de las esquinas de la manta y formando un leve ángulo para que el humo ascendiera mientras se quemaba solo—. Eso fue lo que ocurrió con sus recuerdos del inglés negro que amó en el Congo. Colocó la relación en una vitrina con un cartel debajo que decía: «Los excesos de la juventud». Menos de un año más tarde se casó con un granjero.

Kate volvió la cabeza para ver el contorno de su rostro recortándose contra el cielo nocturno mientras encendía otro cigarrillo. Se le había olvidado cómo el alcohol y la oscuridad echaban abajo las barreras sociales e incitaban a compartir confidencias íntimas.

—Lo siento, Sam.

—No lo sientas. Esas cosas pasan sin cesar. Lo llamamos «sexo del activista».

—¿Sexo de qué?

—Es la necesidad imperiosa de conectar con algo conocido en un lugar peligroso e inestable —explicó él, plantando el segundo cigarrillo junto a los pies de Kate—. Suele ocurrir cuando te ves obligado a abandonar la comodidad de tu vida. Te sientes atraído por un desconocido, sientes que la conexión es más profunda.

Kate lo comprendía mejor de lo que él creía. Explicaba por qué en aquella jungla, tendida en una manta bajo las estrellas, ardía de excitación sexual fuera de lugar y no lograba sacarse de la cabeza el cuerpo fibroso de Paul.

Se puso la mano con los dedos abiertos encima del vientre.

«Paul, ¿por qué no has querido venir conmigo?»

—¿Sabes? —dijo Kate cuando Sam metió la mano en el paquete y sacó el tercer cigarrillo—. Eso te va a matar.

—Sí, pero le llevará un tiempo. —La llama incandescente resplandecía en la oscuridad—. Mientras —añadió, hundiendo el cigarrillo en la tierra, junto a la cabeza de Kate—, el humo espantará a los mosquitos.

—Ah.

—Accidente laboral —explicó él, tumbándose a una distancia prudente—. Tu primer encontronazo con la malaria hace que te vuelvas disciplinado con las mosquiteras de la cama y el repelente de insectos. Tu primer encontronazo con el sexo del activista hace que pases a practicar otra clase de disciplina: paciencia y abstinencia. Sobre todo hacia la persona que más te importa. —Enlazó los dedos de debajo de la cabeza—. Por ese motivo tengo toda la intención de mantener las distancias con damitas de expresivos ojos en su primera excursión fuera de casa.

—Hum... ¿Ahora es cuando prometo tener cuidado?

Sam prorrumpió en una sonora carcajada.

—Oh, no, no me refería a ti, Kate. Cualquier idiota vería que no aguantabas más la situación en casa, pero que las aguas volverán muy pronto a su cauce. Me refería a Sarah y a mí. Llevamos un año trabajando junto y nunca hemos...

Dejó escapar un suspiro largo y entrecortado.

—Ay, Sam. —Kate sintió que se ablandaba—. Tú no tienes la culpa. Sarah no ha conseguido llegar muy lejos con ninguna relación. —A pesar de que Rachel, Jo y ella no habían dejado de darle ánimos—. Suponemos que no puede superar el tema de Colin.

—Ah, sí, el buen doctor O'Rourke. Un ejemplo perfecto de desproporcionado sexo del activista.

—No, no, de ningún modo. —Kate se incorporó y se apoyó en un codo—. No ha sido algo pasajero. Ella siempre ha sentido por él verdadera adoración.

Un músculo, bruñido por la luz de la luna, se contrajo en la mejilla de Sam.

—Sarah es una mujer leal y de fuertes convicciones, pero el doctor O'Rourke es su punto flaco.

—¿Sabes?, este mejunje indio es bastante fuerte, pero no estoy tan borracha como para no seguir la conversación, y saber que los dos hablamos del mismo hombre. El cirujano que le cosió la pierna a aquel niño con un espetón y pequeñas ramitas. El tipo que convenció a toda una aldea para que les dejaran vacunar contra el sarampión a los niños...

—Eso lo hizo Sarah —la atajó él—. O'Rourke llegó con las vacunas cuando ella ya llevaba meses convenciendo a las madres. Fue Sarah quien se ganó su respeto y su confianza —explicó Sam, emitiendo un sonido gutural de rabia—. Nunca quiere llevarse el mérito de lo que hace.

Kate sabía que aquéllo era verdad. El defecto más irritante de su amiga era su modestia.

—Lo peor de todo es que fui yo quien condujo a ese cabrón hasta su puerta —añadió Sam.

Kate se incorporó de golpe.

—¿Tú también estabas allí? ¿En Paraguay?

—Ya lo creo. —La pálida luz de las estrellas resaltaba sus afilados pómulos—. Fue allí donde los conocí a los dos.

Guardó silencio, un silencio tenso, y su mirada siguió el humo de los cigarrillos hacia un punto indefinido, más allá de una de las constelaciones australes. Kate se quedó inmóvil, aguardando esperanzada a que quisiera contarle su versión de la historia. Había oído la de Sarah tantas veces que podría repetirla con pelos y señales, incluidos los suspiros. Con los años, esa historia había adquirido la pátina de los mitos. Además, no podía evitar sentirse excitada, aunque fuera egoístamente, ante la perspectiva de comprender, por fin, por qué Colin ejercía aquella influencia tan fuerte en su amiga.

—Sarah llevaba un tiempo sola en el campamento. —El músculo de la mejilla de Sam se contrajo nuevamente con más agresividad que antes incluso—. Yo la veía una o dos veces al mes, cuando iba a llevarle suministros. Los guaraníes no suelen aceptar a los extranjeros. A mí me toleraban porque no iba por allí a menudo y, cuando lo hacía, les llevaba cosas que necesitaban. Sin embargo, a ella la trataron como si fuera una pariente joven casi desde el primer momento. Sarah es Sarah —dijo, encogiéndose de hombros—. Tiene un don.

—Es como si flotara por encima del suelo.

—Hum. —Sam tomó aire y su pecho subió y bajó al tiempo que dejaba escapar un suspiro—. Un día llegué con el maletero lleno de vacunas y con otro cooperante, un médico enviado para que hablara con los habitantes del lugar y los convenciera de que tenían que vacunar a sus hijos. Un tipo bastante agradable. Charlamos durante todo el camino sobre los temas habituales: cuánto tiempo se iba a quedar, qué bonitos eran los pájaros, si había algún pub. No me pareció nada del otro mundo.

»Cuando llegamos a la aldea, en seguida comprendimos que había ocurrido algo. Las mujeres se lamentaban a voz en cuello; se las oía desde un kilómetro de distancia. Los niños llegaron corriendo y se echaron sobre nuestro coche. Hablaban en guaraní y yo no lo entendía bien, pero sí lo justo para comprender dos palabras: cocodrilo y niño. Estaba claro que un niño estaba herido.

Kate cogió la botella y se la tendió a Sam, pero él la rechazó.

—El doctor O'Rourke salió corriendo del coche como alma que lleva el diablo. Los niños sabían que era médico. Los hombres blancos que llegaban a aquella aldea no podían ser más que ingenieros en busca de petróleo o cooperantes de una ONG, así que se lo llevaron hasta una de las cabañas. Allí, Sarah trataba desesperadamente de impedir que el niño se desangrara.

»O'Rourke quitó las vendas y empezó a palpar la herida de la pierna. Sarah estaba cubierta de sangre y tenía el rostro brillante por las lágrimas o el sudor, pero ella no me miraba a mí, sólo miraba al doctor.

—Me dijo que llegó como caído del cielo —dijo Kate, palmeándose el muslo para espantar uno de los mosquitos cada vez más abundantes que lograban penetrar la barrera de humo.

—Sí, directo del asiento del copiloto de mi jeep. —Sam se

sentó y rebuscó en la mochila—. Sea como fuere, Colin empezó a decir que había que llevar a aquel niño a un hospital. Algunos de los médicos que llegan a las aldeas creen que hay una farmacia a la vuelta de la esquina. Que si tráeme vendas y pomada antibiótica, que si dame unas pinzas o dónde está la penicilina. Piensan que allí se ficha para salir a comer.

»Le dije que el hospital más cercano estaba a más de ciento sesenta kilómetros y me miró como si me hubiera vuelto loco. Pero tengo que admitir que no tardó mucho en comprender la situación. —Le entregó a Kate un tubito de repelente de mosquitos y se apoyó en el codo—. Entonces empezó a dar órdenes a todo el mundo. Sarah y yo éramos los únicos que entendíamos inglés, así que le fuimos pasando morfina, sutura y todo lo que pidió durante las seis putas horas que tardó en reconstruir la pierna de aquel niño. Y allí estaba Sarah a su lado, mirándolo como si fuera un dios.

Mientras Kate se untaba aquel potingue maloliente en la piel, Sam se llevó la botella de *fenny* al pecho, pero no bebió. Hizo girar el contenido proyectando espirales en la manta.

—Aquel día la vi enamorarse.

Kate oyó el tono pesaroso de su voz.

Entonces, Sam se rió, una carcajada breve y amarga que se desvaneció mientras sacudía la cabeza a un lado y a otro.

—¿Sabes qué es lo más irónico de todo, Kate, amiga mía? —Se llevó la botella a los labios y dio un largo trago, limpiándose a continuación la boca con el dorso del brazo—. Que he llegado a la conclusión de que, aquel día, Colin no hizo lo correcto. Infringió todas las normas médicas habidas y por haber al intentar reconstruir la pierna de aquel muchacho. Lo más seguro, la mejor decisión habría sido amputársela rápidamente y coser. Pero en vez de eso decidió correr el riesgo de llevar a cabo una operación de seis horas en una cabaña mugrienta. Las posibles infecciones posteriores podían haber acabado con el chiquillo más lenta y dolorosamente. Las posibilidades de que sobreviviera eran una entre un millón.

—Pero sobrevivió.

—Sí. Colin hizo un milagro.

—Justo delante de los ojos de la hija de un pastor de la Iglesia —murmuró Kate, devolviéndole el repelente.

—Delante de alguien incapaz de intuir el engaño —espetó Sam, lanzando el tubo hacia la mochila con más fuerza de la necesaria—. Sarah no lo vio venir. Cuando llegó el momento de partir, el doctor O'Rourke le hizo las promesas de siempre. Mantendría el contacto, dijo, volverían a verse. Bonitas mentiras.

—Tal vez lo dijera en serio.

—Las buenas intenciones no valen un pimiento en Gatumba. —Se bebió las últimas gotas de licor y dejó la botella tumbada sobre la manta—. El doctor O'Rourke regresó a Estados Unidos y colocó el corazón de Sarah en su vitrina, con el cartel de: «Los excesos de Paraguay». Fin de la historia.

—Pero no fue así para Sarah —murmuró Kate.

Sam se tumbó de nuevo en la manta, con los dedos enlazados bajo la cabeza y la mirada fija en el cielo estrellado para evitar mirarla a ella. Movió los hombros como si le hubiera clavado una piedra a través de la manta y Kate se preguntó cuándo se habría dado cuenta Sam de que amaba a Sarah. Si habría ocurrido cuando se reencontraron un año atrás o si la habría estado siguiendo desde Paraguay, confiando en que algún día cambiara de opinión.

El corazón le dio un vuelco al pensar en Paul, en Paul y en ella la noche en que se conocieron. La pasaron entera juntos, embelesados. Aquella primera noche, los dos supieron con claridad que habían encontrado a la persona de su vida. Qué terrible tenía que ser sentirse así con alguien y que no te correspondiera. Qué terrible perder para siempre esa conexión.

Sintió una pequeña punzada de preocupación. Paul estaba muy lejos de allí y estaban muy enfadados cuando ella partió hacia la India.

Apartó el pensamiento de su mente. No dejaría que le arruinara las primeras vacaciones que tenía desde hacía años. Lo que Paul necesitaba eran unos días para recuperar el sentido común antes de comprar un billete de avión con destino a Bangalore para reunirse allí con su mujer y vivir una pequeña aventura.

Se obligó a regresar a la selva, con sus ruidosos insectos y sus brillantes estrellas.

—Sam —dijo—, por si te sirve de algo, las chicas y yo llevamos años intentando que Sarah siga con su vida.

—Sí, bueno, los que tienen paciencia obtienen su recompensa, y yo he tenido mucha. Ya lo creo. Burundi es un lugar duro para vivir, Kate, te mina como ningún otro sitio. Llevaba meses dándole vueltas a la idea de dejarlo. —Su amarga sonrisa parecía más bien una lúgubre mueca—, pero me quedé para tener una última oportunidad de rendir a Sarah con mi irresistible encanto.

«Eres el mejor, Sam.»

—Claro que —continuó—, las cosas cambiaron repentinamente cuando recibí la carta de vuestra amiga Rachel.

—¿Cómo... cómo dices? —tartamudeó Kate, atónita.

—Sí. Un sobrecito blanco de una mujer a la que sólo había visto una vez en mi vida. Rachel me decía que no me separase de Sarah en los siguientes meses. Así que le he seguido la pista como un buen boy scout. Y aquí estoy, testigo involuntario de su destrucción.

—No te sientas tan mal. A mí me pidió que me tirara en paracaídas.

—Santo cielo. —Sam flexionó los codos y estiró los brazos junto al cuerpo—. Aunque puede que hubiera preferido saltar de un avión antes que presenciar cómo ese maldito doctor O'Rourke vuelve a romperle el corazón.

Condenada Rachel. Entrometiéndose en las vidas de los demás a lo largo y ancho del planeta.

—¿Sabes? En las últimas semanas antes de que Sarah se fuera de Burundi, las cosas empezaron a caldearse entre nosotros de un modo muy alentador. —Sam se revolvió sobre la manta—. Creí que por fin, por fin, empezaba a penetrar en el muro que ella no dejaba de levantar entre los dos. Gracias a la carta de Rachel, ahora ese muro tiene nombre propio.

—Bueno —dijo Kate—, entonces hay esperanzas, ¿no?

—No estoy tan seguro. Cuando una mujer como Sarah se enamora, se enamora para siempre.

Memorial Sloan-Kettering Cancer Center
Pabellón Rockefeller para pacientes externos
Unidad de quimioterapia

Querida Sarah:

Cuántas veces en los últimos meses he deseado que no estuvieras tan lejos. Soy un desastre, cariño. Tengo cáncer. Llevo ya tiempo con él y me ha cogido fuerte. Te escribo desde la unidad de quimioterapia, en mi último y desesperado intento de vencer la enfermedad. Pero si estás leyendo esta carta, quiere decir que el cáncer ganó la batalla.

Siento mucho, muchísimo, no habértelo dicho antes. También siento mucho decírtelo de esta forma. Podría haber hecho las cosas mucho mejor, lo sé, pero no tiene sentido lamentar el pasado. Ahora intento concentrar mis esfuerzos en mis amigos y en mi familia, y en todo lo que pueda hacer antes de irme.

He estado pensando mucho en ti últimamente, Sarah. ¿Te acuerdas de cuando nos conocimos? Era el primer día del curso de escalada e irrumpiste en la habitación como una cálida brisa, con tus Birkenstock y tu falda hasta los tobillos. Siempre te rodea un halo de serenidad y todas nosotras —Jo, Kate, yo misma—, todas lo necesitamos. Cuando tú estás cerca, nuestro mundo adquiere la perspectiva adecuada.

Pero, Sarah, hay algo en tu vida sobre lo que tienes una percepción distorsionada. Sí, cariño, se trata de Colin. Hace años, cuando os separasteis, era razonable que lloraras su marcha. Un tiempo. Pero hace mucho que ese tiempo ya pasó. El dolor de la pérdida se ha transformado en una materia pétrea e irrompible. Te protege del sufrimiento, pero también impide que conozcas la dicha. Andas por ahí sin querer ver el amor. No lo reconocerías aunque lo tuvieras delante en forma de hombre alto, moreno y atractivo.

No debes huir del amor, Sarah, por muy difícil que sea tu mundo después de hallarlo. Tienes que buscar a Colin. Tienes que mirarlo cara a cara y recuperarlo o decirle adiós para siempre.

Por favor, Sarah. Quiero que hagas esto por ti. Pero, si no puedes, entonces hazlo por mí.

Con todo mi amor,
Rachel

9

«Siempre te he amado.»

Sarah yacía inmóvil, en silencio, exquisitamente consciente de las fibras de algodón de la sábana que cubría su piel desnuda. Un ventilador de techo daba vueltas sobre ella y una pálida luz se colaba entre las persianas. Si se levantara de la cama, cruzara la habitación y las abriera, lo único que vería serían los cielos de la India lavados por el monzón. Pero no había motivo para abrirlas. En ese preciso momento, su mundo, su vida entera, estaban en perfecto equilibrio, allí, en aquella cama de dos por dos. A su lado, Colin yacía tumbado boca arriba, su amplio torso subía y bajaba a un ritmo lento.

Sarah había olvidado tantas cosas. Lo oscuras que eran sus pestañas de puntas doradas. Lo rápido que le crecía la barba. Y los distintos tonos de su pelo: rubio oscuro, rojizo y alguna que otra cana.

«Siempre te he amado.»

Lo dijo para sí por la fuerza de la costumbre, porque no se atrevía a decirlo en voz alta, aún no, no en aquel momento. Colin se removió en sueños y Sarah pensó: «No te despiertes». Quería guardar aquel momento en la memoria, aquella dulce y frágil sensación de adormilada comunión en que podía fingir que no habían pasado catorce años y que seguían siendo jóvenes, y estaban solos en Paraguay. Si él se despertaba, despertaría aquella otra presencia: el fantasma de la otra mujer.

De repente, Colin abrió los ojos.

—Sarah.

Lo besó para ahogar la imperceptible incredulidad que había en su voz. Tenía la boca caliente y lo cogió por el mentón para prolongar el contacto. Notó en la palma la barba incipiente. Deslizó la rodilla por encima de la pierna de él; habían pasado catorce años, pero su cuerpo lo recordaba.

Durante aquella noche habían hecho el amor tres veces. La primera con desesperación, arrancándose justo lo imprescindible. Él la había tomado contra la pared, junto a la puerta de la habitación, con la falda arrebujada alrededor de la cintura y las bragas colgando de un tobillo. Sarah se dijo a sí misma que se había debido a la apremiante necesidad física que había estado reprimiendo durante tanto tiempo. Se dijo que no lo habían hecho así para sofocar la conciencia que se le había empezado a despertar, ni para hacerlo antes de que alguno de los dos recuperara el sentido común. La segunda vez, mirándose a los ojos en la oscuridad con la respiración entrecortada, no se molestaron en fingir. Se desnudaron por completo y redescubrieron sus cuerpos. La tercera, Sarah se despertó al sentir que algo duro se apretaba contra ella. En la oscuridad Colin, su demonio juguetón, como cuando eran jóvenes y la lluvia golpeaba el tejado de paja de la cabaña, y ante ellos se presentaban horas de languidez en América del Sur.

Y ahora, a la luz del día que se colaba por las persianas, tenía intención de recordarle lo que era compartir cama con ella, cálida y dispuesta para él. Sarah siempre se había mostrado desinhibida en el terreno sexual estando con él. En Paraguay, a menudo se había preguntado si no se habría apoderado de su espíritu Pombero, el lujurioso diablillo de la noche.

Pero en su corazón admitía que aquella ansia se debía a algo más que a la pasión. En aquella extraña circunstancia, en que estaba con Colin y el fantasma de la otra mujer, se descubrió, ella, la hija de un pastor, en la chocante posición de ser quien actuaba como agresora.

No tardó en darse cuenta de que Colin no se movía. Tenía las manos en su cintura, pero no la exploraba con ellas. Sus besos no le arrancaban ninguna reacción. Se detuvo, le acarició la nariz con la suya, y, finalmente, se separó lo bastante como para poder verle la cara.

Deseó que no hubiera habido tanta luz en la habitación.

Colin la apartó con cuidado y se levantó con un ágil movimiento. Los músculos de la espalda se le tensaron cuando se agachó para recoger la ropa del suelo y ponerse los calzoncillos. Sarah se subió la sábana, pero no había mantas suficientes en el mundo para hacerla entrar en calor.

—Son casi las nueve —dijo él con tono enérgico y voz ronca—. Tengo que estar en un simposio dentro de treinta minutos.

Ella se acurrucó en la cama como si cada palabra fuera un golpe físico. Se obligó a no perder la calma y no dijo nada. Colin había atravesado medio mundo para participar en aquella conferencia. No podía pretender que lo dejara todo (doctores ocupados, pacientes necesitados) por ella.

Pero nunca se le había dado bien mentir, ni siquiera a sí misma. Aunque Colin le hubiese hablado en dialecto zulú, el lenguaje corporal era internacional, y el de él decía a gritos que se sentía culpable por haber pasado la noche con otra mujer.

—No puedo escabullirme —continuó, evitando mirarla a los ojos mientras se ponía los pantalones—. Participo en una ponencia con otro médico.

Sarah se estiró hacia el borde de la cama en busca de su falda color coral y dejó que el pelo le ocultara el rostro. Cogió también el sujetador. Durante el largo viaje en avión hasta Bangalore con

Kate susurrándole palabras de ánimo al oído (en el amor y en la guerra todo vale), había logrado pasar por alto el hecho de que Colin era un buen hombre, alguien de honor, un hombre en cuya palabra se podía confiar y que, naturalmente, se sentiría culpable por ser infiel, aunque aún no estuviera casado. ¿Habría querido que fuera de otra forma?

—Es un rollo —continuó él, que había encontrado la camisa. Se la puso y empezó a abrocharse torpemente los botones de los puños—. Tengo actividades relacionadas con la conferencia todos los días. Una demostración esta tarde, una charla el...

—Colin, basta. —Sarah se apartó el pelo con el brazo—. No espero que cambies tu agenda por mí.

Él dejó los botones de los puños con un suspiro de frustración. Se volvió y se dirigió a la ventana, como si de repente le interesara el polvo acumulado en las láminas de las persianas cerradas.

—Por el amor de Dios, Sarah, ¿crees que no lo haría después de esto?

Ella estrujó la falda en su regazo. Podía soportarlo todo menos su enfado.

—Anoche te tendí una emboscada. Lo sé. Lo lamento...

—No. —Colin levantó la mano en el aire como queriendo borrar las palabras—. No te disculpes.

—Sé que había mejores formas de ponerme en contacto contigo. Podría haber llamado a tu consulta de California. Haberte mandado un e-mail...

«Pero tenía que verte.»

—Habría sido igual —contestó él, poniéndose en jarras—. Verte ayer fue una inyección de adrenalina. Da igual cómo hubiera ocurrido, el resultado habría sido el mismo. —Se volvió de pronto y la miró fijamente, desde aquella terrible distancia entre los dos—. Lo que es increíble es el momento. ¿Por qué precisamente ahora?

Sarah se subió la sábana aún más, aunque sabía que el fino algodón no le serviría de mucho para ocultar la desnudez de su cuerpo pecoso. Lo pensó un momento, dolorosamente consciente de que tenía que actuar con tacto. Sabía, porque podía percibirlo, que si dijera en voz alta el mantra que llevaba tanto tiempo repitiéndose (siempre te he amado), Colin se encerraría aún más en su agria confusión.

—¿Te acuerdas de mi amiga Rachel?

Él frunció el cejo y negó con la cabeza. A Sarah la sorprendió que no se acordara. En Paraguay habían tenido largas y perezosas conversaciones sobre muchos temas. Y estaba segura de que le había hablado de sus amigas y de su familia, sobre todo de las chicas del club de escalada, en especial de la más loca de todas.

Claro que, cuando Colin y ella estuvieron juntos, las conversaciones siempre terminaban derivando hacia formas de comunicación más viscerales, más físicas.

—Era una de mis mejores amigas. Y ha muerto. —Le contó lo de los sobres con su última voluntad y que a ella le había encomendado que fuera a buscarlo—. No podía negarme, no podía no cumplir el deseo de una amiga moribunda.

—¿Es eso? ¿Por eso has cruzado medio mundo?

—Me abandonaste, Colin —contestó ella sin reproche—. No me quedó más remedio que pensar que habías perdido interés.

—No perdí interés —dijo, dando vueltas por la habitación—. Es obvio.

Sarah notó que se le erizaba el vello de los brazos.

—Yo... —Se pasó la mano por el pelo—. Cuando me fui de Paraguay y empecé con la residencia de cirugía, volver atrás no era fácil.

—No he venido a que te disculpes.

—Ya, pero es que mereces una disculpa. Eso, y mucho más.

—Dejó de dar vueltas, se apoyó en una esquina del cuarto y se puso en cuclillas—. Sarah Pollard, después de todos estos años, te presentas precisamente en la India, como el Fantasma de las Navidades Pasadas.

La blusa. Tenía que encontrar la blusa. Escudriñó la alfombra, pero Colin ya había recogido todas las prendas. Cogió con fuerza el sujetador y la falda, y se puso a buscar frenéticamente la blusa de muselina blanca entre las sábanas revueltas. Se dijo que en un momento, sólo un momento, abandonaría aquella habitación, la habitación de Colin. Cuando estuviera vestida y fuera de su vista, reconocería su culpa, sucumbiría a la angustia y cogería el primer vuelo a... alguna parte. Cualquier lugar menos aquél.

—Seguí tu carrera, ¿sabes?

La voz de Colin hizo que se detuviera en seco.

—Cuando dejaste el Cuerpo de Paz —continuó él, frotándose el áspero mentón— y te sacaste el título de enfermera en la Universidad de Nueva York. No podía imaginarte en una ciudad tan grande.

Sarah sintió un hormigueo en la espina dorsal.

—Entonces te afiliaste a Médicos Sin Fronteras. Recuerdo que pensé: «Su sitio está ahí». —Cambió de posición. Se sentó con la espalda apoyada contra la pared y echó la cabeza hacia atrás para mirar el techo de estuco—. ¿Sabes cuántas veces pensé en ti, trabajando allí sola, en aquella enlodada aldea de Paraguay, hablando guaraní como si hubieras nacido allí? Encajabas perfectamente en su mundo. Nunca te enfadabas porque las cosas no funcionaran ni porque nadie apareciera cuando debía, ni porque nunca hubiera dinero.

El hormigueo se le extendió por el cuerpo y una nueva debilidad amenazó sus sentidos.

—En el hospital, mientras asistía a alguna operación, les decía a mis compañeros de residencia: «Esto no es nada. Tendrías que operar en una cabaña mugrienta». O: «Id a trabajar al tercer mundo. Conseguiréis más práctica en dos semanas que en dos años aquí». O también: «Conocí a una chica. Tenía un rostro de Boticelli y una determinación de acero. Quitaba las sanguijuelas de un músculo desgarrado sin pestañear...».

—Aquel chico, Werai, está casado —lo interrumpió ella, como si necesitara que parase para poder respirar—. Lo último que sé es que tiene dos hijos. Al mayor le puso Colin.

—Conque eso hizo —dijo él, riendo entrecortadamente. Entonces levantó la cara y la miró—. Aún no me creo que estés aquí. Es como si te hubieran enviado.

La sangre le empezó a circular con violencia en las venas. La visión periférica se le llenó de puntitos negros. Es que la habían enviado. Rachel. Y tal vez una instancia superior a través de su amiga. Sus plegarias habían sido atendidas una vez, cuando Colin llegó para salvar a Werai, y ahora estaban allí juntos, él y ella.

Tal vez Kate estaba en lo cierto cuando decía que había que luchar por el amor.

Entonces, de repente, Colin se dio una palmada en las rodillas.

—No puedo pensar en eso ahora. —Miró la hora en el reloj de la mesilla—. Aunque parezca una excusa, es cierto que participo en una ponencia a las nueve y media. —Se levantó y se le abrieron los faldones de la camisa—. Tengo que lavarme, reunir mis notas, prepararme un poco.

Sarah asintió, tratando de respirar con normalidad. Percibió que la mente de él ya estaba trabajando, priorizando los asuntos pendientes para poder ocuparse de ellos en el orden adecuado.

—He pedido una baja temporal en el campamento —dijo, intentando encontrar su turno entre las prioridades de Colin—. Puedo quedarme aquí dos días o dos semanas.

O dos meses. O más. Su supervisor de la delegación que Médicos Sin Fronteras tenía cerca de Bujumbura se lo había dejado bien claro. Comprendía lo que era vivir en un campamento de refugiados. Además, sabía lo de la niña malherida, la de las trenzas torcidas, la pequeña desgarrada que Sam había encontrado en un callejón enlodado y llevado a la clínica para que Sarah la cuidara. Así que, cuando pidió permiso para asistir al funeral de Rachel, su supervisor le dijo que podía tomarse el tiempo que necesitara.

Y comprendió que ese tiempo dependía de Colin.

Éste se acercó a los pies de la cama y le recorrió los hombros descubiertos con una mirada cálida como una caricia. Después siguió por la garganta y descendió por encima del dibujo que formaban sus pecas hasta donde comenzaba la sábana que Sarah había dejado caer. En aquel momento se sujetaba peligrosamente cerca de sus pechos, contra los que él había frotado su áspera mejilla la noche anterior hasta hacerla gemir.

—Si fuera mejor persona —murmuró—, te diría que te fueras a casa, ahora mismo.

Ella contuvo el aliento, testigo de la lucha interna que se refejaba en el rostro de él. Y entonces vio que sus facciones se relajaban, tal como recordaba que hacía cuando tomaba una decisión sobre algo importante.

—Pasado mañana voy a visitar una aldea a ciento treinta kilómetros de aquí. Con otros dos médicos. Hay una clínica y tenemos intención de operar allí a tres niños. Queremos utilizar una nueva técnica craneofacial... —Cortó el aire con un gesto de la mano y detuvo la explicación en seco—. Da igual. Lo que trato de decir es que... nos vendría bien una enfermera con experiencia.

Ella tomó aire despacio, con cautela. Era una invitación inusual, una invitación de trabajo, pero una invitación al fin y al cabo.

—Sí, Colin. Iré.

10

—¿La India? ¡La madre de Dios! ¿A qué te refieres con que está en la India?

En el extremo opuesto de la sala de espera, una madre con un pelo estilo paje miró a Jo con cara de pocos amigos. Ella se sujetó el móvil contra el hombro, cogió el bolso y se dirigió al pasillo, para poder hablar con más intimidad.

—Paul —continuó, cerrando la puerta de la sala de espera tras de sí—, lo que dices no tiene ningún sentido.

—Pues claro que no. Es que no lo tiene. Soy yo el que se crió en una comuna hippy, ¿recuerdas? Soy yo el que debería haberse largado a la India, igual que hizo mi padre, que se fue a seguir las enseñanzas de no sé qué gurú en Nepal.

—Paul...

—Y en vez de eso, es Kate la que me deja. ¡Kate, la que se crió en un hogar estable del Medio Oeste americano, por el amor de Dios! —Al fondo, un niño chillaba y se oyó un potente golpe contra algo—. Michael, sal a jugar fuera con el balón. ¿No te lo dijo, Jo?

—Ni una palabra. —¿Kate se había ido a la India? ¿Sin los niños?—. ¿Cuándo se fue?

—Me parece que hace unos cincuenta años, pero fue el martes. Busca las botas de tacos, Tess. Tú las usas y tú te las quitaste. Busca las dichosas botas tú sola.

Jo se apoyó en la pared. No quería llamar a Kate, y había tenido que tragarse todo su orgullo para marcar el dichoso número. Pero estaba en la consulta del médico por segunda vez en una semana. No podía seguir anteponiendo su orgullo o Grace terminaría en el depósito de cadáveres. Así que allí estaba, dispuesta a admitir la derrota, a admitir que se había comportado como una cretina ignorante con Kate los últimos once años, dispuesta a postrarse ante la Madre Perfecta e inclinarse ante su sabiduría superior. Y resultaba que Kate ni siquiera estaba allí para regodearse.

—Si no hubieras perdido los tacos después de quitártelos la última vez, no llegaríamos tarde al partido.

—Paul, ¿cuándo vuelve?

—Buena pregunta. El billete de vuelta lo tiene para una semana a partir del miércoles, pero dice que va a ver «cómo va la cosa». Aún no ha visto el palacio del sultán Tipu. Y, además, uno nunca sabe cuándo puede prender la chispa entre antiguos amores. Quizá Sarah necesite más apoyo moral.

—Una semana desde el miércoles. —Faltaban seis días para la presentación y, después del ataque de histeria de Grace, aún no había encontrado niñera. Ni siquiera lograba que ninguna agencia le devolviera las llamadas, lo que la llevó a la conclusión de que aquellas agencias estaban comunicadas por red, como IBM—. Paul, no puedo esperar una semana a partir del miércoles.

—Ni yo. Porque entonces es cuando mi madre regresará a la comuna, muerta de risa. Y yo tendré que dejar mi trabajo para cuidar de los niños, porque cuando trabajo desde el salón de casa, Lola la Señora de Kundahar en vez de bolas de gas inflamable termina arrojando sartenes... Tess, ¿qué quieres decir con que nos toca llevar la merienda? Mira en la despensa, a ver si está allí. Anna, ahora mismo te preparo el sándwich, no metas el dedo en la mantequilla de cacahuete. Oye, Jo, tengo que dejarte...

—¡Espera! ¿Tienes su número de teléfono? En la India.

—No te molestes. La última vez que llamé, me colgó. Me dijo que si no era capaz de encontrar una pastilla de jabón en la casa, que fuera a comprar una. ¿A qué demonios venía eso?

—Bueno, tú dame el número, Paul. A mí me contestará.

—Se hospeda en el Chancery, en Bangalore. Sarah intentó reservar habitación en uno de esos agujeros pestilentes llenos de chinches y sin agua corriente. Preferiría que volviera a tirarse en paracaídas. —Revolvía papeles mientras le gritaba a Tess que cogiera los tacos y se metiera en el coche—. Y si consigues hablar con ella —añadió, después de darle el número—, pregúntale dónde guarda las bombillas y dónde está la marioneta-calcetín de Anna, ah, y por qué demonios no tenemos detergente para la lavadora.

—Claro.

—Espera un momento. ¿Jo?

—Sigo aquí.

—Tú eres una mujer.

—Cariño, créeme, últimamente no me he dado ni cuenta.

—¿Dónde puedo comprar bolas de poliestireno y pinzas de madera para la ropa?

Jo apretó la frente contra la pared. De fondo oía los gritos de Tess, el llanto de Anna y el ruido inequívoco de un balón al rebotar en el suelo de madera.

Paul soltó un suspiro de desesperación en medio del silencio.

—Ha sido una estupidez preguntártelo. He pensado que como eres una mujer...

—Paul, te diré una cosa que sí he descubierto. La aptitud para la maternidad no nos viene de serie, como los pechos.

Jo colgó, cerró la tapa del móvil y lo puso en modo vibración mientras regresaba a la sala de espera. Intentó no imaginarse a Paul, padre desde hacía más de diez años, perdiendo la cabeza después unos pocos días solo con sus propios hijos. ¿Cómo se suponía que iba a saber ella, que nunca había tenido niños, cómo cuidar de una huérfana medio psicótica?

Al cabo de unos momentos, una mujer ataviada con un uniforme anticuado al estilo de la enfermera Ratched[4] asomó la cabeza por la puerta de las salas de exploraciones.

—¿Señorita Marcum? Puede entrar.

La doctora Rodriguez resultó tener la mitad de la edad que Jo, detalle que trataba de ocultar recogiéndose el pelo y poniéndose una desmesuradas gafas de concha. Cuando ella entró en la consulta, la doctora se levantó de la silla como un resorte, rodeó la mesa y le tendió una mano con unas uñas postizas que podrían clasificarse de arma.

—Señorita Marcum, soy la doctora Rodriguez —dijo, exhibiendo su dentadura blanqueada—. Menuda hija tiene.

—Bueno, en realidad no es mía...

—Lo sé, he leído el expediente. —Sus uñas repiquetearon cuando movió las manos para quitarles importancia a las palabras de Jo—. Grace es estupenda, abierta y más lista que un ratón colorado. Pero ha pasado un momento muy difícil. Dígame, ¿cómo se hizo la herida de la frente, la de los puntos?

Jo parpadeó varias veces seguidas. Era la tercera vez que se lo preguntaban desde que había entrado por la puerta de la consulta.

—Se cayó por la escalera de mi piso y se golpeó con el borde de una mesa.

4. Se refiere a la sádica enfermera de *Alguien voló sobre el nido del cuco.* (*N. de la t.*)

—Tiene que proteger bordes y esquinas —dijo la doctora con un nuevo repiqueteo de uñas—. Puede comprar los protectores en muchos sitios. ¿Y cómo se cayó?

El teléfono de Jo vibró, pero ella lo ignoró.

—Era la primera vez que dormía en mi casa. Supongo que no vio la escalera...

—Sonámbula, probablemente. —La doctora asintió con la cabeza y regresó a su sillón, rodeó la mesa, se sentó y anotó algo en un cuaderno—. Sí, sonambulismo. Cuadra con el perfil.

—¿Perfil?

La doctora Rodriguez se inclinó hacia adelante. Se quitó las gafas y las dejó encima del expediente.

—Señorita Marcum, no tiene de qué preocuparse. Lo que tenemos aquí —dijo, señalando hacia una ventana tras la cual podían ver a Grace jugando en una habitación pintada de un color amarillo tan chillón que era un milagro que no le provocara a uno un ataque—, es una niña completamente normal.

Esas palabras deberían haber sido un alivio para Jo, pero en vez de alivio, lo que sintió fue pánico. No podía quitarse de la cabeza la imagen del rostro congestionado de la niña lanzando por los aires el plato de macarrones con queso.

—Eso no quiere decir que no haya que resolver ciertos conflictos. —Más repiqueteo de uñas—. ¡Porque de ésos tiene varios! Piense en el profundo cambio que ha sufrido su vida en las últimas dos semanas. La muerte de su madre (concepto este, el de la muerte, que todavía no tiene edad de comprender, por cierto), cambio radical de vivienda, apartándola no sólo de las personas que habían cuidado de ella hasta el momento —aquí la doctora se puso las gafas para leer el expediente—, sino también de sus amigos del otro barrio o las mascotas que tuviera en la otra casa.

¿Mascotas?

—Es evidente que no sabe dónde están las cosas. ¿Cómo culparla? Pero lo más confuso para ella es la pérdida de su madre y eso es lo que trata de averiguar cuando le tira a usted los platos de pasta.

—En realidad, lo que hizo fue tirarlo...

—Eso no importa. Mire, esto es lo que tiene que comprender. —Repiqueteo—. Los niños son seres especiales, distintos de los adultos. Por eso hay gente como yo —dijo, señalando hacia los numerosos títulos enmarcados colgados en la pared— que nos especializamos en los desafíos que plantea la psicología infantil. Un niño no llora la pérdida de un ser querido del mismo modo que usted o yo. Mi tía Maria asiste a todos los funerales que se celebran en Queens sólo para darse una buena panzada a llorar. Es verdad que está emparentada con la mayoría de los difuntos, pero no va allí por eso. Va porque le gusta llorar. Y cuando digo llorar, quiero decir lamentarse desesperadamente, arrojarse sobre el ataúd, etcétera. Hacerlo la ayuda a sacarse la pena de dentro, a liberarla. Reconoce el sentimiento. Pero una niña de siete años es demasiado pequeña. Su cerebro no comprende que alguien pueda «irse para siempre».

—Espere, espere un momento. ¿Grace no comprende que su madre ha muerto?

—En realidad, no. Tengo una prima de su edad que sigue creyendo que *Goldie* va volver, a pesar de haber visto a su pececillo hinchado desaparecer por el retrete. Es cierto que no ayuda el hecho de que mi tío siga comprándole peces parecidos y los llame *Goldie*. Ha tenido ya siete. A estas alturas, esa niña comprende el concepto de resurrección divina mejor que nadie en toda la parroquia de St. Joseph.

Jo se reclinó en su asiento, tanto para apartarse lo máximo

posible de las uñas-dagas como para reflexionar sobre lo que le estaba diciendo la doctora. Su teléfono volvió a vibrar, acompañado de un runrún que se oyó en toda la consulta, que era pequeña.

—Sin embargo, eso no se puede hacer con una madre, no se puede dejar que Grace crea que su madre va a volver, porque no va a hacerlo, y, conforme pase el tiempo, irá comprendiendo mejor las cosas. Los momentos de la fatídica comprensión llegarán a borbotones. Lo de ayer fue uno de esos pequeños «borbotones». El primero tal vez.

—No, no, no —objetó Jo—. No tenía nada que ver con su madre. Perdió los nervios por unos macarrones.

—Se llama transferencia. No se trataba de los macarrones con queso. Bueno, no exactamente. Sí eran los macarrones con queso, pero en el sentido de objeto desencadenante.

—Objeto desencadenante.

—Es su comida favorita, ¿no?

—Eso es lo que me dijo su tía.

—Bueno, tal vez no le dio el tipo adecuado de macarrones.

—El tipo adecuado —dijo Jo. Parecía boba, repitiéndolo todo.

—Escuche. —Repiqueteo de uñas—. Los niños son criaturas de costumbres. Una vez tuve un paciente que sólo comía un queso amarillo de la marca Land O'Lakes recién traído de la tienda. Si le dabas cualquier otra marca o ese otro que viene envuelto en plástico, se ponía hecho una furia. Le hablo de una rabieta de esas de ponerse morado y terminar sufriendo un ataque. Está claro que los macarrones con queso que le dio a Grace no eran los que ella quería. Su trabajo consiste en averiguar qué clase es la que le gusta para ponérsela la próxima vez.

Jo se hundió todavía más en la silla.

—Y recuerde también que éste sólo es el primer incidente que ha notado. Probablemente haya estado teniendo muchos otros comportamientos extraños. Como el sonambulismo. Es muy común que los niños pequeños sometidos a una situación de importante estrés emocional tengan problemas para dormir. Es posible que también se hayan visto afectados sus hábitos alimentarios. —La doctora revisó el expediente—. ¿No dijo usted algo de que no estaba comiendo mucho y que sospechaba que se metía cosas raras en la boca?

—Cartón.

—Encaja perfectamente. Esto va a continuar, se lo advierto. Cada niño actúa de una forma diferente, pero es posible que se porte mal en el colegio, que se pelee en el patio, que interrumpa frecuentemente en clase. Puede que le diagnostiquen trastorno de déficit de atención, pero tenga cuidado, porque lo de Grace no es eso. Emocionalmente, la niña va a ser como una pelota de ping-pong. La golpeará a usted y después saldrá rebotada hacia otro lado, sólo que no sabemos cuál. Su trabajo como tutora consiste en estar pendiente y apartarla de esos arrebatos autodestructivos y violentos, y dejar que lleve su duelo a su manera.

Jo sintió que se deshacía por dentro. Iba a desmayarse. Estaba segura de que iba a perder el conocimiento, y no como hacían las chicas sureñas.

—Porque todavía va a necesitar tiempo —continuó la doctora—. Grace ha perdido a su madre y eso no va a cambiar. Cuando cumpla trece años y tenga su primera regla, de repente romperá a llorar porque su madre no estará allí para compartirlo con ella.

Jo empezó a verlo todo rojo. La doctora anotó algo en un trozo de papel azul.

—Esto la ayudará durante un tiempo —dijo, arrancando la receta—. Es muy suave, pero la ayudará a dormir. —Se puso a extender una segunda receta con el clac, clac, clac de sus uñas—.

Y esto le ayudará en los momentos de mayor desasosiego. Cuando la traiga a reevaluación, dentro de ocho semanas, ya veremos si hay que cambiar la dosis...

—¿Dosis? —Jo se quedó mirando fijamente las recetas. Conocía aquel medicamento. Últimamente se le había pasado por la cabeza tomarlo ella también—. ¿Le está recentando antidepresivos?

—Son muy suaves. Apenas tienen efecto. Está traumatizada, necesita tiempo.

—No.

No pensó que lo hubiera dicho en voz alta.

—Es elección suya, pero piénselo. Temporalmente. Por el bien de las dos.

La doctora se puso las gafas y se levantó. La entrevista había terminado. Jo también se levantó, con piernas flojas y el teléfono vibrando dentro de su bolso. Cogió las dos recetas azules y, mareada, salió de la consulta y se acercó a la habitación de juegos contigua a recoger a la niña.

—Muy bien, Grace —dijo, mirando el borrón que había hecho con el pulgar en el papel azul de las recetas—. Es hora de irse.

Ella no dijo nada. Se inclinó sobre una pila de bloques de construcción con los que estaba haciendo un castillo.

—Grace...

—Casi he terminado.

Jo estrujó los papeles en la mano. Apenas llevaba con la niña dos semanas y ya estaba considerando la posibilidad de darle drogas. Su instinto le decía que no era correcto, pero ¿podía confiar en su instinto? ¿Qué sabía ella de si había distintos tipos de macarrones con queso? ¿Qué sabía de cómo cuidar a una niña potencialmente violenta en pleno duelo por la muerte de su madre?

¿Cómo iba a ser capaz de hacer frente a las necesidades diarias de una cría necesitada cuando su amiga Kate tenía un marido incapaz de controlar a su propia prole?

Le temblaban las manos. Y no sólo las manos, toda ella estaba temblando de la cabeza a los pies. Se despolomó en una silla de plástico roja demasiado pequeña para su culo de Kentucky. Temblaba tanto como el dichoso móvil que llevaba en el bolso.

Lo abrió bruscamente y la recibió la voz histérica de Hector.

—Escucha, Jo, tienes que decirme la verdad. ¿Estás en una playa de alguna isla tropical? Porque si es así...

—Ojalá.

—Entonces, ¿cuándo vas a venir a la oficina?

—Pronto.

—Pues que sea pronto de verdad, porque si no ya puedes ir despidiéndote de tu cliente.

Jo cerró los ojos y se pellizcó el puente de la nariz.

—¿Y ahora qué ha pasado?

—La señorita Sophie sigue adelante con la presentación. Toda la oficina alaba su idea de que Miss Esnifadora sea el rostro de Mystery y los de Diseño están trabajando según sus instrucciones...

—¿Qué? ¿No se te ha ocurrido ninguna alternativa? ¿Es que se me tiene que ocurrir todo a mí?

Hector guardó silencio. A través del teléfono, Jo percibió que le había hecho daño. De fondo oía el sonido de la gente tecleando, un rumor de conversaciones de adultos y el zumbido de una impresora. Aquellos sonidos eran para ella como una nana. Quería estar en la oficina. Quería decirle a Hector que no pasaba nada y que lamentaba mucho haber sido tan brusca con él. Deseaba tanto estar en su trabajo, lejos de todo aquello, que le dolía.

Nunca la habían atraído las drogas, pero empezaba a plantearse si no tendría que comprar para ella alguna de las medicinas que le habían recetado para Grace.

—Hector... lo siento. —Se obligó a dejar de temblar—. Eso ha estado fuera de lugar y he sido injusta contigo. Sé que estás muy presionado y te agradezco que me estés cubriendo.

—Tienes que asomar la nariz por aquí, jefa. —Su voz denotaba que seguía dolido—. Porque como pierdas este cliente, también podrías perder tu trabajo. Y, por si no te habías dado cuenta, el que te habla tiene enganchado el vagón a tu estrella.

—Iré hoy mismo. —Miró a Grace, con la cabeza gacha, el pelo alborotado y los vaqueros demasiado cortos. Tomó aire profundamente. Iría a trabajar. Se quitaría todo lo demás de la cabeza. Tendría una animada discusión con un grupo de individuos creativos. Hablaría del último episodio de «Ley y Orden» junto a la máquina del café—. Tengo que hacer algo antes, pero llegaré a tiempo para comer.

Cuando cerró el móvil, comprendió tres cosas en rápida sucesión.

Primero, se acordó de que, el año anterior, una de las publicistas llevó a su hijo de dos años a la oficina. Había tenido algún tipo de problema con la guardería y a la mujer no le quedaban más días libres. Total, que llevó al niño, lo dejó en una sala de conferencias viendo «Barrio Sésamo» y se fue a una reunión. Cuando volvió, el niño había pintarrajeado las paredes con un rotulador. Costó quinientos dólares volver a pintar la sala, por no mencionar que no pudieron utilizarla durante una semana y, aunque Jo, lo mismo que el resto, mostró comprensión, a espaldas de la madre había dejado bien claro lo que pensaba. La próxima vez, la mujer debería tomarse un día sin sueldo y quedarse en casa con su hijo.

Y ahora sería ella, Jo, la que llevaría a una cría a la oficina. Una capaz de convertirse en la niña del exorcista, con escupitajos y giros de cabeza incluidos, por algo tan nimio como que no le dieran el lápiz adecuado. Y, al igual que aquella sonrojada y exhausta publicista, Jo tenía pocas alternativas.

Segundo, es acordó con toda nitidez de su madre llegando a casa por la noche con los zapatos salpicados de sangre. Recordó que le decía que era sólo una fábrica de envasado de pollo, pero que pagaban mejor que en otros sitios y les procuraba un techo sobre la cabeza, comida en la mesa y ropa para Jo. Que si aguantaba, lo mismo llegaba a supervisora, y entonces podrían arreglar el linóleo cuarteado del suelo de la cocina.

Y tercero: de repente comprendió por qué Kate había explotado y se había largado a la India. Lo increíble era que hubiese tardado tanto.

—¿Hemos terminado?

Grace estaba de pie delante de ella, mirándola con unos ojos castaños muy abiertos y con una boca tan roja como una fresa silvestre.

—Sí, pequeña. —Jo se levantó, cogió su abrigo de una percha morada y, con una mano, la ayudó a ponérselo—. Hemos terminado. A otra cosa, mariposa.

—No me gustan las mariposas.

«Cosas que no le gustan a Grace: 1) los macarrones con queso de Benito; 2) las mariposas; 3) mi sentido del humor.»

—Apuesto mis mejores zapatos a que te va a encantar el sitio adonde vamos ahora.

—La tía Jessie me dijo eso una vez. Y yo le dije que no me gustaba ir a Lots o' Tots.

—¿Qué?

—Huele raro por los bebés. Y lloran todo el rato.

—Grace —dijo Jo, sonriéndole con nerviosismo a la recepcionista al salir de la consulta—, no vamos a Lots o' Tots.

—La tía Jessie me dejó allí todo el día.

—Yo no te voy a dejar, pequeña. De hecho, vas a venir al trabajo conmigo.

Grace se quedó callada y bajó lentamente la escalera. Llevaba los cordones de los zapatos sueltos. «¿Es que no se atan los cordones solos con siete años?» Al llegar al final de la escalera, Grace la miró tímidamente.

—¿Trabajas en las montañas?

—Esto... no. —Jo le sujetó la puerta para que saliera. Era un resplandeciente día de octubre. La clase de día que Rachel habría dedicado a recorrer los caminos de los Adirondack con su bicicleta de montaña—. Trabajo en una oficina. Con teléfonos y máquinas de fax y unas salas enormes en las que podrás jugar...

—¿Hay ordenadores?

—Montones.

—En Lots o' Tots tenían ordenadores. Me gustan los ordenadores, pero no me dejaron jugar.

Jo se quedó pensando, confusa, si habría algún ordenador en la oficina que no estuvieran utilizando y en si tendrían algún juego instalado. Quizá pudiera hacerse con un portátil e instalarle algún juego.

—Era el juego de darles porrazos a los topos —explicó Grace—. Pasé el nivel A y casi terminé el B. Empecé con el nivel C y una profesora me dijo que ya había jugado bastante. Y los topos del nivel C son los más divertidos. Tienen patas largas y son rápidos.

Jo divisó un taxi libre. Sin soltar la mano de la niña, lo llamó.

—Bueno, entonces conozco el sitio perfecto para buscar ese juego, Grace, y después podrás jugar con él en mi oficina.

«A ver si, por lo menos, salvo mi trabajo.»

J. C. Richards era una de las jugueterías más grandes de la ciudad. Su tienda principal estaba en un bonito edificio, en plena Quinta Avenida. Jo había estado allí en varias ocasiones, comprando regalos para los hijos de sus compañeros de trabajo y para los de Kate, pero siempre que le era posible mandaba a alguien. Porque aquel lugar estaba siempre lleno de niños chillones con sobredosis de azúcar en el cuerpo. Y ese día no era una excepción.

La decoración temática de la primera planta era la selva. En el centro habían colocado un enorme baobab de cuya base salían serpenteantes caminos de baldosas. De las ramas colgaban pitones de peluche y entre las sedosas hojas podían verse posados pájaros de vistosos colores. Varios monos se sostenían en cables tendidos de una rama a otra y había también una jirafa de casi tres metros estirando el cuello hacia las hojas. De fondo, gracias a unos altavoces estratégicamente colocados, se oían gorjeos, chillidos y el rugido de un león, lo bastante altos como para que los gritos de los niños no los ahogaran.

Grace se quedó boquiabierta.

—Vaya...

—¿A que es como estar en el cielo? —Jo se agachó para estar a su altura—. ¿Y sabes qué? Hoy es tu día de suerte. Voy a dejar que elijas un juguete, el que quieras.

La niña chilló excitada.

—¿Lo que yo quiera?

—Lo que tú quieras.

«Ahora es cuando me dice que quiere la jirafa de tres metros.»

Grace se soltó de su mano y salió corriendo hacia un hipopótamo de treinta kilos. Jo la siguió despacio, preguntándose cómo iba a meter aquella cosa en un taxi para ir a la oficina. No estaba segura de que la tienda tuviera servicio de entrega a domicilio. Pero nada más llegar a su altura, Grace cambió de animal y se abrazó al león y después a una serpiente. Se la puso alrededor del cuello como si fuera, bueno, como si fuera una boa, y luego la dejó y salió corriendo en otra dirección, hacia los juegos de construcción. A continuación fue a donde se encontraban los juegos de ciencia. «Dios mío, por favor, que no elija el de química.» Jo se imaginó la sala de conferencias en llamas. Pero la niña tampoco se quedó allí mucho rato, sino que salió disparada hacia las figuras de acción, y después hacia los disfraces, para en seguida descubrir la escalera mecánica que llevaba a la segunda planta, un universo de cuentas de plástico y resina, y diminutos bloques de construcción interconectados y juegos de ordenador y pasillos enteros de muñecas.

Encontraron un juego educativo para aprender a leer llamado Whack-A-Word. Según la descripción de la caja, podía cargarse en el portátil de Jo. Ésta lo echó a la cesta y le dijo a Grace que aquello no contaba como juguete. La niña corrió hacia el pasillo siguiente. Jo aprovechó para responder a otra llamada de Hector, tapándose un oído y tratando de no hablarle a gritos para que la oyera. Se acordó entonces de un joven cantante keniata que había visto en un programa la noche anterior. Lo habían descrito como «el Frank Sinatra negro». ¿Quién decía que el rostro de Mystery tenía que ser una mujer? Aquella idea dejaría alucinado a todo el mundo y atraería más atención hacia la campaña. Le encargó a Hector que buscara a su agente y le hiciera llegar una propuesta, y guardó el móvil en el bolso.

Grace se había detenido junto a una mesa llena de vías y trenes magnéticos de juguete. Estaba jugando con uno de los vagones, haciéndolo rodar por la palma de su mano.

—¿Es ése el juguete que quieres? —le preguntó Jo, pensando que aquel conjunto de madera costaba más que todo lo que se había gastado en juguetes en su vida—. A mí me parece muy divertido.

La niña no respondió en seguida. Dejó el vagón en la mesa y cogió otro. Lo estudió detenidamente, como si tuviera escritos jeroglíficos en los costados y tratara de leerlos.

—Has dicho que podía elegir lo que yo quisiera, ¿verdad?

«Ahora es cuando me dice que quiere la jirafa de tres metros.»

—Sí, lo que tú quieras, pequeña.

Grace dejó el tren en la mesa, dio media vuelta y se dirigió hacia uno de los pasillos. Pasó los artículos de manualidades y los juguetes para bebés, los Play-Doh y las muñecas a las que se podía dar de comer, cambiar los pañales y hacer que se tiraran pedos. Caminó hasta el fondo del pasillo, hacia un rincón. Entonces se puso de puntillas y alcanzó la tercera caja desde la pared. No la segunda ni la primera. La tercera caja de la cuarta estantería desde el suelo.

Lo que Grace tenía en las manos era una Barbie antigua, con los ojos pintados de sombra azul, una generosa mata de rizos dorados y un vestido de fiesta en organza de color rosa con brillos dorados.

Jo miró a la niña y le vio una expresión que no había visto nunca. Miraba con ansia aquella muñeca de figura perfecta, con sus altos pómulos y sus pequeños pies embutidos en unos zapatitos de cristal de mentira. Miró a Grace, con su larga melena lacia y los vaqueros que le quedaban cortos. Se fijó en el lazo rosa sucio que se había atado a la muñeca como si fuera una pulsera y en las zapatillas rosa de lona que tampoco estaban en su mejor momento.

—¿Puedo llevármela? —le preguntó, con una vocecita tímida.

Jo se dio cuenta de lo que pasaba de golpe y porrazo. Fue como si las piezas revueltas de un puzle encajaran dando lugar a un dibujo nuevo e inesperado.

Se imaginó a Rachel caminando por aquel pasillo con Grace detrás. Se imaginó lo que su amiga habría dicho al ver la glamurosa muñeca. «¿Qué te parece, Grace? Las mujeres no nos parecemos a esto. Tan flaca y con esas peras enormes. ¿Y quién demonios se pone estos vestidos hoy en día? Venga, vamos a ver los patines.»

Se imaginó a Jessie, agotada de llevar a un pariente u otro al médico, dejando a Grace sola en una ludoteca mientras tanto. «No, Grace, no puedes venir hoy conmigo. Te quedarás en Lots o' Tots. A lo mejor, mañana, la vieja señora Henson puede quedarse contigo un rato. No, Gracie, es para que te quedes después del colegio. ¿No te gusta la merienda que te dan? Entonces puedes jugar en el patio. Grace, dame la GameBoy, cariño, vamos a ir a la consulta del médico un momentito... Grace, tu madre está cansada. Sal a jugar fuera, con la bici, ¿vale?»

Se imaginó a Rachel perdiendo su pelo oscuro, que siempre llevaba muy corto, por culpa de la quimio, a medida que la enfermedad avanzaba sin piedad, arrebatándole el resplandor del rostro y la suavidad de la piel. Se la imaginó poniéndose una peluca rubia, porque así era el sentido del humor de Rachel, rubia antes de morir. Y tampoco querría asustar a Grace con su cabeza calva.

«Rachel, deberías habérnoslo dicho. Podríamos haberte ayudado.»

Jo hincó una rodilla en el suelo. Grace seguía sin mirarla a los ojos y tenía los nudillos blancos de tanto apretar la caja.

—La reina de la belleza para ti —dijo Jo.

Grace no podía apartar los ojos de la muñeca.

—Tiene un pelo precioso.

—Lleva un cepillo —comentó Jo, observando la mata desgreñada de Grace—. Va a ser muy divertido cepillarle el pelo. Buena elección, pequeña.

Nadie se había fijado en eso antes. Ni Jessie, ni los abuelos de Grace, ni siquiera Rachel. Habían pasado unos meses fuera de sí. ¿Quién iba a pensar que la hija de Rachel, la superatleta, la adicta a la adrenalina, el mayor chicazo de la historia, resultaría ser una niña con gustos de niña?

Pero no podía ser tan simple. Los críos eran seres complicados, irracionales e incontrolables. Se engañaba si pensaba que podía resolver todos los problemas tan fácilmente. No era la compra de un simple juguete lo que había iluminado el rostro de Grace. Jo tenía la sensación de que aunque le hubiera comprado el juguete más caro de toda la tienda, la pequeña no podría estar más feliz. Porque le encantaba su muñeca, sí, pero lo que más le gustaba era que le prestaran atención. Alguien le estaba haciendo caso, escuchaba sus deseos y les daba importancia.

El teléfono empezó a vibrar en su bolso. Jo metió la mano y lo cogió. Lo aferró con fuerza entre los dedos.

Pensó en su cargo. Un puesto de dirección que le había costado ochenta horas de trabajo semanales; la nómina que le permitía comprarse todos aquellos cafés con nata y caramelo, y el whisky de malta que la hacían olvidar el sabor de las verduras de lata y el pan duro de su niñez; y el fondo de pensiones que ella engordaba para librarse de ir a una residencia pública, una ratonera de la que su propia madre había escapado sólo porque tuvo la suerte de morirse.

El móvil vibró con violencia en su mano.

Grace la miró con los mismos insondables ojos castaños de Rachel, rebosantes de vulnerabilidad y de una tímida esperanza, y Jo hizo lo que tenía que hacer: desconectó el teléfono.

11

Kate se acostó en la enorme cama de su habitación sintiéndose vulnerable y con una tímida esperanza. Paul estaba de camino. Lo sabía. La última vez que habían hablado, le había prometido buscar un vuelo a la India. Había percibido una calidez en su voz que no había oído en las agrias conversaciones telefónicas que habían tenido antes —dos veces al día desde que llegó allí—, una calidez y una promesa que la hacían derretirse.

No la había llamado desde entonces y habían pasado cuarenta y ocho horas. Lo cual sólo podía significar una cosa: Paul estaba en un avión camino de Bangalore.

Se frotó la rodilla con el pie desnudo mientras jugaba con el lazo de su negligé rojo de seda. El sexo de reconciliación siempre era intenso y excitante para ellos. Se había comprado el camisón justo para aquel reencuentro. El envoltorio arrugado estaba todavía en el suelo y la bolsa en un rincón. La noche anterior había comprobado en la red las compañías aéreas que hacían la ruta entre Newark y Bangalore. Contando con la escala en Frankfurt y medio día para organizar las cosas en casa y el trabajo, había calculado que Paul podía entrar en su habitación en cualquier momento. Tendría que recordarle que echara el pestillo para que Sarah nos los interrumpiera con su habitual visita matutina en el instante más lujurioso.

Se preguntaba si habría comprado flores en el aeropuerto o si se habría acordado de coger del cajón de la mesilla la pintura corporal de chocolate que ya se estaba poniendo rancia. En realidad, le daba igual si llegaba con las manos vacías porque, sin duda, quien iba a entrar por aquella puerta era el regalo que Kate deseaba por encima de todo: el hombre con el que se había casado, el joven surfero con un travieso sentido del humor, el hombre que iba a devolver la emoción a sus vidas.

Ya le había perdonado las cosas horribles que le había dicho desde que llegó a la India. Sólo eran ruido y rabia alimentados por la sorpresa, la confusión y la frustración. Cualquier cambio tan duro como aquél era como volver a nacer: el dolor te recordaba lo importante que era. Kate no olvidaba el salto desde mil quinientos metros que la había despertado.

El picaporte hizo ruido al girar y Kate saltó de la cama. Como se había dejado el pelo suelto después de secárselo, le cayó sobre los ojos y tropezó con las zapatillas, que estaban en mitad de la habitación, al tiempo que la puerta se abría antes de que ella llegara.

—¡Sa... Sarah! —Kate se detuvo—. ¡Estás aquí!

Su amiga se quedo parada y parpadeó, con la tarjeta de la habitación en la mano. Llevaba la misma falda rojiza desteñida y la misma blusa blanca de algodón arrugada que cuando salió de la habitación la noche anterior. Se acababa de lavar la cara.

Sarah la miró fijamente, como si acabara de emerger de las profundidades.

—Ah, hola.

Y levantó una ceja al darse cuenta del negligé de Kate. Entonces, con expresión tensa, miró hacia la cama y preguntó:

—¿Ocurre algo que yo debería saber?

—No, no, todavía no.

Kate dio una patada a los vaqueros que había tirado por la noche sobre la alfombra. Luego asomó la cabeza por la puerta de la habitación y miró a uno y otro lado del largo pasillo:

—Paul va a llegar de un momento a otro —explicó.

— ¿Sí? Qué suerte tiene este Paul. —Sarah se estremeció de una forma rara y se internó en la habitación. Al pasar junto a su amiga, vio una marca que ésta tenía en el antebrazo—. ¿Es para él?

Kate echó una mirada al dibujo que le subía por el dedo corazón de la mano izquierda.

—Sí, me lo hicieron ayer en el mercado. —Cerró la puerta, desilusionada, y se apoyó en ella—. Sam encontró al mejor tatuador de henna, una mujer más vieja que Matusalén.

Kate escrutó a Sarah; desde las arrugas de su entrecejo, pasando por la rigidez de los hombros y hasta la manera descuidada en que la falda arrugada colgaba de sus caderas de niña.

—Sam y yo queríamos llevarte también, pero estabas tan dormida que no tuve valor para despertarte —añadió.

—Te la has lavado demasiado pronto. —Sarah se paseó por la habitación mientras se descolgaba el bolso de cáñamo, que tiró sobre la cama, junto con la mochila y las sandalias—. Debería ser más oscuro.

—Lo sé.

Debajo del camisón de seda rojo, tenía un dibujo más oscuro que todavía no se había lavado. Era una serpiente con todas sus escamas. El reptil subía por un lateral y se le extendía por la ingle. Tenía la boca abierta y su lengua bífida señalaba hacia abajo.

—Se lo hacen a las novias, ¿sabes? —continuó Kate, mirando fijamente a su misteriosa y poco comunicativa amiga—. Deberías habértelo hecho, Sarah. Por tu compromiso pendiente con Colin.

Sarah se envaró sobre la mochila, de la que salía un montón de ropa.

—Yo no soy Tess, Kate. Búscate a otro a quien mimar.

—No te estoy mimando. —Kate se alejó de la puerta y se

echó sobre la cama, deteniéndose a recoger un periódico que estaba desparramado por el suelo—. Vale, de acuerdo, quizá parecía que lo estaba haciendo. Pero ¡mierda!, es lo que he estado haciendo todos estos años. De verdad, Sarah, intento ser tu amiga. Por eso estoy aquí. Mira, es que estás todo el tiempo con ese tío y te noto tensa como un tambor. ¿Qué pasa? ¿Te ha dicho algo de su prometida?

Sarah se quitó la camisa con más fuerza de la necesaria. El sujetador se cerraba con un solo corchete y la goma de la banda inferior empezaba a deshilacharse.

—Oh, Sarah. —Kate suspiró según crecía el silencio—. No estás bien...

—No quiero hablar ahora de eso.

—¿Qué se siente al acostarse con alguien que piensa en otra mujer? —insistió ella.

—No hablamos de eso.

Sarah metió la mano en la mochila y sacó una falda de un azul luminoso.

—No hablamos de Estados Unidos. Hablamos de Paraguay, de la conferencia y de mi trabajo en Burundi. En realidad, tenemos pocas oportunidades de hablar.

—Todos los tíos enmudecen con el sexo salvaje.

—¿Ah, sí? No lo sabía. —Sarah tiró la falda sobre la cama y buscó algo que hiciera juego—. Colin y yo tuvimos sexo salvaje la primera noche. Desde entonces, apenas me ha tocado.

Kate se quedó sin palabras. No podía ser cierto. Ella recordaba los cinco primeros años de su relación con Paul, llenos de sexo constante, casi como obsesos. No podían dejar de tocarse. Formaba parte de su matrimonio.

De repente, respiraba con dificultad y sentía los labios hinchados.

«Date prisa, Paul.»

—Vamos, Kate, a pesar de lo que piense Jo, no todo es sexo. —Sarah enrolló la camisa que se había quitado y la lanzó al rincón de la habitación que parecía destinado a lavandería—. Colin me quiere allí, en su cama. Me lo dijo. Y en mitad de la noche, las cosas pueden ponerse...

Sarah se dejó el pelo suelto. Se estaba poniendo roja, tanto como sólo podía ponerse la hija pecosa de un pastor.

Kate lo comprendió:

—Está luchando.

—No tengo ni idea —respondió ella, cogiendo la ropa limpia y apretándosela contra el estómago—. Los hutu lo tienen mucho más claro: construye una choza y ofrécele a su padre unas reses y una cabra. Así todo es más sencillo.

Kate se apartó de su camino hacia el baño. La última vez que Colin le rompió el corazón, Sarah tardó un año y medio en recuperarse. Pasó seis meses con su familia en Vermont, cortó leña, alimentó a las gallinas y deambuló por los senderos de las Green Mountains. Rachel consiguió sacarla de allí y llevarla a Nueva York. Sarah había adelgazado mucho, tenía las mejillas hundidas, lo que le daba un aspecto atormentado.

Pero Rachel ya no estaba.

Kate la cogió por el brazo mientras pasaba.

—Me preocupo por ti, Sarah-belle.

—Lo sé —dijo apoyándose en uno de sus pies y esbozando una sonrisa cansada y encantadora—. Pero de verdad que no puedo hablar ahora. Tengo que ducharme y bajar. Colin va con un equipo de cirujanos a un pueblo al sur de aquí. Lo han retrasado, pero finalmente van a operar hoy. Me ha pedido que los acompañe; les vendrá bien otra enfermera. Hemos quedado dentro de veinte minutos.

—Oh.

Sarah la miró con fijeza.

—¿Hay algún problema? Porque parece que no me quieres por aquí una vez que Paul haya llegado.

—¿Es peligroso el viaje?

—Escúchate. —Con el lateral del pie, Sarah apartó una botella de agua vacía y se detuvo al poner la mano en el picaporte de la puerta del baño—. Es peligroso en tanto que esto es la India, Kate: civilizada, democrática, superpoblada y totalmente impredecible. No estoy en absoluto preocupada —añadió, y cerró la puerta—: Y tú tampoco deberías estarlo.

Kate se mordió el labio mientras Sarah se metía bajo la ducha. Paul estaba al llegar, pero no sabía exactamente cuándo: el avión podía retrasarse o perder un enlace. Quizá había tenido algún problema en el trabajo. No la entusiasmaba la idea de holgazanear todo el día en un estado de alta tensión sexual, esperando a que llegara. En Bangalore ya había hecho todo el turismo posible: había visitado todos los jardines, mercados, ruinas indias y palacios. Pero no le importaría llevar su aventura un poco más lejos y aprovechar la rara oportunidad de ver a Sarah trabajando y también sacarle algo más de información.

Aunque eso significaría arruinar la sorpresa de Paul.

Diez minutos más tarde, después de marcar dos docenas de números para conseguir la llamada, Kate se pegó el teléfono a la oreja mientras esperaba que alguien contestara en su casa. Lo hizo la madre de Paul.

—¿Barbara? Soy yo, Kate.

—Ah, la novia a la fuga. —Su suegra hizo una pausa y, a través de la deficiente conexión, Kate la oyó dar una profunda calada a un cigarrillo, seguramente un Virginia Slim—. ¿Todavía estás en la India?

—¿No te da esa sensación esta llamada?

—¡Muy bien, perfecto! —Barbara exhaló ruidosamente—. Esto, ¿has visto al inútil y ladrón de mi ex marido? Debe de estar calvo y barrigón e irá vestido con una de esas togas rojas.

—Barbara, ya te lo dije: estoy en la India, no en el Nepal. No creo que vaya a encontrármelo aquí.

Además, no tenía ni idea de qué pinta tenía. Lo único que Paul tenía de su padre eran unas pocas fotos de hacía más de treinta años en las que se veía a un tipo barbudo, esquelético, sin camiseta y con unos vaqueros caídos.

—Nunca se sabe dónde podría estar ese cabrón. Si lo ves, dale un puñetazo de mi parte. Mejor dale unos cuantos. Y dile quién se los manda.

—De acuerdo.

—Y quédate por ahí unos cuantos días más. Pásatelo bien. Ahora entiendo por qué, cuando me llamaste, parecías chiflada. —De nuevo se la oyó dar otra profunda y sonora calada. Kate confiaba en que estuviera fumando fuera y no dentro de la casa—. Esto parece un manicomio: el teléfono no para de sonar, hay una montaña de correo, llaman a la puerta constantemente, por no hablar de las extrañas mujeres que vienen y se llevan a tus hijos, o de la ropa que se multiplica en el sótano como si fueran champiñones en estiércol.

Kate cerró los ojos. No quería saberlo. Ni siquiera imaginárselo. Barbara, que había criado a Paul en una comuna de California, vivía tranquilamente en el desorden. Una actitud que la propia Kate empezaba a apreciar al observar los vasos sucios y la ropa, zapatos y envoltorios de chucherías tirados por su habitación.

—Pero mantente lejos de los fumaderos de opio. No es lo mismo que la hierba: el opio te puede arruinar la vida.

—No te preocupes, Barbara, no lo tocaré.

—¿Quieres hablar con el gruñón?

«Sí —pensó ella—, como si estuviera ahí.»

—Aquí pasa todo el tiempo, descalzo. Qué pesado. Está cabreado, pero que muy cabreado contigo, nena.

—Lo sé.

—Pero es incapaz de salir de aquí. Se ha cogido tres días libres en el trabajo.

—Eh, esto... —«Está mintiendo. Por si acaso llamo a la oficina.»

—Ahora está ayudando a Anna con un trabajo, no sé qué de un telar, menuda chorrada. En mis tiempos, Paul trenzaba unas cuantas tiras de papel de colores para hacer un mantel individual y quedaba perfecto. Diez minutos máximo. Y lo hacía él solo. Se pasaba las tres horas de guardería cantando *Kumbaya.* Y ha salido muy bien sin todo ese constante lavado de cerebro institucional. Aquí está. ¿Quieres hablar con tu mujer?

Kate se quedó de piedra. De fondo se oyó una voz.

«No.»

Paul no podía estar allí, en Nueva Jersey. Justo en ese momento estaba en un avión, a diez mil metros sobre su hotel, aterrizando en el aeropuerto de Bangalore.

Oyó que el teléfono cambiaba de manos. Se sintió mareada y se llevó una mano al estómago, como para combatir una repentina y creciente desazón.

—¿Qué? —dijo su marido con voz enfadada—. ¿Ya estás en el aeropuerto?

Ella intentó tragar saliva:

—Paul, creía que venías hacia aquí.

—¿A Newark o LaGuardia?

—Aquí, Paul. Aquí. —Recorrió el borde de la cama y con la rodilla rozó las sábanas sobre las que se suponía que iban a hacer el amor todo el día—. Venir a Bangalore. Al Chancery. La última vez que hablamos, dijiste que te lo pensarías...

—¿Todavía estás en la India?

—Por supuesto. Esperándote.

Oyó cómo hacía un chasquido seco, de furia, que se perdió en la deficiente conexión por satélite.

—Muy bien, pues yo estoy aquí esperándote, Kate. Porque dijiste que pensabas volver pronto a casa.

—¡Tú me dijiste que estabas pensando en venir aquí!

—Y lo hice. Lo pensé durante diez segundos. Y entonces me dije: «¡Eh, que tenemos hijos! ¡Uno de nosotros tiene que hacerse cargo de ellos!».

Kate cerró los ojos con fuerza. No iba a permitir que la hiciera sentir culpable por eso. Lo había dejado todo arreglado antes de marcharse, como siempre. La casa funcionaba como una máquina perfectamente engrasada incluso cuando ella no estaba. Todo iba tan bien que lo único que notaban era un poco de desorden inusual.

—La despensa está llena. —Cogió su negligé de seda y luego lo apretó contra su corazón desbocado—. Las facturas del mes están pagadas. Lavé y planché todo lo que pude antes de irme. Tu madre está ahí...

—Ella no conduce, Kate. Dice que quiere «reducir su huella ecológica».

—Lo dejé todo preparado...

—No dejan de pasar cosas.

—Puedes pedir que...

—No conozco a esas mujeres de nada. Los niños podrían estar con un asesino en serie o con un pedófilo y...

—Te estaba esperando, Paul. —Tragó saliva, pero tenía la garganta seca—. Llevo esperándote las últimas veinticuatro horas.

—Y yo a ti más de una semana. —Su rabia vibró a través de la entrecortada línea—. Esperando que subieras a un avión y recuperases el sentido común.

Kate se acercó a la ventana y levantó las persianas. Abajo se extendía el imponente y cuidado paseo que llevaba al hotel. Un poco más allá, se podían ver los minaretes de dos mezquitas y las lonas que marcaban los contornos del mercado.

—Paul, si estuvieras aquí, alquilaríamos una moto. —Sonrió en su ensoñación—. Podríamos vagar por la ciudad. Aquí todos se mueven en moto, incluso las mujeres con sari. Se sientan de lado, detrás de sus maridos, y se agarran fuerte a ellos.

—Hazlo, Kate, hazlo con Sarah. Vuela en moto por las calles de Bangalore. Mientras, yo llevaré a Mike a sus clases, haré la cena, saldré disparado a las once de la noche a comprar el champú especial para Tess, pasaré un peine por el pelo ridículamente largo de Anna y buscaré los dichosos tacos de las botas de Tess entre los montones de juguetes.

A través de las láminas abiertas de la persiana, Kate miró el cielo azul surcado de nubes altas y blancas. Justo después de que Tess naciera, cuando ella todavía se sentía débil, vulnerable e indefensa, cuando estaba segura de que no podría cuidar de un ser tan pequeño, Paul se transformó por completo ante sus ojos: abrió sus largos dedos y sostuvo a la niña sin ningún problema. Su cabecita encajaba perfectamente en la palma de su mano y la cogió con seguridad, sin temblar, al contrario de lo que le pasaba a Kate. Entonces vivían cerca de Malibú. Él le dijo que iba a renunciar al surf durante una temporada y ella se lo agradeció muchísimo.

¿Fue entonces cuando todo cambio?

¿O fue cuando Paul contactó con aquel cazatalentos que le encontró el trabajo de Nueva Jersey? El que le pagó un buen montón más de lo que él estaba ganando en su recién inaugurado negocio. Paul lo aceptó aunque significara abandonar los vaqueros y cambiarlos por una camisa y una corbata, y porque un puesto en una gran empresa significaba una libertad económica que le permitiría a Kate dejar su trabajo y quedarse en casa. Las guarderías, dijo él entonces, le recordaban demasiado su salvaje y poco convencional vida en la comuna de California.

Dejó caer las persianas y el paisaje desapareció.

—Llama a Kathy Kayward para que lleve a Mike a los entrenamientos. Su hijo está en la misma clase. El teléfono está en el tablón. —Se puso de espaldas a la ventana y se rodeó con los brazos como si tuviera frío—. A Anna ponle suavizante en el pelo y lávaselo un día sí y otro no. Dile a Tess que busque los tacos en la cama elástica de Anna. Casi siempre se los deja ahí. Y tu madre está ahí por una razón: para hacer la cena.

—Un montón de espaguetis con pasas. Quingombó. Lasaña vegetariana que ni siquiera he conseguido que el perro se coma.

—Les vendrá bien probar la cocina de otra persona. —De una patada, amontonó la ropa sucia en un rincón—. Así aprenderán a apreciar mi comida. Y el mundo no se acaba si se pierden un día o dos de entrenamientos de fútbol.

—Eso díselo a Tess.

—Tess tiene que aprender.

Kate dio un despiadado puntapié al montón de las camisas.

—¿Me has echado de menos, Paul? ¿O lo único que echas de menos es tener las camisas listas en la percha o una cena casera en la mesa cada noche?

—Echo de menos tener una compañera en este matrimonio.

—Lo mismo que yo.

Pasó junto a la cómoda sujetando el teléfono entre la mejilla y el hombro mientras recogía periódicos atrasados y envoltorios de dulces. Lo tiró todo a la papelera aun sabiendo que la doncella pasaría pronto.

—A los niños no les pasará nada por estar una semana al cuidado de tu madre...

—¿Mi madre? ¿La mujer a la que no le permitías quedarse con ellos cuando eran pequeños? ¿La que decías que apestaba a tabaco, que decía palabrotas sin parar, que no los acostaba a su hora, que no hacía caso de las normas...?

—Nunca te has planteado en serio venir, ¿verdad? —Recogió dos de sus pares de zapatos, abrió el armario con el pie y lanzó dentro el calzado al tiempo que unas lágrimas ardientes le caían de los ojos—. Tienes una oportunidad de estar una semana solo con tu mujer por primera vez en quince años y la dejas pasar.

—Tengo una pregunta: ¿es así como va a ser a partir de ahora, Kate? ¿Te vas a largar cada vez que te lo pida el cuerpo?

—Preferiría que lo hiciéramos cuando el cuerpo nos lo pidiera a los dos.

—Ni siquiera me has preguntado por los niños, por cómo les ha afectado tu marcha...

—No soy el tarado de tu padre, Paul. No os he abandonado para ir a meditar a lo alto de una montaña.

—Genial, porque quiero que mi esposa vuelva. La mujer que asume sus responsabilidades. Porque ahora no tengo ni idea de quién coño eres.

A Kate las rodillas se le doblaron y cayó de golpe, rebotando sobre la cama. Esperó oír que le susurraba una queda disculpa diciéndole que sólo estaba abrumado por la situación y que él también recordaba lo que habían tenido, lo que habían compartido mucho tiempo atrás.

—Parece que me has olvidado. —De nuevo recogió la seda del camisón con la mano—. O, quizá, es que has dejado de...

«De amarme.»

Dejó caer el teléfono, que se escurrió por la seda roja del negligé y cayó al suelo. Kate oyó que Paul decía su nombre con creciente irritación y, como no respondía, colgó.

Un rato después, apareció Sarah. Cogió el auricular y lo colocó en su sitio. Se arrodilló delante de Kate.

Aún tenía las manos calientes y mojadas de la ducha. La compasión se reflejaba en su cara, enmarcada por sus húmedos rizos.

—No son buenas noticias, ¿verdad?

Kate no contestó.

«No tengo ni idea de quién coño eres.»

—Oh, Kate. —Sarah le apretó la mano—. No quiero dejarte aquí sola.

Ella se puso en pie como sonámbula. Se acercó a la cómoda y abrió un cajón. Dos días antes, había estado en una tienda de saris, sentada descalza en una colchoneta blanca de algodón mientras el vendedor le mostraba rollos y más rollos de telas de brillantes colores. Kate sacó un vestido punjabí, nuevo, de color azul zafiro, que se había hecho. Eligió ese color porque le recordaba los ojos de Paul.

—Entonces llévame contigo, Sarah —le dijo, mientras se quitaba el camisón medio inconscientemente y lo lanzaba debajo de la cama—: Necesito tomar perspectiva.

El vestíbulo bullía de actividad. Dos hombres discutían con el conserje. Los mozos arrastraban las bolsas de material médico a la furgoneta que los esperaba. Un grupo de médicos hablaba acaloradamente cerca de la puerta. Una mujer india, vestida con el tradicional sari, permanecía de pie algo alejada, fumando tranquilamente un cigarrillo y observándolo todo con una expresión que transmitía aburrimiento y diversión al mismo tiempo.

Kate salió del ascensor detrás de Sarah. Todavía se sentía vapuleada después de la conversación con Paul, adormecida, como si estuviera dentro de un capullo de algodón. Sarah avanzó con seguridad entre la confusión del vestíbulo en dirección al grupo de médicos y rozó el brazo de un americano de anchos hombros.

Aquél debía de ser el famoso Colin O'Rourke. Como si estuviera muy lejos, Kate le dio un repaso de arriba abajo. Cuando llegó al hotel y él la examinó, estaba demasiado cansada como para fijarse con detalle en él. Sabía que Jo esperaría un informe detallado. Sarah no tenía ninguna foto suya y, después de que la dejara, no se atrevían ni a pronunciar su nombre, y mucho menos a intentar que les diera una descripción física. Dadas sus míticas hazañas en la selva, todas coincidían en que debió de ser algo así como un enérgico Clive Owen. De rostro curtido, pero guapo, sudoroso y con barba de varios días. Un verdadero obrero de su profesión.

Desde luego, nada que ver con el americano de pantalones de algodón de pinzas que se volvió hacia ella en ese momento, con su camisa perfectamente planchada y una corbata amarilla de Brooks Brothers. Casi parecía que fuera de uniforme.

Como Paul.

«No. No puedo pensar en eso ahora.»

Colin estrechó la mano de Kate y le sonrió. Una sonrisa cegadora. Sin lugar a dudas, una sonrisa blanqueada.

—La última vez que te vi —le dijo, escrutándola con una intensa mirada—, soñabas con unicornios.

—Ya estoy mejor.

—Ya se ve. ¿Qué te parece Bangalore? Me han contado que estuviste en la selva, montando en elefante.

—En realidad sólo pasé allí una noche. Oímos rugir a los tigres.

Parecía que eso hubiese ocurrido hacía mucho tiempo y ya no tenía la menor importancia.

—Hace años que no lo hago —dijo él—. ¿En qué reserva estuviste?

Se le daba bien la cortesía, pensó Kate, mientras charlaban bajo el nervioso escrutinio de Sarah. Pero Kate no paraba de pensar: «¿Éste es el legendario doctor O'Rourke?». Su amiga podría haber conocido a alguien como él en cualquier campus de cualquier universidad que tuviera un equipo nacional de lacrosse. Parecía algo mayor que Kate, delgado y fuerte, pero fornido. Tenía un aspecto muy... americano. No se parecía en nada a los cooperantes flacos internacionales que ella había conocido, siempre malnutridos y en constante movimiento.

Tampoco se parecía a Sam, que apareció de repente, alto, negro y tremendamente guapo.

—Ya está todo arreglado —dijo éste, dirigiéndose a Colin—. Mi coche está listo para lo que necesites.

La expresión de Sarah se endureció:

—¿Tu coche, Sam?

—Un maldito inconveniente —explicó Colin—. Le he pedido si podía requisar su coche. Una de las furgonetas se ha estropeado y transportaba material importante. Hemos tenido que organizar esto ya dos veces. Pasa cada vez que hago una de estas operaciones.

—Yo me he ofrecido —explicó Sam mirando a Sarah—. No tengo planes, así que he decidido unirme a los felices activistas.

—Esto me exaspera. —Colin se pasó la mano por el pelo—. Siempre hay algo que se interpone en el trabajo. Por ejemplo, en este caso, hay sitio para todos en los vehículos de que disponemos, pero no para los materiales. Y ya llevamos tanto retraso que si esperamos a otro coche, habrá muchos más niños de los que podemos tratar.

Kate sintió una corriente de culpa al oír los detalles, pero todavía estaba demasiado atontada para entenderlo.

Sam señaló el coche blanco de alquiler que había delante del hotel.

—Sarah, el doctor O'Rourke y tú podéis venir conmigo, como en los viejos tiempos.

Kate preguntó:

—¿Hay sitio para mí? Me encantaría ver la auténtica India.

Sam, Colin y Sarah intercambiaron veloces miradas. Un intercambio sin palabras que incluía el vestido punjabí comprado en el bazar, el pelo revuelto y mojado y su falta de experiencia. Kate ya había asistido a intercambios de miradas como aquél antes: en algunas fiestas, cuando le preguntaban: «¿A qué te dedicas?», y ella respondía con la anodina verdad: «Soy ama de casa».

—¿Estás segura, Kate? —le preguntó Colin—. Es todo muy primitivo. Puede haber cosas que no quieras ver. Y trabajaremos a toda prisa para visitar a todos los pacientes que podamos.

Sarah deslizó una mano por debajo del codo de Kate y la atrajo hacia sí.

—Puede ayudarme a mí. Me vendrá bien otro par de manos.

—Bien. —Colin se encogió de hombros y señaló la recepción—. Voy a ver qué nos retiene.

Tan pronto como él se alejó, Sam se volvió hacia Sarah.

—No lo puedes evitar, ¿verdad?

—¿Yo? —Sarah apretó más fuerte a Kate—. Eres tú quien no puede evitarlo, Sam, entrometiéndote siempre...

—Son las primeras vacaciones que te coges en años y ya estás trabajando otra vez.

—Es por...

—Por una buena causa. Lo sé. Siempre es así. —Se subió las mangas arrugadas por encima de los codos—. ¿Alguna vez te has planteado sentarte a beber algo tranquilamente, haciendo girar la sombrillita de tu bebida?

—Lo hice una vez. ¿Te acuerdas del ron de Paraguay? Me dejó inconsciente durante días.

—Exageras. Aquella noche estuviste muy divertida.

Kate se sentía como una espectadora en un partido de tenis, observando con creciente interés el apasionado toma y daca.

—Siempre puedes saltarte la parte de la bebida —sugirió Sam—. Y pasar directamente a tumbarte a tomar el sol en la playa.

Sarah se pellizcó el pecoso antebrazo:

—Yo no tengo tu piel. Me achicharro con facilidad.

—Por eso prefieres consumirte con el maldito trabajo.

Sarah ladeó la cabeza y casi se le deshizo el moño que se sujetaba con un lápiz en la nuca.

—Ya tengo padre y madre. Y también siete hermanos.

Sam se puso en jarras.

—Entonces deberías saber cómo relajarte.

—Llévame después a tomar una cerveza.

—Oh, seguro que el buen doctor ya tiene planes para esta noche, como siempre. —Sam miró a Colin, que atravesaba el vestíbulo en dirección a ellos—. Dale un poco más de tiempo y quizá te saque de la cooperación internacional para siempre.

Colin, ajeno a la tensión entre Sarah y Sam, dio una palmada y dijo:

—Buenas noticias. Podemos cargar nuestras cosas y seguir a la furgoneta. —Al mismo tiempo, le entregó un papel a Kate—. Es para ti. He oído a los de la recepción apuntarlo y me he imaginado que lo querrías tener.

Ella tomó aire temblorosamente al coger el papel. Lo sostuvo entre las manos como si fuera el cuerpo de Cristo, sintiendo un enorme alivio. Había sido una tonta. No debería haberse preocupado. Quince años de matrimonio no podían venirse abajo por una separación de una semana. Por supuesto que Paul iba a llamarla de nuevo, en seguida, para disculparse. Incluso para decirle que iría a la India.

Sin soltar el mensaje, siguió a los demás hasta el exterior denso y húmedo. Lanzó el bolso dentro del coche, se sentó en el asiento del copiloto, junto a Sam, y desdobló el mensaje lentamente.

Para encontrarse con una aplastante desilusión.

Sarah la agarró por el hombro.

—Kate, ¿va todo bien?

Ella tragó saliva, asintió y dobló de nuevo el papel.

—No es nada. Creía que sería de casa. —Guardó la nota, junto con sus esperanzas, en el bolso que tenía a sus pies—. Es de Jo. No dice nada. Sólo quiere que la llame.

—Ay —gimió Sarah—. Las cosas deben de ir muy mal.

—¿Qué cosas?

—Sam, ¿sabes cómo se va? —preguntó entonces Sarah apresuradamente.

—Por supuesto que sé cómo se va.

Se incorporó al tráfico, tras la rápida estela de la furgoneta blanca.

Kate sabía que algo no iba bien. Era otra cosa, algo que no tenía nada que ver con su matrimonio.

—Sarah —dijo—, ¿qué quieres decir con que las cosas deben de ir muy mal?

—Nada —contestó su amiga, y se echó hacia adelante, tratando de mirar por la ventanilla—. Está verde. Kate, será mejor que ayudes a Sam con los semáforos.

—Sarah, se te da muy mal mentir —murmuró ella.

—Se suponía que no tenía que contártelo. Cuidado, Sam: el *rickshaw*. —Sarah se agarró al respaldo del asiento cuando giraron bruscamente—. ¡Qué diablos! Jo no puede hacerme nada aquí. Y quizá tú puedas ayudar.

—¿Ayudar? —«Si ni siquiera puedo salvar mi matrimonio»—. ¿Cómo podría ayudar?

—Es Grace, Kate. Jo tiene la custodia.

—¡¿Qué?!

—Estoy segura de que Rachel lo hizo por alguna razón.

—Pero... —Bastante tenía ya con intentar lidiar con sus propios problemas como para recordar cómo habría dejado arreglado Rachel el cuidado de su hija—. Pero ¿por qué no está con sus abuelos?

—Parece ser que andan mal. Problemas de salud.

—Pero ¿por qué iba Rachel a escoger precisamente a Jo...?

—¿Sabes? Jo y tú deberíais sentaros a hablar. No os entendéis. Confía en Rachel, Kate. Estoy segura de que pensó muy bien quién era la persona más adecuada para cuidar de su hija...

—¿Tanto como cuando se inseminó con el esperma de un desconocido?

—¡A ver, a ver, a ver! —Sam cortó a otro conductor, que le dedicó una algarabía de pitidos—. ¿Alguien ha dicho «esperma» en mi coche?

—Rachel tuvo una hija por inseminación artificial —explicó Sarah.

Sam negó con la cabeza.

—Americanas.

—¡No tiene ningún sentido! —Kate se agarró al salpicadero para no caerse contra la puerta con tanto vaivén—. Tendría que haber sido yo. ¡Es a mí a quien debería haber dejado al cuidado de Gracie, y que fuera Jo quien se tirara en paracaídas!

Así habría seguido viviendo feliz en la ignorancia, con la agradable, aunque no muy excitante, rutina de su matrimonio.

—¿Qué quiere decir eso de «americanas»? —Haciendo caso omiso del cinturón, Sarah se aferró al respaldo del asiento delantero para enfrentarse a Sam—. ¿Acaso es la inseminación artificial peor que la tradición satí de los hindúes, o que la tradición de la «limpia» sexual entre las viudas en Malawi, o...?

Él la interrumpió levantando un dedo.

—La diferencia está en la posibilidad de elección, Sarah, ésa es la diferencia.

—Ayúdame, Colin —se quejó ella, dándole una palmada en el brazo.

—En eso le doy la razón a Sam. Una vez, tuve una paciente de Los Ángeles que quería que le reconstruyera la mandíbula completa para parecerse más a Judy Garland para su espéctaculo de drag-queens. Nunca me he encontrado con algo así en un país en desarrollo.

Kate, ajena a la conversación, trataba de asimilar la noticia.

—El abogado tuvo que equivocarse con los sobres.

—Jo ya lo comprobó. —Sarah se colocó un mechón de pelo detrás de la oreja—. Y, Colin, si a ti te parece que eso es raro, es que no has estado en Bangkok.

—La verdad es que sí. Lo que recuerdo con más claridad es cuando estuve fuera del Gran Palacio, donde un niño vendía comida para las palomas. Le compré una bolsa y, en los treinta segundos que estuve charlando con él, me birló el reloj, la cartera y la llave del hotel. Realmente increíble.

—Los thais son los mejores timadores —añadió Sam—. Casi tanto como los gitanos de Madrid.

Kate trató de concentrarse mientras el coche daba bandazos y Sam se lanzaba a contarles una historia sobre gitanos en Europa. ¿Por qué no le había encomendado Rachel su hija a ella? La única razón que se le ocurría era que pensara que ella, Kate, lo jodería todo. Por eso le pidió que se tirase en paracaídas, porque sabía que con ello originaría una serie de acontecimientos que la llevarían a terminar a cientos de miles de kilómetros de su marido y sus hijos, que a aquellas alturas no querrían saber nada de ella.

«¿Qué demonios estoy haciendo yo aquí?»

Se hizo un ovillo, protegiéndose del brusco vaivén del coche en medio del tráfico de Bangalore. *Tuk-tuks* y *rickshaws* les pasaban por todos lados. A medida que fueron llegando a las afueras, había más vacas pastando en los márgenes de la carretera y paseando tranquilamente por la calle. Dejaron atrás cabinas de camionetas abandondas en proceso de oxidación. A su alrededor, la conversación iba de las diferentes formas de conducir de los americanos y los indios del sur, a la agudeza e ingenuidad de los comerciantes de repuestos del África subsahariana. Hablaban de países en los que ella no había estado nunca y de personas de las que no sabía nada.

Lo que había empezado como una incómoda sensación de pánico, había ido aumentando hasta el punto de que, cuando llegaron a la clínica, tenía visos de ataque de ansiedad agudo. No ayudaba que la multitud que rodeaba el achaparrado edificio, echara a correr hacia ellos al ver que los coches se acercaban. Los niños trepaban como podían al capó. Las mujeres, gritando en hindi, levantaban a sus bebés para mostrárselos a través de las ventanillas. Bebés delgadísimos. Bebés con extrañas deformaciones en los pies, o con labios leporinos tan severos que les partían la nariz.

Sarah le apretó cariñosamente el hombro al percibir su pánico, aunque hubiera entendido mal a qué se debía.

—Siempre es igual. Las noticias de que los médicos van a venir vuelan y las madres traen a sus hijos con la esperanza de que puedan atender a un paciente más.

Sam aparcó el coche con cuidado al borde del camino, sobre la hierba, y luego salió y empezó a dar gritos, agitando los brazos para instar al gentío a que dejara un poco de espacio. Colin y Sarah salieron también y comenzaron a descargar el material del maletero. Kate hizo lo mismo. Cogió el equipo que le dieron y los siguió ciegamente entre el aluvión de gente en dirección a la clínica, donde una docena de sanitarios se afanaban con la preparación de dos improvisados quirófanos.

Dejó el cargamento donde le indicaron. Los jóvenes médicos vociferaban órdenes, maldiciendo el parpadeo de las luces a medida que la cantidad de material médico sobrecargaba el sistema. Colin, serio y profesional, dirigía la colocación de los instrumentos mientras Sarah se afanaba con las montañas de papeleo. Sam metió otra brazada de cosas y luego desapareció en la sala trasera, diciendo que iba a conectar un generador móvil.

Kate aguardaba instrucciones de pie en el centro de la sala, hasta que los empujones del ajetreado personal médico la fueron arrinconando contra un discreto rincón de la pared. Era dolorosamente consciente de las miradas de curiosidad de los lugareños, que iban de la brillante seda color zafiro de su atuendo tradicional indio a su mata de pelo rubio.

Y allí estaba Sarah, la pequeña Sarah, la más menuda entre aquella multitud, la que siempre estaba ayudando en algún lugar fuera de Estados Unidos. La vio abrirse paso entre la marabunta de gente mientras un traductor le pisaba los talones. E inclinarse después sobre el rostro congestionado de dolor de un niño, al tiempo que enviaba a un asistente a buscar un determinado antibiótico. Cuando llegó junto a Kate, levantó la vista como si nada y dijo:

—En seguida te pongo a hacer algo. —Se apartó un mechón de pelo de la cara—. Pero antes tengo que estudiar los casos para fijar el orden de prioridades.

Kate se reclinó contra la pared sintiendo que la cabeza le daba vueltas como si estuviera cayendo desde mil quinientos metros de altura y el paracaídas no se le hubiera abierto. Lo único que veía era el azul del cielo y el verde de la tierra, azul cielo y verde tierra. Bajo sus pies, la amenazadora superficie de la zona de aterrizaje se acercaba más y más rápido...

Dio un respingo, abrió los ojos y allí estaba, derrumbada contra la pared, una americana inútil en mitad de una clínica rural india no haciendo nada más que mirar boquiabierta la miseria del mundo.

«¿Qué estoy haciendo aquí?»

Lo sabía perfectamente. Había ido a la India con Sarah. Y lo había hecho porque quería adentrarse en la vida excitante de su amiga. Quería ver lugares exóticos y comer comidas raras. Quería vivir la sensación de peligro, recopilar detalles para futuras cenas con amigos. «En una ocasión, atravesé la selva de Mysore en elefante...» Quería poder contar historias como sacadas del *National Geographic* mientras comían canapés, para que los muy cultos socios de Paul y sus mujeres fabulosamente elegantes, que además trabajaban, no le hicieran el vacío por haberse convertido en una ama de casa aburrida, siempre con vaqueros y la camiseta manchada de babas.

Para que Paul la mirara, pero la mirara de verdad.

Se cubrió el rostro con manos temblorosas. Había dado el salto que le había pedido Rachel que diera, pero se había desviado mucho de su rumbo, se había desviado medio mundo, para caer en un sitio donde no servía absolutamente para nada.

Era demasiado. La piel le picaba, rodeada por tanta enfermedad y antiséptico, y se le empezó a nublar la vista hasta el punto de que creyó que se iba a desmayar. Salió de la sala de espera con la sangre martilleándole en las sienes. No sabía adónde iba. Lo único que sabía era que no podía permanecer allí más tiempo. Pasó junto a los dos quirófanos con sus luces parpadeantes y un montón de médicos con bata blanca. Caminó sin más objetivo que escapar de sí misma.

Se dio de bruces con Sam.

—¡Maldición! —Él la agarró por los brazos—. ¿Kate? ¿Adónde vas con tanta prisa?

Lo miró. Las cicatrices de las mejillas le aportaban fuerza y carácter, igual que ocurría con los orificios y desconchones del rostro de una antigua estatua romana. Sam era categórico, pero también divertido y compentente, y su vida tenía sentido e interés, no como la de ella.

Le apretó los brazos con los dedos.

—Tienes mal aspecto. Ven aquí. —La instó a entrar en una sala llena de equipo médico obsoleto, cables y herramientas desperdigadas aquí y allá—. ¿Te sientes mal? Estás más pálida que de costumbre.

Kate no podía decir nada. No podía poner en orden sus pensamientos. Se le quedó mirando la boca, pensando en el tiempo que hacía que no estaba con Paul. Sam era alto y desconocido de una manera excitante. Era atractivo y amable. Y la apretó con más fuerza al mismo tiempo que ella pensaba en todas aquellas cosas.

—Kate, no me pongas ojitos. Sabes que sólo hay una mujer que quiero que me mire así. ¿Te ha pasado algo?

Ella negó con la cabeza. Su alianza resplandecía a la tenue luz de la sala. Su alianza. Pensó en Paul, volviéndose loco con los tres niños en algún lugar de Nueva Jersey. Tess. Michael. Anna.

—Lo siento —dijo, frotándose la cara con las manos y deseando poder borrar la vergüenza—. No sé qué me ha pasado.

—No seas tan dura contigo misma. Sólo alguien con un corazón de hielo podría venir a un lugar como éste y que no le afectara. Está claro que es hora de que vuelvas a casa.

—Si es que aún tengo casa.

—Pues claro que sí.

«No, Sam, no es tan sencillo. Paul está muy enfadado.»

—Vamos. —Él la estrechó entre sus brazos y le dio unas palmaditas en los hombros—. Las cosas nunca son tan malas como uno cree.

Kate apoyó la mejilla en su pecho. Debajo latía un corazón seguro y constante. Sam era un buen hombre. Y ella una tonta. Su lugar no estaba allí. Aquélla era la vida de Sarah. Quienquiera que Kate hubiera sido tiempo atrás —antes de renunciar a su trabajo y su libertad por un marido y una familia—, ya no existía. Puede que, a pesar de los ánimos de Rachel, a pesar de la excitación que había experimentado en las últimas semanas, lo mejor fuera que aquella mujer del pasado permaneciera muerta y enterrada.

De repente, Sam se puso rígido.

Kate levantó la vista. Lo vio mirar con el mentón apretado hacia la puerta abierta, y a Sarah de pie en el umbral.

12

—¿Qué demonios está pasando aquí?

Las palabras brotaron de la boca de Sarah como virutas de metal.

—Tranquila, Sarah —dijo Sam—. Kate lo está pasando mal.

Sarah los miró a ambos con hosquedad. ¿Por qué Sam no la soltaba? Kate estaba muy pálida, pero era perfectamente capaz de sostenerse en pie sin ayuda.

—¿Que lo está pasando mal con qué?

—No puede con todo esto. Es nueva en el asunto. No es como tú.

¿Qué demonios quería decir eso? ¿Que Kate no estaba desorientada? ¿Que no era una soñadora? ¿Que no era bajita de pelo oscuro y torpe en la vida social? ¿Que no era una inepta para la moda ni andaba por ahí alegremente, sin reparar en los detalles importantes de las cosas? No, Kate era resuelta y competente. Todo lo hacía impecablemente bien, con gusto y estilo. Hasta los hijos le habían salido perfectos. Nunca la cagaba con nada ni hacía cosas improvisadas, no como trataba de hacer ella, Sarah, en aquel momento, buscando un caramelo para un niño que tenía un linfoma en avanzado estado porque no tenía nada que realmente pudiera servirle de ayuda.

Sarah la miró desafiante. Y pensar que no había dejado de preocuparse por su amiga, la rubita, durante todo el camino. Pensar que le preocupaba que se hubiera contagiado de malaria, tifus o cualquier otra enfermedad tropical a pesar de las vacunas. Pero en vez de eso, Kate había sucumbido a un tipo de fiebre bien distinta, precisamente con el negro y robusto cooperante británico que poseía la irritante habilidad de ponerla a ella nerviosa sólo con su formidable presencia.

Kate se separó de él, mascullando no sé qué sobre un cuarto de baño. Sarah no se molestó en advertirle que los únicos cuartos de baño que había eran unos agujeros en el suelo. No era un lugar muy agradable para buscar un rato de tranquilidad, pero ya lo descubriría solita. Estaba realmente rabiosa después de verlos abrazados. Lo veía todo rojo, aunque no dejara de repetirse que Kate se había estado comportando de forma muy extraña las últimas semanas, desde su primer salto en paracaídas. La rabia persistía, pese a que la parte más bondadosa de su naturaleza le decía que su amiga estaba por fin aterrizando.

Pero Sam debería saber mejor cómo comportarse.

Entonces, él se le acercó y se apoyó en el marco de la puerta, con los brazos cruzados.

—¿Qué es lo que te enfada más, Sarah, que haya podido besar a Kate o que haya podido besarla a ella en vez de a ti?

—Calla. —Sarah empujó el recuerdo a lo más hondo de su mente. Creía habérselo dejado claro: lo que ocurrió en el viaje a las montañas no había sido nada, sólo una ofuscación del juicio en un momento de estrés—. Kate es una mujer casada.

—Y vulnerable —añadió Sam—. Y que echa mucho de menos a su marido. El corazón es algo muy frágil.

Sarah tomó aire al tiempo que la asaltaba una terrible sospecha.

—¿Tuvisteis sexo del activista cuando estuvisteis en la selva?

—Sólo uno de nosotros dos está dejándose llevar por el sexo del activista —replicó él—. Y no soy yo.

Como se ruborizase más, se le iba a desprender la piel de los huesos. Debía de llevarlo escrito en todo el cuerpo: los besos de Colin en la garganta, las huellas de sus manos en toda la piel y, sobre todo, la culpa que ella sentía, la vergüenza.

—No cambies de tema. Estamos hablando de que te has aprovechado de mi amiga...

—Oh, no, Sarah-belle, se trata de mucho más que eso —la atajó él, apartándose de la puerta. Luego se le acercó aún más, lo bastante como para que ella pudiera ver la intensa amargura que bullía en sus ojos color chocolate—. Se trata de enrollarse con alguien a quien apenas conoces, en un momento en que te sentías sola y vulnerable...

—Exacto. Y sabes perfectamente que no debías hacerle algo así a Kate.

—Y soñar con la experiencia hasta convertirla en una maldita ópera de amor, magnificándola con cada año que pasaba, hasta quedar sepultada bajo su peso. Estás tan ciega con tu fantasía que ni siquiera ves lo que tienes delante de los ojos...

—Te equivocas, Sam.

—Deberías haberlo puesto en una vitrina. Deberías haberle colocado la etiqueta de lo que realmente fue: una fantástica aventura en otro continente. Pero no, tú no podías hacer eso, tú, la hija de un ministro de la Iglesia sólo tenías un corazón, uno enorme, y cometiste el tremendo error de entregárselo a un hombre que se aprovechó de ti cuando te sentías sola y vulnerable...

«¡Basta!»

Sarah agitó la carpeta sujetapapeles que llevaba en la mano como si quisiera golpear las palabras que flotaban en el aire. Se le escapó el bolígrafo que iba encajado en ella, chocó contra la pared y salió rodando por el pasillo. Menos mal que la neblina roja de la furia le nubló la vista, porque no quería mirar a Sam y ver la determinación que brillaba en sus ojos. Aquel hombre la desconcentraba. Era el mismo Sam que una vez, debajo de una acacia a orillas del lago Tanganyika, le tomó el rostro entre las manos y la besó hasta quitarle el sentido.

Sarah se llevó la carpeta al pecho, protegiéndose el corazón con ella.

—¿Qué se puede esperar de alguien como tú? —dijo entonces, odiándose por lo ronca que le sonó la voz.

Las fosas nasales de Sam se expandieron.

—Algún día me perdonarás por lo de aquellos malditos rifles.

—Cuesta mucho perdonar algo así, cuando un paciente se te está desangrando a causa de un disparo...

—Tenía dos alternativas —la atajó él—: pasar las armas, que tú consiguieras tu equipo médico y a mí me dejaran vivir, o pasar las armas, que vendieran tu equipo médico en el mercado negro y a mí me mataran y me tiraran en una cuneta. Dime, ¿cuál te parece mejor opción, moralmente hablando?

Sarah cerró los ojos. No quería oírlo. No quería discutir aquel asunto. El mundo en el que vivía estaba lleno de ingratos compromisos morales. ¿Quieres que te lleven los sacos de harina desde el puerto hasta el interior del país? Pues sobornas al tipo del puerto, al conductor, a los centinelas apostados cada kilómetro y medio en un puesto de control, sin olvidar al comité de bienvenida de rebeldes armados que te espera al final, y que se quedarán con toda la comida para sus propios soldados. Un mundo duro que iba minando poco a poco sus esperanzas y sus expectativas. Un mundo duro que engendraba compromisos imposibles.

—Y ya que hablamos de compromisos morales —continuó Sam, inclinándose sobre ella—, dime una cosa, Sarah-belle. ¿Qué es peor, que yo bese a una mujer casada o que tú te tires a un hombre comprometido con otra?

Horas más tarde, Sarah encontró a Kate sentada en cuclillas detrás de la clínica, con la cabeza entre las rodillas. Cuando la miró, vio que su rostro era el vivo retrato de la desolación.

Sarah sintió una descarga de culpa que le supo a amarga medicina. No se había mostrado demasiado compasiva esa tarde. Después de dejar plantado a Sam, no había hecho ningún esfuerzo por encontrar a su amiga. En vez de eso, había retomado su trabajo, concentrándose en los problemas mucho más graves de todos aquellos pacientes. Ahora se acercó a Kate y se apoyó contra la pared.

El yeso de la pared exudaba calor. Sarah lo sintió a través de la blusa.

—¿Llevas aquí todo el día?

—Prácticamente.

Sarah hizo un gesto hacia el límite que las separaba de la selva, a apenas treinta metros de distancia.

—¿Has visto algún tigre?

—Un par de monos. —Kate se pasó las manos por el pelo enredado—. Ésa es toda la fauna salvaje que he visto: un par de monos y una tremenda gilipollas.

Sarah se dejó resbalar por la pared hasta el suelo. La áspera superficie enyesada se le enganchó en la camisa. Luego, se metió la mano en el bolsillo de la falda, sacó un mechero y un cigarrillo liado a mano, con ambos extremos anudados con un vistoso cordel. Chupó la punta y a continuación se lo puso entre los labios y encendió el mechero.

Kate la miró enarcando una ceja.

—Un día duro, ¿eh? —preguntó.

—En realidad, no —contestó Sarah, exhalando una nube de humo de aroma dulzón—. No más que la mayoría.

—Te estás fumando un porro.

—Es un *beedi*. El tabaco de los pobres. —El olor a clavo la envolvía—. Les ponen especias para tapar el sabor del tabaco de mala calidad. Los pacientes me los ofrecen todo el tiempo y es de mala educación rechazarlos. ¿Quieres uno?

—¿Me ayudará a olvidarme de este día?

—No, pero mantendrá alejadas a las moscas.

Kate tendió la mano.

—Me vale.

Fumaron en silencio, disfrutando del aroma de aquellos cigarrillos de clavo. Sarah dibujó un anillo de humo en el aire y se quedó mirando cómo se agrandaba y elevaba.

—Así que Kate Jansen siente algo por Samuel Roger Tremayne —dijo, sintiéndose rastrera y mala amiga, pero incapaz de contenerse, a medida que el suave narcótico se extendía por sus venas.

—Oh, no, no, no. —Kate se tapó la cara con las manos y, con la misma rapidez, las apartó—. Soy boba. Sam sólo ha evitado que me cayera.

—Ya —contestó Sarah, mirándola entre el humo de una nueva calada—. Con sus propios labios.

—¿Labios? ¡No! No nos hemos besado. ¡Sarah! ¡No nos hemos besado! Sólo me estaba sujetando. Un gesto sin importancia, de verdad.

El alivio era algo muy traicionero.

—Mira, soy un desastre. —Kate se cogió dos puñados de pelo entre los puños apretados—. He salido corriendo, he abandonado a mi marido y a mis hijos. Soy la criatura más despreciable del mundo. Soy la peor madre.

—Eso es un poco duro.

—Tengo que volver. Tengo que arreglar las cosas.

—Kate, estoy segura de que habrán sabido adaptarse.

—No lo entiendes. —Se cruzó de brazos, se cogió los hombros y se los apretó—. Todo el mundo cree que me paso el día viendo culebrones y preparando comidas exquisitas, cuando lo que normalmente hago es escurrir la pasta y echarle salsa de bote, o correr de un lado a otro de la ciudad comprando cartulina y tacos para las botas de fútbol de Tess, o poner parches a los desconchones o cuidar de alguno de los niños que ha cogido fiebre mientras organizo por teléfono una colecta para el colegio. Siempre estoy al borde de un ataque de nervios. Vine aquí creyendo que podría revitalizar mi matrimonio y lo que he hecho ha sido echárselo todo encima a Paul.

—Por fin vas aterrizando.

—En cuanto lleguemos al hotel voy a cambiar el billete. Quiero irme mañana mismo por la mañana.

—La verdad es que creía que te derrumbarías mucho antes —dijo Sarah, haciendo girar el *beedi* entre los dedos.

—¿De qué estás hablando?

—Después de los exámenes finales del primer año de universidad, alquilaste aquella casa en la playa con la tarjeta de crédito de tu padre. Invitaste a media residencia e introdujiste lo de tirarse de cabeza sobre una multitud, como en los conciertos, en el bar del pueblo. —Sarah se colocó el pelo de modo que le cayera por encima de un hombro—. Estuviste de fiesta continua durante cuatro días, dos de ellos con el tobillo torcido.

—Sólo me estaba desahogando un poco. Tuve los finales y el examen de admisión para graduados en administración de empresas casi en la misma semana.

—El último año de carrera se te fue la pinza por completo. ¿Te acuerdas de cuando escalaste aquella pared sin camiseta y aquellos dos guardas forestales...?

—Fue un semestre muy duro.

—Kate, no sé mucho sobre tu vida hogareña, pero algo me dice que esta crisis era inevitable. Y desde hacía tiempo.

Kate frunció el cejo. Tiró de un hilo suelto del bajo de su vestido punjabí, a esas alturas arrugado y manchado de sudor.

Sarah le dio un puñetazo juguetón.

—Por si te sirve de algo, cuando pierdes la cabeza eres divertidísima.

Ella se rió de una manera que parecía casi un sollozo. Luego dejó caer la cabeza en el hombro de Sarah. El sol empezó a ocultarse, suavizando algo el calor sofocante del día. Las copas de los árboles se mecían con la brisa, creando juegos de colores con la luz. En el aire flotaba la amenaza de una tormenta, tardía para la estación.

—¿Cómo lo haces, Sarah? —preguntó en voz baja—. ¿Cómo puedes estar siempre tan calmada, tan serena, haciendo... esto?

Sarah desvió la mirada rápidamente y evitó tener que responder llenándose los pulmones de humo. Tras la conversación con Sam, aquello era lo último de lo que quería hablar. En esos momentos no se sentía en absoluto como la cooperante estoica, abnegada y moralmente incólume de siempre.

Exhaló una fragante bocanada de humo.

—Me pagan.

—En cigarrillos —masculló Kate, alargando la mano para cogerlo—. Asquerosos, por cierto.

—Te he hablado de esto muchas veces.

—No, no lo haces. Sólo pides dinero.

—Para alimentos, para material médico, para sobornos. Si te hablara de esto —dijo, describiendo un amplio círculo en el aire con el brazo—, le quitaría a todo el mundo las ganas de tomar Pinot Grigio y dátiles envueltos en beicon.

—Vaya.

—Mira —Sarah se frotó los ojos con el dorso de la mano. Le dolía la espalda. Ni siquiera sentada y apoyada en la pared se le pasaba—, tú y yo vemos el mundo de formas muy diferentes.

Kate soltó una amarga carcajada.

—No creo que por muchas gafas de cristal rosa que llevaras pudieras colorear esto.

—No es a eso a lo que me refiero. —Sarah recuperó el cigarrillo e hizo rodar el extremo húmedo entre los dedos—. ¿Te acuerdas de aquel Día de Acción de Gracias que me quedé en tu casa con Paul y contigo?

—Cómo no. Tus padres se habían ido a las misiones.

—Tess era pequeña y creo que estabas embarazada otra vez. —Sarah se enganchó la falda entre las rodillas y se dejó caer hasta sentarse del todo en el suelo—. Habías preparado aquel centro de mesa tan precioso. Pusiste en una fuente espigas de trigo y plantas de hoja perenne que habías cortado del jardín de un vecino, y encima de las plantas colocaste adornos azules y plateados.

—Para que hicieran juego con las fundas de las sillas. Lo vi en *Family Circle.*

—No dejé de mirar aquella cosa en todo el fin de semana. —Sarah dio la última calada al cigarrillo y aplastó la colilla al tiempo que exhalaba una bocanada de humo—. No dejaba de pensar cuánto tiempo habrías tardado en hacerlo y de dónde demonios habrías sacado las espigas. Y también por qué te esforzabas tanto en hacer que tu casa pareciera de portada de revista.

Kate se encogió de hombros, perpleja.

—¿Sabes lo que me dijo Jo una vez? —prosiguió Sarah—. Me confesó que su trabajo consiste en dar forma a ideales imposibles. Crear una imagen tan poderosa que incluso las personas buenas, honradas y esforzadas, personas como tú, Kate, harían lo que fuera con tal de alcanzar esas inalcanzables expectativas.

Kate se quedó callada, con los labios entreabiertos y la mirada perdida en un punto al fondo de la selva.

—A eso me refería al decir que tú y yo vemos el mundo de maneras distintas. —Sarah dio unas palmaditas en la pared por encima de su cabeza—. Esta clínica, este lugar, por ejemplo. Imagina lo loca que estaría si creyera que todos los problemas tienen solución.

En su mente apareció la imagen de aquella niñita de las trenzas torcidas, de su cuerpo ensangrentado tendido en un jergón de la clínica.

—Pero esto es diferente —murmuró Kate—. Yo sólo quiero lo mejor para Paul, para los niños...

—¿Qué es lo que tú crees que es mejor? ¿O lo que la profesora de Michael cree que es mejor, hacer esa ridícula cabaña de madera? ¿O lo que esas revistas creen que es lo mejor? —Le dio un cariñoso empujoncito con el hombro—. Tienes que confiar más en tu instinto o te vas a volver loca. Estás persiguiendo arco iris.

—Jesús, Sarah. ¿De dónde demonios ha salido todo eso?

El recuerdo la golpeó como si le hubieran dado un puñetazo. Vio a Rachel despatarrada junto a una sucia pared en Burundi, haciendo anillos de humo bajo la luz azulada de la luna.

—Siempre estás colaborando en proyectos por todo el mundo, Sarah, pero en lo que se refiere al amor, es una pérdida de tiempo perseguir arco iris —dijo.

—Rachel, cuando te pases tres horas sacando metralla de la pierna de un niño de ocho años, hablaremos, ¿quieres? Hasta entonces, deja que me quede con mi bonito arco iris.

—Pequeña, con los arco iris pasa una cosa. Son perfectos desde lejos, pero cuando te acercas, desaparecen.

—Lo dijo Rachel. —Sarah desvió la vista y miró a los pacientes que se arremolinaban junto al camino, y lentamente comprendió la imposibilidad de sus propias expectativas respecto a un hombre en particular—. Tenía mucho que decir sobre arco iris cuando estuvo conmigo en Burundi.

—Sarah-belle. —Kate le rodeó el brazo con las manos y apretó la mejilla contra su hombro—. Por si te sirve de algo, creo que es posible que seas la mujer más increíble que conozco.

Kate y Sarah permanecieron allí, sentadas, un rato más, hasta que la puerta trasera de la clínica chirrió al abrirse.

Colin asomó la cabeza por el hueco.

—Ah, aquí estáis. Os estaba buscando. Estamos terminando. —Miró hacia los árboles con los ojos entornados—. Tenemos que recoger ya. Si no nos ponemos en camino en seguida, no llegaremos a Bangalore al anochecer.

Sarah apartó con suavidad a Kate de su hombro y preguntó:

—¿Ya has terminado de operar a ese último niño?

—Ahora lo están cosiendo. —La camisa de Colin, que había llegado limpia y recién planchada, colgaba como un pingajo de sus anchos hombros. Tenía el cuello manchado de sudor. Se acercó a ellas desenrollándose las mangas y abrochándose los recios puños—. Un caso tremendamente complicado. Hemos tenido que equilibrar la fuerza muscular del labio y la nariz sin desplazar el tabique nasal. Dentro de unos años tendrán que hacerle una rinoplastia, pero por lo menos no se le meterá la leche en los pulmones. —Negó con la cabeza—. No se ven muchos casos como éste en Los Ángeles. ¿Sabes, Sarah? Nunca he comprendido por qué no estudiaste medicina.

—No era su vocación —contestó Kate, poniéndose en pie—. Voy a ayudar a Sam a guardar las cosas. —Se sacudió el vestido arrugado y miró a su amiga de un modo muy significativo, como diciendo «Os dejo solos».

Aunque no serviría de nada, pensó Sarah. Con el pelo revuelto, la frente perlada de sudor y el rostro resplandeciente de excitación, Colin se parecía más que nunca al joven del que se enamoró en Paraguay. Pero aun cuando notó el vuelco del corazón que tan bien conocía, y que tanto dolía, se dijo que tenía que parar. Colin adoptó la expresión profesional que había tenido todo el día, una expresión que a Sarah le daba miedo. A pesar de su tono vibrante y afable, y de una fluida e inofensiva conversación, sus ojos la advertían de que mantuviera las distancias.

Colin señaló en la dirección por la que había regresado Kate.

—¿Está bien? Se la ve hecha polvo.

—Es complicado. Tiene que ver con otra de las cartas de Rachel.

—Ah.

El muro protector se levantó. En el tema de las cartas de Rachel abundaban las corrientes traicioneras —corrientes que los involucraban a él y a ella, y aquella relación extraña y tensa— y, como siempre, Colin eludía con gran destreza adentrarse en aquellas aguas.

Sarah en cambio se zambulló de cabeza.

—Kate va a cambiar el vuelo cuando lleguemos al hotel. Quiere irse lo antes posible. Si es mañana por la mañana, mejor. —Se le hizo un nudo en la garganta, pero consiguió decir lo que quería decir antes de que él se lo impidiera—: Colin, voy a irme con ella.

Alzó el mentón y lo miró. Trató de controlar su pulso y el ritmo de la respiración. Tenía que irse. No podían seguir así. Ella no podía seguir así.

Físicamente lo deseaba. Incluso en aquel momento, no podía evitar fijarse en cómo la luz jugaba con su piel y ocultaba entre sombras el valle que formaba su fuerte clavícula. La misma clavícula que ella había mordido la noche anterior, justo antes de que él la agarrara por las caderas para impedirle hacer lo que los dos deseaban.

Pero emocionalmente se encontraban a varios continentes de distancia.

Colin retrocedió unos pasos y se metió las manos en los bolsillos. Entonces se volvió, en apariencia concentrado en el dosel de vegetación que se agitaba con la brisa sobre sus cabezas.

Sarah no había esperado que protestara. Como tampoco que le suplicara que se quedara. Pero la decepción se apoderó de ella a medida que el silencio se prolongaba. Se balanceó suavemente en el sitio. Desde que recibió la carta de Rachel, había sabido que aquel momento llegaría. Había imaginado una docena de escenarios diferentes. Pero ni toda la imaginación del mundo podría haberla preparado para el súbito desequilibrio y la profunda sensación de vértigo que se adueñó de ella.

—Bueno, Sarah —dijo Colin, sin el tono afable de antes—. Estos días no me he comportado precisamente como un superhéroe.

—Hoy lo has sido, para ese niño cuya cara has reconstruido. —Atribuyó el tono ronco de su voz al efecto del cigarrillo de clavo que aún persistía en su boca—. Y también para esos estudiantes de medicina que ni respiraban mientras les dabas clase. Sigues siendo el mejor cirujano que he visto en mi vida.

Aquello no era totalmente cierto. El doctor Mwami era capaz de hacer milagros a la luz de una linterna y con sonido de disparos a lo lejos. Pero no era lo mismo. En algún momento durante los años transcurridos, Colin había logrado una depuración en su forma de operar que era casi como si hiciera magia.

—No me refiero al trabajo —dijo él, y cruzándose de brazos

miró a su alrededor. Contempló el camino de tierra, las toscas paredes de yeso de la clínica, la selva que se mecía con la brisa, todo menos a ella, de pie, sin moverse—. Quería manejar esta situación mejor de lo que lo he estado haciendo. Todas las mañanas me decía que tenía que ser sincero contigo. Pero entonces ibas tú y me mirabas con esa maravillosa expresión. Me sedujiste con esa mirada, Sarah. Cuando estábamos en Paraguay. Y aquí. —Se encogió de hombros y se metió otra vez las manos en los bolsillos—. ¿Qué puedo decir? Me dejé seducir por mi exótica y adorable enfermera.

«¿Exótica?» Con su piel clara y llena de pecas, y el pelo color ratón, en su opinión era bastante corriente. Desde luego, no se consideraba nada seductora. Fuera de Estados Unidos, siempre le había parecido que era como un helado de vainilla a secas, en comparación con el de chocolate con avellanas, o el de vainilla y chocolate, o el de vainilla con pacanas o el de chocolate, café y almendras.

O el de chocolate negro de sabor intenso.

—Dime, mi querida hija de pastor criada en Vermont —dijo Colin, trazando dibujos en la tierra con el pie—, ¿qué clase de pecado es querer ser la clase de hombre que tú crees que soy?

Ella negó con la cabeza, sin comprender.

—¿Es vanidad u orgullo?

—No es un pecado querer ser un buen hombre.

—Ésa es la verdadera razón por la que no regresé a Paraguay. Tomé decisiones que no habrías aprobado. Si hubiera vuelto, te habría desilusionado por completo. Es muy difícil llevar siempre la capa encima, Sarah-belle. Pesa una tonelada. En vez de destruir lo que tuvimos, me resultó más fácil ahuyentar tu recuerdo.

«Y colocarlo en una vitrina —pensó ella, estremeciéndose de

dolor—. Con el cartel de: «“Apasionada aventura en la selva de América del Sur”».

—Y ahora, precisamente ahora, cuando estoy al otro lado del mundo, cuando estoy empezando una aventura empresarial en Estados Unidos y mi vida entera está en un cambio constante...

«Y —añadió Sarah en silencio—, estás a punto de casarte con otra mujer, llamada Victoria Lee, la niña bonita de la alta sociedad del sur de California.»

—Vas y apareces de la nada para recordarme que una vez tuve otra vida y fui un hombre mejor.

—Eres demasiado duro contigo mismo. —Era cierto. Colin seguía haciendo magia en la mesa de operaciones. Seguía dedicando su tiempo a la cooperación internacional. Seguía enfadándose por pequeñeces, como que el equipo estuviera estropeado, los coches desvencijados y que la gente incumpliera los horarios. contando las pasadas cuando se cepillaba los dientes. Y tenía la horrible costumbre de ignorar, y evitar al máximo, las situaciones emocionalmente incómodas. Sarah no lo respetaba menos por tener aquellos fallos humanos—. La verdad, Colin, es que no has cambiado ni un ápice desde que estuviste en Paraguay.

—Ya lo creo que he cambiado —respondió él, esbozando una extraña sonrisa—. Los superhéroes no mienten, Sarah. Y te aseguro que no engañan a su futura esposa.

Ahí estaba, el tema al descubierto. El compromiso anunciado con todo detalle en *Los Angeles Times.* Su prometida y él tenían la lista de bodas en Tiffany’s. Cuando se enteró, Sarah estuvo tentada de enviarle como despedida una salsera de porcelana, pero costaba más de cuatro meses de arroz para el campamento.

«¿Qué es peor, que yo bese a una mujer casada o que tú te tires a un hombre comprometido con otra?»

Sarah se sacudió el polvo de la falda.

—Me tengo que ir. —Para siempre. Regresar a Estados Unidos y buscar la manera de perdonarse por haber tentado a un hombre prometido a otra mujer—. Tal vez, Sam me necesite para ayudarlo a empaquetar el equipo...

—No te vayas.

De pronto estaba delante de ella. Alargó el brazo y ahuecó la mano contra su cabello enredado.

—Colin, no.

Sarah le ciñó la muñeca con los dedos. Era una muñeca fuerte, la mano de un cirujano experto. Tocarlo hizo que se sintiera avergonzada de sí misma y extrañamente decepcionada con él. No quería que la besara. No en aquel momento. Ni nunca. Algo había cambiado en su corazón, algo fundamental. El cambio estaba demasiado reciente como para soportar un escrutinio demasiado estricto. Jo lo entendería si estuviera allí. Ella sabría manejar la situación. En su lugar, Jo le diría adiós, lo rechazaría y daría media vuelta, dejando las cadenas aterciopeladas del compromiso tras de sí.

Lo único que se le daba bien a Sarah era ser honrada.

—Estuvo mal por mi parte perseguirte de esa forma, sabiendo que tu corazón pertenecía a otra mujer.

—Tú querías encontrarme —dijo él, tirándole suavemente del pelo—. Sé que querías.

—Si Rachel no me hubiera mandado esa carta desde su lecho de muerte, yo también habría guardado tu recuerdo en una vitrina.

Reluciente. Perfecto. Ajeno a la desaprobación para siempre. Le habría resultado mucho menos doloroso.

—Puede ser —contestó Colin, descendiendo con los ojos por su garganta—. Pero en tu corazón sabes que querías encontrarme.

—Y me alegra haberlo hecho. —Era un tópico, pero lo dejó estar. No sabía cómo se sentía en ese preciso instante, frente a un Colin más intenso de lo que se había mostrado en toda la semana, más abierto y más íntimo de lo que a ella le gustaría—. Pero es hora de que me vaya. Lo que realmente quiero, lo único que debería haber esperado de ti para empezar, es una despedida como Dios manda.

Los discos ambarinos que rodeaban sus pupilas se contrajeron.

—No lo dices en serio. Hicimos el amor.

—Sí —contestó ella, odiando que se le quebrara la voz al decirlo—. Lo hicimos y fue muy dulce, pero estuvo mal.

—No. No. —Colin negó con la cabeza, para acentuar sus palabras—. No estuvo mal.

—Colin...

—No estoy preparado, Sarah Pollard. —Se le acercó aún más—. Llámame tonto, pero no estoy preparado para dejarte ir.

13

—¡Kate! —Jo se levantó del sofá como pudo sin que se le cayera el teléfono de las manos y tapó con una manta de cachemir a Grace, embelesada delante de la película de *Cenicienta*—. Cariño, ¿ya has vuelto?

—Ojalá. —La conexión era muy deficiente—. Te llamo desde Bangalore. A seis trillones de pavos el minuto.

—No cuelgues. Yo me haré cargo de los gastos, pero ¡no cuelgues!

—Colgar es la especialidad de Paul. Me lo ha hecho dos veces hoy. Esperaba que tú pudieras decirme si mis hijos continúan vivos.

—La última vez que llamé a tu casa estaban todos bien. —Jo se acercó a toda prisa a la montaña de papeles desperdigados sobre la mesa y buscó un cuaderno de notas en particular—. Dime, ¿te estás poniendo ciega de beber y de practicar la danza del vientre de hotel en hotel?

—Jo, que esto es la India, no una película de Bollywood. Y, por cierto, no he visto a ninguna de esas estrellas de pelo divino y nombres impronunciables. —Hizo una pausa—. Pero hay un inglés negro. Un amigo de Sarah.

Jo dio un respingo y se acordó de pronto de las absurdas sospechas de Paul.

—Kate, sabes que estoy totalmente a favor del amor sin complicaciones, pero tú estás casada y bien casada.

—Lo sé. Sí. Todavía estoy casada.

Jo guardó silencio un momento al percibir el miedo en la voz de su amiga. La última vez que había hablado con Paul para preguntarle precisamente por macarrones con queso, había percibido un trasfondo de rabia incesante que la había llevado a no tratar de seguir convenciéndolo de que Kate no había perdido la cabeza.

—Cariño, si todavía llevas el anillo es que lo estás. —Jo no podía imaginárselos de otra manera—. Y dime, ¿te lo ha contado Sarah?

—Sí, me ha dicho que tienes a Grace.

—La sorpresa de la puerta número tres. —Jo miró hacia el salón. Lo único que veía era el pelo revuelto de la pequeña sobre el brazo del sofá. En aquel momento, los ratones trataban de subir la llave por la escalera para rescatar a Cenicienta y que pudiera asistir al baile. No le extrañaba que las madres tuvieran puesta la tele todo el día. Les proporcionaba un momento de paz—. Rachel y su retorcido sentido del humor.

—¿Algún hueso roto hasta el momento?

—Cinco puntos.

—¿Ella o tú?

—Ella. Se levantó sonámbula y se cayó por la escalera de mi casa. La psiquiatra dice que es normal en pleno duelo.

A través de la conexión satélite, Jo oyó un inquietante bufido. Quizá era por la mala conexión.

—¿Kate? ¿Sigues ahí?

—Lo primero es lo primero —dijo ésta—. Por amor de Dios, sácala de las garras de esa psiquiatra.

—Yo...

—Mira, está claro que hay niños que lo necesitan. Y puede que Grace sea uno de ellos, pero ahora mismo creo que puedes hacer muchas otras cosas antes de meter en medio a una tercera persona con su terapia y sus drogas.

Jo tuvo una extraña sensación de alivio. Igual había hecho algo bien y todo.

—Me negué a darle las pastillas que le recetó. Pero sigue levantándose por las noches. He puesto verjas protectoras por todas partes. De esas que se ponen para los bebés, ya sabes. La casa parece una perrera.

—Puede que haya sido un exceso, pero mejor pecar por exceso que por defecto. ¿Para eso me llamabas?

—No. Bueno... sí. —Jo miró los papeles desperdigados encima de la mesa, llenos de anotaciones en azul. Números de teléfono de todo tipo de servicios: niñeras, lavandería, profesores particulares, colegios, pediatras. También tenía libros sobre cómo criar a un niño de siete años, y abiertas todas las webs sobre maternidad que había encontrado en la red. Pero ni una sola la había ayudado a descifrar el rompecabezas de las tallas de ropa—. Te he llamado porque... —Se preparó mentalmente para la respuesta—. Te he llamado porque me vendría bien tu ayuda.

Jo contuvo el aliento. No culparía a Kate si se negaba. La verdad era que lo esperaba. Le estaba dando la oportunidad de oro para vengarse por tantos años de comentarios insolentes. Recordaba cada uno de ellos: «Cariño, ¿te acuerdas de las reglas? Nada de hablar de maridos e hijos cuando estamos tomando un vino. Dime, Kate, ¿es que Paul no es capaz de llevar a su hija al fútbol? Tesoro, si tú quieres sacrificarte en aras de la maternidad, me parece muy bien, pero yo me voy a pedir unos entremeses ahora mismo».

Pero Kate era la única madre ama de casa que conocía. En el trabajo había mujeres que tenían hijos, pero Jo las evitaba, porque siempre andaban agotadas emocionalmente, superadas por las circunstancias. Igual que su propia madre. Ella era aún adolescente cuando tuvo el accidente.

A pesar de la mala conexión, oyó un sonido amortiguado. Y otro.

—Suéltalo ya, Kate, vamos. Es ridículo, lo sé. Yo soy ridícula. Tendrías que haber visto qué mujeres tan raras se han presentado para el trabajo de niñera. Una de ella entró descalza...

—Jo...

—Y eso sin hablar de lo del pelo. ¡Madre mía! Creía que Grace se lo cepillaba ella sola y resulta que no. ¡Llevaba cinco días sin peinarse! Al final me di por vencida y fuimos a esa peluquería, Bangz, sí, la que está en el Soho. Pagué para que le cepillaran el pelo sin que gritara como una histérica. Cualquiera diría que la estaba matando. Hablé con Mario, que sabe de niños tanto como yo y agárrate: me dieron trescientos dólares para que me la llevara. —Seguía oyendo una especie de hipidos extraños al otro lado de la línea—. Supongo que Rachel estaría tomando setas alucinógenas en la cumbre de alguna montaña nevada cuando tomó la decisión. Probablemente pensó que sería una broma divertida, pero yo te digo que, en lo que se refiere a niños, creo que uno debe pensarlo mucho antes de hacer nada, y ella va y decide que sea yo. Si consigo sobrevivir una semana más sin destruir a esa niña por completo, te juro que te voy a besar el culo.

—Bienvenida a mi mundo.

El tono estrangulado de Kate hizo que Jo se detuviera. Por encima de las voces de la televisión y del ruido de la conexión telefónica, prestó atención a los sonidos amortiguados y rítmicos que le llegaban.

—Joder, Kate. Estás llorando.

—No estoy llorando. —Kate se sonó la nariz—. Bueno, sí.

—Cariño, ¿estás borracha?

—Ojalá. Bajaría al bar del hotel y me tomaría una copa ahora mismo si no tuviera este aspecto. Estoy hecha polvo. Pero no lloro de pena, lloro de alegría. Alguien me necesita de verdad.

—¿Qué han hecho contigo en ese sitio, nena?

—Ya te lo contaré. Es una historia muy larga. Hablemos de Grace primero —contestó ella, carraspeando a continuación. Jo se la imaginó sentándose en la cama del hotel, con su camiseta dada de sí y las gafas de leer que no le gustaba admitir que llevaba, para ponerse manos a la obra—. ¿Qué necesitas?

Jo no dejó de tomar notas durante media hora. Hizo listas de medicamentos que debía tener a mano en todo momento: ungüento con cortisona, pomada antibiótica para los cortes, tiritas de todos los tamaños, termómetro, ibuprofeno y paracetamol en gotas, jarabe para la tos, antihistamínicos y loción para las picaduras de mosquitos. Kate le preguntó si Grace tomaba las medicinas por vía oral, y al ver que Jo dudaba, la horrorizó recordándole que también podía utilizar supositorios.

La ristra de consejos continuó inexorable. Si Grace no quería bañarse, le aconsejó que le prometiera un baño de burbujas o que le dejara ponerse el bañador, y, si no tenía, que se metiera en braguitas. Lo que quería decir era que tampoco era muy grave que hubiera una prenda mojada más para lavar. Como la bañera de Jo no tenía ducha, Kate le sugirió que comprara una manguera especial adaptable a todos los grifos, con una alcachofa en forma de patito de goma. Le sería muy útil cuando tuviera que lavarle la cabeza. Le aconsejó también que aprovechara para peinarla mientras veía la tele o desayunaba o hacía cualquier otra cosa que la mantuviera distraída. Tenía que usar un peine de púas grandes y separadas y no estaría de más hacerle trenzas, para que no se le enredara tanto, pero aun así, había que peinarla a diario.

Cuando Jo le contó lo de los macarrones de Benito, Kate se partía de risa.

—Ay, Jo, ¿cómo se te ocurre darle macarrones con queso cocinados por un chef?

—Cariño, le habría dado trufas con mis propias manos si hubiera sabido que se las comería.

—Compra los que vienen en caja. Tienen personajes de dibujos animados y dentro llevan unos polvos color naranja. A los niños les encantan.

Kate le confirmó que los niños comían las cosas más asquerosas. Le sugirió que cortara una manzana en láminas y las mojara en mantequilla de cacahuete. «¿Para comer?» «¿Y por qué no? Fruta y proteínas.» Después le dio un par de trucos más: «Di que el brécol son "árboles" y que la coliflor son "árboles nevados". Juega a "disparar guisantes y cazarlos con la boca" a la hora de la cena. Haz caras con mortadela. Evita las salsas raras. Las cosas, cuanto más sencillas, mejor».

A Jo le dolía la mano de tanto escribir. La sacudió un momento para relajarla, pero Kate seguía hablando.

Lo de las tallas de la ropa era una tontería. Una niña de once años se puede poner una talla ocho si está delgada. Tenía que fijarse más en el peso que en la edad. Mejor no concentrarse en vaqueros, zapatos elegantes y mallas. Había niñas a las que no les gustaban. Le sugirió pantalones de chándal, camisetas sencillas de algodón, cosas resistentes que se lavaban bien. También le dijo que le comprara las zapatillas de deporte y los zapatos media talla más grande. Los niños crecían a estirones y nunca se sabía cuándo podían dar uno.

—¿Sabes? —dijo Kate, finalmente—, llevamos hablando casi una hora. Haces que me sienta como un genio.

—Cuidar de esta niña es peor que cebar a un cochinillo para una feria.

—Pobrecilla. No se parece en absoluto.

—Que Dios se apiade de mí.

—No me digas que estás bebiendo vino.

—Agua Perrier. —Jo miró la botella que tenía en el mueble bar de cristal—. Aunque Jack Daniel's me está haciendo guiños.

—Aguanta. Tienes que estar ojo avizor.

La línea se entrecortó momentáneamente y de nuevo se hizo el silencio. Jo sabía que Kate seguía allí. La oía respirar. La oía a través de miles de kilómetros, y deseó con toda el alma tenerla sentada a su lado.

—¿Sabes lo que de verdad me cabrea de todo esto, Kate? En mi mundo real, el laboral, cuando haces algo bien te dan un aumento o incluso te ascienden. Te sientes valorada. Y cuando lo haces mal, bueno, cuando lo haces mal te encuentras de patitas en la calle, aunque con motivación para hacerlo mejor la próxima vez. Pero ¿lo de hacer de mamá? La gente me fulmina con la mirada cuando Gracie se pone a llorar. Gente que no me conoce de nada me mira con desprecio cuando juega entre los pasillos del supermercado.

—Te escucho.

—Lo que quiero decir es ¿dónde está la gratificación para las madres? Estoy segura de que, cuando se case, Tess hará un brindis por Paul y por ti. ¿Y qué es eso, treinta segundos de reconocimiento? ¿Dónde están los límites? Si tu hijo va a Harvard, significa que has hecho lo que se suponía que debías hacer como madre, nada más. Pero si termina fumando porros detrás de una fábrica es que has sido la peor madre del mundo.

No, lo que había en los ojos de Bobbie Jo Marcum no eran lágrimas. Bobbie Jo Marcum era una tía dura, una Señora del Universo, una portentosa creativa, responsable de buena parte de los anuncios que salían en las principales cadenas de televisión. Hacía tiempo que Bobbie Jo Marcum había dejado de ser la jovencita desagradecida que le guardaba rencor a su madre porque trabajaba en dos sitios a la vez y aun así no había podido comprarle aquella preciosa muñeca de porcelana para su cumpleaños.

—No hace falta que te esfuerces en convertir a los que ya lo están.

—Ay, tesoro, yo no juego en la misma liga que tú. —Contempló con mirada borrosa la caja de pañuelos de papel al otro lado de la habitación—. Lo que esta sureña te debe es una disculpa. Y bien grande. Por eso, cuando regreses con tu culo bronceado, pienso servírtela en copa con el borde escarchado de sal y dos guindas en un palillo.

—Jo...

—No, no me facilites la cuestión. He sido una zorra arrogante y cruel que está empezando a comprender por lo que has estado pasando. Y no voy a poder hacer esto sin tu ayuda. Sencillamente.

—No te haces idea de lo bien que me sienta oír eso ahora mismo —dijo Kate con voz entrecortada por las lágrimas.

El móvil de Jo comenzó a sonar.

—¡Demonios, Jo, tú además tienes un trabajo de verdad! ¿Cómo te las apañas para ir a trabajar con todo eso?

—¿Trabajar? ¿Qué es eso? Ah, ¿te refieres al móvil que no deja de sonar cada cinco minutos y a mi equipo gritándome que vamos a perder una cuenta millonaria porque no he pasado por la oficina más que dos veces en los últimos diez días?

—Por tus palabras doy por hecho que no contrataste a la niñera descalza.

—No, pero es posible que tenga a alguien. —Latoya (se lo había puesto su madre antes de que la hermana de los Jackson se volviera una tía rarita), que estudiaba en una de las universidades públicas de la ciudad para sacarse el título de maestra, se había tomado libre el semestre para trabajar y ganar algo de dinero, porque se estaba pagando ella la carrera. A Jo le había gustado la franqueza de la chica, su sensatez. Y, además, poseía esa cualidad que la genética le había negado a Jo: la habilidad de ganarse la confianza de un niño en cuestión de segundos: «Gracie, nena, menudo corte de pelo bonito llevas». La niña le había sonreído de oreja a oreja, y Jo la había contratado sin pensárselo dos veces—. Mañana va a empezar de prueba. Así podré ir a trabajar unas horas.

Aunque tampoco importaba demasiado que fuera o no. La propuesta del cantante keniata también se había estrellado. A esas alturas, la escasez de ideas de su equipo era llamativa. La de utilizar a la Señorita Tabique de Plata como rostro de Mystery que se le había ocurrido a su Némesis era la única un poco sólida, así que seguían con ella. Jo había tenido un momento de inspiración la noche anterior, cuando se despertó en el sofá con el sonido de un canal que ponía música toda la noche. En el vídeo, una arpía de pelo negro azabache se contorsionaba al ritmo de una versión actualizada de sitar con sonido funky. Cuando oyó la misma música en el iPod de Latoya, se dio cuenta de que, por fin, había aparecido la musa de su anuncio: el rostro perfecto de Mystery era una cantante indoamericana con mucho futuro, cuyo primer *single* estaba empezando a oírse en las emisoras de radio. Jo había encontrado el rostro perfecto, pero era demasiado tarde.

Lo que, en su opinión, significaba que no iban a conseguir la cuenta por la que se había estado dejando los cuernos durante seis meses.

—Jo —dijo Kate, malinterpretando su silencio—, Grace sobrevivirá. Los niños son muy fuertes.

—Sí, sí, lo sé. Si no se rompe la cabeza cuando se levante sonámbula esta noche.

—Tú haz lo que te diga tu instinto.

Su instinto era precisamente el problema. Era capaz de oler un buen negocio a cinco mil kilómetros, pero carecía del más mínimo sentimiento maternal.

—Kate, sabes que debería haberte elegido a ti.

—No estoy tan segura. Quizá Rachel podía ver el futuro y vio el desastre que iba a provocar en mi familia.

—Te hacían falta unas vacaciones.

—Las madres no tenemos vacaciones.

—¡No me digas eso! Tengo reserva para ir a Santa Lucía en febrero.

—Yo me quedaré con Grace esa semana. En el miniapartamento que alquile cuando Paul me eche de una patada.

Jo se sujetó el teléfono contra el hombro y dijo en un tono que demostraba su inseguridad:

—¿Has hablado con él últimamente?

—Pronto tendré oportunidad. —Kate sorbió por la nariz—. He cambiado mi vuelo y vuelvo pasado mañana.

—¿A qué hora llegas? —Jo apuntó el número del vuelo y la hora de llegada en el margen. Era varias horas después de la reunión de presentación. Y como les iba a ir fatal, le iría bien salir de la oficina—. ¿Qué te parece si voy a recogerte?

—¿Por qué? ¿Voy a necesitar apoyo moral?

Jo sopesó la posibilidad de decirle una mentira piadosa. No había nada malo en darle unos días más de paz. Al fin y al cabo, si Paul no le devolvía las llamadas, poco podía hacer Kate al otro lado del planeta.

Pero merecía estar sobre aviso.

—Cielo, hoy he hablado con Paul.

—Ay, Dios.

—Agárrate fuerte, Kate, porque cuando el avión aterrice, creo que va a haber fuertes turbulencias.

Nada más colgar, Jo se dio cuenta de que había cometido un error colosal avisando a Kate de lo enfadado que estaba Paul. No debería haberlo hecho. Kate y su marido estaban unidos por unos vínculos muy estrechos, pero ella sabía lo bastante sobre relaciones como para entender que, cuanto más estrechos, más se erosionaban en situaciones de presión.

Ésta era una de sus razones más poderosas para no casarse.

La televisión se llenó de música cuando Cenicienta marchaba hacia la puesta de sol en la carroza de su príncipe. Gracie se removió en el sofá y Jo salió de su estupor. No podía pensar en Kate en ese momento; tenía otros problemas, como meter a la niña en la cama y que se durmiera.

Revisó detenidamente las seis páginas de notas que había tomado. Rutina. Ése era el concepto en que Kate más había insistido. Una rutina sólida y predecible.

—¿Te ha gustado, pequeña? —preguntó, levantándose del taburete.

—Demasiados ratones —contestó Gracie, bostezando—, y poca Cenicienta.

Jo cogió el mando y apagó la tele. Grace se había vuelto a tumbar en el sofá. Uno de sus calcetines había ido a parar debajo de la mesa de centro.

—¿Te apetece un baño de burbujas y un cuento antes de ir a la cama?

—Vale.

Para su sorpresa, la niña subió corriendo la escalera y se quedó como había venido al mundo sin vergüenza alguna, no como el día anterior, mientras se probaba ropa en una tienda. Jo probó el agua y dejó que Grace se sentara en la bañera mientras se llenaba. Mientras tanto, fue recogiendo la ropa que había que llevar al tinte y buscó en el armario un frasco de gel espumoso. Tenía sales de baño, aceite de baño y gel de ducha, así como aceites de masaje y lubricantes arrinconados al fondo del armario, como su vida amorosa. Estaba a punto de renunciar al baño de burbujas cuando, leyendo la descripción del gel, cayó en la cuenta de que también podía utilizarse para un baño de burbujas.

Esperaba que a Gracie le gustara el olor a fruta de la pasión. Vertió un poco en la bañera y fue buscar la Barbie baño en el montón de bolsas. Cuando regresó, la espuma le llegaba a la niña por la barbilla.

—Uf, creo que me he pasado con el gel.

Gracie sonrió.

Sonrió.

Temerosa de poner en peligro aquel inusual acceso de buena disposición, Jo salió del cuarto de baño y dejó a la niña jugando en la bañera. Llamó a Hector y se apostó junto a la puerta, para no perder de vista a Grace. La vio jugar con la espuma fingiendo que era una barba y cubrirse los hombros con ella haciéndose la forma de las mangas de Cenicienta. El agua había salpicado los azulejos y las baldosas del suelo. La dejó jugar en la bañera hasta que se quejó de que el agua estaba fría. Entonces la sacó, le echó agua tibia por encima para aclararle la espuma y la envolvió en una de sus enormes toallas. Grace se estaba vistiendo cuando Jo cayó en la cuenta de que su colección de novela negra de Ruth Rendell, con sus sangrientas cubiertas, no era la lectura más adecuada para una niña de siete años.

Se fijó entonces en el álbum de fotos que estaba criando polvo en la última balda del mueble y se mordió el labio inferior, dudando qué hacer. Quizá fuera una buena idea. Claro que también podía ser absolumente desastroso.

«Haz lo que te diga tu instinto.»

Rogó a Dios que ayudara a aquella pobre niña.

—Oye, Grace, había pensado que podíamos leer un libro antes de dormir —dijo, asomando la cabeza por la puerta mientras la pequeña se peleaba con su camisón nuevo color azul, de un tejido parecido a la seda y que ella misma había elegido.

Se alisó el camisón, sin mirar a Jo a los ojos.

—Mi madre me leía *The Poky Little Puppy.*

—Me temo que aquí no tenemos *The Poky Little Puppy.* En realidad no tenemos ninguno de esos cuentos. A lo mejor estaría bien hacer una visita a la librería para comprar unos cuantos, ¿quieres?

—Vale.

Al parecer, ésa era su palabra favorita.

—Pero tengo algo que podría gustarte. «Respira hondo.» Es sobre tu madre.

Gracie se quedó inmóvil.

—¿De verdad?

—Sí. —Se sacó el álbum de fotos de la espalda—. De cuando tu madre y yo estudiábamos juntas, mucho antes de que tú nacieras. Éramos mucho más jóvenes que ahora. No tan jóvenes como tú, pero sí jóvenes como... como Latoya.

Jo se sentó en el suelo y se apoyó en la cama. Grace se dejó caer a su lado y el álbum crujió al abrirse.

«Érase una vez...»

Una niña llamada Rachel. Fuerte, saludable y llena de vida. Tenía el pelo como el tuyo, Gracie. Castaño, sólo que el suyo era más ondulado cuando le crecía. En la foto está despeinada porque acaba de terminar una regata. Esta de aquí es ella con su equipo después de ganar a las campeonas regionales. Sarah, Kate y yo fuimos con ella en el coche («no tanto para darle apoyo moral como para conocer a los chicos de Dartmouth»). Mira, ésta es Sarah Pollard. No ha cambiado mucho, ¿a que no? «Con esa vida limpia y santa que lleva.» Y ésta es Kate, la señora Jansen. ¿Te acuerdas de ella? Tiene un hijo de tu misma edad. Se llama Michael. ¿Que qué está haciendo tu madre en la foto? Bueno... está bebiendo de la copa de la victoria. Es algo que se hace cuando se gana una competición.

Mira, Grace, aquí otra foto. ¿Te contó tu madre alguna vez que creó un club de escalada? Allí fue donde nos conocimos todas. Cada una se apuntó por diversos motivos. Kate, la señora Jansen, es el típico ratón de biblioteca, y creo que quería conocer la vida activa. Sarah es de Vermont y le gusta mucho hacer cosas al aire libre. Yo creo que se quedó en el grupo por lo bien que nos llevábamos todas. Yo me apunté por tu madre. Mi intención era ir a un encuentro para estudiantes de gestión empresarial y me equivoqué de salón de actos. Rachel me dijo que yo era la clase de persona a la que le vendría bien escalar una montaña de vez en cuando.

«Para tomar perspectiva.»

Un minuto, Gracie. Se me ha metido algo en un ojo.

Mira, aquí estamos todas juntas de nuevo, escalando por una pared en los Shawangunks. Aquí está Kate. ¿A que parece una animadora? Todas nos reíamos de ella porque se le clavaba el arnés en el culo. Tiene las manos blancas de polvo de magnesio, para agarrarse mejor. Si te fijas bien, verás a Sarah en la cumbre, quemada por el sol, y el cielo rosa detrás de ella. Mira esta otra, Grace. Aquí está tu madre, abrazándonos a todas. Aquella noche, preparamos judías pintas en una hoguera y se quemaron tanto que tuvimos que rascar la olla con las navajas.

Mira todas estas montañas. Hay páginas y páginas. «Muchas oportunidades de ver las cosas con perspectiva.» Se nos daba tan mal hacer fotos que no sabría decir quién es quién. No somos más que cuatro siluetas recortadas contra el sol al amanecer. Mira, aquí está tu madre. ¿Sabes qué está haciendo? Va a los arbustos cercanos con un rollo de papel higiénico. Cuando vas de acampada, ¡tienes que hacer tus necesidades al aire libre! No hagas caso de las demás páginas. Nos fuimos poniendo tontas a medida que pasaba la noche. Por eso hay tantas fotos de dedos y cabezas cortadas.

Excepto ésta. Dios mío, qué sonrisa tenía tu madre.

Gracie pasó el dedo por aquel primer plano. Rachel siempre fue un espíritu fuerte, una presencia que se hacía notar, y allí estaba, estampada sobre el papel fotográfico, tan llena de vida como siempre. ¿Cómo podía haber muerto? Jo seguía sin creerlo; una parte de ella esperaba que Rachel la llamara de un momento a otro desde algún lugar exótico. Entonces, al darse cuenta de que Grace se había quedado inmóvil, con su pequeño dedo encima de la foto, se preguntó cómo se las arreglaría aquella niña para afrontar el vacío que amenazaba con engullirla a ella.

Grace... deja que te enseñe otra.

Jo hojeó las páginas del álbum hasta que encontró la foto que buscaba.

Mira. ¿Reconoces a alguien? Sí, ésta soy yo. Y ésta es la señora Jansen, y ésta de aquí es Sarah. ¿Por qué vamos vestidas de conejitos blancos y negros? Estábamos en una fiesta de Halloween. Se nos ocurrió ir de conejos de Pascua blancos y negros ¿Adivinas quién es la que está en el centro? Sí, es tu mamá.

¡Vestida de Campanilla!

Gracie prorrumpió en una sonora carcajada, un sonido atronador para ser una niña tan pequeña. Fue una erupción espontánea de pura hilaridad, tan inesperada y fresca que Jo no pudo evitarlo y rompió a reír también.

La niña se cayó sobre su hombro de tanto como se reía, moviendo rítmicamente la barriguita, y Jo dejó que ocurriera. La rodeó con el brazo y le dio un cariñoso apretón. Le había empapado el hombro con el pelo mojado y percibió las vibraciones de las carcajadas hasta los mismísimos huesos. Olía a fruta de la pasión y, cuando inspiró, una burbuja de felicidad le hinchó el pecho, frágil y realmente aterradora.

«Y vivieron felices y comieron perdices.»

Cerró el álbum con manos temblorosas, lo dejó en la mesilla, al lado de la cama de Grace, y la tapó con las mantas. Luego apagó la luz y salió de la habitación, dejando la puerta entornada. Descalza, bajó directa la cocina a ver qué había en el mueble bar.

Un poco de bourbon de Kentucky le iría bien.

Se tomó un trago generoso, pensando en su niñez. La mayoría de los cuentos que recordaba eran menos de Disney y más de los hermanos Grimm. La lección fundamental que había aprendido en ellos era que cuando una madre moría joven, que el Señor se apiadara de los huérfanos. Porque la mayoría de las veces se los comía la bruja del bosque.

O acababan rodando de casa de acogida en casa de acogida, donde una agotada mujer se esforzaba sinceramente por amparar a una alma perdida más junto al colorido rebaño de criaturas heridas y abandonadas que de algún modo había intentado hermanar y formar con ellas una familia.

Jo cerró los ojos a medida que el bourbon se deslizaba por su garganta. No le estaba haciendo efecto. Los recuerdos eran más fuertes que el alcohol. Se sirvió un poco más, pero entonces se quedó mirando el líquido ambarino de la botella. Sospechaba que no había suficiente bourbon que la ayudara a olvidar lo que había sido ser la que nadie quería.

Nunca se había parado demasiado a pensar en todas esas mujeres. En su momento, no eran más que desconocidas: figuras de la autoridad que le endosaban para asegurarse de que iba al colegio, de que comía como era debido, de que estudiaba la Biblia y de que se mantenía alejada de aquellos chicos que fumaban y bebían licor de manzana detrás de la máquina de comida. Seguro que todas eran almas caritativas para aceptar aquella carga tan ingrata. Pero en su calidad de huérfana abandonada y adolescente de doce años, Jo se convenció de que era mejor no crear vínculos emocionales con nadie. Al igual que su propia madre, aquellas madres de acogida estaban allí un día, pero podían faltar al siguiente. Así que se convirtió en la quisquillosa, la intratable. Se cerró por completo a todos. De ese modo no volverían a hacerle daño.

Cerró los ojos con un lamento y apoyó la cabeza en la encimera sin soltar el vaso. A Grace le iría mejor si la criara una manada de lobos. Al menos ellos vivían en grupo y se ocupaban de sus cachorros. Mejor una manada de lobos salvajes que una mujer que había olvidado cómo se amaba.

14

Sarah cerró los ojos y se apoyó en el reposacabezas. Veinte horas de viaje y apenas había pegado ojo. Tuvo una sensación de vértigo en el estómago cuando el avión empezó a perder altura para empezar el largo descenso en dirección al aeropuerto de Newark. Que aquella parte del viaje estuviera a punto de concluir no era ningún consuelo.

Le dolía todo el cuerpo y no sólo por lo incómodo del asiento. Estaba emocionalmente exhausta. Le hacía falta un buen sueño reparador, no interrumpido por las escalas, y, lo que era peor, por la acuciante incertidumbre moral. No era la única absorta en sus batallas internas. Kate se removió en el asiento de al lado, con la frente apoyada en la ventanilla, como si, con su sola fuerza de voluntad, pudiera ordenar a las nubes que se apartaran más de prisa. Oleadas de remordimiento fluían de su postura encorvada.

Sarah le tocó uno de los tensos hombros.

—Si quieres pregunto a ver si tienen un paracaídas.

Sabía que Kate había dormido aún menos que ella. Se había pasado los últimos días haciendo las gestiones necesarias para cambiar los vuelos de las dos como una posesa, con el fin de llegar cuanto antes. Se frotó los ojos hinchados con las palmas de las manos.

—¿Y si me tiro sin paracaídas? Sería más rápido, y menos doloroso.

—Yo no lo intentaría. —Sarah hizo una señal con la cabeza en dirección al tipo de pelo cortado al uno que estaba sentado dos filas más adelante, junto al pasillo—. Don Agente Especial te haría un placaje antes de que llegaras a la puerta.

—Tal vez tuviera suerte y me disparase.

—No creo que fuera eso lo que Rachel tenía en mente cuando te dijo que te tiraras en paracaídas.

—Ya. ¿Lo has averiguado ya? Lo que Rachel tenía en mente, quiero decir.

Sarah sintió un nudo en la garganta. Últimamente pensaba mucho en Rachel. Había un recuerdo en particular que no la dejaba ni a sol ni a sombra: la imagen de su amiga, vestida con el equipo de escalada, sonriéndole desde la cumbre de una escarpada pared de roca mientras ella, Sarah, trataba de salvar un paso difícil.

«Un infierno, ¿eh, Pollard? Pues adelante, nena, porque lo que te espera aquí arriba es el cielo.»

—Rachel sabía que los cambios son difíciles —dijo—. Sabía que ninguna de nosotras cambiaría su forma de vida a menos que nos dieran un buen empujón.

—¿Y quién dice que el cambio sea siempre algo bueno?

—No lo es. —El avión perdió más altura, y por la ventanilla ya se distinguía la colcha de remiendos otoñal enmarcada por un resplandeciente sol poniente y la ciudad a lo lejos—. No siempre, al menos. Sinceramente, Kate, creo que Rachel no sabía qué iba a resultar de todo esto.

—¡¿Qué?!

—Creo que se imaginó que, después del empujón, cada una se espabilaría sola.

Kate hizo un ruido como si la acabaran de golpear en el plexo solar.

—No me digas eso.

—Vamos. No pensarías que Rachel era una especie de yogui omnisciente que nos guiaba hacia la luz, ¿verdad?

—Lo cierto —balbuceó Kate— es que después de mi primer salto sí lo pensé. Todo esto lo he hecho basándome en la fe.

—Bueno, tal vez supiera que ibas a reaccionar así. —Sarah suspiró, al tiempo que se apoyaba de nuevo en el reposacabezas—. Tal vez me equivoqué, Kate, pero de una cosa sí estoy segura: Rachel vivió afrontando siempre todos sus miedos y eso la hizo más feliz.

—Oh, Dios.

—Así que supongo que, tal como ella lo veía, al empujarnos a hacer lo mismo, es decir, afrontar nuestros mayores miedos, pensó que encontraríamos la manera de ser felices. —Sarah levantó la vista hacia el cielo azul al comprender—. Creo que sólo quería eso, que fuéramos felices.

—¿Destruyendo mi matrimonio? —Kate hizo un sonido a medio camino entre un resoplido y un sollozo—. ¿Tomando decisiones cuestionables respecto a su propia hija? ¿Poniendo en peligro la carrera de Jo? ¿Empujándote a los brazos de un tipo que se acuesta con dos...?

—Eh, ya sé que has destrozado la imagen santurrona que tenías de mí, pero yo soy la Jezabel de esta historia. —Sarah descruzó las piernas y se sentó sobre ellas. Llevaban tanto tiempo metidas en aquel avión que juraría que se le estaba haciendo una úlcera en la cadera—. Además, siempre creí que a Jo le vendría bien reordenar sus prioridades.

—Pues Rachel ha reordenado las mías, te lo aseguro. —Kate apretó los puños debajo de su sudadera excesivamente grande—. Lo único que me voy a llevar de todo esto es el derecho a fanfarronear. A partir de ahora, podré hablar de excursiones a lomos de un elefante y viajes bamboleantes en *rickshaw* por todo Bangalore mientras me tomo un martini de manzana.

—Vas a ser el alma de la fiesta.

—Puedo abrir la conversación diciendo algo como: «Me estaban decorando las manos con henna en el mercado...».

—La serpiente que llevas en el vientre es mucho más interesante.

—Y siempre puedo mencionar a Sam, el daltónico traficante de armas nigeriano.

Sarah se tiró de la falda debajo de los muslos, repentinamente interesada en los pliegues que se le formaban en el regazo. Recuerdos de Sam —inesperados e inesperadamente intensos— se apoderaron de ella. En Burundi, cuando él llegaba al campamento con el jeep lleno a rebosar de provisiones autorizadas —así como todo un maletero de cosas que realmente necesitaban, compradas en el mercado negro con dinero de origen como mínimo cuestionable—, los lugareños consideraban que era motivo para bailar. Recordó con qué picardía le sonrió cuando la convenció para que dejara que la acompañara a un viaje a las montañas para el cual no tenía autorización, a un lugar donde se había localizado un brote epidémico, con intención de aislarlo antes de que se extendiera. Lo recordó de pie bajo la lluvia, fuera de la clínica, aguardando con nerviosismo a que el doctor Mwami le dijera cómo estaba el niño herido que se había llevado de la frontera.

Pero, sobre todo, lo recordó abrazado a una botella de licor de plátano a la luz de una lámpara de queroseno, después de llevarles a la niña de las trenzas torcidas. Aquella noche le había contado que estaba pensando seriamente en abandonar la cooperación internacional para siempre; volver a casa con sus partidos de críquet, una casa decente y cerveza tibia. Y se acordó de sí misma conteniendo la apremiante necesidad de impedírselo, de suplicarle que no se fuera.

Kate le puso en la rodilla una mano de uñas mordisqueadas.

—Supongo que no hace falta que te diga que Sam está loco por ti, Sarah.

Ella pensó en la acacia a orillas del lago Tanganyika. En los trozos de cielo gris que se vislumbraban entre sus ramas húmedas. En aquel beso con sabor a lluvia.

Ahuyentó los recuerdos de su mente. No podía pensar en Sam. Ni en Burundi. En su interior reinaba el caos, sus emociones estaban demasiado a flor de piel y el fantasma de Colin seguía presente.

—No puede funcionar, Kate. No es el momento adecuado. O puede que las piezas no encajen.

El avión aterrizó y se dirigieron a la puerta de salida. Mientras atravesaba la terminal con la mochila clavándosele en los hombros, Sarah no podía evitar mirar las puertas que iban dejando atrás, buscando la del vuelo de conexión con destino a Los Ángeles.

Colin se lo había dejado bien claro.

«No estoy preparado para dejarte ir.»

Sarah se había convencido de que no lo había dicho en serio. Que si lo hubiera dicho en serio, habría dormido con ella aquella última noche y le habría hecho el amor sin sentirse culpable. Si lo hubiera dicho en serio, habría hecho algo más que instarla a ir a visitarlo, le habría propuesto algo más concreto. Aunque ella sabía que ésa no era su forma de hacer las cosas.

—«Vuelo 776 con destino Los Ángeles. Embarquen por la puerta 117. Se ruega a los señores pasajeros con asiento preferente y a aquellos que necesiten asistencia que...»

Jo las esperaba donde la recogida de equipajes, ladrando instrucciones por teléfono a través de un auricular inalámbrico que le sobresalía de la mejilla. Se acercó taconeando hacia Kate, hablando en voz alta sin parar, deteniéndose sólo para abrazar a su amiga.

Estuvieron así un buen rato. Luego, Jo la soltó y Sarah se fijó en que las dos tenían el rostro húmedo.

—Cariño, tienes un aspecto horrible. —Jo retuvo a Kate a la distancia que le alcanzaban los brazos y seguidamente miró a Sarah—. Por amor de Dios, ¿qué habéis estado haciendo las dos? Os juro que no pienso viajar jamás a un país para el que sea obligatorio vacunarse.

Sarah la miró con una sonrisa apagada, y no le dijo que incluso Estados Unidos exigía vacunas a los visitantes procedentes de según qué lugares. A Sarah le pareció que también Jo estaba agitada y ojerosa, y así se lo dijo.

—Café con leche doble —explicó ella, buscando el maletón de Kate en la cinta transportadora—. Más de uno. He tenido que trabajar toda la noche para la presentación.

Kate divisó su maleta y salió disparada, pero le costó un terrible esfuerzo sacarla de la cinta.

—¿Y qué tal ha ido?

—Disonante y desorganizada. —Jo llamó a un mozo con sólo mirarlo—. Nos hemos enzarzado en un duelo de presentaciones. Ha ganado la mía (que es mejor, por supuesto), pero sospecho que lo único que hemos conseguido con ello ha sido mostrar que somos inflexibles y estamos poco dispuestos a cooperar. —Se encogió de hombros—. Seis meses de trabajo a la basura, pero os aseguro que lo único que me apetece ahora es una buena noche de sueño. Hoy es el primer día que Grace se queda sola con Latoya.

Kate alcanzó a oír la última parte de la conversación cuando llegaba con la maleta.

—¿Qué tal le va a Grace? ¿Se adapta?

—Cariño, está viva, que ya es bastante.

—¿Están vivos mis hijos?

Jo guardó silencio un momento. Entonces miró a Kate con gesto de dolor y le rodeó el cuello con un brazo.

—Tus hijos están bien, nena. Están sanos y deseando verte. Paul y tu madre siguen en la casa. Sabe que llegabas esta noche. Estaba hablando con él.

Kate se iluminó.

—Entonces ¡dejará que los niños me esperen despiertos!

—No, cariño, no lo va hacer.

—Sí, ya lo verás —respondió ella, agitando la cabeza de arriba abajo, de forma que la lacia cola de caballo rebotaba—. Está furioso conmigo, pero no...

—Éste no es lugar para hablar del asunto. —Jo le hizo un gesto al mozo y las condujo hacia el ascensor para bajar al aparcamiento—. Ya tendremos tiempo de sobra para hacerlo esta noche —le dijo por encima del hombro—. Porque me parece que vas a dormir en mi sofá, Kate.

Ésta se tambaleó. Notó cómo se le nublaba la vista, puntitos de color cada vez más intenso. Recobró el equilibrio y trotó hasta ponerse al lado de Jo. Sarah oyó su torrente de palabras desesperadas.

—Quiero ver a mis hijos. ¡Tengo que ver a mis hijos!

Pero Jo se mostraba preocupantemente inflexible.

—Tienes que recuperar la compostura, Kate. ¿Quieres que te vean así? Cielo, estás hecha polvo. Ahora mismo no estás en condiciones de hacer nada. Duerme bien esta noche. Mi sofá es muy cómodo, te lo digo por experiencia. Tienes que prepararte para lo que te espera, porque Paul no está de muy buen humor.

Sarah iba detrás de ellas, escuchando con creciente desazón. Kate y Paul no podían estar teniendo problemas de verdad. Eran la pareja perfecta. Ella se dio cuenta la primera vez que salieron juntos. Siempre había envidiado a Kate por haber encontrado a su alma gemela y haberse aferrado a él.

De repente, levantó la vista y vio un monitor justo al lado del ascensor. Un monitor de llegadas y salidas. La de Los Ángeles captó rápidamente su atención.

—Sarah, cariño ¿puedes dejar de soñar con el tercer mundo? Una hamburguesa doble con beicon y queso te espera en una de las cafeterías baratas del camino y, yo personalmente, tengo tanta hambre que me comería medio cerdo.

La voz de Colin resonó en su cabeza.

«Si decides venir, hazlo pronto.»

Kate, pálida y temblorosa, le tiró del brazo.

—Vamos, Sarah. El ascensor.

Las puertas se abrieron y la gente empezó a entrar en él cargada de equipaje, maldiciendo entre dientes a las tres mujeres paradas delante de la puerta. Jo y Kate la miraron sin comprender. Sarah sabía que si entraba en el ascensor, no volvería.

—Me dijo que fuera a Los Ángeles —dijo de sopetón.

Kate se quedó mirándola, saliendo lentamente de su propia desolación al comprender.

—Dios mío —murmuró, apretando los ojos con fuerza—. Y ahora ¿qué?

Sarah desvió la mirada hacia el monitor.

—Me dijo que fuera pronto.

Jo se sacó el auricular de la oreja, como si no hubiera oído bien, y, seguidamente, apartó a sus dos amigas y al mozo de la entrada del ascensor, para no molestar.

—Sarah, creía que eso se había terminado. —Kate flexionaba el cuello con cada palabra—. Me dijiste que habías tomado una decisión.

—Ya lo viste ayer por la mañana, Kate. Estaba allí, en el vestíbulo, a las cinco de la mañana.

Adormilado y sin afeitar. Sarah metió la mano en el bolso de cáñamo que le colgaba a la altura de la cadera y rebuscó en él hasta dar con la tarjeta con el membrete del hotel. La sacó. Estaba manchada de tinta del periódico.

—Me dio esto —continuó—. Es la dirección de su casa en Los Ángeles. También me dio la dirección de la consulta, el móvil y hasta el número del hospital...

Jo la miró con curiosidad.

—¿Por qué no te dio su tarjeta?

—La consulta es nueva. Dice que todavía está en período de adaptación, por eso tiene tantos números de teléfono...

—Es lo que hace la gente cuando rompe con algo, Sarah —dijo Kate, abrazándose a sí misma—. En realidad no quiere que vayas.

—Pero...

—Jo —dijo Kate, apretando con fuerza los ojos enrojecidos—, podrías ayudarme.

Ésta miró el trozo de papel como si estuviera valorando la fotogenia de un modelo nuevo.

—En condiciones normales, diría que Kate tiene razón. Darte los datos de contacto es una manera limpia, aunque fría, de romper contigo. Deja abierta la posibilidad de una visita, pero sin comprometerse a nada. Sin embargo, se tomó muchas molestias al escribirlo personalmente y bajar al vestíbulo a una hora tan intempestiva.

Kate abrió los ojos y empezó a hacerle gestos de que cortara.

Jo la ignoró por completo.

—Podría haberse quedado cómodamente en su cama y haber evitado la situación.

Sarah asintió.

—Ése habría sido más su estilo. Por eso me sorprendió tanto que no lo hiciera.

—Sarah —dijo Jo—, dime qué te dijo exactamente.

—Me dijo simplemente que fuera a Los Ángeles. —Con el pulgar, acarició el nombre de Colin, escrito de su puño y letra—. Me dijo que sabía que era una locura pedírmelo, pero que tenía muchas ganas de que viera su hogar.

—¡Joder!

—¡Sarah! —A Kate sólo le faltaba ponerse a patalear como una niña—. ¡Veinte horas en un avión y no me has dicho ni una palabra!

—Creía que había tomado una decisión. Me he pasado esas veinte horas dándole vueltas.

Jo agarró a Kate por la sudadera para contener su arrebato.

—¿Le dijiste que irías, Sarah?

—No. ¡No! —insistió ella, mientras Kate ponía los ojos en blanco—. No sabía qué decir. Creía que le había dejado claro que no podía hacerlo. No podía ser la otra.

—Ah. —Jo jugueteó con el *bluetooth* que tenía en la mano—. Y aun así te pidió que fueras a verlo.

—Sí. —Sarah dobló el papel y se lo guardó de nuevo en el bolso—. ¿Sabes?, habría sido mucho más fácil si él hubiera traído una vaca y un par de cabras. En la aldea se pondrían a bailar y a cantar, y beberían cerveza...

—Es una suerte para ti que yo conozca las costumbres americanas, cielo. —Jo le giró la muñeca para que la mirara a la cara—. Y creo que será mejor que cojas ese vuelo a Los Ángeles cuanto antes.

—No. —Kate movió las manos en el aire—. De eso nada. Sarah ya había tomado una decisión. ¿Por qué tiene que cruzar medio país sólo porque él no sea capaz de tomarla?

—Porque —respondió Jo arrastrando las palabras— está claro que ese hombre tiene algo que quiere enseñarle a Sarah.

—¿Qué? ¿A su prometida?

—El doctor O'Rourke nunca me pareció un bobo. Si tuviera que apostar, diría que quiere que vayas a Los Ángeles para ver si podrías vivir allí.

Kate se apretó las sienes con los dedos.

—No conoces la situación, Jo. No comprendes...

—Cielo, puede que no sepa cómo criar a una niña, pero te aseguro que sé mucho más que tú de hombres. —Apoyó las manos en los hombros de Sarah y añadió—: Pero quiero que me escuches con atención, Sarah-belle. Cuando vuelvas de Los Ángeles, no quiero volver a oír heroicidades. Sabes que una relación con un hombre no consiste únicamente en pasión y rosas, o en sexo con los tigres rugiendo al otro lado de las paredes de adobe de una choza, también tienes que soportar la parte mala. Quiero saber si ronca o si se deja la alfombrilla del baño en el suelo. Quiero saber cómo reacciona después de que le hayan matado el nervio de una muela o...

—O —atajó Kate— cómo reaccionaría ante unos traficantes de armas y con un vehículo con el maletero lleno de material médico.

Jo soltó un silbido.

—Está claro que me he perdido una buena.

Sarah se abrazó por la cintura.

—La vida habría sido mucho más fácil si mi padre me hubiera vendido a aquellos beduinos cuando tenía doce años.

—Y conozco lo bastante a tus padres como para que la historia me ponga los pelos de punta. Venga, vamos a coger ese avión.

Sarah siguió ciegamente a Jo hacia los mostradores mientras

Kate le daba una propina al mozo y se hacía cargo personalmente de su maletón. Mientras hacían cola, Jo miró la mochila de lona de Sarah.

—Supongo que en esa cosa que llevas a la espalda tienes metidas todas tus posesiones.

—Pasaporte, ropa, unas cuantas rupias.

—Creo que no te bastará para comprar un billete.

No se había parado a pensar en ese detalle. Había gastado la mayor parte de lo que tenía en Bangalore, y había vaciado alegremente tantas tarjetas a lo largo de los años que ya no se permitía llevar una encima. Meditó sobre el asunto un momento y finalmente dijo:

—Puedo llamar...

—A nadie. —Jo se volvió a colocar el *bluetooth* en la oreja—. Yo me hago cargo.

—Jo, ya has...

—Ni se te ocurra. —Condujo a Sarah hacia un mostrador mientras Kate, mascullando, forcejeaba con su maleta—. Sólo recuerda una cosa: quiero ser dama de honor en tu boda.

—¡Eh! —exclamó Kate—. ¡Eso es cosa mía!

—Y prométeme una cosa más, Sarah-belle. —Una extraña expresión cruzó por el rostro de Jo—. Prométeme que, cuando vuelvas, si es que vuelves, me contarás si mereció la pena.

—Pues claro que merece la pena, Jo. —A Sarah se le hizo un nudo en la garganta reseca—. Creo que, probablemente, merece la pena arriesgarlo todo por amor.

Sarah agradeció que Jo hubiera pensado en todo. Porque de verdad lo hizo. Se había ocupado de que hubiera alguien esperándola en el aeropuerto de Los Ángeles; un joven elegante con traje oscuro que la llevó en un coche que olía a pachuli a un hotel Best Western. El dinero siempre allanaba el camino, pero Sarah no lo había apreciado tanto hasta ese momento: después de hacer un viaje de veinte horas desde el otro lado del mundo.

«Vamos, Sarah. Aparecer en su casa es prácticamente como decirle que estás dispuesta a ser la madre de sus hijos. Y no querrás hacerlo con los ojos llorosos y apestando a estiércol.»

De modo que Sarah se sintió un poco culpable cuando, a la mañana siguiente, dejó el hotel y se metió en un Volkswagen de veinte años conducido por un viejo amigo de los tiempos del Cuerpo de Paz. Éste había alquilado una casa en Venice Beach con otros siete colegas y se habían ido allí a pasar una temporada haciendo surf. Sarah pensó que era una oportunidad tan buena como cualquier otra para relajarse unos días y buscar respuestas dentro de sí misma sin dejarse influir por las expectativas de nadie.

Los días que había pasado en las playas de arena blanca, con los pies en el agua —sintiendo que llevaba excesiva ropa encima y que estaba demasiado blanca—, la llevaron a comprender una verdad esencial: su relación con Colin siempre se había desarrollado en el mundo de ella, en el aislamiento rural de una pequeña aldea en Paraguay y en el caos de Bangalore a lo largo de la última semana. Sospechó que, en siete segundos, Jo había comprendido lo que a ella le había llevado dos días. Colin le había pedido que fuera a Los Ángeles para ver si su relación —fuera la que fuera— podía tener lugar en el mundo de él.

En Los Ángeles. Una extraña ciudad llena de rubias bronceadas y hombres con un abdomen liso y duro como una tabla. Calles exageradamente amplias y limpias se extendían en todas direcciones, y por ellas circulaban resplandecientes coches nuevecitos. En Gatumba, si alguien fuera hablando solo por la calle, los aldeanos lo tratarían con amabilidad, pero con miedo, porque la locura se consideraba una especie de oráculo. En cambio allí todo el mundo llevaba aparatos de manos libres como el de Jo para hablar, y todos iban charlando por ellos en voz alta, incluso cuando estaban con gente. Se percató de que se quedaba mirando fijamente a las mujeres sin poder evitarlo. Algunas tenían un aspecto tan estilizado e hinchado en zonas estratégicas que lo único que las diferenciaba de las muñecas con las que jugaba de pequeña era que no tenían costuras en una pierna o un brazo.

Cuando ya no pudo seguir retrasándolo más, le pidió el Volkswagen a su amigo y se dirigió a la dirección que Colin le había dado. Aparcó en la zona exterior de un elegante edificio con cristales de espejo. Entornó los ojos para protegerlos del sol californiano que se reflejaba en las ventanas. Justo detrás de una de ellas, Colin estaría sentado a su mesa, con bata blanca, tratando a sus pacientes. En algún lugar de aquel edificio, él estaba en su mundo.

Las puertas se abrieron automáticamente con un susurro dándole paso al aire acondicionado del interior. Sarah avanzó por el imponente vestíbulo sin hacer ruido con sus sencillas sandalias de suela de goma. Sentado detrás de un mostrador bajo, a bastante distancia, vio un guarda de seguridad. Llevaba varios días en la ciudad, pero aún no había logrado quitarse de encima la desorientación que sentía cada vez que regresaba a Estados Unidos. Era como si la sometieran a privación sensorial. En aquellos edificios no olía a nada y todo era del mismo color. Todo piedra y acero reluciente. Casi no había gente ni exuberante caos. La calma reinaba en aquel lugar, tan abierto, tan... limpio.

Hasta el guarda de seguridad estaba perfectamente acicalado.

—Vengo a ver al doctor O'Rourke.

Sarah se inclinó sobre el enorme libro de visitas con pastas de cuero donde el hombre le indicó que firmara. Se quitó el bolso de cáñamo del hombro y, mientras el guarda lo registraba con cautela, se fijó en que estaba muy sucio y que las hebras se le salían por los sitios más insospechados. Cuando terminó, el guarda se lo devolvió, le entregó una tarjeta de visita con su nombre y le indicó el camino hacia los ascensores. Luego se apartó para dejar pasar a un grupito de rubias de bote con enormes gafas de sol, que parecían salidas directamente de «Los vigilantes de la playa».

Sarah las miró con la curiosidad de una antropóloga. Era evidente que aquella clase de adornos femeninos no se diferenciaban de los tatuajes por escarificación que practicaban las tribus de Nigeria, o de los dibujos hechos con henna para las novias en la India, pero para ella, aquella riada de rubias prácticamente idénticas se le antojaba de lo más exótico.

La consulta de Colin y sus socios ocupaba la mitad del último piso. El ascensor se abrió delante de unas altas puerta de cristal con los nombres de Colin y sus socios grabados en grandes letras negras debajo de las palabras «Centro de cirugía reconstructiva». Nada más entrar por la puerta, una mujer joven y delgada levantó la cabeza de lo que estaba haciendo. La montura color granate de sus gafas hacía juego con unos pendientes que llevaba pegados al lóbulo de la oreja y el collar de cuentas excesivamente grandes.

—Soy Sarah Pollard. Vengo a ver a Col... al doctor O'Rourke.

La joven la miró con el cejo fruncido y empezó a buscar el nombre en el libro de citas que tenía en la mesa.

—Lo siento. Su nombre no aparece.

—No tengo cita.

Las pestañas de aquella joven no podían ser naturales. Como tampoco podían serlo los pechos cubiertos con una ceñidísima camiseta en la que podía leerse «botox» escrito con letras de *strass*. Extraña palabra.

—Lo siento mucho —comenzó a disculparse la recepcionista—, pero ninguno de los médicos puede atenderla sin cita.

De un solo vistazo, tomó nota de la blusa de algodón teñida a mano, la falda de vuelo y las uñas sin pintar de Sarah. Ésta pasó el pulgar por debajo del asa del bolso, consciente del tipo de escrutinio que se daba en todo el mundo sin excepción: estaban valorando su grado de importancia y estaba claro que no aprobaba el examen.

—Me estará esperando —añadió—. Estuvimos juntos en Bangalore la semana pasada. Sé que ha regresado hace sólo uno o dos días. Quizá se le olvidó avisarla de mi visita.

Aunque reticente, la recepcionista le indicó con un gesto de la barbilla que esperase en un mullido sofá de cuero.

—Siéntese, por favor. Ahora mismo está con una paciente, pero en cuanto esté libre, le diré que está usted aquí.

Sarah se sentó en un sofá, de espaldas a la joven. No tenía ninguna necesidad de ver la mirada de extrañeza que intercambió la chica botox con la enfermera que apareció al cabo de un momento. Bastante tenía con oírlas murmurar. No sabía por qué la molestaba tanto. Estaba acostumbrada a que su palidez despertara curiosidad en el campo de refugiados.

Examinó las láminas elegantemente enmarcadas que anunciaban *peelings* con agentes químicos y rejuvenecimiento con láser. No había oído hablar de ninguna de las dos técnicas y por un momento se le pasó por la cabeza que tal vez se estuviera quedando atrás en avances médicos de cirugía reconstructiva. Hojeó las revistas desperdigadas sobre la mesa de centro —*Glamour*, *Vogue*, *Condé Nast Traveler*, *People*, *Cosmopolitan*— y no tardó en sumirse en una fascinante exploración de anuncios que en su mayor parte incluían —o eso fue lo que creyó comprender— chicas preadolescentes aterradoramente flacas.

Levantó la cabeza cuando entró en la consulta una rubia de

proporciones perfectas. La recepcionista se levantó de un salto del asiento para recibirla entre una algarabía de chillidos casi infantiles, y la condujo a una sala de exploración. Ahí fue cuando Sarah empezó a preocuparse. Empezó a preguntarse si tendría razón Kate al decir que Colin sólo le había dado su dirección por cortesía. Empezó a pensar que él estaría en aquel mismo instante en su consulta, buscando la manera de deshacerse de ella antes de que su prometida fuera a buscarlo para salir a comer. Quizá su prometida fuera la rubia de proporciones perfectas. Se preguntó si no habría gastado en balde el dinero de Jo para perseguir de un lado a otro del mundo un sueño no correspondido.

—Sarah.

Colin apareció de repente delante de ella, con su mirada transparente y una sonrisa de desconcierto. No llevaba estetoscopio colgado al cuello y, en vez de bata blanca, lucía un traje de tejido ligero y corte perfecto.

La cogió de la mano y la ayudó a levantarse.

—Siento mucho haberte hecho esperar tanto. No tenía ni idea de que estabas aquí. No me gusta que me interrumpan cuando estoy con un paciente...

—No hace falta que me des ninguna explicación.

—Bueno. —Le soltó la mano y se pasó los dedos por el pelo, ahuecando la palma contra la nuca al final del recorrido—. Sí, la verdad es que sí tengo que hacerlo. —No era necesario que mirase a la recepcionista, Sarah sabía que los estaban observando—. Vamos mejor a mi consulta.

Ella lo siguió. Dejaron atrás a la joven en su mostrador, a la enfermera con todos sus detalles de vestuario de color blanco, varias hileras de puertas cerradas y murmullos quedos en un ambiente que olía a antiséptico con aroma a limón, hasta que llegaron a una sala situada al final del pasillo, en una esquina del edificio, en la que el sol californiano entraba a raudales. Colin cerró la puerta tras ellos y luego se dirigió hacia los ventanales de suelo a techo, desde donde se tenía una imponente vista de Los Ángeles.

Sarah se adentró en la sala y enlazó las manos. Reparó en las relucientes superficies de madera, la pintura abstracta colgada en una de las paredes, las cortinas de seda salvaje discretamente sujetas a cada lado de las ventanas, que arrastraban sobre la moqueta, idéntica en toda la consulta. Se sintió como una mota de polvo vista a través del sol.

De repente, su escrutino se detuvo en seco. Encima de la mesa había dos modelos médicos: uno de un busto y otro de unos glúteos de mujer.

La realidad no se le representó de inmediato. Sarah se quedó mirando los modelos sin dar crédito. No dejaba de pensar que debía de ser un error, que tal vez fueran reproducciones a tamaño enorme de un paladar, una mandíbula o algún órgano facial interno. ¿No era en eso en lo que Colin se había especializado? Cirugía facial, rostro y mandíbula. Lo que tenía delante de los ojos no podían ser modelos de... tetas y culos.

Rozó con los dedos el sillón que había justo delante de la mesa de él y el cuero absorbió el calor de su piel. Con denuedo, trató de desentrañar los datos sueltos que poco a poco empezaban a encajar. En la mayoría de las comunidades tribales se honraba a los ancianos. Los dedos artríticos, los hombros encorvados, el cabello gris, las manchas en la piel, los pechos caídos, todo ello rendía tributo a los años vividos bajo el sol, pero también a toda una vida de conocimiento y experiencia. La asaltaron las imágenes de las chicas jóvenes que había visto en el *Cosmo*, y se acordó del desfile de rubias, y de todos aquellos anuncios de cremas y demás ungüentos antiedad del *Vogue*. De repente supo que «cirugía reconstructiva» podía tener otro significado.

Colin permaneció como un soldado, de espaldas a la ventana, observándola, hasta que vislumbró el primer signo de entendimiento.

—Colin. —Sarah se agarró con fuerza al respaldo del sillón—. No lo entiendo.

—Lo sé. Pero puede que sí lo hagas si me dejas que te lo explique.

Ella se quedó de pie, en silencio. Casi no podía respirar.

—Todo empezó en Paraguay. Con Werai y la operación de su pierna.

Ella lo había asistido en aquella ocasión. Había observado sus movimientos verdaderamente impresionada. También percibió su poderosa necesidad de que la operación fuera un éxito, una intensa emoción que fluyó sin descanso de su cuerpo durante las seis horas que duró, envolviéndola también a ella, cegándola en forma de un deseo sexual primitivo que no había sentido nunca antes.

—Me sentí muy orgulloso de lo que había hecho. —Alargó la mano para coger una pelota que tenía encima del escritorio, una bola como de cuero negro, que empezó a estrujar conforme hablaba—. Orgulloso también de haber llevado a cabo aquella operación con éxito delante de ti. Pero a medida que pasaban las semanas y Werai comenzó a andar de nuevo, me di cuenta del grotesco aspecto de su pierna, del tosco trabajo a pesar de lo mucho que me había esforzado.

—Colin... fue un milagro que sobreviviera.

—Tal vez sí, pero debería haberlo hecho mejor.

Sarah recordó su creciente frustración en las semanas posteriores a la intervención. En su momento, lo atribuyó a su abrumador deseo de mejorar las condiciones de vida de los habitantes de la aldea. Aquella frustración se reflejó en muchos otros ámbitos, como su irritación cuando llegaban tarde los suministros o ante la renuencia de los aldeanos a ponerse las vacunas. Ella le susurraba: «Tranquilo, Werai está vivo y puede andar. Tranquilo, los suministros llegarán». Al contrario que muchos otros voluntarios del Cuerpo de Paz, Colin no aceptaba que uno no podía cambiar todas las cosas. Y Sarah pensó que aquello era, precisamente, lo que lo hacía diferente. Admiraba lo mucho que se esforzaba.

—Me había demostrado a mí mismo que mi intervención podía marcar una diferencia, sí, pero era una tosca diferencia. Mis habilidades como cirujano eran muy rudimentarias. —Abrió las manos y sostuvo la pelota en equilibrio en el hueco de la palma—. Yo quería hacer algo más que salvar una vida o arreglar una extremidad. Quería que esa extremidad quedara perfecta cuando terminara con ella, exactamente igual a como estaba antes del accidente. Por eso me fui, Sarah. Regresé a Estados Unidos e hice mi residencia en cirugía plástica. Luego pasé otro año en cirugía craneofacial. Y después... —Estrujó la pelota y añadió—: Un camino se extendía ante mí. Avancé paso a paso, cada uno un poco más alto y más complicado, y cuando levanté la vista, allí estaba. —Se rió, pero fue una risa breve y amarga—. Operaciones de nariz e implantes en los pómulos.

—Y también cirugía para corregir paladares hendidos a niños con unas malformaciones tan graves que casi no pueden comer —dijo Sarah.

—Durante dos semanas al año. En forma de viajes de formación en los que me paso el setenta y cinco por ciento de mi tiempo en bares y el veinticinco por ciento restante atendiendo urgencias. —Dejó la pelota encima de la mesa y enlazó las manos a la espalda—. Pero es muy propio de ti hacer que las cosas parezcan más de lo que son en realidad. Es lo que amaba de ti.

Amor.

—Ésa es la diferencia entre nosotros dos —continuó diciendo—. Tú no has cambiado, Sarah. —Avanzó unos pasos hacia ella, pero se detuvo al lado de la mesa y pasó un dedo por la reluciente superficie—. Cuando te vi en aquel hotel de Bangalore, creí que te había conjurado de la nada. Me refiero a que allí estaba yo, otra vez en tierras salvajes, para llevar al interior del país los avances en tecnología médica. Me sentí igual que antes, como cuando éramos jóvenes cooperantes del Cuerpo de Paz. Generoso, como si estuviera haciendo un verdadero sacrificio al pasar dos semanas de mi vida en otro país. Como si mi intervención representara verdaderamente una diferencia para el mundo al rehacer los rostros deformes de un par de niños...

—El éxito llega paciente a paciente —dijo ella con voz ronca por la emoción, oyendo en sus palabras el eco de las que le había dicho a Kate.

—Y vas tú y apareces en mitad de todo eso. —La miró como si no se atreviera a tocarla—. ¿Te haces idea del efecto que tienes sobre mí? Tan pálida, como si estuvieras hecha de alguna materia angelical. Los problemas del mundo nunca te han afectado. En todos estos años, con todos los lugares en los que has estado y las cosas que has visto, el sufrimiento y la locura y todo un mundo de problemas acuciantes que no se pueden arreglar, por mucho dinero que destines a ello. Y aquí estás, en carne y hueso, el sueño al que renuncié hace tanto tiempo.

Sarah se quedó de piedra, porque el hombre que tenía delante, el hombre que quería decir las cosas más de prisa de lo que se lo permitían sus cuerdas vocales, era el Colin que ella recordaba, el de Paraguay. El que se cuestionaba cada noche lo que estaban haciendo allí, el bien que representaban para aquella gente que lo que verdaderamente necesitaban era un alcantarillado en condiciones y una carretera que atravesara la ciudad, en vez de un par de sanitarios para arreglar huesos rotos y proporcionarles analgésicos, nada permanente. A ella le encantaba escucharlo, adoraba su ansia de hacer del mundo un lugar mejor.

—Estabas allí como si fueras mi conciencia. No tenía derecho a tocarte. Por más de una razón.

La principal, pensó Sarah, estaba en un marco dorado encima de la mesa, de espaldas a ella.

Colin se dio la vuelta y barrió el aire con un brazo en un gesto que abarcaba la amplia y luminosa estancia.

—No podía hablarte de todo esto, Sarah. No podía mirarte a los ojos y contemplar tu decepción. Porque entonces ya no sería tu heroico salvador. No sería más que otro que traicionó sus ideales por dinero.

Ella pareció súbitamente más interesada en la costura regular del sillón de cuero. No debería pensar así, pero no podía evitarlo. Pensaba que era una pena que Colin malgastara su talento poniendo pechos más firmes y traseros más redondos, aclarando la piel y achicando la nariz de mujeres ricas. Todo ese talento desperdiciado en nombre del ridículo objetivo perfeccionista de trasladar a golpe de bisturí absurdos ideales de belleza a un montón de mujeres vanidosas. ¿Qué clase de objetivo era aquél, cuando el mundo estaba repleto de mujeres que sufrían complicaciones posparto, niños que morían de apendicitis y granjeros a los que se les gangrenaban hernias estranguladas?

—Nunca fui un héroe. —Se desabotonó la chaqueta del traje

y se puso la mano en la cadera—. No podía soportar tanta burocracia y tanto horror, el abrumador peso de tantos problemas. Tú los conoces bien. Una organización equis se propone dar unos determinados servicios. Entonces, vas tú y empiezas a hablar de los problemas que hay que tratar y a pedir dinero para solucionarlos. Y la organización se transforma en un monstruo que engulle gran parte de las donaciones recibidas. Y la parte que sí llega a destino, ¿para qué se emplea? Ya sabes para qué. Tú misma has sobornado al personal del puerto. Conoces las normas que las compañías de transporte aplican por viajar a distintos países. Has aplacado la ira de señores de la guerra a base de dinero. Has visto robar camiones enteros de grano a los mismos militares causantes de la mitad de los problemas que asola el país...

—*Tranquilo*,* Colin. —Su voz era suave como el buen whisky y la garganta le escocía a causa de las lágrimas—. Nadie puede salvar el mundo solo.

—Ya, bueno, es que soy un arrogante. Si no podía hacerlo yo solo... —Hizo un gesto que abarcaba su consulta, con todo su resplandeciente mobiliario—, ¿para qué molestarme?

Sarah se acercó al ventanal. Los Ángeles se extendía hasta donde alcanzaba la vista, hileras de edificios modernos y compactos, largas carreteras asfaltadas y, a lo lejos, el tono marrón de las suaves colinas.

El desaliento solía tardar un año aproximadamente en instalarse entre los cooperantes internacionales. Todos llegaban emocionados y dispuestos a comerse el mundo, aunque también un poco asustados ante lo que se iban a encontrar. Ansiosos por recibir la muestras de gratitud que estaban seguros de que les lloverían. Decididos a cambiar la forma en que se hacían las cosas,

* En castellano en el original. *(N. de la t.)*

sobreexcitados como cachorrillos y orgullosos de sus conocimientos multiculturales de aula. No era de extrañar que la gente de fuera de Estados Unidos no pudiera soportar a los estadounidenses. Todo el mundo sabía que a los cachorros hay que darles de vez en cuando un golpe con el periódico enrollado para que aprendan a comportarse con un poco de humildad.

¿Por qué no reconoció los síntomas en Colin cuando estaban en Paraguay? Supuso que por entonces ella era también demasiado novata. Recién llegada y excitada y sin miedo a admitir que estaba aterrorizada. Pero en aquel momento, en aquella elegante consulta, al pensar en las conversaciones que habían mantenido en el pasado, en aquellas largas charlas desnudos en una cabaña de adobe en medio de la selva paraguaya, en el creciente enojo de Colin hacia las madres que se negaban a vacunar a sus hijos, en la impaciencia que ella había interpretado —o más bien malinterpretado— como dedicación, pasión y determinación, lo vio. Vio con absoluta claridad que, ya por entonces, Colin daba muestras del desaliento que atacaba a los cooperantes.

Pero ella había estado totalmente ciega. Rehacia a admitir que eso sería destruir la imagen perfeccionista que había llegado a adorar de aquel heroico cirujano que había salvado la vida de un niño en una cabaña de adobe en la espesura de la selva.

Colin se le acercó por detrás. Con cuidado. Se le acercó tanto que Sarah pudo sentir su calor y el aura envolvente de su personalidad.

—No estoy orgulloso de la forma en que te traté después de lo de Paraguay. Debería haber roto contigo de forma limpia. Pero no era fácil. Me gustaba cómo me mirabas. Me aferré a la certeza de que, en algún lugar del mundo, alguien a quien respetaba seguía considerándome un héroe.

«Y lo eres, al menos para Werai.»

—Lo que lo hacía más duro era que yo sabía que tú no te sentías igual que yo. Ya por entonces, sabía que continuarías al pie del cañón. Que no abandonarías el trabajo, desilusionada como todos los demás. Para ti la cooperación internacional no era trabajo. Para ti era un estado mental.

—Me pagaban, igual que a todos los demás. —Tragó con dificultad el nudo que se le estaba formando en la garganta—. Y no he sido ningún ángel. He utilizado el whisky de contrabando como salvoconducto y he permitido las peores...

—Tú nunca te diste por vencida —la atajó él—. ¿Te haces idea de lo que podrías ganar si trabajaras en una instutición médica privada?

Sarah dio un respingo, atónita.

—Entonces ¿se trata únicamente de dinero?

—Sí.

Sin vacilación. Ella se quedó mirándolo. A la inclemente luz del sol, contempló su impecable corte de pelo, el afeitado profesional y la excelente calidad de su traje azul oscuro. Esculpir cuerpos perfectos para aquellas mujeres que podían permitírselo; colocar implantes de silicona; levantar glúteos. ¿De verdad hacía todo eso sólo por dinero? Se preguntó si, mientras hacían el amor, Colin se habría visto haciéndole un pequeño corte en forma de media luna debajo de los diminutos pechos para colocarle un implante de tamaño más proporcionado.

Se cruzó de brazos. No debería haber ido a Los Ángeles.

—No me mires así, Sarah. Sabes que el dinero siempre ayuda. El dinero me permite trabajar un par de semanas al año para la fundación El tren de las sonrisas. —Se le contrajo un pequeño músculo de la mandíbula—. El dinero es lo que me permite hacer algo que supone una verdadera diferencia...

—¿Para qué querías que viniera, Colin?

—Quería que vieras esto.

—¿Por qué? Nos despedimos en Bangalore, no funcionó, se terminó. Yo pensaba volver a mi vida y tú —Sarah se detuvo y, con la mano, señaló el marco que tenía en la mesa, y que ahora veía de frente— pensabas volver a la tuya.

Era asiática. Tailandesa o vietnamita probablemente De una delgadez exótica, llevaba algo de color negro, muy elegante, que le daba un porte esbelto. La foto había sido tomada desde una posición ligeramente elevada y ella no miraba directamente a la cámara. El pelo le caía por encima del hombro como una cascada negra de reflejos azulados. Colin estaba de pie detrás de ella, con una copa de champán en la mano y una expresión risueña en los ojos. La mujer, de dientes asombrosamente blancos que resaltaban contra el rojo del lápiz de labios, también reía.

Tenía un rostro agradable. Franco. No le asustaba que se le formaran arrugas en la nariz al reír.

—Siempre se me dieron mal las despedidas —explicó, dando la vuelta a la foto discretamente—. Y tú no eres una mujer fácil de olvidar.

Sarah sí se creía fácil de olvidar. Allí plantada, con sus cómodas ropas de algodón gastado, se sentía tan insignificante como un vulgar reyezuelo. La mujer de la foto sabría qué ropa era la apropiada para ir a la consulta de un cirujano plástico; sabría cómo comportarse en un club de campo.

Colin bajó la voz y el sonido reverberó dentro de ella.

—Debes de pensar que soy escoria.

—Sinceramente, ya no sé qué pensar.

—Vosotras dos sois como las dos mitades de mí mismo. Las dos mitades buenas de mí, cada una. No estoy siendo justo con ninguna. Había tomado mi decisión sin reservas, hasta que el encuentro contigo me pilló por sorpresa. Y, de repente, volvía a estar en tu mundo, volvía a estar otra vez en Paraguay. Reconsiderando decisiones que había tomado en la vida y que no estaba seguro de que fueran las correctas.

Sam tenía razón. La relación sexual de Colin y ella había sido breve, intensa y memorable. Otro caso más de sexo del activista. Punto.

Se estremeció al caer en la cuenta de que había malgastado tanto tiempo soñando con una fantasía.

—Sigo sin saber para qué querías que viniera.

—Para comprobar si es real, si esto es real, si somos algo real en mi mundo. —Empezó a caminar de un lado a otro, presa de la agitación—. Mira, el dinero no siempre es algo malo. Es necesario. Es el aceite que lubrica los motores de cualquier negocio.

Otra vez el dinero.

—Lo que quiero decir es que, con dinero, puedes tomar la dirección que quieras. —Se pasó la mano por el pelo y todos los mechones cayeron en el lugar perfecto de una forma un tanto irritante—. No puedo hacer lo que tú haces. No puedo pasarme meses, años, en algún país subdesarrollado proporcionando cuidados a tanta gente que los necesita. Pero sí puedo obtener los medios para que otros lo hagan. En parte por eso me dedico a esto, Sarah. No es sólo para tener un Jaguar y una villa en Beverly Hills, sino para poder utilizar el dinero para hacer cambios de verdad en las cosas. Me vendría bien que alguien me ayudara a gastarlo.

Por el amor de Dios. ¡La estaba sobornando con una donación!

—Colin, sabes para quién trabajo. Puedes hacer la donación que quieras...

—No te estoy ofreciendo financiar tu trabajo, sino algo más.

Te ofrezco la posibilidad de ser quien distribuya ese dinero, quien ayude a recaudarlo y lo ponga en manos de las personas que verdaderamente lo necesitan.

—¿Qué?

—Es lo que hacen las mujeres ricas por aquí —contestó él, señalando la panorámica de la ciudad que se veía desde la ventana—. Organizan fundaciones benéficas, celebran comidas, recaudan fondos. Se encargan de que el dinero se gaste con sensatez, que llegue al lugar adecuado.

Sarah señaló la foto enmarcada, volcada contra la mesa.

—Me da la impresión de que ése es más su trabajo.

Un músculo se contrajo en la mejilla de Colin. Se había puesto blanco, pero Sarah veía la sombra de la barba incipiente.

—Lo había planeado así... pero si tú me dijeras que podrías llevar esa vida... Si me dijeras que, después de todo lo que has visto hoy, cuando me miras sigues viendo a Superman... —Sonrió con timidez al tiempo que abría los brazos y su silueta se recortaba cuan alto era contra el cielo californiano—. Si pudieras hacerlo, Sarah, todo cambiaría.

Sarah no miraba la foto, pero igualmente sintió la intensa mirada de la mujer que había dentro del marco. La elegante y risueña mujer con la copa de champán, disfrutando en algún evento social obviamente de etiqueta. La mujer de un cirujano de éxito como Colin tendría que asistir a muchos eventos sociales de etiqueta. Bailes benéficos, colectas para hospitales, noches en la ópera. Preparar una cena para los colegas de su marido y asistir a los actos organizados por sus clientes de postín. Se vio como si de repente ella fuera la mujer del elegante traje negro, sentada a la mesa, comiendo pollo pasado de cocción y entreteniendo a sus invitados con aventuras de África, la India o América del Sur, hablándoles del gusano de Guinea y de los casos de polio que todavía se daban, así como de otras enfermedades tropicales que deberían haber sido erradicadas hacía mucho tiempo. La sacarían constantemente a relucir —el bicho raro, ese insignificante reyezuelo que había atrapado al doctor O'Rourke—, la enfermera del servicio público de salud que había estado allí, en los países en desarrollo, que había limpiado las llagas supurantes de los afligidos. Se las imaginaba perfectamente: mujeres empolvadas, con sus perfectos atuendos, mujeres de cincuenta y tantos de frente lisa, esposas jóvenes, aficionadas al tenis, de poderosos hombres de negocios. Incluso podía sentir el peso de sus miradas sobre ella, miradas llenas de incredulidad y horror. Seguro que estarían dispuestas a extender montones de cheques por oírla contar cómo es el mundo de verdad fuera del gélido aire acondicionado de sus oficinas y sus casas de altos techos. Reuniría una fortuna en ayuda internacional. Luego, podría coger ese dinero y entregárselo directamente a alguien que pudiera hacer algo respecto a la situación, alguien que siguiera sobre el terreno.

Alguien competente, fuerte y sensato.

Alguien como Sam.

Se abrazó a sí misma. No debería burlarse. Un trabajo honrado. Un buen trabajo. No era ninguna idiota. Sabía que sin dinero no habría mosquiteras impregnadas de insecticida ni arroz, pero le dolía la cabeza sólo de pensar en aquellos zapatos ceñidos de tacón alto y los vestidos que tendría que ponerse y las copas de licor que tendría que beber. Empezó a dolerle la mandíbula de pensar en todo lo que tendría que hablar, hablar sin parar. Y también comenzó a dolerle el corazón, porque, aunque honrado, ese tipo de trabajo iba más con mujeres jóvenes que supieran llevar con estilo vestidos negros sin tirantes y arrugar la naricilla al reír con una copa de champán en la mano.

Desde el momento en que buscó información sobre Colin en

Google en aquel apartamento de Nueva York, había temido que se redujera a aquello. Lo que más la había asustado en todo momento era la desilusión y la pena, pero no sentía ninguna de las dos cosas.

Le estaba agradecida porque todavía la quisiera lo bastante como para ofrecerle su vida y a sí mismo a pesar de lo diferentes que eran. Lo lamentó honda y sinceramente. Lamentó que no hubieran mantenido el contacto durante catorce largos años, pues ese contacto habría hecho disminuir la fantasía que había construido alrededor de un hombre al que no conocía demasido, aunque su relación hubiera sido muy intensa. Y también le dio pena. Pena de que ambos hubieran sido capaces, y por razones caprichosas, de dejar escapar la pasión que podría haberse convertido en algo extraordinario y maravilloso. Pero el sentimiento más fuerte de todos, el que superaba a todos los demás, era un profundo alivio.

Alivio.

—¿Sarah?

«Ay, Colin. Rachel tenía razón. Mi corazón ha estado encerrado en una jaula todos estos años. Una preciosa jaula dorada, pero una jaula al fin y al cabo.»

Se le acercó. Tendió la mano hacia su cara y le acarició el mentón y la nuca. Los ojos de Colin brillaron cuando Sarah se apretó contra él, con la blusa de algodón ridículamente llamativa contra su serio traje oscuro. Cerró los ojos e inspiró profundamente.

Sí, llevaba colonia o loción para después del afeitado o lo que quiera que usaran los hombres, un aroma sutil e inexplicablemente embriagador. Comenzó el familiar temblor, el creciente deseo y se permitió sentirlo con indiferencia casi científica. Arqueó el cuello para recibir el beso. Él le acarició el mentón con el suyo y la sorprendió su suavidad, que no empezara a despuntarle ya la barba. Luego le acarició los labios con la boca, separándose de ella lo justo para poder hundir los dedos en su pelo y aferrarla por la nuca para poner más pasión en el beso.

Colin. El único hombre al que había creído poder amar. Los recuerdos se precipitaron sobre ella como un torrente, desplegándose ante sus ojos como una película de ocho milímetros a través de un chirriante proyector, una película como aquellas que sus padres conservaban de sus primeros viajes. Recordó a Colin llegando con Sam en una nube de polvo y las tensas seis horas que había durado la operación. Recordó su rostro sudoroso, pasándose los dedos por el pelo revuelto, ansioso por ayudar e irritado por la facilidad con que menoscababan sus buenas intenciones. Y lo recordó largándose en el coche de Sam sin decir adiós y dejándola allí sola.

Se pasó los siguientes catorce años soñando con él mientras él vivía en otro continente, considerándola la mitad buena de su persona.

Habría sido bonito pensar que fue el sonido del intercomunicador lo que puso fin a su beso, la voz suave y eficiente de su secretaria para avisarle de que lo esperaba una paciente. Sarah sabía que Jo diría que la historia habría sido más interesante de esa forma. Pero la verdad era mucho más potente. Mucho antes de que la secretaria lo avisara, Sarah ya se había distanciado de aquel beso.

El beso de Colin no sabía a lluvia.

Él se apartó gruñendo por lo bajo. Se inclinó, apretó el botón del intercomunicador y, con su tono de voz más profesional, le dijo a la secretaria que pasara a la paciente a la sala número tres.

Se tomó un momento antes de levantar la vista y mirar a Sarah.

—No puedo decir que me sorprenda. No pensé que quisieras quedarte.

—Me honra que me lo hayas pedido, creo que los dos sabemos que no funcionaría.

—He llegado catorce años tarde.

—Puede.

«Puede que no.»

Sarah se sentía mareada, pero no por el beso. Tanteó el borde del escritorio para sujetarse y no perder el equilibrio. La puerta no estaba tan lejos.

Colin se irguió y se abotonó la chaqueta.

—¿Adónde irás ahora?

—No lo sé. —No podía pensar a tan largo plazo. Aún no—. Supongo que volveré a Nueva York. Me gustaría pasar un par de días con mis amigas.

También le gustaría visitar la tumba de Rachel. Contarle lo que había pasado. Puede que hasta pedirle algún consejo.

—Sarah.

Ella se detuvo con la mano en el pomo de la puerta. Tragó saliva a pesar de la pastosidad que se notaba en la boca. La silueta de Colin se recortaba contra la ventana, sólida aunque un poco más pequeña, ahora que, mentalmente, le había quitado la capa.

—Sé que te he decepcionado.

—No, no lo has hecho. —Aferró el pomo con fuerza. Quería ser sincera. Quería ser amable—. Tú también buscas la manera de cambiar el mundo. Que sea distinta de la mía no quiere decir que esté mal.

«Confía en tu instinto.»

—Sarah-belle, me alegro de que hayas venido.

—Yo también. —Lo pensaba de verdad. Tenía que ver todo aquello. Una chica no puede curarse si no se toma toda la medicina, aunque sea amarga—. Tengo lo que quería, Colin. Por fin una despedida en condiciones.

Él le sonrió con nostalgia.

—Si alguna vez necesitas un héroe cuando estés en ese mundo salvaje y peligroso al que vuelves...

«Ah, no, Colin. No te llamaré. Hace mucho que tendría que haberte puesto en la vitrina.»

—... no tienes más que mirarte al espejo.

15

—Por favor, Jo, no me eches la culpa si te despiden por faltar otro día más al trabajo, ¿de acuerdo? —dijo Kate mientras Jo conducía el BMW de alquiler hacia el Lincoln Tunnel—. Te agradezco que me lleves a casa, pero ya no me cabe más culpa en el cuerpo.

—Cariño, de todos modos hoy nadie va a llegar a la oficina antes del mediodía. —Jo redujo la velocidad a medida que los carriles se unían—. Trabajamos como perros para preparar la desastrosa propuesta de ayer. No tengo intenciones de llegar la primera y recibir toda la culpa. Además —añadió, soltando la palanca de cambios para darle un apretón cariñoso en la mano—, no pienso dejar que te enfrentes tú sola a tu furioso marido.

Kate bajó la vista hacia el estrujado pañuelo de papel que sostenía. Estaba seco. La noche anterior había agotado las lágrimas en el brazo del sofá de Jo. Había llorado en silencio, para no asustar a Grace y para no despertar a su amiga, después de quedarse despiertas hasta pasada la medianoche, bebiendo vino.

Jo le había contado toda la verdad, sin endulzarla ni un poquito. Le dijo que su familia se había quedado sin mantequilla de cacahuete y que Tess se había perdido el partido del viernes porque no había encontrado los tacos. No dejaban de recibir llamadas sobre vídeos sin devolver y Michael ya iba retrasado con su nuevo proyecto de manualidades, un robot. Los papeles se amontonaban en la mesa del comedor y la suegra de Kate se negaba a ocuparse de ellos. Anna llevaba días desayunando sólo cereales porque a Paul se le olvidaba comprar leche.

En las pocas horas que consiguió dormir, no había hecho más que tener pesadillas. Soñó que se balanceaba con violencia en una canoa llena de botellas vacías, envoltorios de chucherías y autorizaciones, mientras buscaba los remos en vano. La canoa se sacudía peligrosamente y ella trataba de sujetar a sus tres hijos, que gritaban asustados mientras se precipitaban hacia los rápidos.

Jo le dio al limpiaparabrisas al salir al lado del río Hudson que daba a Jersey, porque había empezado a llover.

—Kate, conecta mi iPod. Me apetece oír música.

Ella echó un vistazo a la música de su amiga y, finalmente, eligió un tristona balada de Nina Simone.

Se recostó en el asiento y se restregó el pañuelo en la pernera del vaquero. Había elegido a propósito aquel vestuario típico de madre que lleva a sus hijos a sus actividades extraescolares: vaqueros, zapatillas y un jersey cómodo. Se había resistido a ponerse algo sexy y a bajar a la peluquería, como le había aconsejado Jo. En vez de eso había optado por una cola de caballo y se había puesto un jersey muy usado. Quería tener un aspecto familiar para Paul. Íntimo. Quería demostrarle que estaba dispuesta a retomar el asunto donde lo habían dejado.

«Aunque no me haya echado de menos.»

Guardó el pañuelo debajo de las rodillas y se tiró de las mangas del jersey hasta que le cubrieron los nudillos, mientras los lamentos de Nina acerca de un matrimonio fallido salían de los altavoces.

—Deja de lloriquear —dijo Jo, dándole un golpecito en el hombro—. Ya te lo he dicho: la situación no es irreparable. Quince años de matrimonio y tres hijos no se van a ir al garete por una pequeña infracción que ni siquiera es sexual.

Kate sonrió débilmente.

—Ocurra lo que ocurra —añadió Jo dando un sorbo de café y limpiándose la espuma del labio superior a continuación—, siempre puedes quedarte a dormir en mi sofá.

—Podemos compartir gastos. Criar gatos.

—Ah, no, cielo, gatos no. Bastante tengo ya con criar a Grace. Muchas gracias. —Jo echó un vistazo al teléfono que vibraba en la consola entre los acordes de *Trouble*, de Ray La Montagne—. Es de la oficina. Tengo que contestar, Kate.

Dejó el vaso de café en el lugar destinado a ello, apretó un botón y puso su voz de trabajo. Kate cogió su vaso —chocolate caliente con nata encima— y lo sujetó entre las manos.

Era extraño. Estaban en la autopista de Jersey con sus carriles perfectamente ordenados, sus enormes carteles indicadores y sus educados conductores que utilizaban los intermitentes, pero no era capaz de regresar al estado mental en que se encontró después de aquel primer salto en paracaídas. ¿Qué la había llevado a pensar que mandar al cuerno sus responsabilidades, así, de repente, era una buena idea? ¿Por qué creyó que abandonar a su familia durante casi dos semanas mejoraría de algún modo su matrimonio? En ese momento, con el culo cómodamente plantado en un lujoso coche nuevo, viendo pasar gasolineras, edificios de oficinas y jardines perfectamente cuidados, la idea le parecía tan peregrina como que un rebaño de ganado saltara la valla y atravesara la autopista.

«Imperdonable.»

Rotó los hombros y movió la cabeza a un lado y otro, tratando de deshacer la contracción que tenía en el cuello por utilizar el brazo del sofá como almohada. Se había pasado dos días enteros dándole vueltas sin parar, intentando buscar la manera de arreglar las cosas. Sentía la piel tan tensa que, de no ser por la luna del coche, el viento de octubre le llegaría directamente a los huesos.

De algo estaba segura: lo hecho, hecho estaba. Tenía que empezar a mirar al futuro y hacer que las cosas mejorasen a partir de aquel mismo instante.

Eso haría. Regresaría a casa con su familia. Tendría una larga conversación con el entrenador de Tess. Negociaría con la profesora de Michael un poco más de tiempo, paciencia y algo de indulgencia. Se quedaría con Anna en casa un día y la llevaría a jugar a su parque favorito. Limpiaría la casa de arriba abajo, llenaría la despensa, prepararía macarrones con queso y pollo asado y haría pan. Se ocuparía del papeleo y escribiría listas de cosas pendientes. Con tiempo, y el capitán de nuevo en cubierta, el barco de los Jansen pronto volvería a surcar los mares.

Ésa sería la parte fácil.

Jo cortó la conexión y suspiró profundamente.

—Aún no hay noticias de Artemis. —Se sacó el auricular y lo echó encima de la consola—. Sólo es un retraso, pero sé que yo no nos contrataría. Parecíamos gallinas en un gallinero.

Kate se removió en el asiento y apoyó la mejilla en el asiento de suave cuero, agradecida por la distracción.

—¿Es una cuenta importante?

—Ya lo creo —contestó Jo—. Es el pez más gordo de todo el estanque, nena. Mantendría los ingresos en números negros durante un año entero más. Por no decir que sería un bonito trofeo para mí. Pero ¿sabes, Kate?, al lado de cosas realmente graves como la pobreza, el hambre o la salud mental de Grace, da igual cuánta gente compre un perfume llamado Mystery.

Kate esbozó una sonrisa.

—Te has convertido en madre.

Jo estuvo a punto de echarse el café por encima de su impecable traje. Agarrando el volante con fuerza, buscó un pañuelo con la otra mano.

—Por todos los santos, Kate. No puedes decirme cosas así, sin avisar. Me crea problemas con la imagen que tengo de mí misma.

—Te observé anoche con ella.

Al llegar a casa de Jo, Kate había tenido que recurrir a toda su fuerza de voluntad para no asfixiar a la pobre criatura con besos y abrazos. La imperiosa necesidad era más por sí misma que por Grace, a quien nada más verla catalogó como un poco arisca.

—Te seguía a todas partes con la mirada —continuó Kate—. Y te diste cuenta de cuando empezó a sentirse cansada. En cuanto se lo ordenaste, subió a su habitación y se acostó como si llevara toda la vida viviendo en tu piso. Mátame si quieres, pero nunca esperé un comportamiento similar en la Señora del Universo.

—Te voy a decir una cosa: esto de hacer de madre me ha hecho pensar. —Jo se secó del pecho y el regazo las supuestas salpicaduras de café—. Me ha hecho acordarme de la creativa que perdimos el año pasado, Laura Henley. Era lista como pocas, e imaginativa. Se le ocurrió la idea de los anuncios de suspense para aquella línea de ropa. Se fue porque mi jefe no quiso que trabajara desde casa dos días a la semana para así poder pasar más tiempo con su hijo recién nacido. También me he acordado de Ginger Schein, una brillante diseñadora gráfica, marginada cuanto tuvo que reducir horas de trabajo para cuidar de su madre anciana. Me ha hecho pensar en cómo se deja escapar el talento.

—Esto me huele a aventura empresarial.

—Tal vez necesite una salida de emergencia cuando perdamos esta cuenta —dijo Jo—, pero es más que eso. Durante estas últimas semanas con Grace, ha sido un verdadero desafío para mí trabajar y atender a todas sus necesidades. Es como si el día no tuviera suficientes horas.

—Me siento orgullosa de ti, Jo.

—Calla, calla. Sigo teniendo intención de irme a Santa Lucía en febrero.

—Me alegro por ti. Yo me pasaré ese mes asistiendo a partidos de baloncesto en gimnasios escolares que huelen a zapatilla vieja.

—No irás a hacerlo, ¿verdad, cielo?

—Sí voy a hacerlo. —Se arrebujó en el jersey, deseando poder abrazar a sus tres hijos, deseando poder verlos ya, en aquel mismo instante. Levantó las rodillas y se las rodeó con los brazos, intentando que el pánico no se apoderase de ella otra vez—. Ahora mismo, estoy deseando comer bocadillos de salchicha con pimientos y ver a ese árbitro gordinflón que cojea...

—No me refiero al baloncesto. Me refiero a que no irás a hundirte delante de Paul, ¿verdad?

Kate dejó el vaso de chocolate en su sitio en la consola y evitó la mirada de Jo fingiendo interés por las canciones de Joss Stone que ésta llevaba en su iPod. Kate sabía que Paul —por enfadado que pudiera estar en aquel momento— la dejaría volver a casa. La necesitaba para que le recogiera los trajes en la tintorería y preparase la cena de los niños cada noche y para que marcara la imprescindible rutina diaria. Si algo había aprendido de aquel fiasco era que, en quince años, se había convertido en una experta a la hora de llevar una casa y criar hijos.

Y precisamente ahí estaba el peligroso ojo del huracán. Por los niños estaba dispuesta a todo. Volvería a su antigua vida, renunciaría a tirarse en paracaídas, lo que fuera con tal de tener la oportunidad de cuidar de ellos otra vez. Por Tess, Michael y Anna estaba dispuesta a seguir casada con un hombre de quien ya no podía decir con toda seguridad que la amara.

—¡Kate! —Jo le dio un toquecito en el hombro—. No irás a hundirte, ¿verdad?

Ella ladeó la cabeza.

—Define «hundirse».

—Cielo, sabes que él no es el único que ha sufrido daños aquí...

—Pero Paul lo ve así.

—Pues entonces tendrás que hacer que entre en razón. —Jo alargó el brazo sin mirar y le tiró de la manga. Con una uña bien manicurada, dio unos golpecitos sobre lo que quedaba del dibujo hecho con henna que Kate llevaba en la mano—. Esto es un símbolo de la antigua Kate —dijo—, y a mí me encanta esa chica. Me encantó verte saltar en paracaídas. Me encanta que hayas montado en elefante en una selva de la India. Me alucina que hayas pasado toda una semana con un traficante de armas nigeriano...

—En realidad es inglés. Estudió en Oxford. Pero me cuesta pensar en eso ahora —la atajó Kate, cubriéndose los nudillos con los puños otra vez—. Sobre todo cuando está a punto de caducar el plazo de mi placer prohibido.

—Cariño, no es precisamente que hayas hecho turismo sexual en Bangalore. Ya está bien, Kate. —Le quitó el iPod del regazo y pasó el pulgar por el menú—. Se acabó Nina, Joss y Amy Winehouse. Ya vale de lamentos con música. Me estás deprimiendo.

—Oye, que éste es tu iPod.

—Cielo, no puedes hundirte. No puedes hacerte eso. Y tampoco puedes hacérmelo a mí. —Jo buscó arriba y abajo con el pulgar mientras conducía con la otra mano—. Si cedes a sus exigencias sin luchar por vuestra relación, estarás igual que antes de tirarte de aquella avioneta.

—Mi vida antes del paracaidismo estaba bastante bien —masculló Kate—. Tenía una bonita casa. Unos niños fantásticos. Un seguro. Sexo los martes y los sábados...

—No pienso escuchar. No se te ocurra decirme que no puedes tenerlo todo. Ahora yo también tengo una niña, Kate, y cuento contigo para que me demuestres que todavía puedo tener una vida plena.

Ella cogió nuevamente el vaso. No sabía qué decir. Creía que vivía bien hasta que Rachel le pidió que se tirara en paracaídas. Tal vez Rachel se hubiera dado cuenta, mucho antes que ella misma, de que su relación con Paul era un animal moribundo.

«No.»

—Vamos a escuchar esto. —Jo apretó el botón y tiró el iPod sobre el regazo de Kate—. Y quiero oírte cantar, ¿vale?

—¿Por qué? ¿Te gusta oír a gente que canta mal?

La sonrisa de Jo se agrandó todavía más.

—¿Te acuerdas de aquel bar de karaoke al que solíamos ir cuando trabajabas en la ciudad? Siempre eras tú la que conseguía más aplausos.

—Soy rubia —contestó ella pasándose la mano por el pelo—. Natural.

—Y tenías voz de perro herido. Vamos, no te preocupes. El BMW está insonorizado —contestó Jo poniendo los ojos en blanco—. Canta a voz en cuello, cielo. Quiero oírte.

Kate miró el iPod cuando empezaron a sonar los primeros acordes. Gloria Gaynor: *I Will Survive*. Puso los ojos en blanco.

—Espera, voy a quitarle el polvo a ésta.

—Adelante, tú búrlate. Pero después viene George Michael. Y te sabes todas las letras.

De pronto, Kate se acordó de un día, muchos años atrás, cuando los niños eran pequeños y Paul y ella fueron en coche a Ohio a visitar a su madre. Estaban tan hartos de las edulcoradas canciones de Disney que empezaron a cantarlas con sus propias letras picantes, hasta que Paul no podía ni respirar de tanto reír.

Dejó de cantar con un sollozo estrangulado.

—Joder, Kate. —Jo tomó la salida de la autopista—. Se suponía que esto tenía que animarte.

—Los recuerdos son una mierda —contestó ella, mirando a través del cristal tintado el cartel que les daba la bienvenida a su ciudad—. Vamos a acabar con este asunto de una vez.

La casa apareció ante sus ojos. Echó una ojeada a la pintura que se estaba desconchando y el reguero de moho verde del tejado, a la altura del canalón. La bicicleta da Anna se veía tirada en mitad del camino de entrada, al lado del monopatín de Michael y un cubo con cuentas de colores volcado. En el jardín delantero había un intrincado laberinto hecho a base de sillas de jardín, toallas y una tienda de campaña, unidas entre sí con cuerdas de saltar, todo ello sujeto con piedras decorativas de las que usaba para bordear el arriate de los rododendros.

Jo aparcó junto a la acera y Kate salió del coche con el corazón desbocado y muerta de miedo, con la súbita necesidad de congelar aquel momento en el tiempo. Quería capturar aquella imagen de su hogar tal como se encontraba en aquel preciso instante —un refugio sólido contra las inclemencias de fuera—, con su deteriorada, conmovedoramente defectuosa y dignamente caótica belleza.

—¡Eh! ¡Ha llegado mamá!

La puerta principal se abrió de repente. Tess salió corriendo por el camino. Se agachó para pasar por debajo de una de las tiendas hechas con toallas y al llegar al otro lado se tiró encima de Kate con tanta fuerza que la hizo retroceder y chocar contra el coche.

—¡Por fin! ¡Mamá! Me alegro de que hayas vuelto. ¡Por fin!

Kate la abrazó con fuerza, pues sabía que Tess se soltaría en menos de un minuto, azorada, pero por el momento la niña no hacía más que saltar, vibrante de excitación.

—¡Me alegro tanto de que hayas vuelto! ¡No te vas a creer la de problemas que hemos tenido! ¡La abuela es un rollo! ¡Y por poco me echan del equipo! Pero no me han echado porque papá fue a hablar con el entrenador y le dijo que te habías ido a la India y todo eso, y entonces me dejó quedarme. Y ganamos el partido del sábado...

Kate se retiró un poco para apartarle el flequillo de la frente y mirar henchida de amor el aparato dental que llevaba.

—¡Eso significa que vamos a ir a la semifinal de la próxima semana! ¿Te lo puedes creer? Helena dice que no ganaremos a Caldwell East, que tiene jugadoras que nos sacan la cabeza y los hombros, pero yo...

—¡Mamá está en casa!

Anna se asomó a la tienda de campaña con un tutú morado, se aplastó como pudo debajo de una toalla doblada y salió disparada hacia ellas para lanzar sus veintitrés kilos y medio de peso entre las rodillas de su hermana y de su madre. Rodeando a Tess con un brazo, Kate se agachó y estrechó a Anna contra su cuerpo, aplastando el tul. La niña la recompensó con un húmedo beso.

—¡Mira, mamá! —Anna abrió el puño para enseñarle el montón de maíz de caramelo que tenía dentro, granos de maíz de color blanco y naranja, igual que el cerco de alrededor de la boca—. ¡Tengo caramelos de Halloween!

—Qué ricos, ¿eh? —dijo Kate, contemplando aquellos enormes ojos castaños—. ¿Cómo has convencido a la abuela para que te dejara comerlos?

—La abuela no lo sabe. —Anna se inclinó sobre su madre con una sonrisita cómplice—. Papá ha dicho que podía comerlos.

—Mamá, mamá, ¿podemos cenar salchichas con pimientos

esta noche? —preguntó Tess—. ¿O lasaña de verdad? La abuela nos da unas cosas asquerosas, y papá dijo que...

Entre el aluvión de información de Tess y por encima de la cabeza de Anna, Kate vislumbró a Michael, que acababa de aparecer de detrás del monovolumen familiar y trasteaba con el monopatín en el camino de entrada. Kate se encontró con sus ojos a través del flequillo que le caía sobre la frente y levantó la mano. Con sonrisa insegura, él le devolvió un despreocupado saludo. Y, de repente, dejó caer el monopatín al suelo y se alejó calle abajo, con las manos en los bolsillos.

—¿Me estás escuchando, mamá? Porque Helena quiere quedarse a dormir mañana, para que estudiemos matemáticas, pero también porque necesita que alguien la lleve al partido al día siguiente...

Pero ella no la escuchaba, porque la puerta acababa de abrirse de nuevo y Paul estaba en el umbral.

Apretó a las niñas con fuerza y se enderezó. Llevaba una camiseta de Caltech, con el logo descolorido y agrietado, y el tejido tan desgastado por el uso que se le pegaba al torso. Tenía un paño de cocina sobre el hombro, como si acabara de salir de la cocina.

Jo se acercó a Kate.

—Yo me quedaré aquí fuera un rato —dijo, alargando la mano para revolverle el pelo a Anna en señal de saludo. Y añadió al oído de su amiga—: Sólo para asegurarme de que no se produzcan malos tratos.

Paul bajó los escalones y atravesó el camino de baldosas de la entrada a grandes zancadas, deteniéndose al otro lado de la tienda de campaña.

—Niñas —dijo, quitándose el paño del hombro—. Id a hacer algo adentro.

Su voz desbocó el pulso de Kate. Tess y Anna percibieron la

tensión y, tras intercambiar una mirada, se escabulleron hacia la casa.

Kate se quedó mirándolas, no sólo para grabarse la imagen de sus saltarinas colas de caballo, sino porque el corazón le latía muy de prisa y no estaba preparada para mirar a Paul a la cara. Era como si tuviera una instalación eléctrica dentro de su cuerpo y alguien acabara de encender un interruptor. Aunque los separaba un metro y medio de distancia y una tienda de campaña que les llegaba a la cintura, la presencia de él se hacía notar. Era la intensidad de su concentración. Hacía mucho que no lo sentía tan consciente de ella.

Se aferró a la bolsa de mano para no perder el equilibrio.

—Te agradezco que hayas dejado que los niños se quedaran hoy en casa —dijo, con una voz que sonaba demasiado ronca.

—Sólo medio día —contestó él, limpiándose las manos con el paño como si quisiera arrancarse la piel—. Había conferencias para profesores.

Ella hizo una mueca de dolor.

—Bueno, al menos no les has dicho que se fueran a jugar con sus amigos.

—Puedes estar segura de que lo he pensado.

Kate le dirigió una rápida mirada. Sintió el impacto de sus ojos azul claro. Y también el impacto de verlo: lo tensa que se le veía la piel de las mejillas, la rigidez de sus hombros, la barba de varios días. Lo había visto así una vez: lo estaban apretando mucho para que entregara un prototipo de un juego y dos veces se lo encontró dormido en el sillón de su despacho, con la mejilla apoyada en el teclado. Sin embargo, ahora era la furia lo que lo mantenía erguido, pero Kate veía que se acercaba peligrosamente a la extenuación.

La culpabilidad se apoderó de ella.

—Hola, Paul —saludó Jo, y colocó una mano protectora por encima del hombro de Kate—. Has tenido mejor aspecto.

—Jo.

—¿No te parece que sería mejor hacer esto dentro de casa? —preguntó ésta.

—No —respondió él, echándose el paño por encima del hombro otra vez—. Me importan un comino los vecinos. Si me importara lo que piensan, no habría permitido que los juguetes camparan a sus anchas por mi césped desde hace días. Y si mi mujer tiene algo que decir, puede hacerlo mientras yo me ocupo de la casa y la familia.

Sus palabras le llegaron a Kate a lo más hondo. Acusó el golpe mientras Jo le quitaba la mano del hombro y retrocedía. Se apartó el pelo de la cara con manos temblorosas. Había dispuesto de veinte horas de avión para pensar en lo que le iba a decir cuando lo viera. Y, sin embargo, llegado el momento, mientras Paul deshacía los nudos que unían la tienda a la silla, las explicaciones que había estado ensayando se le quedaron atascadas en la garganta.

Al menos sabía por dónde empezar.

—Paul... lo siento mucho.

La expresión de él vaciló ligeramente. La contracción de pequeños músculos faciales fue mínima, excepto para ella, que era quien más lo conocía y lo amaba.

—Sé que suena manido y torpe —continuó—, pero de verdad lo siento. No debería haberos dejado a ti y a los niños así, tan de repente.

—Es la primera cosa sensata que dices desde hace semanas. —Soltó la cuerda con un tirón seco y la dejó caer al suelo—. Pero «lo siento» no arregla las cosas.

—Lo sé.

—Nos abandonaste...

«Nos abandonaste.»

—Y todavía estoy esperando que me digas por qué.

—He intentado decírtelo...

—Por teléfono vía satélite —la cortó, deshaciendo un nudo del otro lado—. A lomos de un jodido elefante, en moto por las calles de Bangalore...

—Si te callas un momento y me dejas hablar, trataré de explicarlo mejor.

Paul clavó en ella una intensa mirada mientras soltaba la cuerda de la tienda de campaña y continuaba recogiendo el laberinto. Kate se acercó tímidamente y se colocó a su lado. Jugueteó con una cuerda atada a una silla de jardín. Estaba húmeda y el nudo se había tensado demasiado. Costaría tanto deshacerlo como exponer las verdades acerca de su matrimonio.

Él encogió un hombro con gesto impaciente.

—¿Te acuerdas de nuestra luna de miel, Paul? ¿Te acuerdas de cuando hicimos aquella excursión a los campos de lava de Volcano National Park?

Sabía que sí se acordaba. Vio danzar el recuerdo entre los pliegues de su cejo fruncido. Una noche, cogieron unas linternas y salieron hacia el volcán, siguiendo la ruta marcada. Cada vez más cerca del calor, del olor a azufre y del peligroso resplandor rojizo de la lava. Vieron chisporrotear los trozos de roca y oyeron el siseo que hacía al entrar en contacto con el mar, allí donde nacía una nueva tierra.

—Yo lo recuerdo todo —murmuró ella—. Recuerdo estar a tu lado en la oscuridad. Recuerdo que te di la mano, y recuerdo que pensé en los años que nos aguardaban y en la nueva vida que íbamos a emprender. El bebé al que llamaríamos Tess...

—Kate. —Contuvo las palabras detrás de los labios apretados. Pudo ver cómo se le apelotonaban en la garganta, rojo de ira—. Ve al grano.

—Éste es el grano. Es lo que llevo intentando decirte todo el tiempo. —Se sintió momentáneamente mareada. La misma sensación que tuvo al acercarse a la puerta abierta del avión, justo antes de saltar al vacío—. Creo que los problemas en nuestro matrimonio empezaron cuando nació Tess.

Paul levantó la cabeza bruscamente, con las manos inmóviles sobre el nudo que estaba desatando. Las pupilas se le dilataron y se balanceó sobre los talones.

—En gran parte yo tuve la culpa. —Dejó caer las palabras mientras él procesaba la información, consciente de que tal vez no tendría oportunidad de decir nada más si no lo hacía en ese momento—. Me asusté mucho al tener el bebé. Tenía miedo de hacerlo mal. Mándame a una empresa que lo tenga todo en archivos de papel de hace treinta años y lo solucionaré en unas pocas semanas, pero ¿aquello? ¿Cuatro kilos y medio de bebé gimoteante? No había instrucciones para eso, no había evaluaciones semestrales, no había salida de emergencia... Estaba totalmente perdida...

—¿Desde que nació Tess? —Paul la miró ladeando la cabeza—. ¿Desde que nació Tess?

—Y por eso me dediqué a compensar en exceso, como siempre. Leí todos los malditos libros y le puse a Mozart mientras dormía la siesta, le compré todos los juguetes educativos que encontré. Y no pude parar cuando llegaron Michael y Anna. Entonces, si cabe, la cosa se intensificó, creció y creció, y cuando me quise dar cuenta dirigía la asociación de padres y llevaba a todos los niños al fútbol...

—Ahora empezamos a entendernos, porque es de eso de lo que se trata. —Paul soltó la cuerda de un tirón y la dejó en mitad del césped—. Haces demasiadas cosas con los niños.

—Lo sé.

—Michael practica dos deportes, Tess está en un equipo que viaja a competiciones. —Echó una toalla húmeda en el suelo detrás de él—. Anna va a gimnasia...

—Nunca tuve intención de que...

—Y tú —continuó él, impertérrito, dándole una patada al cubo de cuentas de colores—, tratas el sexo como si fuera una más de las tareas pendientes de la lista.

Kate oyó el gemido estrangulado de Jo a cierta distancia, pero no prestó atención, porque ahora era a ella a quien le dolían las palabras. La verdad dolía. Se acordó de que, en una ocasión, incluso llegó a apuntarlo realmente en la lista. «Sexo con Paul», escribió, justo a continuación de «Llevar a Tess al entrenamiento» y delante de «Bañar a Anna».

—Eso va a cambiar —se apresuró a decir ella con voz trémula—. Voy a bajar el ritmo con los niños.

—Me alegro.

—De verdad que voy a hacerlo, Paul. Ya he tomado la decisión.

Y era cierto, mucho antes de que el avión aterrizara en Newark. Hablaría con los profesores a lo largo de la semana siguiente. Dimitiría como presidenta de la asociación de padres al final del trimestre. Y quería volver a tener sexo con Paul. A menudo. Apasionado. Como el que tenían antes —sexo encima de la secadora, sexo en la ducha—, espontáneo, frecuente y muy intenso.

—Sí, ya, tal vez lo hagas —dijo él en voz baja y hostil—. Tal vez decidas que así se arregla todo. Reducir las actividades de los niños. Retomar la normalidad.

—¡Sí!

—Sé cuánto quieres a nuestros hijos, Kate. No voy a negarlo. Ellos son todo tu mundo.

Las lágrimas le escocían en los ojos.

—Sí —contestó ella, tragándose el nudo de la garganta—. Lo son.

—Por eso me he pasado las últimas dos semanas repasando nuestro matrimonio como si fuera un pase de diapositivas de mierda, intentando recordar algo, una discusión, una traición, alguna cosa lo bastante grave como para que desearas atravesar medio mundo. Porque está claro que no te fuiste a la India para alejarte de los niños —dijo con voz ronca—. Te fuiste para alejarte de mí.

El tiempo se detuvo en una especie de neblina con un zumbido de fondo. Kate se descubrió pensando en un juguete que Paul le había comprado a Michael cuando éste era pequeño. Un tentetieso con forma de payaso. Cuando le pegabas, volvía siempre a la posición de inicio.

Y a pesar de sentirse mentalmente como aquel payaso, acusó el dolor de Paul. Le había hecho mucho daño. Le sobrevino la acuciante necesidad de tomarle el rostro entre las manos, mirarlo a los ojos y decirle que lo amaba, que lo amaba con toda el alma, y que eso era lo único que importaba.

Avanzó un paso para hacerlo, pero él cogió la silla de jardín del suelo y la plegó, manteniéndola como un escudo entre los dos.

—Se te olvida —dijo ella con suavidad— que te supliqué que vinieras a la India.

—Algo muy fácil de decir cuando sabes perfectamente que no podía dejar el trabajo y a los niños.

Dio media vuelta. De una patada apartó las piedras colocadas alrededor del borde de las toallas dobladas. Entumecida, Kate cogió la silla de jardín más cercana, atada por ambos lados con más toallas y cuerdas de saltar. Buscó en el fondo de su corazón mientras desataba nudos como una autómata. ¿Se habría estado engañando? No, no, realmente quería que Paul se reuniera con ella en la India. A decir verdad, lo había echado de menos con verdadera desesperación todos los días. Pero ahora, de pie en el jardín de su propia casa, empezaba a preguntarse si no habría estado esperando un imposible.

Las dudas giraban en su cabeza. Plegó distraídamente una tumbona. Tal vez Paul tuviera razón. Tal vez, después de la emoción de la experiencia con el paracaídas, se había mostrado totalmente irrazonable, y era culpa suya que hubieran llegado a la situación en la que se encontraban en ese momento, a raíz de la absurda idea de que podían tener un matrimonio diferente, una vida amorosa intensa, la vida amorosa idealizada que se describe en las novelas. Sus actos se le antojaron repentinamente absurdos: reservar un billete de avión y ¡rumbo a la India! Pero vivían en el mundo real. Tal vez todas las parejas llegaban a un punto en que el matrimonio se convertía sobre todo en un trabajo en equipo centrado en criar a los hijos.

Jo carraspeó y la miró de forma muy significativa.

«No irás a hundirte, ¿verdad?»

Kate desvió la vista tan rápido que casi se torció el cuello. «Mierda.» Apretó los ojos con fuerza, tratando de controlar el torbellino de sus pensamientos. Pero no había hecho más que empezar cuando un golpe de viento la abofeteó. Le apartó el pelo de la mejilla. Un golpe súbito de viento que le recordó cuando volaba en caída libre a mil quinientos metros de altura. Y que le recordó lo que era sentir la ingravidez y la alegría de vivir.

Le recordó a Rachel.

En ese instante, Kate abrió los ojos y se vio a sí misma y el mundo como si lo estuviera contemplando desde arriba. Vio la casa y el laberinto desmantelado y la espalda rígida y los gestos de frustración de Paul mientras iba recogiéndolo todo. Se vio a ella siguiéndolo en silencio, ayudándolo, entre los dos nada más que la brutal necesidad de recuperar la normalidad, de evitar hablar de lo que más les dolía.

Y así, sin más, se le aclaró la mente. Kate lo supo: no podía hundirse. Vio las consecuencias que eso acarrearía con la misma claridad con que veía las sombras de las nubes por encima del césped de su jardín. Vio el devenir predecible de los largos años, vio que, si se hundía, las cosas no cambiarían nunca. Nada cambiaría, y Paul y ella se convertirían en aquella pareja de ancianos que salía a cenar fuera los sábados sin tener nada que decirse.

Arrojó la última toalla al montón, con las demás y se aferró a la determinación que se retorcía en su interior conforme cruzaba el jardín al trote, apartando piedras a puntapiés y sorteando sillas, hasta que alcanzó a Paul.

Éste levantó la vista en un espasmo de músculos largos y esbeltos, y la fulminó con una mirada de un desgarrador color azul.

—Paul, no se trata sólo de mí. —Se agarró a la cinta de su bolsa de mano para armarse de valor—. Cuando nació Tess, tú también cambiaste.

Él negó con la cabeza, giró sobre sus talones y echó a andar hacia la casa, alejándose de ella, de las explicaciones, de la fea verdad. Justo en ese momento, Jo carraspeó. En voz alta.

Paul se detuvo. Estaba de espaldas a ella, los afilados omóplatos se le clavaban en la camiseta.

Sorprendida, Kate miró a su amiga, apoyada en el coche, con los brazos cruzados y contemplando a Paul con hostilidad. De repente, Kate se acordó de que Jo había estado hablando con él toda la semana. Se dio cuenta de que había estado utilizando su don de gentes para ablandarlo.

Enternecida, pensó que ya le daría las gracias por haberlo intentado.

Luego se volvió hacia Paul y aprovechó la oportunidad de que estaba callado.

—Cambiaste cuando nació Tess —prosiguió— y la mayoría de esos cambios fueron para mejor. Jamás olvidaré cómo sostuviste a nuestra hijita recién nacida en tus manos. Parecía como si supieras qué hacer. No todos los hombres se adaptan así de bien.

Él se puso de perfil a ella y con ojos entornados miró a Michael, que hacía trucos de monopatín con unos amigos al final de la calle, pero Kate sabía que estaba pensando en su propio padre.

—Pero también por aquella época dejaste tu trabajo. Me acuerdo de que te gastaba bromas con lo de tu uniforme corporativo, pero sé que no te resultó fácil abandonar el sur de California, abandonar un incipiente negocio propio y venir aquí. Las cosas aquí son muy diferentes, todo eso del horario de nueve a cinco, ir de reunión en reunión todo el día, pero te esforzaste por adaptarte. —Se acordaba perfectamente—. Lo sé, Paul. Lo vi.

—Tenía que encontrar un trabajo de verdad —respondió él, dando unos pasos con los brazos en jarras. Se detuvo y echó a andar otra vez, como hacía en los partidos de fútbol cuando el árbitro pitaba mal una falta—. No iba a criar a mis hijos en una comuna, plantando quingombó y coles; permitir que Tess excavara agujeros para hacer sus necesidades y que Michael aprendiera a teñir...

—Querías una vida mejor.

—Sí, y la he conseguido para nosotros, para todos nosotros.

—Sí, Paul, ya lo creo que lo has hecho. —Se inclinó hacia él, deseando que entendiera lo que le quería decir—. Pero en algún momento, por el camino, los dos empezamos a pensar que esa «vida mejor» era como un anuncio de Ralph Lauren.

Él la miró y parpadeó sin comprender.

—Piénsalo. ¿No habremos estado tan ocupados con los niños, tan decididos a darles una versión idealizada de la vida familiar que sale en las series de la tele, que se nos ha olvidado ocuparnos de nosotros?

Lo miró procesar la información con su irritante sentido lógico, tan concentrado mirando el suelo que cualquiera diría que estaba contando las briznas de hierba. Kate temblaba con tanta violencia que le llevó un minuto darse cuenta de que apretaba tan fuerte el asa de la bolsa de mano que se la estaba clavando en la palma.

Se obligó a relajarse un poco y cubrió el espacio que los separaba. Se detuvo un momento para comprobar cómo reaccionaba Paul ante su cercanía. Al ver que no se movía, le puso la mano en el hombro.

Notó que los músculos se le contraían al contacto.

—Algún día, Tess, Michael y Anna se harán mayores. —Apretó la nariz contra el hueco que se le formaba entre los omóplatos—. Algún día se irán de casa y vivirán su propia vida. Entonces nos quedaremos solos y tendremos todo el tiempo del mundo para nosotros. —Olía a hierba recién cortada, a algodón gastado y a lavavajillas—. Yo sé cómo es el matrimonio que quiero. Quiero que seamos esa pareja que baila agarrada al son de los músicos callejeros en Barcelona. Quiero que seamos el alma de las fiestas. Quiero que seamos esa pareja de ancianos que pasean cogidos de la mano pese a la edad. —Notó humedad en la cara y se dio cuenta de que se le había escapado una lágrima—. Eso es lo que quiero, Paul, es lo que siempre he querido. Una vida llena de aventura y amor, contigo. Quiero que seamos como éramos antes. Dime... —la voz se le atascó en la garganta— dime que tú quieres lo mismo.

Apretó la mejilla contra su espalda, ansiando que se relajara un poco, sintiendo como si se precipitara en caída libre, contando los segundos, aguardando una respuesta con el corazón a punto de estallarle en el pecho, llevándose consigo todas sus esperanzas y sueños.

De repente, Paul se apartó un poco, dio media vuelta y la miró fijamente, con recelo. Ella intentó sostenerle la mirada a pesar de las lágrimas.

El rostro de él parecía de piedra: tenía el mentón tenso y los labios apretados, formando una tensa línea blanca. Pero detrás de aquella mirada, Kate vislumbró la tromba de emociones, una turbulenta y fluctuante avalancha que la dejó sin aliento. En las aguas azules de sus ojos vio todas las cosas que no era capaz de decir con palabras, todo el dolor que Paul no era capaz de admitir. Vio el sufrimiento de un niño abandonado por su padre, y sus esfuerzos para no cometer los mismos errores de adulto. Vio algo con lo que no había contado cuando salió corriendo hacia la India: lo mucho que lo habían lastimado sus actos y lo hondo que había enterrado sus cicatrices.

—Paul.

—Maldita sea, Kate.

—Deberías haber sabido que volvería —susurró.

—Sí, debería haberlo sabido —respondió él lacónicamente—. Igual que tú deberías haber sabido que yo...

Las palabras quedaron suspendidas en el aire. Desvió la vista y se le contrajo un músculo de la mejilla.

—¿Qué, Paul? —Kate trató de recuperar su atención—. ¿Qué debería haber sabido?

—Te lo digo todo el tiempo.

—¿Qué es lo que me dices?

Él se puso en jarras, con el cejo fruncido en un gesto de confusión.

—Te lo digo todo el tiempo. O por lo menos tengo la intención de hacerlo.

Entonces la miró a los ojos con intensidad y ella se atragantó. El corazón empezó a latirle a toda velocidad.

—Te quiero, Kate —dijo Paul finalmente con voz entrecortada—. Así de simple. Lo único que he querido en la vida es a ti.

Ella miró sus ojos azules tratando de asimilar sus palabras, pero de repente no había nada que pensar. Paul la rodeó con sus brazos y Kate olió el champú que había utilizado aquella mañana. Notó cómo el pulso le latía en la garganta. El pelo de él se le enredó en las pestañas, húmedas a causa de las lágrimas.

Minutos después, cuando por fin recuperó el habla, ella le susurró:

—Te he echado mucho de menos, Paul.

Él extendió la palma de la mano contra la espalda de ella.

—Sigo enfadado contigo.

—Lo sé.

—Mi madre sigue aquí —añadió—. Podría quedarse con los niños una noche más.

—Vale.

—Saldremos por ahí. Los dos solos —continuó con voz ronca—. Yo reservaré.

Kate prorrumpió en una carcajada, un sonido ronco e inseguro, y se acurrucó contra él.

—Me parece perfecto.

Con suavidad, Paul la acunó entre sus brazos, allí mismo, en el jardín delantero de su casa.

Jewish Hospice Institute
Habitación 300-C
NYC, Nueva York

Querida Jo:

Cuando recibas esto, yo ya no estaré aquí. Espero que sepas perdonarme por no haber compartido esta última aventura contigo, pero no ha sido tan divertida como las otras. Cáncer. Después de la vida que he llevado. ¿Te lo puedes creer? Menuda sorpresa, ¿eh?

De modo que aquí estoy, con toda la cama de mi habitación del hospital cubierta de cartas, y me alegro mucho de haberlas escrito. Me recuerdan lo buenas amigas que habéis sido; lo distintas que somos Kate, Sarah tú y yo, y lo bien que nos hemos llevado siempre.

No dejo de pensar en aquel viaje que hicimos a los Finger Lakes un año después de que termináramos la universidad. Sarah estaba a punto de irse con el Cuerpo de Paz, así que queríamos hacer aquel último viaje juntas, y nos fuimos a un festival de música en las montañas. Kate lo había organizado todo a la perfección: botellas de agua, aspirinas, un hornillo de camping y una tienda nueva con sus piquetas. Tú te encargaste de reservar en un hotel cercano, según nos dijiste, porque ahora que tenías trabajo no pensabas volver a hacer camping. Yo había estado estudiando unas minas cercanas para ver si podía practicar un poco de espeleología. Y Sarah tenía la intención de pasarse todo el día viendo a aquel grupo cristiano de música de Vermont. Íbamos de camino, hablando de los planes de cada una, y me acuerdo que pensé: «Esto es el final. A partir de aquí, cada una tomará una dirección».

Te acuerdas de aquel fin de semana, ¿verdad? Estuvo diluviando, hubo un error con la reserva del hotel, cerraron las cuevas por peligro de inundación y el grupo favorito de Sarah canceló su actuación. Recuerdo que estábamos sentadas en el coche, calladas. Los demás coches iban saliendo del recinto y estábamos a punto de volvernos a casa. No me acuerdo bien de a quién se le ocurrió. Creo que todas lo pensamos al mismo tiempo, mientras mirábamos por la ventanilla el lodazal que se había formado. Recuerdo que Sarah dijo no sé qué sobre «to-

boganes del monzón» y tú dijiste que te vendría bien una copa y yo dije: «Ojalá tuviéramos bandejas de la cafetería» y Kate dijo: «Podemos hacerlo con unas bolsas de basura». Y allá subimos Kate, Sarah y yo a lo alto de la colina, chapoteando entre la lluvia, con nuestras bolsas de basura, y empezamos a tirarnos colina abajo, pasando por encima de charcos cada vez más grandes, riendo como locas y quitándonos el barro de los ojos. Los demás coches empezaron a pararse y la gente comenzó a salir. Hasta que no volvimos a la tienda, horas más tarde, no vimos que te habías pasado todo ese rato en una tienda de comestibles de por allí, comprando cecina y bourbon. Luego, Sarah se encontró con un conocido, un músico, que se sentó con nosotras junto al hornillo y empezó a tocar la guitarra, mientras nosotras nos abrazábamos y cantábamos. A todo esto, la gente no dejaba de unirse a nuestra fiesta, con nosotras con la cara cubierta de costras de barro seco, hasta que al final paró de llover y salió la luna. Aquella noche supe que no era el final de nuestro grupo, que el vínculo que nos unía, el que todas sabíamos que había echado raíces en lo más profundo de nuestro ser, garantizaba que, comoquiera que decidiéramos vivir cada una la vida, algo que todas aceptábamos con los ojos abiertos y el corazón alegre, si hacíamos un esfuerzo, nunca dejaríamos de ser amigas.

Jo, de todas nosotras, tú siempre fuiste la más fuerte, más de lo que admitías con todas tus sonrisitas sarcásticas y tus relaciones sin compromiso. Lo supe nada más verte, el día de la reunión del club de escalada. Todas tus ocurrencias sureñas y tu frívola insolencia tenían su origen en un corazón que había vivido experiencias horribles y había superado todas las dificultades a fuerza de tesón. De modo que las demás cartas las he escrito pensando en las necesidades de los demás, pero con la tuya he sido egoísta. Lo que te voy a pedir que hagas es la tarea más difícil de todas, y lo hago tanto por ti como por mí.

El tiempo nunca es suficiente, ¿sabes? Lo he intentado con todas mis fuerzas. Cuando nació Gracie, reduje bastante mis actividades, el paracaidismo y el puenting, *y me puse a trabajar en la agencia de viajes de aventura. Pasaba mucho tiempo en una oficina, reservando vuelos y organizando actividades para desconocidos, pero pensé que había alcanzado un relativo equilibrio entre la vida que había llevado hasta entonces y la preciosa existencia de la que entonces era responsable. Sin embargo, nunca era suficiente, y tenía la impresión de que cada vez que regresaba de un viaje me iba a encontrar con una pequeña desconocida, una hija a la que tendría que volver a conocer otra vez, desde cero.*

Lo que te voy a pedir, Jo, es que tú triunfes donde yo he fracasado. Sé que pensarás que esto es un error, pero no. Tampoco es la enfermedad la que habla, porque, aunque me tiembla la mano y me cuesta sostener el bolígrafo, estas palabras me salen de esa parte sólida de mí que el cáncer no ha tocado todavía.

Jo, quiero que seas la madre de mi hija. Te nombro su tutora legal. Quédate con Grace. Cuida de ella mejor de lo que yo podría. Quiérela, como yo siempre la querré.

Con todo mi amor,
Rachel

16

Asistir a un té para niños en el hotel Carlyle del Upper East Side no era el tipo de actividad que Bobbie Jo Marcum tenía en mente para una tarde de domingo. Pero la Bobbie Jo actual no era la misma Bobbie Jo de hacía un mes, la que se pasaba la mayor parte de los domingos escuchando a los Rascal Flatts mientras se ponía los dedos perdidos de tinta leyendo el *New York Times.* La Bobbie Jo actual estaba sentada a la mesa con una niñita vestida con un pichi de cuadros rojos y una camisita blanca con cuello bebé. Grace se había puesto también un sombrero de ala ancha de color amarillo con un lazo rojo, que no había manera de que se quitara.

El salón estaba lleno de sombreros como ése. El tema de la fiesta era la serie de libros de *Madeline*, de Ludwig Bemelmans. El conocido cuento infantil sobre la pequeña francesita que vivía en una casa de ladrillo en París y cuyos padres siempre estaban «fuera», había embelesado a Grace tanto como a Jo en su momento. A ésta, una huérfana que se había pasado años durmiendo en camas nido de distintas casas de acogida, una vez le pusieron una multa de tres dólares por haberse guardado un ejemplar de *Madeline's Rescue* debajo de la almohada en vez de devolverlo a la biblioteca.

Jo señaló con la mano al hombre que estaba reuniendo a un grupito de niñas sobre una mullida alfombra para leer.

—¿Quieres sentarte con ellas, cielo? Creo que van a leer *Madeline in London.*

—No —contestó Grace, balanceando las piernas al tiempo que cogía una minihamburguesa—. No ha leído *Madeline and the Bad Hat* tan bien como la prima Jessie. Es mi favorito. Me encanta Pepito.

—¡¿Pepito?! —repitió Jo con una fingida mueca de horror—. Cuando seas adolescente, Gracie, recuérdame que te diga que no debes acercarte a los psicópatas.

—¿Qué es eso?

—Alguien que da mucho miedo. Como un chico adolescente, por ejemplo.

—Pero ¡Pepito no da miedo!

—Gracie, cielo, ¿tengo que recordarte que suelta a un gato entre una jauría de perros?

—Eso era antes.

—¿Y que fabrica una guillotina para pollos?

—Luego pide perdón. —Detuvo el vaivén de las piernas lo justo para inclinarse sobre la mesa, blandiendo la minihamburguesa mordisqueada delante de Jo—. Y Madeline lo perdona y le dice que ya no es un niño malo.

Jo dio un sorbo a su limonada mirando a la niña con ojos entornados, preguntándose si sería demasiado pronto para empezar a preocuparse por aquella atracción que tenía Grace por los chicos malos.

Dejó la taza en la mesa con cuidado.

—Pues mi personaje favorito es el chucho que saca a Madeline del río —dijo—. ¿Cómo se llamaba? Tenía un nombre ridículo, muy propio de la Quinta Avenida...

—*Genevieve.*

—Sí, *Genevieve.*

En Kentucky, los perros se llamaban *Rover* o *Pooch* o *Butch*, y las princesitas Genevieve.

—¡Ay, a mí también me encanta *Genevieve*! ¡Y la señorita Clavel deja que Madeline se quede con ella!

—Y con todos sus cachorros.

Sí, todos esos perros callejeros en aquella casucha de París con los muros cubiertos de hiedra. Cuántas veces había soñado Jo con un lugar así cuando era pequeña, siempre vestida con ropa usada, mientras devoraba los cuentos bajo el gastado edredón de la cama. Cuánto deseó poder trasladarse a aquel lugar, fingir que en realidad no era huérfana, sino que tenía unos padres ricos que estaban muy ocupados y que, misteriosamente, siempre estaban fuera.

—¿Más té, tía Jo? —preguntó Grace, cogiendo la alegre tetera de color blanco—. Yo te lo sirvo.

—Si, lléname la taza, pequeña —contestó ella, alargándole la taza—. Estoy seca.

La niña levantó la tetera y, sujetando la tapa con la otra mano, sirvió el té —bueno, en realidad limonada— más o menos dentro de la taza. Menos mal que el mantel de lino de algodón era muy absorbente.

Jo bebió un poco de aquel mejunje excesivamente azucarado. Como siguieran bebiendo a aquel ritmo tendrían que hacer otra visita al baño en breve, y no sólo para mirar el papel pintado de conejitos con paraguas, diseñado por el autor de los libros.

En la mesa, había también una fuente de tres pisos con una delicada selección de alimentos en miniatura. Jo cogió un canapé de gambas.

—Eh, éste es el más pequeño —dijo Jo, levantando el canapé—. ¿Quieres comerte a Madeline?

—No, prefiero las verduras Pepito —contestó Gracie, cogiendo una fina lámina de zanahoria—. Sobre todo la salsa para mojar.

Jo se metió la gamba en la boca. Había tratado de que la niña comiera zanahoria y apio laminados con salsa barbacoa en casa, sin éxito, pero si se lo servían en una bandeja de plata bajo el nombre de «Crudités Pepito», de repente era una comida deliciosa. A Kate le gustaría el consejo.

Ésta ya estaba de vuelta en su casa, con sus hijos, metida de lleno otra vez en su vida familiar de clase media. Paul y ella habían avanzado mucho, a juzgar por la desgarradora escena que había tenido lugar en el jardín de su casa aquel día, pero Jo sabía que sólo era el principio. Al parecer, hasta los amores más profundos necesitan cuidados regulares.

—Pues a mí, lo que más me gusta son las minihamburguesas —dijo, rezando para sí—. Aunque con éstas, esta chicarrona del sur no tiene ni para empezar. Podría comerme diez docenas más. Pero estaba guardando sitio para uno de ésos. —Jo señaló discretamente hacia la mesa de al lado, donde una pequeña Madeline pelirroja y su madre, vestida de Chanel *vintage*, se inclinaban sobre un cuenco que contenía una montaña de helado—. ¿Qué te parece? ¿Pedimos la Torre Eiffel con nata y caramelo derretido por encima o el pequeño Banana Split Fontainebleau?

Grace giró la cabeza de forma muy poco discreta para mirar el aspecto que tenía la Torre Eiffel. Jo divisó un Fontainebleau en una mesa un poco más allá y se lo indicó.

—Te propongo un trato —dijo, al ver que la niña se mordía el labio indecisa—. Yo me pido uno y tú el otro, y los compartimos.

—Eso es lo que hacía con la prima Jessie en Dairy Princess, cuando vivía en casa —contestó Grace, removiéndose en el sitio presa de la excitación.

Jo se paró en seco con la taza en el aire. «Casa» para Gracie seguía siendo Nueva Jersey, con sus abuelos. Sintió un pinchazo en el pecho, como si le hubiera clavado una astilla.

—Pues te diré una cosa —dijo, carraspeando para quitarse la ronquera—: yo puedo comer el doble de helado que la flacucha de tu prima Jessie, así que más vale que seas rápida con la cuchara.

Seis mil calorías más tarde, y llena como un pato cebado, Jo sugirió volver andando. La maternidad engordaba más de prisa que dos semanas cenando comida para llevar. De modo que, dispuestas a enfrentarse a la ventolera, se encaminaron hacia Central Park. Gracie se abrochó su abrigo de lana azul a lo Madeline hasta el cuello y Jo se envolvió bien en su pashmina de cachemir. La niña perseguía las hojas danzarinas dando saltitos con sus merceditas nuevas. En una mezcla vibrante de rojo y dorado, los árboles de Central Park se agitaban con el viento bajo el débil sol de noviembre. El invierno estaba al caer, pero hasta entonces, la ciudad estaba sencillamente preciosa.

Gracie le dio la mano a Jo para cruzar la Quinta Avenida, una mano pequeña, cálida y ligeramente sudada, que no pesaba nada en absoluto.

Y pese a estar paseando por una calle bulliciosa de una ciudad bulliciosa, con sus taxis amarillos, los ruidosos camiones que se abrían camino sobre el asfalto irregular y los autobuses que se detenían con un chirriar de frenos, Jo se sintió de repente envuelta en un silencio amortiguado, como si estuviera dentro de un capullo, como cuando te echas por encima tu manta favorita, cálida y suave.

No tenía ninguna prisa por llegar a casa.

Se inclinó para mirar a Grace a los ojos.

—Oye, Gracie, ¿te apetece que vayamos a quemar el helado que nos hemos zampado jugando en aquellos columpios? He oído decir que hay un tobogán enorme que tiene curvas.

La niña sonrió de oreja a oreja, y salió como un rayo hacia la verja de entrada situada en el murete de piedra. Jo la siguió sin perder de vista el lazo saltarín de su sombrero. La vio ir primero al puente, gritando alegremente cuando vio el tobogán de granito en forma de espiral.

Jo miró la hora con una punzada de culpabilidad. La prima y la abuela de la niña, Jessie y la señora Braun, irían a su casa a verla al cabo de una hora. Sarah estaba pasando unos días en su piso, así que podría abrirles la puerta en caso de que se les hiciera un poco tarde. Pero lo que la preocupaba no era retrasarse. Aquella visita le apetecía tanto como la «evaluación de rendimiento» del lunes en el trabajo, y por la misma razón. Había pasado las últimas semanas intentando hacer dos cosas muy importantes: conseguir un nuevo cliente para la compañía y convertir su piso en un hogar para una pequeña huérfana. Con lo primero la había pifiado, y el jurado todavía estaba deliberando respecto a lo segundo, aunque la habitación de invitados de su casa empezaba a parecer el país de los conejos de peluche.

Arrastrando su culo de Kentucky por el parque en pos de Gracie, desde el tobogán hasta el puente de piedra, Jo decidió olvidarse de la culpa. La niña y ella estaban pasando un día fantástico... y la semana tampoco había estado mal en general. Grace sólo se había levantado sonámbula dos veces y había empezado a comer algo más que rodajas de manzana y macarrones con queso. Por otra parte, sólo había cogido una rabieta, por comprar la marca equivocada de pasta de dientes. Sin embargo, tenía un mal presentimiento acerca de la visita de la abuela Leah y la prima Jessie. Era la primera vez que la veían desde que se la llevó de la casa de Teaneck.

Jo se acordaba perfectamente bien de sus «visitas familiares». Cerró los ojos y se vio a sí misma con doce años, el tercer domingo de cada mes. Antes, se ensuciaba a conciencia en el río y se ponía la ropa más vieja que tenía. Después esperaba a oír el crujido que hacían las ruedas sobre la gravilla de entrada, la señal de que acababa de llegar la tía Lauralee con su pequeña camioneta. Entonces, entraba cabizbaja en la salita, mirando con hostilidad a la mujer por debajo de su largo flequillo, con la esperanza de que tía Lauralee dejara de mirar la hora en su reloj el tiempo suficiente como para reparar en el aspecto dickensiano de su sobrina. Pero lo que verdaderamente deseaba era que cambiara de opinión y se la llevara de vuelta a su pequeña casa estilo rancho, con sus cuatro bulliciosos primos, la única familia que le quedaba.

Decididamente, no tenía ninguna prisa por llegar a casa.

Gracie se paró en el borde de la rampa de los monopatines, donde Jo vio tirarse lo que parecía un grupo de acericos góticos con riesgo colectivo de sufrir una parálisis total, a juzgar por las cosas que les veía hacer sobre sus monopatines. («Mira, tía Jo, ¡psicópatas!») A pesar de las merceditas y el pichi a cuadros, la niña se parecía mucho a su madre, y Jo sospechaba que, después de aquel día, el monopatín iba a estar en su lista de regalos para Hanukkah. Se apartó de los patinadores y al pasar al lado de unos columpios, uno de los niños se bajó y quedó uno libre. Grace llamó a Jo para que la empujara y ella lo hizo, hasta que la niña casi pasaba por encima de su cabeza.

Cuando mucho más tarde se bajaron del taxi delante del edificio de Jo, la niña se había hecho un agujero en la rodilla de los leotardos y el lazo amarillo que llevaba atado al cuello se le había deshecho, pero tenía las mejillas coloradas y en el ascensor no dejó de parlotear. Jo sentía que el nudo del estómago se le iba tensando más y más con el pitido que marcaba cada piso.

Nada más abrir la puerta, Grace salió corriendo.

—¡Nana!

La señora Braun era una mujer corpulenta que no podía hacer movimientos bruscos. Al ver que la pequeña se le echaba encima, trató de incorporarse del sofá, pero no le dio tiempo. Entonces rodeó a su nieta con un rollizo brazo y se la sentó en el regazo.

Jo sintió como si la astilla se le hundiera más profundamente en el corazón.

—Señora Braun, Jessie —saludó, dejando las llaves en una pequeña bandeja de la mesa de la entrada—. ¿Llegamos tarde? ¿Cuánto tiempo llevan aquí?

—No, no, no llegáis tarde. —Jessie se levantó del sillón y se metió los dedos en los vaqueros. Estaba esquelética y le hacía falta ir a la peluquería—. Es que hemos llegado pronto. Mi tía estaba impaciente. Le preocupaba el tráfico. Dice que en esta parte de la ciudad se tarda una hora en encontrar sitio para aparcar. Tu invitada, Sarah, ha tenido la amabilidad de dejarnos entrar.

Jo miró a su amiga, que se encogió de hombros y se sentó en un rincón del sofá. Tenía un aspecto frágil pero sereno, después de su desastrosa visita a Colin en Los Ángeles.

—Les he ofrecido té —dijo Sarah—, pero después de diez minutos delante de los fogones de tu cocina sigo sin saber cómo se encienden.

—Están informatizados —dijo Jo, recogiendo el sombrero de Grace del suelo—. Ahora mismo lo preparo.

La señora Braun miraba a su nieta de arriba abajo. La niña se desabrochó el abrigo de lana azul, se alisó el pichi de cuadros y agitó los piececitos calzados con sus merceditas. Estaba sentada a pocos centímetros de la cara de su abuela, sonriendo de oreja a oreja, dejándose acunar y mimar por la anciana.

—Conque has ido a Central Park, ¿eh? —dijo la señora Braun—. Y dices que has estado en un tobogán con curvas y que antes de eso has estado comiendo con Madeline. —La mujer estrechó a su nieta aún más fuerte—. Te lo has pasado muy bien aquí, ¿eh, Gracie?

—Oye, ¿y para mí no hay nada? —Jessie se puso de rodillas en el suelo y abrió los brazos. Gracie se bajó del regazo de su abuela y se abalanzó sobre ella. La chica la estrechó con fuerza y se sumió en unos de esos diálogos infantiles que Jo sabía que nunca, jamás, dominaría.

—¿Cómo está mi gatito? —continuó Jessie—. Seguro que has vuelto loca a la tía Jo. ¿A que le has puesto tachuelas en la silla y pegamento en las cerraduras y le has jugado alguna mala pasada con la pasta de dientes? ¿Que no? Entonces ¿quién eres tú? No puedes ser mi Gracie. No habrán venido los gnomos y se han llevado a mi niña y te han dejado a ti en su lugar, ¿verdad?

La pequeña sonreía sin parar, negando con la cabeza y riéndose, metiendo los puñitos en el pelo de Jessie. Jo se quitó la pashmina y recogió el abrigo de Grace y las chaquetas que Sarah había dejado sobre el respaldo del sofá, intentando combatir una extraña desazón.

Cuando terminó de colgar las perchas en la barra, se dirigió a la cocina a toda prisa, lo más lejos que pudiera de aquel cuadro de Norman Rockwell.

—¿Algún té en especial?

—¿Tienes Lipton? —preguntó la señora Braun—. Dime que sí. No soporto esos tés con frutas.

—Lipton entonces.

—¿Y café? —dijo Sarah.

—¿Café tú, Sarah? Jessie se sentó nuevamente en el sofá—. Yo te tenía por una de esas chicas que toman té verde.

—Odio las infusiones —contestó ella, y se recogió el pelo en un moño en lo alto de la cabeza, tras lo cual apoyó el codo en el respaldo del sofá—. Yo prefiero el café solo. Cuanto más fuerte, mejor. En el campamento estamos muy mal acostumbrados. Nos traen el grano directo de las plantaciones de las colinas de Burundi. Nos cuesta sólo unos pocos francos el kilo.

Mientras Jessie y Sarah charlaban acerca de cafés de comercio justo, Jo sacó de un armario el café de comercio nada justo que tenía y echó un poco en el molinillo de acero inoxidable, pero ni así consiguió silenciar el parloteo de la señora Braun.

—Deja que te vea bien, Gracie. Ponte delante de mí. Mira. Ya me llegas por aquí. Estás mucho más grande que la última vez que te vi. Jo, ¿qué le das de comer a esta niña? Se ha estirado como un cohete. ¿Comes filete todas las noches y toda la verdura del plato o te escondes algún sándwich cuando la tía Jo no te ve?

—Hoy he comido crudités Pepito.

—¿Ah, sí? Seguro que ha sido por eso. ¿O es que la tía Jo te pone en una cama y te estira un poco de los brazos y las piernas todas las noches? ¿Te hace eso?

—No. ¡Eso es una tontería, Nana!

—¡Creo que por eso has crecido siete u ocho centímetros desde la última vez que te vi! Ya no te alcanzo. Y mira qué ropa. Jo, ¿cómo la has convencido para que se pusiera leotardos? ¿Te acuerdas de lo que pasó en Pascua, Jess? Intentamos que se pusiera unos y no hubo manera.

—¡Nana, entonces era una niña pequeña!

—Ah, ahora ya no lo eres, claro. Ahora te vistes de señorita y vas a fiestas del té como Eloise. ¿Madeline? Ah, vale, pues como Madeline...

Jo colocó la tetera de acero inoxidable debajo del grifo y lo abrió al máximo para que hiciera ruido. La punzada de dolor sordo del corazón estaba adquiriendo trazas de bestia furibunda. Se sintió avergonzada. Aquellas mujeres eran la familia de Grace. ¡Cómo no se iba a alegrar de verlas! Era natural que estuviera tan animada y que no parara de reír y de mostrarse como la niñita que era. ¿Acaso eso no era cien veces mejor que lo que había temido que ocurriera? Es decir, que se pusiera a berrear, roja de rabia, como el día de los macarrones con queso.

Colocó la tetera furiosamente encima del fuego cuando el café ya empezaba a filtrarse, y entonces se obligó a mirar hacia el salón. Vio que la señora Braun sacaba de una bolsa un viejo pingüino de peluche y que la niña abría unos ojos como platos y se lo apretaba contra la cara.

Jo observó el intercambio con un estremecimiento de preocupación.

—Es uno de los peluches favoritos de Grace —explicó Jessie, acercándose sigilosa a la isla de la cocina—. Rachel se lo compró hace años, en su primer viaje a la Patagonia. Mi tía ha estado muerta de preocupación todo este tiempo, pensando que la pequeña lloraría todas las noches por no tener a su pingüino.

—No lo ha mencionado ni una sola vez.

—Qué extraño. —Jessie se metió los dedos en los bolsillos de sus vaqueros pitillo—. En casa no se dormía sin él. Lloraba si no lo tenía. Una vez se cayó de la cama y todo.

Jo le dio la espalda mientras abría un armario.

—¿Tú también quieres Lipton?

—Lo que tengas. —La chica apoyó la bota en el reposapiés de la silla, mientras observaba la escena que se desarrollaba en el salón—. Se la ve muy contenta, Jo.

—Sí, bueno, le he dado un Prozac antes de que vinierais.

Jessie dio un respingo.

—Es broma. —Cogió cuatro tazas de gran tamaño—. Aunque no lo sería si le hubiera hecho caso a la psiquiatra.

—¿Psiquiatra?

Dejó las tazas en la encimera y abrió el cajón de los cubiertos mientras valoraba hasta dónde podía contarle a Jessie. «Mierda.»

—Después de la primera crisis nerviosa de Gracie —explicó—, tuve el suficiente sentido común como para ir a buscar ayuda profesional.

—¡¿Crisis nerviosa?!

—¿Es que no le ocurría en vuestra casa? ¿Nunca tiró los macarrones con queso por el aire? ¿No comía cartón? ¿No se levantaba sonámbula en mitad de la noche?

La chica se mostró repentinamente interesada en el dibujo de la superficie pulida de granito de la encimera.

—La psiquiatra me dijo que probablemente debía de llevar semanas comportándose así. —Jo puso una cucharilla en cada taza y miró hacia el salón, donde Grace reía a carcajadas, ruidosas y algo tensas—. No te preocupes. Le dije que no pensaba darle drogas. Por su bien. Todavía no he decidido si yo las necesito.

—Criar a un niño es un trabajo que exige todo tu tiempo —murmuró Jessie, recorriendo con la vista la habitación, con sus protectores en los muebles y los enchufes—. No sé cómo puedes ocuparte de ella y de tu trabajo al mismo tiempo. Seguro que ha sido una carga enorme.

—Es la hija de mi mejor amiga. —Jo sacó las bolsitas de té—. Y, por el motivo que fuera, es lo que Rachel quería.

La joven se colocó un mechón detrás de la oreja y luego pasó los dedos por el borde de la encimera, adelante y atrás, adelante y atrás.

—Es extraño. Rachel siempre se refería a ti como una mujer dinámica y materialista, que no quería compromisos.

Jo se disponía a contestar cuando la risa histérica de Gracie hizo que las palabras se le atascaran en la garganta. El tono de su carcajada era más agudo que el de antes. Sarah buscó la mirada de Jo. Ella también había oído esa nota temblorosa en la voz de la niña justo antes del incidente con la pasta de dientes.

Jo entró en el salón e hizo una rápida valoración la situación.

Seguro que el pingüino, lleno de recuerdos, era la causa del nerviosismo. Había que distraer a Gracie.

—Eh, pequeña, ¿por qué no le enseñas tu habitación a la abuela? Tus demás conejitos de peluche querrán conocer a tu pingüino. Y querrás cambiarte tu ropa de Madeline. También puedes enseñarle el disfraz de Campanilla que compramos para Halloween.

Gracie se bajó del regazo de su abuela de un salto y cogió a la mujer de la mano.

—Ven, Nana, vamos a mi habitación. Tengo mi propio ordenador. Es de niños, no es como el de tía Jo, pero puedo jugar a Ping-A-Pig y a Typing Torpedoes.

—Madre mía, Jo —dijo la señora Braun, levantándose del sofá—. ¡Menudo sitio para esta niña! Avisadme cuando esté el té.

Sarah observaba con atención, e intercambió con Jo una mirada muy significativa. Le había sido de gran ayuda el día del incidente de la pasta de dientes. Su serenidad innata había logrado que Grace se calmara. En aquel momento, Jo comprendió el remanso de paz que debía de ser Sarah en un campamento de refugiados.

—Qué bien huele el café, Jo. —Sarah se echó la mantita de cachemir por encima de los hombros, se levantó del sofá y se acercó a la cocina con Jessie—. Y qué rápido. En el campamento es un lujo, porque tarda mucho en hacerse. Además, tenemos que machacar los granos con piedras.

Jessie soltó una risita nerviosa y, de repente, se calló.

—Lo has dicho en serio, ¿verdad?

Sarah se sentó en un taburete y las cuentas de madera de su pulsera repiquetearon.

—Y se necesita mucha leña para que hierva el agua.

—Esconde bien la cartera, Jessie. —Jo dejó un azucarero al

lado de la jarra de la leche—. Como dejes que Sarah te cuente sus historias, estarás firmándole un cheque antes de darte cuenta.

—Se lo firmaría —dijo la chica, encogiéndose de hombros—. Pero me temo que sería un cheque sin fondos.

Jo miró una botella que tenía en el mueble bar de cristal, al lado de los fuegos.

—Chicas, me siento un poco traviesa hoy. ¿Os apetece un café mexicano?

—Yo no —contestó Sarah—. Un chupito de eso y me convertiré en el tío borrachín, roncando en el sofá.

—A mí me encantaría —dijo Jessie, con una sonrisita—, pero tengo que conducir.

—Cielo, no te vas a emborrachar por un chorrito con el café, y hasta que cojas el coche dentro de dos horas...

—Ya, pero no quiero ir ni siquiera un poquito mareada. No cuando Gracie va en el coche.

—Menudas girl scouts que me he buscado. —Jo metió una bolsita en la taza y cogió otra. Rasgó el envoltorio de papel y estaba cogiendo ya la tercera bolsita cuando se detuvo en seco.

«No cuando Gracie va en el coche.»

—Jessie, ¿queréis llevaros a Gracie a cenar o algo?

—Ay... —La chica se puso rígida—. Mierda.

—Porque no creo que sea una buena idea. Ella necesita seguir su rutina y debe dormir bien, porque mañana tiene cole.

La joven se reclinó sobre el respaldo de hierro forjado del taburete.

—Oye, Jo, no quería decírtelo así de sopetón, pero hemos hecho planes...

—Jessie, escúchame. Gracie es tu prima y puede que legalmente yo sea su tutora, pero, créeme, no pienso negociar un régimen de visitas como si fuéramos unos padres divorciados. Está claro que os la podéis llevar a hacer algo especial cuando queráis, pero me gustaría que me avisarais con tiempo. Sarah seguro que me da la razón: Gracie no se toma muy bien los cambios últimamente.

—Y que lo digas —convino su amiga.

—¿Sabes? Esta situación no tiene sentido. —La chica apoyó los codos en la encimera—. No es más que otra de las ridículas ocurrencias de Rachel. Y no precisamente la más estrambótica, no te creas.

—No hagamos una montaña de un grano de arena. —El agua de la tetera rompió a hervir—. Os la podéis llevar, pero que esté de vuelta a las siete y media.

—No estoy hablando de llevarnos a Grace a cenar, Jo. Ése es el problema. —Jessie dejó escapar un suspiro de exasperación muy de adolescente que le estremeció todo el cuerpo—. Dios, qué difícil es todo. Ni siquiera sé cómo decirlo, así que lo diré sin más. Jo, estoy hablando de llevarme a Grace a casa.

Ella se quedó mirando fijamente la bolsita de té que tenía en la mano y esperó a que la joven continuara. El envoltorio con el conocido símbolo en color rojo. Dentro, la etiqueta verde al final del cordón, la misma que tantas veces había visto colgando de la taza de su madre, con manchas marrones, por las noches, después de un largo día en la fábrica.

—¿Qué quieres decir con llevarte a Grace a casa? —preguntó, rasgando el envoltorio.

La tetera comenzó a silbar. Un suave pitido que para ella se convirtió en un alarido, petrificada delante de las tazas.

—¿Está ya el té? —preguntó la señora Braun desde el piso de arriba.

—En seguida, tía Leah. —Jessie se acercó por detrás y apagó el gas—. Escucha, Jo —dijo, mientras envolvía el asa de la tetera con un paño. La llevó a la encimera y con pulso tembloroso vertió agua en todas las tazas menos en la de Sarah—. Sé que esto puede parecerte repentino. Inesperado.

—Inesperado.

—Igual que cuando te encasqueté a Grace hace todas esas semanas. Me siento fatal por haberlo hecho. Le puse el abrigo y os acompañé a la puerta sin más. Te pido disculpas. No supe manejar la situación. No quería hacerlo así. No era mi intención que te fueras sin los papeles y sin haberte preparado para, bueno, para acoger a Gracie. Y todas sus manías.

—Manías.

—Intenta ponerte en nuestro lugar, Jo. Las cosas han sido caóticas. —Jessie cogió el paño y secó vigorosamente el agua que se había derramado, inclinándose mucho sobre la encimera con los codos separados, soltando a borbotones lo que tenía que decir—. Acabábamos de enterrar a Rachel. Mi tío estaba en cama, sin poder moverse, y mi tía estaba fuera de sí de preocupación. Había que ocuparse de facturas y demás papeleo, arreglar el follón de la herencia de Rachel, clasificar su material de deporte y donar su ropa al centro social judío municipal. Para mi tía, levantarse por las mañanas era todo un triunfo. No lo estábamos llevando muy bien. Había muchas cosas que no habíamos sabido hacer. Cuando apareciste aquel día en casa, bueno, fue como un milagro del cielo. Necesitábamos ayuda. Cada vez le hacíamos menos caso a la niña porque estábamos desbordados por las citas médicas de mi tía y los problemas de movilidad de mi tío. Y ahí estabas tú para afrontar la responsabilidad.

Cefalea del helado. Así era como se denominaba comúnmente a aquella sensación que ahora tenía, pensó Jo, a aquella incapacidad de comprender de qué le estaban hablando. Lo mismo que impedía a Hector convertirse en gerente de proyecto a pesar de todo su talento. Decía que cuando estaba delante de toda aquella gente trajeada, le entraba cefalea del helado. Hasta ese momento, Jo no comprendía a qué se refería. Jessie hablaba y hablaba, y Jo la oía, pero no comprendía. Ella sólo podía pensar en que Latoya iba a ir al día siguiente y no se le podía olvidar decirle que tenía que empezar a estudiar las restas de dos dígitos con Grace para que no le costara ponerse al día en el colegio.

—Sé que la decisión de Rachel te pilló por sorpresa, Jo —continuó Jessie—. Sé que pensaste que era un error. —Enganchó el paño en la barra de la puerta del frigorífico y se aseguró de que los dos extremos colgaran a la misma distancia—. Lo vi en tu cara. Sé que ella no te dijo ni una palabra hasta que recibiste su carta.

—En la cual me nombraba tutora legal de su hija. Legal, por escrito —dijo Jo, a pesar de que sentía los labios como entumecidos.

—Rachel tomó algunas decisiones absurdas. —La chica se pasó los dedos por el pelo, que se le había salido por completo de la coleta—. Aún no me entra en la cabeza lo que me puso en mi carta, pero lo de Grace es el colmo.

—Jessie —terció Sarah—, llevo tres días aquí con ellas y te aseguro que Rachel tomó la decisión correcta. Jo lo está haciendo maravillosamente bien.

Su amiga la miró y le dio las gracias en silencio.

—No pretendía faltarte al respeto. —Jessie se puso a andar y dio media vuelta al llegar a la línea de separación entre las baldosas de la cocina y la moqueta del salón—. Te has portado muy bien, lo veo. Te has ocupado de un montón de cosas, has ido al psiquiatra, incluso te has preocupado de que Grace fuera a un colegio judío. No te imaginas cuánto significa eso para mi tía. —Guardó silencio y buscó la mirada de Jo por encima del mostrador de la cocina—. Es sólo que, tanto ella como yo, pensamos que ya era hora de aliviarte de esta responsabilidad que, probablemente, nunca deberías haber tenido que afrontar. Puede que Rachel no estuviera en sus cabales cuando escribió tu carta. Simplemente, no es posible que lo estuviera. Al fin y al cabo, Grace tiene familia. Nos tiene a nosotros. Habíamos pensado que hoy podría ser un buen día para... Bueno, no hace tanto que se vino aquí contigo. Se lo puede tomar como si hubieran sido unas vacaciones. Unas semanas fuera de casa. El abogado nos explicó que ahora podría ser un buen momento para...

—¡¿Abogado?!

Jessie se quedó de piedra. Se puso pálida, se rodeó la cintura fuertemente con los brazos y dio media vuelta para eludir la mirada de Jo.

—Yo... se suponía que no tenía que decir nada —masculló, tapándose la boca con la mano—. Fuimos a verlo sólo para informarnos. Para ver qué... salidas tenemos.

«Salidas.»

—Nos dijo que lo mejor era hacerlo en términos amistosos. Que teníamos que hablar contigo y decidir qué es lo mejor para Gracie. Impugnar un testamento lleva tiempo...

«Impugnar un testamento.»

Jo se apartó y dio media vuelta. No quería ver a Jessie ni hablar de salidas o de abogados. Apoyó las manos en la encimera del otro lado y contempló cómo los dedos le cambiaban de color; se le pusieron blancos de tan fuerte como se estaba sujetando al granito para no caerse al suelo. Empezó a ver puntitos negros, pero no podía desmayarse. ¡Cómo iba a desmayarse! No podía hacerlo, ni siquiera a lo sureño. Tenía que estar completamente consciente para buscar una solución.

«Respira.»

Para empezar, una verdad muy simple: la vida sería mucho más sencilla sin Grace. Sin ella podría volver a concentrarse de lleno en su trabajo. Podría encontrar algún otro proyecto para aquella cantante india con quien había entrado en contacto para el proyecto de Mystery. Podría retirar las verjas de protección para que su lujoso apartamento dejara de tener el aspecto de una perrera y recuperar la habitación de invitados para dejar la ropa de la tintorería. Podría llamar al tío aquel de Contabilidad, el que tenía un pelo castaño muy suave y retomar a su lado el uso de los aceites de masaje, que se le iban a poner rancios en el cajón de la mesilla, y divertirse con unas cuantas acrobacias sexuales en la escalera.

Segunda verdad también muy simple: Grace era una huerfanita que adoraba a su familia. Para ella, su casa seguía siendo la de su abuela. Y, al contrario que cuando había muerto la madre de Jo, sus abuelos y su prima la querían de verdad.

Todo era muy sensato.

Era sensato separarse de Grace.

Era lo que tenía que hacer.

Pero había una tercera verdad también simple: por razones que se le escapaban, se rebelaba en cuerpo y alma ante la idea de que un abogado le dijera, a ella, la tutora legal de Grace, que lo mejor era ponerle su abriguito azul de Madeline, darle una palmadita en la mejilla y dejar que los Braun se la llevaran.

—A ver si lo he entendido bien —dijo con los dientes apretados—. Me estás diciendo que habéis venido por recomendación de un abogado, con idea de llevaros a Grace a vuestra casa hoy mismo. Sin llamarme antes ni discutir el tema conmigo.

—Lo sé, lo sé. Mira, Jo, yo no soy el malo de la película, créeme. Sé que deberíamos haber hablado de ello antes. —Jessie se remangó el jersey hasta los codos y se puso a caminar en círculos pequeños detrás de la silla—. Créeme, yo quería hacerlo. Pero mi tía y yo no nos ponemos de acuerdo. Le decía que era demasiado pronto para sacar el tema, que deberíamos dejar que Grace se quedara contigo un poco más, y entonces empezábamos a discutir. Decidíamos que íbamos a venir a hablar contigo, pero siempre ocurría algo que nos lo impedía: los resultados negativos de unos análisis de sangre que se había hecho o que estuvo a punto de caerse en el camino de entrada de la casa, y mi tía accedía a que alargáramos el asunto unos pocos días. Pero el tema volvía a salir. Se negaba a olvidarlo. Insistía en acudir a un abogado.

Jessie se agarró al respaldo del taburete y cogió fuerzas para continuar.

—A lo largo de las últimas semanas, no ha hecho más que preocuparse. No puede con la casa vacía. No es que no tenga ya bastantes problemas de los que ocuparse, pero la casa no es la misma sin Grace. Ahora que Rachel se ha ido... bueno, la pequeña es lo único que le queda de la familia. Es su única nieta. Y aunque agradece mucho haber tenido estas semanas para poner todo en orden, ahora que las cosas se van calmando un poco quiere que Gracie vuelva.

Sarah miró a Jo de una manera muy significativa al tiempo que le frotaba a Jessie la espalda.

—Tu tía no está llevando bien la muerte de Rachel, ¿verdad?

—No —contestó la joven, después de beber un poco de té—. Ninguna de nosotras lo está llevando bien. La tía Leah y yo estamos intentando que las cosas vuelvan a la normalidad poco a poco. Hasta que llegamos, creía haberla convencido de que era mejor no sacar hoy el tema. No comprende por qué Rachel te dejó a ti la custodia, y no lo quiere aceptar...

—Pero Rachel lo hizo —insistió Jo—. Custodia legal, que, como sabes, llevaría mucho tiempo impugnar.

Jessie dio un respingo.

—Y Rachel lo hizo —continuó Jo—, precisamente por todo lo que acabas de decirme: porque tus tíos ya tienen bastantes problemas encima.

Reunir información. Eso era lo que tenía que hacer. Reunir todos los datos antes de tomar una decisión que su corazón se resistía con todas sus fuerzas a tomar.

—¿Tu tío sigue en la cama? —añadió.

—Está mejor. Ahora va con andador.

—Y Leah sigue siendo diabética —insistió.

—La diabetes la acompañará el resto de su vida. Pero nada de eso importa. Saldremos adelante. Porque ahora yo vivo con ellos de forma permanente.

—¿Cuidando de Abe y de Leah?

—Y de Gracie, cuando vuelva —añadió.

Sarah dejó de frotarle la espalda un momento.

—Creía que estabas buscando trabajo. Me dijiste que querías ser profesora.

Jessie se encogió de hombros, sumamente interesada en la bolsita de té que flotaba en su taza.

—Esperaré un puesto que me interese. La familia es lo primero.

—Entonces ¿quieres decir que ahora te ocupas de dos ancianos y, por si eso fuera poco, deseas cuidar también de una niña pequeña? —preguntó Jo.

La joven apretó la mandíbula de una forma dolorosamente parecida a como lo hacía Gracie.

—Me las apañaré.

—Es posible que mi abogado no esté de acuerdo —respondió Jo.

De repente, un llanto desgarrador y penetrante procedente de la habitación de la niña las interrumpió. La puerta del cuarto se abrió de repente, con tanta fuerza que golpeó contra la pared. Gracie salió corriendo en un remolino de cuadros rojos, corrió a esconderse en el cuarto de baño del fondo del pasillo y cerró la puerta tras de sí.

La señora Braun salió de la habitación seguidamente, con aspecto aturdido, sujetándose al pomo de la puerta.

—No sé qué ha ocurrido. No entiendo nada.

Jo entró en el salón y miró a la mujer con hostilidad por encima de la barandilla.

—¿Le ha dicho que se la iba a llevar a casa?

—No he dicho nada —contestó ella—. ¡Ni siquiera lo he mencionado!

—Entonces ¿por qué se ha puesto así?

—No lo sé. ¡No lo sé! —La mujer se dirigió torpemente hacia la escalera y se aferró a la barandilla casi sin aliento—. Me estaba enseñando su habitación. Las muñecas que parpadean. El ordenador. La Barbie que le has comprado. Madre mía, Rachel te mataría si la viera, Jo. He visto que tenía una manta morada en la cama, así que le he mencionado que hemos hecho cambios en su habitación de casa...

Detrás de Jo, Sarah masculló algo entre dientes.

—Le hemos comprado un edredón morado con pingüinos, dos de las cosas que más le gustan. No me lo podía creer cuando lo vi en Target. Y de repente... esto.

—Cambios —repitió Jo, comprendiendo en el acto—. Ha cambiado el estado de las cosas.

—Se ha derrumbado delante de mis narices. Nunca la había visto así. Ni siquiera cuando... —Se tapó la boca. Luego, sujetándose a la barandilla, se dirigió con paso torpe al cuarto de baño—. Gracie, cariño, Gracie —dijo con voz trémula—. Deja que entre Nana. Sé buena chica...

—Señora Braun —dijo Jo, esforzándose por que no le temblara la voz—, le sugiero que la deje sola un rato...

—Pero...

—Ya saldrá. —Se puso en jarras—. Y usted y yo tenemos que hablar.

Sobre los cambios. Y sobre una huérfana de siete años.

—Está llorando —objetó la señora Braun—. No puedo dejarla ahí sola, llorando en el cuarto de baño.

—Tal vez yo pueda ayudar. —Sarah se bajó del taburete y dejó caer la manta a sus pies—. Grace y yo lo pasamos muy bien ayer, fingiendo que Barbie era médico y sus peluches eran los pacientes. —Al sentir el escrutinio a que la sometieron las tres mujeres, simplemente se encogió de hombros—. Tengo experiencia con niños que acaban de quedarse huérfanos.

Sarah atravesó la estancia, subió la escalera y le puso la mano en la espalda a la señora Braun. La mujer se apartó no sin reticencia y Sarah se acuclilló junto a la puerta del cuarto de baño y empezó a susurrar palabras dulces que Jo no alcanzaba a oír, palabras que parecieron tener un efecto calmante sobre los sollozos.

—Nunca la he visto así —seguía diciendo la señora Braun, desplomándose pesadamente sobre uno de los taburetes de la cocina—. Estaba bien y al minuto siguiente ¡pumba!

—Es por los cambios —explicó Jo, alargándole una taza mientras su mente, repentinamente despierta, trabajaba a destajo buscando la manera de solucionar una situación que se presentaba ardua—. Ha hecho cambios en su habitación sin avisarla.

—Pero le encanta el morado. ¡Y los pingüinos!

—Puede que antes. —Le acercó el azúcar y la leche—. Pero ahora los cambios no la favorecen. Son demasiados los que han tenido lugar a su alrededor.

—Yo no lo sabía —exclamó la mujer, metiendo y sacando la bolsita de té del agua caliente—. Pero a partir de hoy todo eso se acabará.

Jo agarró de un tirón el paño sujeto a la barra del frigorífico y se lo echó al hombro.

—De acuerdo. Empezaremos por ahí, por lo de que se lleve a Gracie a su casa hoy.

Jessie se levantó.

—Jo...

—Porque, con todos mis respetos, señora Braun, no puedo permitirlo. No, señora. Me importan un comino los consejos de ese abogado suyo. Lo último que necesita su nieta ahora mismo es que la cambien de casa otra vez.

El recuerdo de su primera madre de acogida la golpeó como un ciclón. «No podemos con ella. No se lleva bien con los demás niños. Va a su aire y se ríe cuando le digo que trate de adaptarse a los otros. No hace caso a nada de lo que le digo.»

Jo se dio la vuelta, tratando de contener la ira repentina, porque no le iba a servir de nada en aquella situación, y tampoco beneficiaba a Grace. Clavó la vista en el tramo alicatado con azulejos verdes brillantes de la pared del fregadero, color que el diseñador había elegido para que resaltara el tono verde salvia de la encimera de granito. Se sujetó con tanta fuerza a ésta que las palmas le palpitaban mientras las palabras que tanto daño le habían hecho en el pasado seguían repitiéndose en su cabeza.

«Se la tienen que llevar de aquí hoy mismo.»

—No entiendo —dijo la señora Braun, confusa—. Jessie, me habías dicho que estaría de acuerdo, que sería un alivio para ella, que no esperaba que le cedieran la custodia de la niña. Creía que estaba todo arreglado.

—¿No te acuerdas, tía? Hemos hablado de ello cuando veníamos hacia aquí. Te he dicho que sería mejor posponerlo otra semana.

—¿Por qué otra semana? Una semana es una eternidad en la vida de un niño. Gracie debería regresar con su familia.

Jo cerró los ojos y en su mente vio las numerosas casas en las que había estado, las camas nido en las que había dormido, las madres de acogida, cansadas pero llenas de buenas intenciones, los colegios por los que había pasado. Ella siempre se sentía como el chucho del parque, el que iba pasando de refugio en refugio porque nadie quería el perro de otro.

—Estoy de acuerdo —dijo de pronto, para su sorpresa—. Grace debería estar con su familia. —Se volvió y miró a las dos mujeres. La señora Braun estrujó la bolsita de té con la cucharilla y la dejó en el platillo. Jessie estaba pálida y tensa—. Estoy de acuerdo —repitió— en que, en un mundo perfecto, eso sería lo mejor.

—Siempre supe que eras una chica sensata, Jo —dijo la señora Braun, haciendo ruido con la cuchara en la mesa—. Me alegro de que hayamos aclarado las cosas.

—Pero usted tendría que estar lo bastante fuerte y bien de salud para cuidar de ella. Me refiero a ocuparse de todas sus necesidades. Llevarla y traerla de los partidos de *softball*, llevarla a la feria del condado, ayudarla con los deberes, ir a comprar ropa...

—A Jessie se le da bien ir a comprar ropa —respondió la mujer, por encima del borde de la taza—. Siempre está intentando convencerla para que se ponga vestidos. No sé cómo lo has conseguido, Jo...

—Y no me refiero sólo a unas pocas semanas o unos pocos meses —continuó ella, apretándose más contra la encimera—, sino a los años de vida que le quedan por delante. No sería justo para Grace que se la llevara a su casa y que dentro de un tiempo tuviera que volver a salir de allí.

—Nos las arreglaremos —insistió la anciana, quitándole importancia al asunto con un gesto de la mano—. Siempre nos las hemos arreglado, ¿a que sí, Jessie?

Jo captó la mirada de ésta antes de que pudiera bajar los párpados y ocultar lo que verdaderamente pensaba. Estaba claro que la madre de Rachel no era consciente de la carga que estaba echando sobre los frágiles hombros de una chica de veintidós años. La mujer, al igual que Gracie, no había terminado de aceptar la magnitud de los cambios que iba a experimentar su vida tras la muerte de Rachel.

Jo se dio cuenta de que eso era precisamente lo que dificultaba tanto la situación. Algo inevitable cuando una madre, o una hija, moría. El rechazo era una arma poderosa para mantener a raya la pena, para evitar el difícil proceso de aceptar el cambio.

A veces se necesita toda una vida para aprender a asumir la pérdida.

—Eran precisamente los cambios los que alteraban mi conducta, Leah —dijo Jo en voz baja, haciendo girar el líquido de la taza—. Sé lo que es que te lleven de una casa a otra. —No saber nunca si los trabajadores sociales iban para comprobar que estabas bien o para llevarte a otro sitio por haber escupido los guisantes en la cena. Tragó saliva con la garganta seca—. Es un infierno crecer así.

Un recuerdo la asaltó con la fuerza de un rayo.

Rachel tirada en el sofá, disfrutando de una última cerveza tras su primera visita a la clínica de fertilidad, con las piernas en alto y una sonrisa de oreja a oreja mientras ella, Jo, fumaba un Marlboro y la miraba negando con la cabeza.

—Rachel, de verdad que no te entiendo. Te vas a poner muy gorda. No podrás hacer paracaidismo, ni hacer senderismo, y ésa es tu última cerveza. ¿Por qué lo haces?

—Instinto maternal. Me lo ha pegado Kate.

—Cielo, te aseguro que a mí no me lo va a pegar nunca.

—Ay, Jo, no lo descartes tan rápido. Creo que deberías adoptar.

—¿Qué, un cachorro?

—Un niño, Jo. Un niño. ¿Quién sabría cuidar de una huerfanita mejor que Bobbie Jo Marcum?

Jo bebió un sorbo de su té con manos temblorosas. Se escaldó la lengua, pero aun así bebió, para ocultar el rostro y el desmoronamiento de sus certezas. Se había convencido de que Rachel la había elegido a ella porque, de todas sus amigas, era la única que, económicamente, podía permitirse criar a una niña, pero acababa de darse cuenta de que el dinero no tenía nada que ver.

Rachel sabía lo que iba a pasar. Sabía lo mucho que su madre quería a Gracie y que insistiría en ser la tutora única de la pequeña. Rachel sabía lo fácil de convencer que era Jessie, lo entregada a su familia que estaba, y que siempre dejaba sus propios deseos en segundo plano. Mientras se consumía en su cama, Rachel había tenido mucho tiempo para pensar en lo que quería hacer con la pequeña Grace, la dulce Grace, olvidada entre el cataclismo de las visitas del médico, el servicio de asistencia, los cambios de medicación y las montañas de ropa para lavar. Rachel sabía que su muerte supondría un montón de problemas nuevos que no alcanzaba a imaginar en toda su verdadera magnitud.

Pero Jo sí que se los imaginaba. Porque Jo sabía lo que ocurría con las niñas huérfanas. ¿Y quién mejor para ocuparse de una que alguien que también lo había sido?

Observó a las dos mujeres por encima del borde de la taza. El corazón le dio un vuelco. Las dos amaban con locura a Grace, eso estaba claro. Ambas querían que volviera a vivir en casa, con ellas. Lo deseaban hasta el punto de haber consultado a un abogado. Ambas tenían un gran corazón y buenas intenciones, pero ninguna de ellas comprendía el efecto que estaban teniendo sus actos en el bienestar de la niña, y no podían comprenderlo. No como Jo.

—Podéis estar seguras de una cosa —dijo, dejando la taza sobre la encimera—. Grace tiene mucha suerte de poder contar con tantas personas que la quieren.

En medio del silencio, las tres oyeron el suave caminar de Sarah en el salón.

Jessie miró hacia la puerta del cuarto de baño.

—Grace ya no llora. ¿Va a bajar, Sarah?

—De momento no —dijo ella, con una expresión inexplicablemente radiante en el rostro—. Necesita estar sola unos minutos más.

—¿Por qué lloraba? —quiso saber la señora Braun—. ¿A qué ha venido esa pataleta?

—No paraba de repetir no sé qué sobre «lots of tots» —contestó Sarah, agachándose para recoger la manta del suelo y ponérsela otra vez sobre los hombros—. Repetía que no quería volver a «lots of tots».

Jessie miró a su tía con expresión de culpabilidad y masculló:

—¿Abusamos demasiado de las ludotecas?

—No, no —contestó la mujer, negando con énfasis con la cabeza—. Era bueno para ella estar con otros niños. Por eso la llevábamos.

—Entre los médicos y las sesiones de fisioterapia, tal vez... —La chica se hundió en el taburete.

—Que no, Jessie, no te lo tomes así —insistió la señora Braun—. A Grace no le convenía estar sola todo el día.

—Una vez se me hizo tarde...

—Le gustaba ese sitio, de verdad que sí —la interrumpió su

tía con voz entrecortada—. Ella misma me lo dijo. Me dijo que le gustaban los ordenadores.

Empezó a temblarle la barbilla.

—Escuchad —dijo Jo, inspirando hondo. Entonces recurrió a la ejecutiva agresiva que llevaba dentro—. No necesitamos a un abogado para solucionar esto. Entre las tres decidiremos lo que es mejor para Grace. Pero no hoy, ¿vale? Hoy habéis venido a verla, porque eso es lo que ella esperaba. ¿Estamos de acuerdo?

El rostro de Jessie expresó un profundo alivio. Se inclinó sobre su tía, y poniéndole una mano en el hombro, dijo:

—Tía, creo que Jo tiene razón.

—Pero su lugar está en casa —insistió la mujer sacándose un pañuelo de la manga para secarse las lágrimas—. Tiene que estar con su familia.

De repente, Sarah intervino en la conversación.

—Grace también me ha dicho otra cosa, señora Braun. Y parecía muy segura de ello.

Jo oyó chirrido de bisagras. Miró hacia arriba y, entre la balaustrada del piso de arriba, vio que la puerta del baño abría apenas una rendija, lo justo para que la niña asomara su carita, mirándola fijamente con gesto suplicante y lloroso.

—Por el momento —dijo Sarah—, Grace quiere quedarse con la tía Jo.

17

En una carretera, a dieciséis kilómetros al noroeste de Gatumba, Sarah asomó medio cuerpo por la ventanilla sin cristal del coche en movimiento y se inclinó hacia adelante. Abrió entonces una botella y, estirándose, pulverizó agua sobre la luna para que la conductora pudiera limpiarla con el único limpiaparabrisas que funcionaba.

—¿Mejor? *Mieux?* —preguntó luego, metiendo la cabeza por la ventanilla para hablar con Ninette, una conocida de ACNUR que casualmente había ido al aeropuerto de Bujumbura el día anterior para recoger suministros—. Me queda un poco más de agua.

—*Oui, ça va,* vale así. —Ninette quitó la mano del volante para colocarse bien el nudo del pañuelo naranja y verde que llevaba en la cabeza y que se le había torcido al hundirse en un enorme agujero lleno de lodo. De ahí que sobre la parte delantera del coche hubiera una tercera capa de barro—. Tendré que ir más despacio —dijo—. Otro bache y adiós a la suspensión.

—El campamento está a la vuelta de la próxima curva.

Aunque se estaba haciendo polvo el trasero con tanto traqueteo, Sarah permaneció apoyada en el hueco de la ventanilla. Dos días atrás, había partido de Boston en plena tormenta de nieve después de pasar la Navidad y gran parte de enero en Vermont con su familia. Y ahora ya estaba respirando de nuevo el aire húmedo con fuerte olor a ozono y putrefacción.

El campo de refugiados asomó nada más coronar el altozano. Se extendía en toda su insólita belleza por la ladera erosionada de una suave colina. Clavó los dedos en el borde del techo de metal del coche. Años atrás, aquel lugar no era más que un puñado de tiendas plantadas de forma temporal, algo así como una escala para los refugiados que huían de países en guerra como Congo o Rwanda; un oasis en medio de la crisis, que quedaría abandonado una vez que todo el mundo fuera repatriado. Ahora, observando fijamente el exuberante *collage* de casas improvisadas construidas a partir de árboles jóvenes doblados, paja y trozos de lona vieja, se dio cuenta de que se había convertido en una aldea con su propio dispensario, su clínica, su unidad de maternidad y tres escuelas.

Su corazón hecho jirones le dio un vuelco. Durante las semanas pasadas, primero en Nueva York, ayudando a Jo a adaptarse a su nueva situación con la pequeña Grace, y después en la enorme granja de sus padres, había valorado seriamente la posibilidad de dejar Médicos Sin Fronteras para siempre. Lo más extraño era que aquello no tenía nada que ver con Colin. Había cerrado la puerta a aquella historia antes de abandonar Los Ángeles. La indecisión y el desaliento tenían su origen en algo más profundo. Había empezado cuando recibió la carta de Rachel y había ido en aumento desde entonces. Sarah había ido acumulando muchos malos recuerdos, hasta que la superaron por completo.

Había estado en un tris de abandonar la cooperación internacional. Hasta que se enteró de que Sam había regresado a Burundi.

Primero oyó los gritos y después vio a la multitud de chavales que corrían en tropel hacia el coche, una pandilla de chicos tremendamente excitados. Sarah reconoció al mayor, Misage, que había crecido por lo menos una cabeza en los meses que ella había estado fuera. Niboyu, su hermano pequeño, corría descalzo detrás, tratando de seguirles el paso. Llevaba puesta la gorra mugrienta de los Red Sox de su hermano. Los chicos se distribuyeron por todo el camino como una manada de antílopes, gritando el nombre de Sarah.

—*Mwaramutse* —saludó ella en kirundi, buscando dentro de su bolso tejido a mano los caramelos que les había comprado. Cuando estuvieron lo bastante cerca, Sarah lanzó un caramelo de color ámbar a Misage—. *Eh, Misage, bite?*

—Hola, señorita Sarah —replicó él en inglés al tiempo que atrapaba hábilmente la golosina—. Bienvenida a Burundi otra vez, cómo está usted hoy, yo estoy bien gracias.

Estaba presumiendo. Era evidente que se había convertido en el líder del grupo, aunque Sarah sabía que apenas tenía doce años y sufría una dolencia cardíaca debido a un ataque de escarlatina cuando era bebé.

—Veo que has estado estudiando mucho —le dijo, mientras los demás se arremolinaban en su lado del coche, que avanzaba muy despacio, ansiosos por atrapar las golosinas que repartía de la forma más justa posible—. ¿Adónde vais hoy?

—Al mercado.

—Ah. —El mercado estaba a más de seis kilómetros de allí, a poco más de un cruce hasta Bujumbura, la capital—. ¿Habéis encontrado algo valioso en el montón?

Él se encogió de hombros, indicando el saco que llevaba cargado al hombro.

—Kool Aid, muy dulce. Zapatos bonitos. Muy altos. —Se encogió nuevamente de hombros, buscando las palabras para describir los objetos que había hallado entre la basura del campamento. Entonces se metió la mano libre en el bolsillo de los pantalones cortos y sacó tres tubitos pequeños—. Y esto también.

Sarah miró los tubos y frunció el cejo tratando de recordar cómo se decía «bálsamo labial» en kirundi. Dudaba mucho que existiera en su idioma. Con aquel clima tan húmedo y terroso, no se necesitaba bálsamo labial, ni tampoco zapatos de tacón de aguja, como sucedía con algunas otras cosas procedentes de donaciones que llegaban al campamento. Sin embargo, aquellos pequeños empresarios podían sacarse unas monedas vendiendo aquellos restos en el mercado, normalmente a prostitutas. De sus esfuerzos comerciales vivían familias enteras.

—*Pour les lèvres* —explicó en francés, la lengua franca del campamento, al tiempo que se frotaba los labios en señal de demostración—. *Pour les jolies filles.*

Para las chicas bonitas.

Un par de chicos se burlaron. Misage se guardó los tubos de bálsamo en el bolsillo a toda prisa. Luego tiró vigorosamente de la manga deshilchada de la sudadera demasiado grande de Niboyu y empezó a gritar órdenes a los demás, que hicieron ademán de no hacerle caso según regresaban al camino saludando y chupando vigorosamente sus caramelos.

—¡*Nzoz'ejo*, señorita Sarah! —gritó Misage por encima del hombro—. Iré mañana.

A la clínica. Para aprender más inglés con ella, mientras observaba con el rabillo del ojo al doctor Mwami pinchar una ampolla o coser una herida de machete. Como si Sarah hubiera estado fuera sólo unos días y no cuatro meses.

El tiempo se movía a otro ritmo en Burundi.

El grupito era tan sólo una pequeña parte del comité de bienvenida. Conforme se acercaban al empinado camino de entrada del edificio principal del campamento, una verdadera riada de niños se abalanzó sobre ellas, chapoteando en el barro con paso entusiasmado. A pesar de tocar la bocina y gritarles que se apartaran sacando la cabeza por la ventanilla, Ninette se vio obligada a parar por completo al pie de la colina.

—*Ça va* —dijo Sarah, metiéndose en el coche para recoger sus pertenencias—. Nadie consigue llegar nunca hasta arriba. Y no creo que quieras tratar de subir esta colina de todas formas —añadió, señalando la inclinada y embarrada calle—. Y así seguirá hasta que pase la estación de las lluvias.

—¿Te fías de éstos para que te lleven las cajas?

Sarah revisó las caras de los presentes.

—De algunos.

—*Bon.*

Ninette metió la marcha para aparcar, abrió la puerta y fue apartando a los niños hasta llegar al maletero. Levantó la portezuela con un fuerte tirón y, siguiendo las instrucciones de Sarah, le pasó su bolsa de lona a una niña tutsi muy alta de porte regio.

—*À ma chambre*, Aline —dijo Sarah—, si todavía tengo esa habitación junto al dispensario. Ven a verme después. Tengo un regalo.

Sarah se había asegurado de aprovisionarse bien de regalos. La bolsa de lona estaba hasta los topes de cuentas para hacer trenzas, chanclas decoradas con cristales de colores, bolígrafos Bic y cigarrillos de tabaco americano de verdad.

—Espero unas cuantas cajas más que llegarán en avión. —Antes de abandonar Estados Unidos, Sarah había reunido un cargamento de toallitas impregnadas en alcohol, vendas, goteros y otras necesidades básicas—. A lo mejor puedo enviar a Sam... —El nombre se le atragantó. Se le escapó de los labios de forma inconsciente y luego se propagó por toda ella al llegar a sus oídos—. O a cualquier otra persona del campamento a recogerlo —añadió, cuando se recuperó de la conmoción.

—*D'accord.*

Ninette le dio un abrazo y un beso en cada mejilla, y regresó al asiento del conductor del Peugeot, espantando niños a su paso.

Sarah hundió la mano en el bolso y atrajo la atención de la chiquillería con el crujir de los envoltorios de las golosinas, para que Ninette pudiera salir de allí. Salieron corriendo hacia ella con tanto ímpetu que casi la tiraron al suelo.

Sarah recobró el equilibrio y echó a andar colina arriba mientras los pequeños le tiraban de la falda, le palmeaban los brazos, ululaban y gritaban con aquel tono agudo que sólo los niños podían alcanzar. Señorita Sarah señorita Sarah señorita Sarah, gritaban, con las manos extendidas, mientras ella colocaba un caramelo en cada palma. El número de palmas no disminuía, la agitación en sus rostros no cedía, y reconocía a la mayoría: las niñas tutsi, altas y delgadas, el rostro de pómulos anchos de un niño de la tribu twa. ¿Por fin se te han caído los dientes delanteros, Shabani? ¿Eres tú, Nadège? Qué pelo más largo. ¿Te has puesto ya la vacuna del sarampión, Egide? El barro le hacía un efecto de ventosa en las sandalias a cada paso, amenazando con engullirlas por completo.

Atraídas por el ruido, las mujeres salieron de sus casas de techo bajo, agachándose para erguirse a continuación, como rayos de color en contraste con las fachadas de barro y paja de sus hogares. Otras dejaban sus cazuelas humeantes sobre la lumbre entre los edificios.

Sarah saludó con la mano a Solange y se fijó en la redondez de su vientre. Saludó también a Raissa, contando disimuladamente sus retoños y preguntándose dónde estaba el menor, el que estaba enfermo de sarampión cuando ella se fue, y al que en ese momento no veía.

Se preguntaba también por la niña que no aparecía por ningún lado, la de las trenzas torcidas atadas con cuentas de madera. La habrían mandado a otro lugar, sin duda, uno que no le trajera malos recuerdos.

—¡Señorita Sarah, has vuelto!

Ella miró por encima del hombro a la mujer que subía por la colina cargando con una brazada de leña sobre la cabeza.

—*Bonjour*, Safi —saludó Sarah—. ¿Cómo están tus niños?

—Yvan tiene un llaga y Mamy bebió agua mala, pero los demás están bien. ¿Has tenido buen viaje?

—Sí, gracias.

—Y tu madre y tu padre ¿siguen teniendo buena salud?

—Sí, Safi, gracias por preguntar. ¿Cómo está tu encantadora madre y tu respetado padre?

Sarah continuó repartiendo caramelos mientras intercambiaba los saludos mañaneros que eran costumbre en el lugar. Cuando terminó de preguntarle a Safi por sus padres, sus hijos, sus tías y sus cabras, la mujer fue a lo que verdaderamente le interesaba.

—*Bon.* Y ahora que has vuelto —dijo, sonriendo con malicia—, ¿has traído a un marido americano escondido entre todos estos niños?

Sarah hurgó en el fondo de su bolso para sacar los últimos caramelos y dejó que el pelo le tapara la cara. Era evidente que el doctor Mwami les había explicado el motivo de su súbita marcha de una forma que las mujeres banyamulenge pudieran comprender, es decir, que Sarah había ido a ver a su familia, que quería casarla antes de que fuera demasiado vieja. Para las costumbres tutsi, ya era una criatura extraña: una mujer sin marido, lejos de casa.

—¿Para qué necesito yo un marido cuando ya tengo tantos niños? —preguntó Sarah.

—¿Cómo puede ser? ¿Has vuelto sola? —Safi guardó silencio un momento y se recolocó el peso que llevaba sobre la cabeza—. Los hombres de tu tribu deben de estar... —Hizo un gesto con la mano para indicar la mala opinión que tenía de ellos.

—A lo mejor es que ninguno está dispuesto a pagar lo que valgo —contestó—. Mi padre pide por mí muchas vacas.

Safi ladeó la cabeza.

—Es bueno que tu padre te valore.

—Es una bendición para mí, sí.

—Pero un padre no es un marido. —Safi se inclinó sobre ella—. Ya conoces a mi hijo, Sarah. Es joven y fuerte. Está casi en edad. —Y guiñándole un ojo, añadió—: *Tuyage twongere.*

«Hablemos.»

A juzgar por la carcajada de Safi, Sarah supo que la mujer había conseguido que se sonrojara aún más, motivo de fascinación entre los refugiados. Más le valía prepararse, porque las bromas no terminarían allí, seguro.

Los niños seguían arremolinados a su alrededor aun cuando ya no le quedaban caramelos, preguntándole cosas, acariciándole los brazos con sus manitas. Estaba ya cerca del edificio principal cuando se fijó en el moho que crecía en el borde del tejado y el pegote de barro que se escurría por la pared debido a la humedad. Pronto sería necesaria una reparación.

Y no pudo evitarlo. No pudo evitar escudriñar el campo abierto en busca de un jeep en particular, preguntándose si Sam habría ido al poblado a llevar suministros o cajas de donaciones como las que habían registrado los chicos para ir a vender sus tesoros al mercado, pero no había ningún coche, nada más que un par de cabras sueltas. Mejor así, se dijo. Tenía que prepararse, recuperar la serenidad antes de verlo.

Le dio el último caramelo que le quedaba al niño más pequeño del grupo y, despidiéndose de todos, penetró en la frescura del edificio, que hacía las veces de registro para los refugiados, además de hospital y zona de alojamiento para ella, el doctor Mwami y varios empleados más pertenecientes a otras tantas ONG. Si no fuera por las moscas, las paredes de adobe y el zumbido del generador, la sala parecería una oficina de algún tipo en algún rincón de Iowa. Una mujer de pelo gris vestida de color caqui miraba con cejo fruncido un monitor, con las facciones bañadas por un resplandor azul, mientras aporreaba una tecla sin parar.

—En seguida estoy contigo —dijo, metiéndose debajo de la mesa para desenchufar la CPU—. Este maldito sistema operativo deja colgado todo el disco duro —mascullo—. No podían traernos un Mac, no, tenían que darnos un cacharro que no sirve para nada, lleno de virus y con un procesador que va a paso de tortuga...

—Hola, Maggie.

La mujer asomó la cabeza por el borde de la mesa y parpadeó detrás de sus gafas de montura cuadrada.

—Pero ¡si es Sarah Pollard en persona! —Salió por completo de debajo de la mesa—. Me acabas de costar dos botellas de licor de plátano.

Sarah la miró con la cabeza ladeada.

—Aposté con el tío bueno ese de las mosquiteras. Dije que no volveríamos a ver tu culo blancucho por aquí. No puedo decir que lamente haber perdido. —Abrió los brazos fuertes y fibrosos—. Dale un abrazo a Maggie.

Sarah se preparó para el poderoso apretón y ya casi se estaba quedando sin aire cuando Maggie la soltó y se separó un poco de ella para contemplar su aspecto.

—Se suponía que volverías de Estados Unidos con más chicha y con algo de color, querida. ¿Qué coño has estado haciendo, hibernar?

—De avión en avión —contestó ella con tristeza—. Es una larga historia.

—Pues no hay mucho que hacer por aquí, así que ya puedes

contarme todos los detalles morbosos comiendo una ración de gachas, ¿qué me dices?

—Me parece bien —contestó Sarah, y a continuación, señalando con la barbilla hacia el ordenador, preguntó—: ¿Más problemas?

—Por algo que no lo vale. —Maggie rodeó la mesa y le dio un golpe al monitor—. La pantalla está quemada por haber sido expuesta a la misma imagen durante mucho tiempo, porno en este caso, creo yo. ¿Has probado a leer informes en banyamulenge con el contorno de un pollón debajo? —Maggie señaló con el hombro un conjunto de ruidosas máquinas separadas por una lona de la zona donde se encontraban ellas—. El problema es que puedo hartarme a hacer fotos a todos estos pobrecillos, pero sin acceso a una base de datos de refugiados, no puedo buscar coincidencias entre los huérfanos. Pero tú tranquila. No es algo que Maggie no pueda solucionar. —La mujer fijó la vista en la bolsa de Sarah, llena a reventar—. No traerás por casualidad un precioso procesador comprado en el mercado negro en esa bolsa, ¿verdad?

Sarah sacó unas revistas.

—No, pero sí te he traído los números de *People* de los últimos tres meses.

—Nena, te has ganado una actualización de tu *firewall* —dijo la otra con una ampulosa carcajada.

Sarah desplegó su cargamento de revistas por toda la mesa y señaló con la cabeza hacia la zona que constituía el hospital.

—¿Está ahí dentro?

—¡Brad Pitt está loco! —exclamó Maggie cogiendo la primera revista del montón—. ¿Que Beyoncé ha hecho qué? ¿Cuándo? —Sacudió vigorosamente la cabeza—. Voy a estar ocupada leyendo mucho rato. ¿Por qué no vas a la clínica? Al doctor Mwami le vendrá bien la ayuda. A la última chica que enviaron los de Médicos Sin Fronteras la mandó a ocuparse de la lumbre.

Sarah se quitó la bolsa del hombro, mucho más ligera ya, y atravesó la puerta que conducía a la clínica. Se guió por el olor cada vez más fuerte a desinfectante y lejía que hacía un trabajo impecable enmascarando otros olores mucho menos agradables en una sala llena de enfermos. La sala, apenas un espacio grande y diáfano, tenía su propia entrada. Seis de las ocho camas estaban ocupadas, y le produjo un gran alivio comprobar que no había niños en los camastros guardados en un almacén para cuando se necesitaban por falta de camas. Sin embargo, un montón de pacientes aguardaban en un banco a que el doctor Mwami los atendiera, y una mujer caminaba arriba y abajo delante de la clínica, agarrándose el vientre hinchado en mitad de las contracciones del parto.

—Les digo que no beban aguas estancadas. El agua estancada es agua mala. Está llena de bichos y enfermedades. En caso de necesidad, es mejor beber de aguas rápidas. Es que siempre pasa lo mismo. ¿Te acordarás de lo que te estoy diciendo, Dieudonné, la próxima vez que vayas a coger leña al lado del estanque?

Sarah rodeó la cortina y vio que el chico, delgado y débil, asentía con la cabeza.

—Tómate dos cucharadas al día. —El doctor Mwami cogió una botella de la estantería situada al lado de la cama, comprobó la etiqueta y se la entregó a su madre, Inès, una preciosa joven que había llamado a su hijo «regalo de Dios» a pesar de la cruel forma en que había sido concebido—. Dos al día —repitió el doctor Mwami—, una al amanecer y otra al ponerse el sol. *Comprenez?*

Inès asintió.

—No tienes más hijos, ¿verdad? Entonces, deja al chico en la cama del final para que pueda observarlo. A lo mejor en un par de días puede volver a casa. —El doctor levantó la cabeza y la vio—: Ah, Sarah. Has vuelto.

—Sí.

—Me alegro. —El doctor apretó el dosificador del gel antiséptico que había en la mesilla y se puso en la palma un poco de aquel líquido de secado rápido—. Es el undécimo caso de diarrea del día, pero no es por beber agua de los aljibes. En todos ha sido por beber de ese estanque de vacas, a un kilómetro de aquí.

Sarah dio un respingo.

—¿Cólera?

—No, pero por eso tengo aquí a seis de los infectados, para observarlos. —Se frotó vigorosamente las manos hasta que el líquido se secó—. En las otras dos camas hay dos mujeres que acaban de dar a luz. Tengo una tercera a punto —la mujer que estaba de parto soltó un grito que refrendaba sus palabras— y si el instinto no me falla, el pequeño Claude está esperando porque se ha roto una costilla por esa manía suya de trepar al aljibe.

Sarah no pudo evitar sonreír mientras el doctor Mwami seguía enumerando los casos como si estuviera en una sala alicatada en un hospital de ciudad y ella acabara de incorporarse a su turno. Asintió en silencio, como si la cabeza le funcionara muy despacio. Con gesto distraído, se quitó el bolso del hombro, cogió su bata blanca manchada de la percha de la pared y dejó allí el bolso.

—De momento —continuó el médico—, será mejor que arranques a Lynca de los brazos de su madre, es la niña que da gritos, y me la traigas aquí. Hay que ponerle una docena de puntos y la vacuna del tétanos en ese corte que se ha hecho en el pie.

Sarah metió los brazos por las mangas de la bata. Rodeó la cortina y buscó a la pequeña del corte en el pie entre los pacientes que esperaban ser atendidos. La llevó al otro lado de la cortina. Al principio le costó encontrar un cubito y un paño limpio, aunque el jabón estaba donde siempre, y notó que el doctor se impacientaba ligeramente mientras ella reunía el equipo necesario para la cura. Le limpió el pie a la niña mientras el médico blandía una aguja aterradoramente larga. Sarah le dio la mano a la niña mientras le contaba historias sobre América con ritmo algo vacilante: le habló de perros que dormían en colchones de plumas, máquinas que absorbían la suciedad y casas que se mantenían calientes sin necesidad de encender fuego. El doctor Mwami terminó de ponerle los puntos y llamó al siguiente paciente mientras Sarah hacía lo posible por seguirle el ritmo.

Cuando un rato después levantó la cabeza parecía que ya no quedaran pacientes en el banco y las grandes hojas de plátano secas del tejado crujían mecidas por la brisa nocturna. El doctor Mwami le puso en los brazos abiertos un recién nacido que no paraba de berrer y se volvió para atender a la exhausta madre.

Sarah llevó al bebé, una niñita diminuta, a un camastro libre y le limpió los restos de los fluidos del nacimiento. La estaba acomodando en la caja que hacía las veces de cuna cuando el médico le puso una mano en el hombro.

—Sarah, te hemos echado mucho de menos. —Hizo un breve gesto de asentimiento con la cabeza y, antes de volverse, añadió—: Me alegro de que estés de vuelta.

Ella contempló a aquel bebé cómodamente envuelto dentro de su cuna mientras los insectos zumbaban en el exterior. La luz iba cayendo, adoptando el tono rosa morado de los atardeceres de Burundi. El aroma a lumbre y cabra asada se colaba por la puerta abierta. Sintió que en lo más profundo de su ser se producía un cambio de gravedad fundamental, como si alguien arrastrara por el barro un carro demasiado cargado y, de repente, las ruedas se movieran con soltura al entrar en una carretera perfectamente asfaltada. Se quedó inmóvil durante un momento y se permitió experimentar la creciente levedad de su ser.

Sí. Era maravilloso estar en casa.

Pasó toda una semana hasta que Sarah oyó el familiar sonido del motor de un vehículo que ascendía fatigosamente por la colina hacia el edificio principal. Caminaba arriba y abajo de la clínica, dándole tranquilizadoras palmaditas en la espalda a un niño a quien acababan de poner su primera vacuna, cuando reconoció el característico rascado del metal al meter una marcha más corta.

Sam había vuelto.

El estómago le dio un vuelco. Aceleró el ritmo de las palmadas que estaba dándole al bebé a medida que el calor y la vergüenza se extendían por todo su cuerpo. Sarah sabía que tendría que enfrentarse a él tarde o temprano. Y es que, no en vano, Sam era la frágil hebra que había sido capaz de atraerla de vuelta a Burundi. Sabía que no iba a ser fácil. Se habían dicho cosas muy feas en Bangalore antes de partir cada uno por su lado. Él se había ido furioso con ella.

«Y con razón», se recordó. Sam tenía razón: en la India había hecho una elección moralmente inaceptable. Se había arrojado a los brazos de Colin aun sabiendo que estaba comprometido con otra mujer cuando lo correcto habría sido despedirse de él.

El demonio tenía mil y una excusas, pero Sarah no aceptó ninguna. No podía echarle la culpa de su comportamiento a Rachel, ni tampoco al apremio por parte de Kate, ni a los ánimos de Jo. La decisión la había tomado ella solita. Había aprovechado los últimos meses para hacer las paces con Dios y con su conciencia, pero no esaba segura de que pudiera soportar la espantosa censura de Sam, más aún después de su actitud de santurrona con respecto a las difíciles decisiones que él había tenido que tomar en más de una ocasión.

—¡Doctor Mwami! —exclamó Josette, una joven que pasaba por delante de la clínica mientras pastoreaba sus cabras, asomando la cabeza por la puerta—. ¡Doctor Mwami! ¡Ha venido el señor Tremayne! ¡Venga, tiene que ver esto!

—Un momento, un momento...

—Pregunta por usted —insistía Josette, presa de la excitación. Se lo estaba diciendo al médico, pero no apartaba los ojos de Sarah—. ¡Quiere verlo!

Sarah miró al doctor. Estaba poniéndole la vacuna del sarampión a un chico más mayor, de unos nueve años, que aguantaba sentado, apretando mucho los ojos. Cuando terminó con la inyección, el médico apretó con un algodón el punto por donde había entrado la aguja y la tiró en el contenedor de las agujas usadas.

—Y qué buen aspecto tiene —prosiguió Josette con una sonrisa tan amplia que las mejillas se le inflaban como dos ciruelas—. Un hombre tan guapo, tan alto y fuerte. ¡Y sin esposa!

Sarah se dio la vuelta para depositar al bebé en la caja que utilizaban como cuna y escamotearle a la joven el placer de verla ponerse roja como un tomate. Confiaba en que las bromas acerca de su soltería se enfriaran pronto, pero supuso que la llegada de Sam no haría más que empeorar las cosas. La mitad de las mujeres del campamento los consideraban casados, a falta tan sólo del rito tradicional. ¿Acaso no discutían como marido y mujer?

Lo hacían. Todo el tiempo. A Sarah le había llevado meses aceptar la realidad: se ponía furiosa cuando estaba con Sam porque despertaba en ella un cúmulo de sentimientos peligrosos, sentimientos que sólo se había atrevido a analizar en detalle con un océano de por medio.

El doctor Mwami les dijo a los pacientes que tenía en espera que volvería en seguida y salió de la clínica. Ellos lo siguieron llenos de curiosiad. Sarah se entretuvo arreglando las sábanas de algodón de la cuna hasta que oyó una voz en su cabeza, en parte de Rachel y en parte la suya propia: «Cobarde».

Se quitó de un tirón la bata blanca, que echó de cualquier forma sobre una cama vacía, y atravesó la zona de registro en dirección a la puerta principal del edificio.

Con el caos habitual, cabras y otros animales, niños y curiosos formaban un arco alrededor del jeep. Sam se las había ingeniado para subir por la colina embarrada hasta lo más alto, pero las ruedas delanteras se habían hundido hasta arriba en el lodo y el vehículo estaba tan manchado que sólo unos pocos puntos blancos de pintura desperdigados y la luna delantera resplandecían entre la suciedad. Aguardaba de pie con la espalda recta, en acusado contraste, con una camisa blanca inmaculada y unos pantalones de pinzas impolutos, sujetos con cinturón.

Sarah se aferró al árbol joven doblado que formaba el marco de la puerta. Sam era un hombre sano y fuerte. La piel oscura de su torso resplandecía a través de las fibras de algodón de la camisa. Se había remangado, dejando a la vista la fibrosa musculatura de sus antebrazos. Permanecía inmóvil, visiblemente incómodo, como esperando que ocurriera algo.

Salió fuera y se colocó junto al doctor Mwami. Sam desvió la mirada y la dirigió hacia ella. Sarah se preparó para recibir enfado, censura, consternación o, lo peor de todo, indiferencia, pero su mirada centelleó de repente y, acto seguido, cambió y se tornó inescrutable.

Ella movió los pies para no perder el equilibrio. Tenía que acordarse de comer.

—Sam, ¿a qué viene todo este escándalo? —inquirió con

brusquedad el doctor Mwami—. Tengo un montón de pacientes esperando.

Él respondió dando media vuelta. A continuación, le hizo un gesto con la cabeza a un joven, que desapareció en seguida. Luego se inclinó hacia adelante e hizo otra señal a un chaval situado al otro lado del jeep, que salió pitando en dirección contraria. El chico regresó al cabo de un momento con cuatro cabritos, mientras que el primer joven se abría paso entre la multitud tirando del cuerno de una vaca de ankole atada con una cuerda.

La multitud empezó a murmurar con admiración acercándose al animal mientras las mujeres sonreían de oreja a oreja, presas de la excitación.

—Doctor Mwami —dijo Sam—, llevo tiempo dándole vueltas al tema y buscando la mejor manera de hacerlo, y al final he decidido que es a usted a quien tenía que acudir para hacer mi oferta.

—Habla claro, Sam. ¿Es ésta otra de tus graciosas ocurrencias?

—No, no es ninguna gracia. —Un músculo se le contrajo en la mejilla oscura, atrapando el brillo de un rayo de sol—. Muchas de las jóvenes huérfanas de padre del campamento lo consideran algo así como un padre de acogida.

—¿Y?

—He venido a hacerle una oferta —dijo, señalando las cabras y la vaca—. Por una esposa.

—Una esposa. —Una chispa de diversión cruzó por el rostro habitualmente inexpresivo del médico—. La tradición de Burundi. Quieres casarte.

Sarah se tambaleó y tomó aire larga y profundamente. Las nubes bajas repletas de agua retumbaron en el cielo como los tambores en la distancia. El golpeteo de las primeras gotas hizo crujir las frondas secas de los tejados. La brisa llevó hasta ellos el aroma dulzón a plátano que fermentaba en algún mortero.

Se zambuyó en la mirada color chocolate de Sam. Se hundió en sus profundidades, sin remedio.

Entonces él dijo, alto y claro:

—Quiero hacer una oferta por... Sarah Pollard.

Alrededor del claro, las mujeres empezaron a dar gritos y palmas de alegría, mientras los niños reían. De pronto, todo el mundo bailaba, aplaudía y giraba en círculos, pateando el suelo con vigor. Todos menos el doctor Mwami, Sam y ella, tres figuras rígidas entre la locura desatada. Sam la miraba con fijeza, con las manos escondidas en los bolsillos de los pantalones, estropeando el planchado mientras el corazón de Sarah latía desbocado.

—¿Una vaca? —preguntó el doctor Mwami de pronto—. ¿Cuatro cabras apestosas? ¿De qué me sirven estas bestias, Samuel Tremayne?

La exclamaciones de júbilo de la gente cesaron abruptamente. Las mujeres guardaron silencio y se quedaron mirando al doctor con los ojos abiertos como platos, sin poder dar crédito.

—De todas las cosas que podías traerme —continuó el médico—, jeringuillas y alcohol, yodo y vendas, tabletas de sal y antibióticos, ¿te presentas con unos cuantos animales? ¡¿Animales?!

Sam señaló el jeep con la mano.

—Hay más.

—Más te vale. —Mascullando entre dientes, el doctor Mwami se separó de Sarah y fue a abrir la puerta embarrada, tras la cual se amontonaba una pila de cajas. Se palpó la bata en busca de las gafas, pero Sarah no supo si las encontró o no, porque, mientras él miraba, Sam atravesó el espacio que los separaba.

—Sarah-belle.

Ella desvió la vista súbitamente interesada en sus chanclas enlodadas. Se llenó los pulmones de aire porque aquello era demasiado, demasiados sentimientos al mismo tiempo. No se lo merecía. No había hecho más que discutir con él desde el día en que subió con su jeep hasta lo alto de la colina, hacía más de un año, y se anunció con una inmensa sonrisa y guiñándole un ojo. Se había enfrentado a él de forma constante a cuenta de las tácticas que empleaba aun cuando Sam le conseguía aparatos que no habían tenido hasta ese momento aun cumpliendo con todos los requisitos burocráticos. Había intentado apartarlo con su santurrona desaprobación, arguyendo represalias morales, pero él había seguido yendo al campamento. Lo había ignorado, le había gritado, incluso había perseguido desvergonzadamente a otro hombre, y, pese a todo, Sam había seguido insistiendo, terco y seguro de sí mismo. A Sarah le daba miedo y no había comprendido el motivo hasta ese momento.

De repente, sintió sus dedos debajo de la barbilla y se plegó a la suave presión. Se atrevió a mirarlo, con el rostro a escasos centímetros del suyo, como ya hizo en otra ocasión, bajo una acacia, a orillas del lago Tanganyika. Intenso y penetrante. Tenía las mejillas sembradas de diminutas marcas, tantas como estrellas en el cielo nocturno, en contraposición a sus pecas. Sam, su oscuro reflejo.

—Creía que habías abandonado Médicos Sin Fronteras —dijo con un hilo de voz—. Creía que ya no volverías.

—Yo también. —Sus fosas nasales se dilataron mientras por un momento desviaba la vista hacia la montañosa selva que rodeaba el campamento—. Pero este lugar, esta gente... —Tensó la mandíbula y añadió—: Es mi vocación. ¿No estás furioso conmigo?

—¿Por tener un corazón fiel? —Sam negó brevemente con la cabeza—. Yo no lo considero un defecto. Es una de las razones por las que te quiero.

Sarah contempló el movimiento de su garganta al pronunciar las palabras. Sin temor. Levantó la mano y la puso totalmente plana contra su pecho, encima del corazón. Debajo del cálido algodón, notó el pulso rítmico y constante.

—Kate me ha dicho que has terminado con él —explicó con voz estrangulada.

Le llevó un momento comprender a quién se refería.

—Sí.

Sarah ahuecó los dedos contra la curva que formaba su músculo pectoral, duro y tenso bajo su mano. Quería acariciarlo sin ropa de por medio. Quería sentirlo. Sam, un hombre de verdad, de carne y hueso, de alma y corazón, delante de ella en todo su esplendor cálido y anhelante.

Ella sabía que él podía haber ido a cualquier parte. Podría haber pedido que lo trasladaran a cualquier otra zona. Podría incluso haber abandonado la organización y haber regresado a Inglaterra a trabajar en una oficina o algo. Podría haberse lavado las manos con respecto a ella, a Burundi, y haber pasado el resto de sus días viendo críquet en la tele y comiendo salchichas con puré de patatas. Se había pasado semanas enteras hablando de ello tras rescatar a la niña de las trenzas y ella lo había escuchado con un anhelo similar.

Sin embargo, había elegido volver, con las cosas buenas y las malas, porque era más fuerte que ella. Era un hombre de gran corazón y lealtad inquebrantable. Eso la hizo pensar que, tal vez hubiera alguien en el mundo, perfecto en su imperfecta humanidad, y que había sido una tonta todo aquel tiempo, mirando en la dirección equivocada, buscando al hombre equivocado cuando el hombre perfecto caminaba tranquilamente a su lado, en su misma dirección.

Cerró los ojos y apretó la nariz contra el hueco que se le formaba entre los pectorales. Su camisa olía a jabón entibiado por el sol.

—Tengo que decirte una cosa.

—Dejemos el pasado como está —respondió él—. Ya no importa. —Introdujo ambas manos con los dedos bien abiertos en el pelo enredado de Sarah y las ahuecó contra su nuca, dejando que ella apoyase todo su peso contra su pecho—. Has estado fuera mucho tiempo. Temí que no volvieras. Te he echado de menos, Sarah-belle.

—Sam.

—Chst. —Enterró el rostro entre su pelo—. Tenemos tiempo de sobra.

—Pero es que quiero que lo sepas. —Sarah volvió la cara de modo que pudiera sentir la piel desnuda de él en la uve que formaba la abertura de la camisa—. Sam, he vuelto a Burundi por ti.

Sam metió la cuarta mientras Sarah elevaba el mentón, disfrutando de la brisa. Habían tomado los abruptos senderos de las montañas en dirección al lago Tanganyika y los caminos eran más suaves conforme se iban acercando. Alargó la mano y la posó sobre de la de él en la palanca de cambios, de manera que él pudiera conducir y ella pudiera tocarlo al mismo tiempo. Lo miró con la cabeza ladeada y una tímida sonrisa. Sam respondió con una sonora carcajada que hizo que se le encogieran los dedos de los pies de puro placer.

Se habían escapado de su propia celebración. Después de que el doctor Mwami declarase la oferta aceptable —para júbilo de los presentes—, Sam informó de que llevaba varias cajas de cerveza de sorgo en el maletero y que convenía descargarlas cuanto antes. Las mujeres ulularon, los chicos corrieron a buscar sus tambores y todo el mundo empezó a bailar. En cuanto sacaron la última caja del maletero, Sam agarró a Sarah de la mano y la apremió para que subiera al coche. Maggie salió disparada de la clínica, metió una bolsa de lona por la ventanilla del jeep y, dándole a Sarah un beso salado y húmedo de lágrimas, dijo:

—Vamos, fuera de aquí los dos!

Ahora, botando dentro del jeep por la pedregosa senda, Sarah sospechó adónde se dirigían. La expectación estaba teniendo un efecto extraño sobre ella. Apretó la mano de Sam con fuerza y él le acarició los dedos con los suyos hasta que se relajó.

Se detuvieron al llegar a un puñado de cabañas bien construidas alrededor de un edificio encalado de techo bajo y planta alargada, decorado con flores exuberantes colocadas en macetas y jardineras. Sam era amigo del dueño del establecimiento, lujoso para Burundi, pero considerado por los viajeros internacionales como un «modesto refugio rústico» para turistas medioambientales aficionados a contemplar a los hipopótamos del lago o a pescar en las estrechas canoas de los nativos. Detrás del edificio principal, Sarah vislumbró las aguas azul oscuro del lago, de un resplandeciente color plateado por el reflejo de las amenazantes nubes de lluvia.

—Iré a registrarnos —dijo él, cogiendo las bolsas de viaje de ambos del asiento trasero—. Quedamos en el lago.

Sarah rodeó el edificio peinándose el revuelto pelo con los dedos. Estaba empezando a llover. Gruesas gotas de agua que dejaban marcas en el suelo del patio y penetraban entre la paja de las sombrillas colocadas para dar sombra a unas pocas mesas. Pasado el edificio, una suave ladera cubierta de césped conducía a la orilla del lago. Y sobre un altozano al lado mismo del agua, una acacia extendía sus ramas a poca altura del suelo. Se dirigió hacia allí sin vacilar y se apoyó en la áspera corteza del tronco, protegiéndose así de la esporádica lluvia.

Oyó los pasos de Sam sobre la hierba mucho antes de que se le acercara por detrás y la estrechara entre sus brazos. Sarah se dejó caer sobre él. Encajaban a la perfección, la nuca apoyada justo en el hueco que se formaba entre su mentón y su hombro, la espalda plana contra su fuerte torso, mientras la rodeaba por debajo de los pechos y su aliento le caldeaba la zona debajo de la oreja.

—Me convencí de que para ti fue un beso más. Que sólo estabas flirteando conmigo —susurró ella, recordando cuando se besaron debajo de aquel mismo árbol.

—Te asusté.

—No lo esperaba —admitió—, y luego no entendía por qué sentía algo tan fuerte.

Sam la hizo volverse hacia él y la besó. Tomó lo que ya había tomado una vez —sus labios, su equilibrio, sus sentidos—, pero esta vez no se detuvo. Puso más pasión en el beso y expulsó los restos de miedo y duda que pudieran quedar en Sarah, despertando en ella la pasión que tanto miedo le había dado admitir hasta ese momento.

—La gente del campamento nos considerada casados —dijo él, deteniéndose a darle un beso en la sien, donde el pulso le latía desbocado.

—Lo sé —dijo ella, con voz ronca—. Yo también.

Sam la abrazó con más fuerza.

—Y aunque mi padre apreciará sin duda la tradición de aquí —añadió Sarah, percibiendo lo que él trataba de decir—, querrá celebrar una ceremonia más formal al estilo de occidente, por lo de ser pastor y todo eso.

—Igual que el mío.

Sarah se apartó un poco y lo miró inquisitiva.

—¿No te lo había dicho? Conoció a mi madre en las misiones —explicó él con una suave y juguetona sonrisa—. Es pastor anglicano.

La sonrisa de Sarah se transformó en una suave carcajada bajo la lluvia. Gruesas gotas empezaban a colarse entre las hojas. Se preguntó cuántas cosas del otro desconocían aún y pensó en lo maravilloso que sería aprenderlo todo en las semanas, los meses y los años por venir.

Una gruesa gota salpicó la mejilla de Sam. Sarah la tocó y después siguió el contorno de las pequeñas cicatrices a lo largo del pómulo, para continuar por la curva que trazaba su oreja y el recio mentón, observándolo. Se había quedado en absoluto silencio, inmóvil, absorto en ella.

«No volveré a tener miedo nunca más.»

—¿Tenemos habitación? —preguntó con un hilo de voz.

—Una cabaña para nosotros solos, Sarah-belle.

La besó de nuevo. Luego se agachó, la tomó en brazos y abandonaron la protección de la acacia para dirigirse hacia las cabañas de alto tejado inclinado. Hizo que se volviera sin soltarla. El mundo de Sarah se tornó borroso, no veía nada más allá de la cabeza de Sam, nada más que lluvia a su alrededor, que había empezado a caer en serio empapándolos por completo como sólo una lluvia tropical era capaz de hacer.

Sam abrió la puerta de la cabaña con la espalda y ella le desabrochó los botones con torpeza debido a la ansiedad, le apartó el empapado algodón por encima de un hombro y posó la palma sobre la perfecta musculatura cubierta de piel caoba mientras él terminaba de quitarse la prenda. Bajó las manos hasta la cintura de Sarah y se las metió debajo de la camiseta. Dibujó un sendero ascendente a lo largo de su espina dorsal arrastrando la camiseta consigo. Su estómago quedó desnudo frente al suyo y Sarah no pudo evitar pegarse a él, desde el ombligo hasta el pecho.

Las ropas de ambos cayeron al suelo en revueltos montones y Sarah contempló extasiada sus cuerpos desnudos, deleitándose con los largos músculos de Sam, el vigor y la potencia que escondía su cuerpo esbelto, el exagerado contraste entre la piel de los dos. Él se estaba conteniendo por ella. Sarah lo notó en el sutil estremecimiento cuando la condujo a la cama y en su respiración acelerada cuando posó la mano sobre su cadera. La llevó al borde de un abismo sensorial con los labios, la lengua y los dientes, y la mantuvo allí hasta que, con todo el cuerpo tembloroso, ella lo apremió contra sí; lo quería todavía más pegado si eso era posible.

Sam. Su adorable, su maravilloso Sam.

Sarah sintió que su corazón flotaba, como si la lluvia le hubiera purgado el alma.

18

Jo se sentó en el banco y echó la cabeza hacia atrás para absorber el sol de septiembre. La luz que se colaba entre las ramas de los árboles no podía ser más dorada, ni el cielo más azul, ni las inclinaciones del terreno más verdes. Era la clase de día en que Rachel habría insistido en ir a escalar. Veinte años atrás, Rachel, Jo, Kate y Sarah se habrían saltado las clases, se habrían metido todas en el Jetta de Jo y se habrían ido a los Shawangunks. Ese día estaban reunidas en torno a la tumba de Rachel, un año después de su muerte.

Jo desplazó la mirada unos cuantos metros, hacia una parcela rodeada por deudos. Se alegró de que la tumba estuviera cubierta de hierba y de que la tradicional ceremonia judía se redujera a descubrir la lápida. A Jo no le habían gustado nunca los funerales de ninguna clase. Le traían demasiados recuerdos dolorosos: el asfixiante olor de la tierra arcillosa de Kentucky, el enorme agujero y el olor a humo de cigarrillo que la tía Lauralee llevaba impregnado en la ropa. La ceremonia que iba a tener lugar allí ese día sería la última que se celebraría en honor de Rachel y Jo no podía evitar tener la impresión de que, con ella, se cerraba un círculo.

Miró de reojo a Gracie, sentada a su lado en el banco, balanceando los pies. La niña se agarraba al borde del banco como si le fuera la vida en ello. Habían llegado antes de tiempo para presentar sus respetos, pero ya había demasiada gente para la cría, demasiado cacareo y demasiadas miradas de lástima, así que Jo decidió llevársela a un lado. Terminaron sentadas en un banco del paseo de grava del cementerio, lo bastante cerca para mirar, pero lo bastante lejos para evitar el contacto directo.

Alargó un brazo por el respaldo del banco y tiró del pelo de Grace para llamar su atención.

—Tu Nana tiene muchas ganas de pasar las vacaciones contigo, pequeña. —Jo confiaba en que le resultara más fácil pasar el amargo trago del aniversario distrayéndola con la visita que iba a hacer a su familia—. Me ha prometido que me dará un poco de su bizcocho de miel que ha preparado para Rosh Hashanah, así que será mejor que no te lo comas todo, ¿me has oído?

La niña continuó balanceando las piernas.

—Puede —prosiguió Jo, comprobando una última vez que se hubiese acordado de meter pañuelos, una barrita de cereales y un caramelo—, puede que le pida a Jessie la receta de la salsa de manzana. Así, cuando vayamos a recoger manzanas en octubre podrás enseñarme a utilizar mi cocina.

Gracie dejó de balancear las piernas. Giró el pie derecho y apoyó la suela de su merceditas contra el pie de hormigón del banco.

—La salsa de manzana de Jessie está bien. Pero me gusta más el challah.

—Y que lo digas. Yo también soy amiga de los hidratos de carbono. —Jo desplazó el peso de su cuerpo y se volvió suavemente hacia la niña—. Personalmente, prefiero el pan de maíz, pero el challah no está mal. ¿Te has acordado de meter el cepillo de dientes de Cenicienta?

—Ajá.

—¿Y las braguitas nuevas de princesa están en su paquete?

—¡Tía Jo! —exclamó la pequeña levantando la carita hacia ella—. ¡No se habla de la ropa interior!

—¿Y por qué no? Las chicas lo hacen. —Jo se levantó la solapa de su traje negro y, fingiendo ocultar el rostro para que no la viera nadie añadió—: La mía es roja.

Encaje rojo de lo más provocativo. Porque a Rachel no le habría gustado verlas allí reunidas como una bandada de cuervos. Si no había aparecido con mini de cuero y tacones de aguja había sido sólo por respeto a su familia y a la niña.

Gracie la miró poniendo los ojos en blanco, pero ni aun así pudo ocultar el atisbo de una sonrisa.

—He guardado braguitas para dos semanas, tía Jo, como me dijiste.

—Buena chica.

Afortunadamente, había resultado que a la pequeña se le daba bien hacer la maleta. Los acuerdos a los que Jo había llegado con los Braun implicaban un continuo ir y venir entre Nueva York y Nueva Jersey. Hacía un mes que Grace había vuelto de pasar las vacaciones en Teaneck. Jo sabía que la anciana señora Braun había pasado un verano difícil, aunque ella se negara a admitirlo. La mujer seguía sin aceptar que la vivienda fija de su nieta fuera el piso de Jo. Suerte que, por lo menos, había renunciado a luchar jurídicamente por los derechos de custodia y, poco a poco, se iba mostrando más dispuesta a comprometerse a alcanzar unos acuerdos mínimos. Jo esperaba que, con el tiempo, aceptara que aquella nueva situación era la mejor en un mundo imperfecto.

Ahora se acercaban las vacaciones judías y Grace volvía a Nueva Jersey, lo que le daría a Jo la oportunidad de dar un buen empujón a su trabajo en la oficina y demostrarle a su jefe que el horario flexible que había negociado no era más que eso: flexibilidad con las horas de trabajo para poder ser la madre que la niña necesitaba.

Sí. Había costado, pero al final tenía bajo control el tema trabajo-maternidad.

—¿Tía Jo?

—¿Sí, pequeña?

—¿Adónde iré cuando tú te mueras?

Jo inspiró tan bruscamente que se atragantó. Se estremeció toda ella mientras tosía y se tapó la boca con el antebrazo. Le hizo un gesto a la niña para que esperara un momento mientras buscaba el pañuelo en el bolso sin dejar de toser, aunque ya se le había pasado el atragantamiento, pero estaba ganando tiempo para encontrar la respuesta adecuada.

«No te vas a deshacer de mí tan fácilmente, pequeña Grace, descuida.»

Jo sabía que no podía decirle eso. Ya se lo habían dicho antes, cuando llevaron a su mamá al hospital la primera vez, y ahí estaba el resultado: las dos sentadas en el banco del cementerio.

Controlado el acceso de tos y secos los ojos llorosos, se volvió hacia Grace. Tenía los mismos ojos castaños de Rachel, unos ojos enormes en el rostro de su hija, igual de castaños e intensos, pero sin su alegría, su sabiduría. Sus mismos ojos pero con más inocencia y el doble de pena.

Jo debería haberlo visto venir.

En ese instante, confió en su instinto y optó por decirle lo que a ella le habría gustado oír en un banco del cementerio, al lado de la tumba de su madre muchos años atrás.

La verdad.

—Es una buena pregunta, Gracie. —Hizo una bola con el pañuelo y lo guardó en el bolso—. No tengo intención de irme a ninguna parte por el momento, pero no está mal valorar las opciones que una tiene —añadió, señalando hacia los reunidos en torno a la tumba de su madre con la barbilla.

El rabino comenzó la ceremonia leyendo unos salmos. La brisa llevaba hasta ellas el tono cantarín del hebreo. Jo observó a Leah y a su marido, Abe, de pie junto a la lápida. Abe apoyado en su andador; Leah, con la cabeza gacha, se aferraba con fuerza a su bastón.

—Bueno, de momento tienes a Nana y al abuelo. —Jo pasó el dedo por la raya del pelo de Grace y trató de domar suavemente un mechón rebelde que se empeñaba en ir en dirección contraria—. Y tienes tu habitación en su casa, aquí, en Nueva Jersey. Si algo me ocurriera, seguirías teniendo un lugar donde quedarte.

En ese momento, el bastón de Leah se tambaleó y la anciana tuvo que apoyarse en Jessie. Gracie se fijó en la fragilidad de la salud de su abuela y miró a Jo de forma muy significativa.

—Bueno —respondió ésta, mientras el mechón rebelde volvía a su sitio—, siempre tendrás a la tía Jessie.

—Ahora tiene novio. —Grace se volvió y se quedó mirando un triángulo de pintura verde que se estaba despegando del banco—. Se pasa todo el día en la casa. Y están todo el rato mirándose fijamente.

Jo sonrió y observó al acompañante de la chica, un joven alto y bastante desgarbado, con gafas de Clark Kent, cuyo lenguaje corporal gritaba a los cuatro vientos: «Es mía». Pasaría mucho tiempo —puede que hasta que se casaran— antes de que se les quitara aquella fase de miradas de cordero degollado.

Jo se fijó entonces en otro familiar de Grace, el hermano mayor de Rachel, soltero, siempre impoluto.

—También tienes el tío Artie...

—Su casa huele como un gimnasio —contestó Gracie, negando decidida con la cabeza—. Y tiene ratas como mascotas.

—Grace, tienes que cooperar un poco. Se me acaban las ideas.

La niña se encogió de hombros. Estaba jugueteando con el desconchón de pintura, pero Jo se fijó en que desplazó la mirada hacia un punto situado un poco a la izquierda de la lápida de granito.

Hacia Kate.

Kate, con su esbelta silueta embutida en un traje negro de Liz Clairborne, estaba de pie junto a Paul. A un lado estaba su hija mayor, Tess, abrazándose los codos con fuerza. Michael, una versión en pequeño de su padre, miraba al rabino con el cejo fruncido en señal de concentración, como si tratara de comprender el hebreo. Anna se mecía delante de sus padres, jugando alegremente con los volantes del vestidito de terciopelo.

Una familia perfecta. ¿Qué otra cosa querría una niña huérfana?

—Ay, Gracie.

Jo la rodeó con el brazo y la atrajo hacia sí. La estrechó con fuerza, para que no viera que estaba llorando y cuánto le temblaba el mentón. La mente era algo que siempre estaba presente. Para poder llevar una vida plena, uno tenía que afrontar sus miedos.

Igual que Rachel había hecho siempre.

—¿Sabes qué? Hablaré luego con la señora Jansen —le dijo, acariciándole aquellos mechones rebeldes de pelo castaño—. Tu mamá se ocupó bien de ti, y yo haré lo mismo. Si algo me ocurriera, no tendrás que temer nada. Estaré sentada en una nube tomando martinis de manzana con tu madre. Y tú estarás aquí, en las mejores manos.

Kate jugueteó con unos guijarros en la palma de la mano, sin apartar los ojos de la lápida. Las piedras rodaban con suavidad, como piedras de masaje bien aceitadas. En una ocasión, mucho tiempo atrás, había cogido un puñado de guijarros del riachuelo en los Shawangunks en el que Rachel, Jo, Sarah y ella se habían bañado una vez, en una excursión durante un verano especialmente caluroso. Le gustaba la sensación de tenerlos en la mano. Con los años, se habían convertido en sus piedras de la preocupación. Se acostumbró a hacerlas entrechocar mientras estudiaba, trabajaba o simplemente pensaba en algo.

Había llegado el momento de deshacerse de unas cuantas. Se inclinó hacia adelante y depositó la primera junto a la base de la lápida de Rachel.

Una.

«Ésta por abrirle los ojos a Sarah a lo que tenía delante de las narices. Y por enseñarle a Jo lo que es verdaderamente importante en la vida.»

Dos.

«Ésta por devolverme la cordura y mi matrimonio.»

Tres.

«Y ésta por ti, Rachel. Por recordarnos a todas nosotras que tenemos que tirarnos en paracaídas de vez en cuando para adquirir perspectiva de las cosas.»

Se irguió. Sintió la cálida mano de Paul en el hombro. Había sido muy amable todo el día: atento, dispuesto y una fuente de apoyo y consuelo. Deslizó la mano en la suya y le apretó suavemente los dedos para demostrarle lo mucho que se lo agradecía. Bajaban paseando colina abajo cuando Kate vio que un coche se detenía en el sendero junto al césped. Una mujer se bajó del asiento del copiloto, ataviada con un vestido de tirantes de color coral desteñido. El corazón le dio un vuelco: Sarah había llegado. Tarde, como siempre, y con la ropa arrugada, como si acabara de desembarcar de un vuelto internacional. Saludó con la mano y se colocó a toda prisa una banda negra en el antebrazo conforme se acercaba a la gente reunida en torno a la tumba de Rachel.

Paul apartó la mano del hombro de su mujer.

—Será mejor que nos vayamos si queremos que Tess llegue a su partido.

Kate le tiró de las solapas del traje azul marino.

—Gracias, cariño. De verdad que me hace mucha falta estar con las chicas esta tarde.

—Ya me pagarás después.

Ella no pudo resistirse y, con una sonrisa perezosa, llena de picardía, dijo:

—Ya lo creo que lo haré.

Se quedó un rato mirándolo conducir a sus tres hijos hacia el coche.

—Cielo, ¿es que nadie te ha hablado de las normas? —preguntó Jo, acercándosele por detrás—. Estás casada. Se supone que no tienes que babear por tu propio marido.

—Está claro que no te han informado bien.

Kate se volvió y abrazó a Jo, que tenía pinta de necesitar urgentemente un cigarrillo.

—¿Las cosas siguen mejorando entonces? —dijo Jo, hablándole al oído.

—Oh, sí. Y el sexo de reconciliación es fantástico.

Kate había llegado a la conclusión de que todo matrimonio exigía trabajo constante. Echó un vistazo a su alrededor y preguntó:

—¿Y Grace?

—Va a pasar las Grandes Festividades con Leah. —Se sacudió de la falda una huella de polvo en forma de mano pequeña—. Es perfecto. Así podré avanzar en mi nuevo lanzamiento y lo mismo saco un poco de hueco para un algo de vida amorosa.

Kate sonrió de oreja a oreja.

—Ya estás cantando.

—Seguro que sabes quién es.

—¿No me digas?

—Para el carro, guapa. El tipo de contabilidad y yo sólo hemos salido a cenar dos veces, algo informal, para hablar de la nueva cuenta fuera del horario de trabajo.

—Una cuenta que tu colega Hector está llevando ahora, según tengo entendido.

—Bueno, sí. Insistí en que había que ascenderlo. Alguien tiene que ocuparse de los viajes y del talento fuera del horario de trabajo, ahora que tengo a Grace.

Kate le sonrió con dulzura. Jo había abandonado su trabajo seis meses atrás. Decía que tenía dinero suficiente para que la niña y ella pudieran vivir cómodamente durante, por lo menos, un año y necesitaba tiempo para ordenar sus asuntos. Las crisis nerviosas de Grace habían empeorado durante el invierno y a pesar de los esfuerzos hercúleos de Jo para manejar la vida laboral y la convivencia con una niña en pleno duelo por la muerte de su madre, el esfuerzo había resultado imposible.

—Rachel diría que recibiste una dosis de karma positivo cuando tu jefe te suplicó que regresaras después de dejar la compañía —dijo Kate.

—No puedo decir que no me gustara oír que mis clientes empezaron a abandonar el barco cuando se enteraron de que me había ido.

—Entonces ¿te va bien con la nueva situación? ¿Funciona lo de trabajar en casa una vez a la semana?

—Sí que funciona. Pero, cariño, no soy ninguna ingenua. No llegaré a directora general antes de los cincuenta. —Le guiñó un ojo—. Sin embargo, sí tengo oportunidad de conseguir algo mucho mejor. Gracie levantará su copa en mi honor el día de su boda.

Kate se rió, bajito, una carcajada ronca y húmeda.

—No empieces, Kate Jansen —dijo Jo con voz trémula—, porque entonces no podremos parar.

Sarah llegó hasta ellas y las miró con preocupación. Luego abrió los brazos para recibir el abrazo de ambas.

—Hola, Sarah. Bienvenida al mundo real —dijo Kate.

—¿Es ahí donde estoy? —Su amiga se apretó contra Kate y después contra Jo—. No puedo pensar con claridad. Mi cabeza funciona aún con horario de Burundi.

—Nos alegramos de tener tu cuerpo aquí entonces.

Las tres se quedaron muy juntas, formando un pequeño círculo mientras se ponían al corriente. Kate no dejaba de mirarlas. El matrimonio le estaba sentando bien a Sarah, que se sonrojaba cada vez que mencionaba el nombre de Sam. Se la veía serena y feliz. Jo soltó una explosiva carcajada por algo que Sarah dijo y el familiar sonido hizo que a Kate el aliento se le atascara un poco en la garganta. No pudo evitar que sus pensamientos volaran hacia la risa que faltaba.

«Rachel.»

De repente, las tres guardaron silencio.

Jo fue la primera en hablar.

—¿Sabéis una cosa, chicas? He estado pensando mucho últimamente.

Kate sintió una debilidad angustiosa.

—Como te eches a llorar, Jo, te juro que no podré contenerme.

—¿Sabéis lo que ha conseguido Rachel con todo esto? ¿Con lo del paracaidismo, la persecución de antiguos novios y la tarea de criar a una niña pequeña? —Parpadeó varias veces seguidas muy de prisa.

Kate y Sarah respondieron al unísono.

—Ya lo creo.

—Bueno, esto es lo que yo creo. —Jo miró a sus amigas, primero a una y luego a otra—. Rachel no quería que tuviéramos que hacerlo solas.

Kate se abrazó con fuerza a ellas y las atrajo hacia sí hasta que sólo quedó un pequeño hueco entre las tres, el espacio justo para que cupiera una escaladora menuda y atlética, con un gran corazón.

Entonces, levantó la mirada y sonrió al cielo azul.

Querido lector,

Si hace poco has asistido a una reunión de antiguos alumnos y te encuentras con un grupo de mujeres desafinando como locas al cantar canciones de los ochenta en el bar de la esquina de una de las universidades públicas de Nueva York, entonces puedes estar seguro de que son mis amigas y yo soy la del centro, la que es un desastre bailando.

Hacemos lo mismo cada cinco años desde que terminamos la universidad. Celebramos los momentos memorables que pasamos juntas tiradas en el césped de la facultad, pero también los años de después, los de los horribles primeros trabajos, siempre justas de dinero, viviendo en apartamentos infestados de cucarachas. Ahora vivimos cada una en un estado del país. Nos hemos casado, pagamos una hipoteca, tenemos una profesión y una vida familiar. Cuando nos reunimos, nuestros hijos se avergüenzan de nosotras.

Formamos un grupito peculiar: una participa en carreras en bicicleta de ciento cincuenta kilómetros para recaudar dinero que luego dona a organizaciones sin ánimo de lucro; otra es madre trabajadora y muy sociable, capaz de hacer verdaderos malabarismos con sus responsabilidades familiares y las fantásticas fiestas que organiza; y la tercera fundó su propio negocio de paisajismo con más de cuarenta años.

Sinceramente, no me acuerdo de qué es lo que nos atrajo de

las demás hace años. Provenimos de religiones y razas, clase social y creencias políticas distintas. Existen puntos de roce, antiguas ofensas y asuntos con desacuerdos fundamentales, pero también respeto, sentido del humor y empatía. Es un milagro recurrente que conservemos nuestra amistad a pesar de la distancia, tanto temporal como geográfica. Sabemos que tenemos mucha suerte. Por eso, cada cinco años, hacemos un esfuerzo hercúleo para reunirnos en la facultad en la que nos conocimos.

La magia se produce cuanto estamos juntas en la misma habitación. Hablamos de política, sexo, dinero y religión, todos los temas de los que se supone que no hay que hablar en una reunión políticamente correcta. Rememoramos las viejas historias y nos contamos novedades hasta que se nos saltan las lágrimas. Al amanecer, estamos en el pub de la universidad cantando viejas baladas de heavy y bailando como si no nos viera nadie. Cuando luego retomamos nuestras vidas cuidadosamente organizadas, estamos seguras de algo esencial: el mundo nos ha conducido en direcciones muy distintas, pero todas tenemos un mismo objetivo: disfrutar con nuestro trabajo, nuestro matrimonio, nuestros padres, nuestros hijos y nuestros amigos.

Esta novela, *¿Harías esto por mí?*, es mi pequeño homenaje de amor a todos ellos.

Esta edición de
¿Harías esto por mí?
se imprimió en
CAYFOSA

Planeta